启笛 智慧有回声

重读鲁迅

许子东 著

图书在版编目（CIP）数据

重读鲁迅 / 许子东著 . -- 北京：北京大学出版社 ,2025.9. -- ISBN 978-7-301-36545-8

Ⅰ . I210.97

中国国家版本馆 CIP 数据核字第 2025WD4711 号

书　　　名	重读鲁迅 CHONGDU LUXUN
著作责任者	许子东　著
责 任 编 辑	程文楚
标 准 书 号	ISBN 978-7-301-36545-8
出 版 发 行	北京大学出版社
地　　　址	北京市海淀区成府路 205 号　100871
网　　　址	http://www.pup.cn　　新浪微博：@北京大学出版社
电 子 邮 箱	zpup@pup.cn
电　　　话	邮购部 010-62752015　发行部 010-62750672 编辑部 010-62752824
印 刷 者	河北博文科技印务有限公司
经 销 者	新华书店 787 毫米 ×1092 毫米　A5　15.25 印张　353 千字 2025 年 9 月第 1 版　2025 年 11 月第 2 次印刷
定　　　价	98.00 元

未经许可，不得以任何方式复制或抄袭本书之部分或全部内容。
版权所有，侵权必究
举报电话：010-62752024　电子邮箱：fd@pup.cn
图书如有印装质量问题，请与出版部联系，电话：010-62756370

鲁迅作品中的"主奴关系"
——《重读鲁迅》代序

日本学者增田涉曾注意到,"在鲁迅的著作和日常生活中有一个中心词,就是'奴隶'。鲁迅对'奴隶'境地有一种天生的敏感,甚至可以说不断地被趋为奴隶的感受构成了鲁迅最基本的、最稳定的生存体验,经常纠缠着他。"[1]其实,鲁迅文章中常常出现的是两个关键词:"奴隶"与"奴才"。这两个词有时看上去意思接近甚至不无混淆,但实际上有微妙且意义重大的区别。更准确地说,这两个词所体现的"主奴关系",是我们阅读探讨鲁迅作品和思想的一个重要维度。

一

在鲁迅笔下,"奴隶"这个概念至少可以有四种定义。

---

[1] 转引自钱理群:《与鲁迅相遇:北大演讲录之三》,北京:生活·读书·新知三联书店,2003年版,第81页。

第一是专指清朝臣民。

> 我生于清朝,原是奴隶出身,不同二十五岁以内的青年,一生下来就是中华民国的主子……[1]

鲁迅的这篇文章的语境,是 30 年代的书报检查。"民国的主子"云云,有反讽的意思;讲清朝臣民是奴隶,属于中性陈述;至于"臣民是奴隶"的原因,是基于清朝的异族统治,还是皇权政治制度,鲁迅并没有细说。

鲁迅对奴隶的第二种定义,是对清朝及以前历朝历代中国百姓生活状态的形容描述——形容的成分多过陈述。最著名的一段话出现在 1925 年的散文《灯下漫笔》里,不用说鲁迅研究者,普通读者也很熟悉:

> ……什么"汉族发祥时代""汉族发达时代""汉族中兴时代"……有更其直捷了当的说法在这里——
> 一,想做奴隶而不得的时代;
> 二,暂时做稳了奴隶的时代。[2]

这段话,便于记忆,也易被误解。结合上下文,鲁迅想强调的是两点。一是做奴隶并不是最坏的情况,"乱离人,不及太平犬",

---

[1] 鲁迅:《花边文学·序言》,《鲁迅全集》第五卷,北京:人民文学出版社,2005 年版,第 438 页。
[2] 《灯下漫笔》,最初发表于 1925 年 5 月 1 日《莽原》周刊第二期和第五期,收入《坟》,1927 年 3 月北京未名社出版。见《鲁迅全集》第一卷,北京:人民文学出版社,2005 年版,第 225 页。

比起碰上战乱、强盗等等，人们或许宁可服从一个固定的主子。史上的农民起义、革命造反，"将奴隶规则毁得粉碎。这时候，百姓就希望来一个另外的主子，较为顾及他们的奴隶规则的，无论仍旧，或者新颁，总之是有一种规则，使他们可上奴隶的轨道"。[1] 可见做臣民奴隶是一种规则，一种轨道。二是就算逃离革命或战争，从"一乱"到"一治"，人们自以为进入所谓"太平盛世"，却也还是"暂时做稳了奴隶的时代"。所以，"实际上，中国人向来就没有争到过'人'的价格"。有关奴隶生存的规则和轨道，"早已布置妥帖了，有贵贱，有大小，有上下。自己被人凌虐，但也可以凌虐别人；自己被人吃，但也可以吃别人。一级一级的制驭着，不能动弹，也不想动弹了。因为倘一动弹，虽或有利，然而也有弊。我们且看古人的良法美意罢——

"天有十日，人有十等，下所以事上，上所以共神也。故王臣公，公臣大夫，大夫臣士，士臣皁，皁臣舆，舆臣隶，隶臣僚，僚臣仆，仆臣台。"（《左传》昭公七年）[2]

人民文学版的《鲁迅全集》在这段《左传》文字后面加了一个注释："王、公、大夫、士、皁、舆、隶、僚、仆、台是奴隶社会等级的名称。前四种是统治者的等级，后六种是被奴役者的等级。"但鲁迅不仅没有这样简单画线，而且还在"人有十等"之后再继续追究下去："但是'台'没有臣，不是太苦了么？无须担心的，有比

---

[1] 鲁迅：《灯下漫笔》，《鲁迅全集》第一卷，北京：人民文学出版社，2005年版，第224页。
[2] 同上书，第227页。

他更卑的妻,更弱的子在。而且其子也很有希望,他日长大,升而为'台',便又有更卑更弱的妻子,供他驱使了。如此连环,各得其所……"[1]可见,鲁迅对奴隶的第二种定义,讲的是历代臣与民,但并没有强调臣与民的差异,而是更关注"大夫、士"与"隶、仆"之间一层层权力服从关系的相似性、同构性和连环性。做臣民奴隶最基本的规则是政治服从,集团、派别、家族,甚至人身依附;最基本的轨道是思想统一,"有敢非议者,其罪名曰不安分!"[2]"倘一动弹,虽或有利,然而也有弊"这一句特别重要,说明鲁迅认为所谓统一、服从等奴隶性背后,不仅仅是昏睡麻木或缺乏道德觉悟,还可以是精致趋利避害的人性需要,或是经过理性计算清醒权衡以后逐渐转化成下意识本能的生存技巧。用现代网络语言说,不仅是昏睡,也可以是装睡。稍早一篇《论照相之类》,鲁迅引用Th.Lipps在《伦理学的根本问题》中的说法,"凡是人主,也容易变成奴隶,因为他一面既承认可做主人,一面就当然承认可做奴隶,所以威力一坠,就死心塌地,俯首帖耳于新主人之前了。"鲁迅随手以三国时吴国最后的皇帝孙皓为例,"治吴时候,如此骄纵酷虐的暴主,一降晋,却是如此卑劣无耻的奴才"。[3]这段引文说明鲁迅在20年代有时将奴隶与奴才两词混用,比较强调主奴的同构性,概括范围不仅包括大臣、百姓,甚至也包括王侯君主(如果他们失势,或面对更强大的力量)。

---

[1] 鲁迅:《灯下漫笔》,《鲁迅全集》第一卷,北京:人民文学出版社,2005年版,第227—228页。
[2] 同上书,第228页。
[3] 《论照相之类》,最初发表于1925年1月12日《语丝》周刊第九期,收入《坟》,1927年3月北京未名社出版。见《鲁迅全集》第一卷,北京:人民文学出版社,2005年版,第193—194页。

鲁迅笔下的奴隶,当然不是对应历史学上严格的定义。奴隶制度,几乎在所有古代文明中都出现过。《汉谟拉比法典》,一部古巴比伦的法典,其中就有任何人帮助奴隶逃跑都要被处死的条文。因为战争、犯罪、破产、血统,古代各民族都有一部分人成为奴隶,成为劳动工具,像货物一样被交易、被赠送,甚至被消灭。英文Slave,是从古法文 Esclave 和中世纪拉丁文 Sclavus 转化过来的,最早是希腊语的动词,意指剥去被杀敌人的衣服,以说明战败的俘虏要做奴隶。此外还有债务奴隶、人奴所产之子,到近代还有人口贩卖、婚姻拐卖等。有研究认为,东方的奴隶制没有西方的发达,并未形成以奴隶为主要劳动力的社会。[1]"奴"和"隶",在先秦是不同的两类人的名称。"奴隶"一词,汉代以后才出现。关于中国历史上有没有卡尔·马克思所说的奴隶社会,史学界一直有争论。郭沫若、范文澜等认为中国在战国前是奴隶制社会。但中国史学界也有"无奴"学派,[2]认为那个时候战俘被杀,是因为人祭需要,而不是为了杀俘虏。殷墟墓葬结构考古显示当时奴隶人口占比是3%,平民有80%—90%。而在古雅典,五分之二以上的人口是被奴役的。[3]在古罗马,奴隶是经济支柱,四分之一的人口是奴隶。[4]虽然到中世纪后期,奴隶制在西欧逐渐消失,但仍然有大西洋贩奴运动。直到19世纪,俄罗斯小说还描写了耕种的多是农奴,南北战争以前美国的情况也类似。

---

[1] 参见黄现璠:《中国历史没有奴隶社会:兼论世界古代奴及其社会形态》,桂林:广西师范大学出版社,2015年版。

[2] 黄伟城:《试论奴隶社会并非阶级社会首先必经的历史阶段兼论商朝不是奴隶社会》,《广西民族学院学报(社会科学版)》1980年第2、3期。

[3] Lauffer, Siegfried *Die Bergwerkssklaven von Laureion*. Sreiner, 1956.

[4] Resisting Slavery in Ancient Rome. BBC News. 2009—11—05[2010—08—29].

明明中国历史上的奴隶制是比较少的，为什么鲁迅要特别强调整个中国历史，只有"暂时做稳了奴隶"和"做不稳奴隶"两个时代呢？因为鲁迅对奴隶的基本定义，是从"没有人身自由"引申到"人不能自主"。鲁迅有感于"天有十日，人有十等"的社会秩序心理传统的稳定，困惑于"自己被人凌虐，但也可以凌虐别人；自己被人吃，但也可以吃别人。一级一级的制驭着，不能动弹，也不想动弹"的社会文化结构在20世纪竟然依然存在。所以"奴隶"之所以会成为鲁迅的一个关键词，其中的重点不仅是如何描绘形容历代中国人曾经怎样像奴隶一般的生活，更是刻画出人的权利随时可以被剥夺的状态，以及帝制崩溃以后"奴隶"是否依然存在，民国的人们又是怎样看待这种社会生态。这就是鲁迅笔下"奴隶"的第三种定义——鲁迅用一个自己的故事来详细说明：

"就是袁世凯想做皇帝的那一年……中国和交通银行停止的兑现"，政府说钱仍可用，但商店已不大欢迎。鲁迅手头还有些中交票，后听说可以换现银，于是也赶快去兑换。

> 但我当一包现银塞在怀中，沉垫垫地觉得安心，喜欢的时候，却突然起了另一思想，就是：我们极容易变成奴隶，而且变了之后，还万分喜欢。[1]

这是更广义的"奴隶"的定义：原来属于你的（或你自以为是属于你的）东西，包括劳动报酬、社会身份、房子金钱、名誉地

---

[1] 鲁迅：《灯下漫笔》，《鲁迅全集》第一卷，北京：人民文学出版社，2005年版，第222—223页。

位、家族亲人、娱乐趣味、说话权利等，随时都可以被损害、被消失、被剥夺，被损害、消失、剥夺了以后，如果还剩一点儿，退回给你一点儿，你就十分欢喜。鲁迅换钱这个故事，和他关于中国历史上只有"暂时做稳了奴隶"和"做不稳奴隶"两种时代的论断互为证据和论点。鲁迅依照前人的古书记载、故事分析人们现在的心理。史书记录历代皇权帝制下国人的普遍生态，"喜欢"的经验则显示民国以后的人们对自己生存状态的理解和认识（或者不够理解、不能认识）。

用奴隶与奴才这两个关键词来形容、概括晚清民初国人的生态和心态的，当然不只有鲁迅一人，也不是从鲁迅开始的。1915年9月15日，《青年杂志》（《新青年》前身）在上海创刊，主编陈独秀在著名的发刊词《敬告青年》中提出对青年的六点期望，分别是："自主的而非奴隶的；进步的而非保守的；进取的而非退隐的；世界的而非锁国的；实利的而非虚文的；科学的而非想象的。"其中第一项的关键词就是奴隶。这个"奴隶"应该也是史学概念的引申意，是自主的反义词。"等一人也，各有自主之权，绝无奴隶他人之权利，亦绝无以奴自处之义务。奴隶云者，古之昏弱对于强暴之横夺，而失其自由权利者之称也。自人权平等之说兴，奴隶之名，非血气所忍受。……我有手足，自谋温饱；我有口舌，自陈好恶；我有心思，自崇所信；绝不认他人之越俎，亦不应主我而奴他人。盖自认为独立自主之人格以上，一切操行，一切权利，一切信仰，唯有听命各自固有之智能，断无盲从隶属他人之理。非然者，忠孝节义，奴隶之道德也……轻刑薄赋，奴隶之幸福也；称颂功德，奴隶之文章也；拜爵赐第，奴隶之光荣也；丰碑高墓，奴隶之纪念物也；以其是非荣辱，听命他人，不以自身为本位，则个人独立平等之人格，消灭无存，其一切善恶行为，势不能诉之自身意志而课以功过；谓之奴隶，谁曰不宜？立德立功，首当辨此。"[1]

陈独秀《敬告青年》中对奴隶的界定，包括两层意思，既同情奴隶不幸，失却自由权利——一切操行、一切权利、一切信仰，唯有听命；又责怪奴隶会因轻刑薄赋而觉得幸福，甚至感到光荣，并称颂功德。陈独秀和鲁迅一样，看到了奴性的两个侧面，但陈独秀没有像鲁迅那样用奴隶和奴才这两个概念来明确区分。更早十几年，1902年梁启超在他的政治幻想小说《新中国未来记》中，也曾用一个主要人物李去病之口，表达对清政府腐败懦弱的愤怒："原来李君是个爱国心最猛烈，排外思想最盛的人，听到这段（如有革命会导致社会大乱——引者注），不禁勃然大怒道：'哥哥，既然如此，我们就永远跟着那做外国奴隶的人做那双料奴才做到底罢！'"[2]在梁启超那里，奴隶和奴才在同一个句子里出现，显出两个概念的意思存在更多重合混淆，但两者仍有微妙区别：前者是说昏官买办服从外国势力；后者是指我们（革命党、民众）也在为奴隶办事，做双料的奴才。前者偏于事实陈述，后者更多是人为选择。而且，后者"奴"的程度更深，是"双料"的奴才。

对奴隶和奴才两个概念有更清楚区分的，还是30年代的鲁迅。

一个活人，当然是总想活下去的，就是真正老牌的奴隶，也还在打熬着要活下去。然而自己明知道是奴隶，打熬着，并

---

[1] 陈独秀：《敬告青年》，《青年杂志》，1915年9月15日。
[2] 梁启超：《新中国未来记》，桂林：广西师范大学出版社，2008年版，第64页。

且不平着,挣扎着,一面"意图"挣脱以至实行挣脱的,即使暂时失败,还是套上了镣铐罢,他却不过是单单的奴隶。如果从奴隶生活中寻出"美"来,赞叹,抚摩,陶醉,那可简直是万劫不复的奴才了,他使自己和别人永远安住于这生活。就因为奴群中有这一点差别,所以使社会有平安和不安的差别,而在文学上,就分明的显现了麻醉的和战斗的的不同。[1]

这是鲁迅对奴隶的第四种定义。如前所述,第一种定义是标明清代国人的臣民身份,第二种定义是形容历代国人的生存状态,第三种定义是描述民国以后国人的生态及心态,第四种定义则是把奴隶定义为沉默受苦但知道且承认自己是奴隶的国民,他们艰难忍耐却也可能会成为革命反抗的个体或群体,这就将奴隶与奴才明确区分开来。奴隶与奴才不仅有生态与心态之分,也不只有被迫与自愿之别,更是辨识了"奴群"中不同的心理状态——奴才的心态是"平安""麻醉",奴隶则代表"不安"和"战斗"。1935年萧红《生死场》、萧军《八月的乡村》都被收入鲁迅主编的"奴隶丛书"。某种程度上,"奴隶"一词在"五四"以后已成为新文化的一个主流词语。巴黎公社成员欧仁·鲍狄埃1871年创作的《国际歌》,最后于1920年由"列悲"从俄文译成中文,第一句就是"起来,饥寒交迫的奴隶"。之后经瞿秋白根据法文改编,一度成为江西中华苏维埃共和国国歌。就在鲁迅主编"奴隶丛书"的同一年,1935年,创造社作家田汉为电影《风云儿女》创作主题歌《义勇军进行曲》

---

[1] 鲁迅:《漫与》,《鲁迅全集》第四卷,北京:人民文学出版社,2005年版,第604页。

的歌词,首句也是"起来!不愿做奴隶的人们!"[1]在成为中华人民共和国代国歌之前,《义勇军进行曲》曾经是国民党很多军校的军歌。田汉创作的《义勇军进行曲》歌词,受孙铭宸作词的东北抗日武装力量的军歌——《血盟救国军军歌》的启发,《血盟救国军军歌》首句是"起来,不愿当亡国奴的人"。田汉将"亡国奴"改成"奴隶",有意无意中显示出同时正视民族矛盾与阶级矛盾的意思。奴隶作为关键词同时出现在《义勇军进行曲》和《国际歌》的首句,或者有偶然因素,但奴隶一词反复被众多中国现代知识分子(主要是民国作家)所使用,反映的却是时代的声音,也是鲁迅个人的声音。叶紫、萧军合撰的("奴隶社")《小启》基本延续了鲁迅在《漫与》中对奴隶的定义:"我们陷在'奴隶'和'准奴隶'这样地位,最低我们也应该做一点奴隶的呼喊,尽所有的力量,所有的忍耐。——'奴隶丛书'的名称,便是这样被我们想出的。"[2]

二

以鲁迅有关奴隶和奴才的论述为线索重读《阿Q正传》等代表作,我们会发现这两个概念之间的联系和区别,十分复杂。

奴才(或奴材)一词在古汉语中指奴仆、家奴,一向带些贬义,唐房玄龄《晋书·刘元海载记》云:"颖不用吾言,逆自奔溃,

---

[1] 田汉作词的国歌歌词,1978年3月5日起曾被集体填词的新版本取代,第一句是"前进,各民族英雄的人民!"副歌则是"高举毛泽东旗帜,前进!前进!前进!进!"由于作家陈登科在全国人大会议上反复提出议案,1982年12月4日国歌恢复旧歌词,首句仍是"起来,不愿做奴隶的人们!"十年"文革"时期,因田汉受批判,正式场合国歌只能演奏曲谱,不能唱歌词。
[2] 萧军:《奴隶社·小启》,《萧军全集》第十一卷,北京:华夏出版社,2008年版,第90页。

真奴才也。"明陶宗仪《辍耕录·奴材》云:"世之鄙人之不肖者为奴材。"到了清代,《儒林外史》第二十七回有白话描述:"被他妈一顿臭骂道:'倒运的奴才,没福气的奴才。'"但同一时代,"奴才"有时又是身份的象征,清代官场,对皇上自称"奴才"是官员的一种特权。鲁迅特别注意到这个情况,在《隔膜》一文中说:"满州人自己,就严分着主奴,大臣奏事,必称'奴才',而汉人却称'臣'就好。……其地位还下于'奴才'数等。"[1]所以"奴才"可以是一种资格、一种身份,因此在奴才心中,自有一份光荣。"奴才"的这种资格和光荣也特别令革命志士反感,梁启超的《新中国未来记》中,李去病引用了一首题为《奴才好》的乐府:

奴才好,奴才好,勿管内政与外交,大家鼓里且睡觉。古人有句常言道:臣当忠,子当孝,大家切勿胡乱闹。满州入关二百年,我的奴才做惯了……满奴作了作洋奴,奴性相传入脑胫……奴才好,奴才乐,奴才到处皆为家,何必保种与保国。[2]

按照鲁迅《漫与》中的说法,奴才区别于奴隶的第一个标志,就是能"从奴隶生活中寻出'美'来,赞叹,抚摩,陶醉"。[3]阿Q短短的一生,基本上就是从"暂时做稳了奴隶",到终于"做不稳奴隶"的过程。假定奴隶是一个中性的概念,就像穷人、弱者、

---

[1]《隔膜》,原载 1934 年 7 月 5 日上海《新语林》半月刊第一期,收入《且介亭杂文》。见《鲁迅全集》第六卷,北京:人民文学出版社,2005 年版,第 45 页。
[2] 梁启超:《新中国未来记》,《梁启超卷》(海上文学百家文库),上海:上海文艺出版社,2010 年版,第 477 页。
[3] 鲁迅:《漫与》,《鲁迅全集》第四卷,北京:人民文学出版社,2005 年版,第 604 页。

底层一样,那么阿Q所在的奴隶生态其实是比较典型的——"阿Q没有家,住在未庄的土谷祠里;也没有固定的职业,只给人家做短工,割麦便割麦,舂米便舂米,撑船便撑船"。[1]如果严格按照毛泽东《中国社会各阶级的分析》的分类,阿Q的地位低于农村的半自耕农、贫农等"半无产阶级",属于"农村无产阶级",详细定义"是指长工、月工、零工等雇农而言。此等雇农不仅无土地,无农具,又无丝毫资金,只得营工度日。其劳动时间之长,工资之少,待遇之薄,职业之不安定,超过其他工人。此种人在乡村中是最感困难者,在农民运动中和贫农处于同一紧要的地位。"[2]

对这种"无产阶级"生活,阿Q自己并没有直接评论,倒是与阿Q同村的村民对阿Q颇赞扬,"有一个老头子颂扬说:'阿Q真能做!'这时阿Q赤着膊,懒洋洋的瘦伶仃的正在他面前,别人也摸不着这话是真心还是讥笑,然而阿Q很喜欢"。[3]虽然喜欢别人偶尔夸他"真能做",肯定他劳动的价值,但阿Q在心里对自己目前的"行状"是不满的,其表现就是喝醉酒时会将自己与有钱且有少爷考中生员的赵家在姓氏上拉上关系,结果被斥"你怎么会姓赵!——你那里配姓赵!"还有就是阿Q一旦与人吵架,就宣布"我们先前——比你阔的多啦!"其中未言之意是他也意识到"现在"是比较不幸的。

但真正要"从奴隶生活中寻出'美'来,赞叹,抚摩,陶醉",

---

[1]《阿Q正传》,最初分章发表于北京《晨报副刊》,1921年12月4日到1922年2月14日,署名巴人。见《鲁迅全集》第一卷,北京:人民文学出版社,2005年版,第515页。
[2] 毛泽东:《中国社会各阶级的分析》,《毛泽东选集》第一卷,北京:人民出版社,1952年版,第8页。
[3] 鲁迅:《阿Q正传》,《鲁迅全集》第一卷,北京:人民文学出版社,2005年版,第515页。

却还要靠他著名的精神胜利法。比方眼前如果只有半杯水,不说只有半杯水,而说还有半杯水,这种广义的精神胜利法是常人都可能有的从不同角度看问题的心理调节机制。阿Q实践的是狭义的精神胜利法,必须建构在"屈辱"和"虚构"两个要素之上。

> 阿Q在形式上打败了,被人揪住黄辫子,在壁上碰了四五个响头,闲人这才心满意足的得胜的走了,阿Q站了一刻,心里想,"我总算被儿子打了,现在的世界真不象样……"于是也心满意足的得胜的走了。[1]

在这个经典情节中,令阿Q难过的不仅是皮肉伤痛,更是精神屈辱。竹内好认为,"屈辱感"对鲁迅的创作来说十分重要,"竹内好就是要在民族的'屈辱感'当中来寻求鲁迅文学的本源意义上的动力。这就是把鲁迅文学称作'赎罪文学'的竹内好的鲁迅论的出发点"。[2] 从少年时代和自己身体一样高的当铺、药店柜台,到绍兴故里亲戚们怀疑他偷卖首饰的流言;[3] 从目睹华人麻木旁观国

---

[1] 鲁迅:《阿Q正传》,《鲁迅全集》第一卷,北京:人民文学出版社,2005年版,第517页。
[2] 吉田富夫著,李冬木译:《周树人的选择——"幻灯事件"前后》,《鲁迅研究月刊》,2006(2)。
[3] "事情的起因源自一位本家的叔祖母。这位被称为'衍太太'的妇人颇有些搬弄是非的功夫。父亲去世后,樟寿面临的最大困难,便是经济上的窘迫。衍太太撺掇他可以偷拿母亲的首饰去变卖。说得多了,樟寿甚至真的有些动心,但毕竟拘于家教,知道那是不道德的行为,因此也仅有限于'动心'而已。不料,没有多久,就有流言传播开来,似乎樟寿真的做了那样见不得人的事情!"(见陈光中:《走读鲁迅——一代文学巨匠的11个生命印记》,北京:中国文史出版社,2015年版,第26页。)鲁迅自己后来在《朝花夕拾》中回忆这段委屈羞辱:"大约此后不到一月,就听到一种流言,说我已经偷了家里的东西去变卖了,这实在使我觉得有如掉在冷水里。流言的来源,我是明白的,倘是现在,只要有地方发表,我总要骂出流言家的狐狸尾巴来,但那时太年青,一遇流言,便连自己也仿佛觉得真是犯了罪,怕遇见人们的眼睛,怕受到母亲的爱抚。好。那么,走罢!"于是才有了他到南京读新学堂等后续。(《琐记》,《鲁迅全集》第二卷,北京:人民文学出版社,2005年版,第302—303页。)

人被斩的幻灯片,到仙台的日本同学怀疑鲁迅(唯一的中国男生)的成绩受到藤野先生的特别关照,鲁迅对"屈辱感"及忍受、压抑、宣泄、纾解"屈辱感"的方式一向特别敏感。竹内好有论文详细考证仙台幻灯片和分数事件对鲁迅弃医从文的影响:"他并不是抱着要靠文学来拯救同胞的精神贫困这种昂首挺胸的愿望离开仙台的。……他恐怕是咀嚼着屈辱离开仙台的。……屈辱不是别的,正是他自身的屈辱。与其说是怜悯同胞,倒不如说是怜悯不能不去怜悯同胞的他自己。"[1]阿Q的屈辱当然是基于他的"无产阶级"弱势地位,阿Q的特点(或特长)是想象力强,记忆力差,幻想与现实不分。他不仅能够在刚刚解脱屈辱痛苦后,马上就感到幸福光荣,而且有时就是以幸福光荣感来摆脱屈辱。而鲁迅自己,他所经历过的屈辱却刻骨铭心,因此他既理解又批判阿Q式的选择性遗忘能力。

除了"屈辱感"催生的动力,受害人还需要虚构能力才会感到"心满意足"。阿Q最后被审问时,因为将自己想参加革命的梦境与事实混淆以致被人误判为抢劫犯。我们注意到打败阿Q的闲人也是"心满意足"地得胜走了。重复用词暗示闲人也是另一层次的阿Q,所以这种形式的"心满意足"可以一层层循环下去(或上去),超越阶级局限,演变成所谓"国民性"的问题。晚清四大名著认为中国的问题关键在官僚制度,所以都重点写官员,写官怎么欺负民。20世纪30年代以后左翼文学假定中国的问题要靠人民,所以都重点写民众,写民怎么被官欺。只有"五四"时期的文学作

---

[1] 吉田富夫著,李冬木译:《周树人的选择——"幻灯事件"前后》,《鲁迅研究月刊》,2006(2)。

品写官民相通之处,即怎么算"立人",或怎么不像人,这也就是研究中国问题的关键——"国民性"。这个课题比较复杂,《重读鲁迅》书中会详述。

除了屈辱和虚构以外,阿Q的"优胜纪略"还包括第三个要素,即自虐。

> 他擎起右手,用力的在自己脸上连打了两个嘴巴,热刺刺的有些痛;打完之后,便心平气和起来,似乎打的是自己,被打的是别一个自己,不久也就仿佛是自己打了别个一般,——虽然还有些热刺刺,——心满意足的得胜的躺下了。[1]

这是从"奴隶生活中寻出'美'来……抚摩,陶醉"的较高境界,以肉体自虐纾解精神屈辱,还必须包含"仿佛是自己打了别个"的超级幻想能力。细查阿Q与闲人们打架的起因,是他不许别人嘲笑他的缺点——"癞疮疤"。攻击他人生理缺陷确实不太道德,阿Q早就有这个"觉悟"。但他忌讳一切与"癞"有关的词汇,将赖、光、亮、灯、烛等都列为禁忌和敏感词,就比较难以让人贯彻执行了。有缺点不许别人议论,这本是权贵者的特权。不知是阿Q受了统治阶级的污染(这是李希凡的观点,之后还会详论),还是威权人物其实内在也有阿Q心理?

在鲁迅常用的"看与被看""个人与群众"的小说结构模式中,阿Q因为向吴妈求爱及最后被杀头等事件,一度也成为"被看"

---

[1] 鲁迅:《阿Q正传》,《鲁迅全集》第一卷,北京:人民文学出版社,2005年版,第519页。

的中心人物，但很多别的时候，阿Q同时是看客群众。在其他一些作品之中，如《药》《示众》，当年吃瓜群众的看客行径正是他们"从奴隶生活中寻出'美'……抚摩，陶醉"的主要方式。旁观别人受难，可以让他们在排斥少数个体的同时获得自己还属于多数的虚拟安全感。"吃瓜"他人的"变态"，可以证明自己当然"正常"且属于"群体"。这是从单纯的"奴隶"向"奴才"方向发展的第一步。

除了能否在奴隶生活中找到让自己"心满意足"的"乐趣"，奴隶和奴才的第二个区别是前者"明知道是奴隶，打熬着，并且不平着，挣扎着，一面'意图'挣脱以至实行挣脱"；[1]后者则基本上生在奴中不知奴。为了专门给"奴才"下定义，鲁迅创作了他艺术性较高的散文诗集《野草》中的一篇散文《聪明人和傻子和奴才》。里面的奴才倒不像阿Q般容易"心满意足"，他也诉苦，有聪明人同情他、安慰他："我想，你总会好起来……"[2]但真的有"傻子"来帮他开窗砸墙，奴才马上害怕"主人要骂的"。然后一群奴才出来把帮忙的"傻子"赶走，最后还得到了主人的夸奖。对比这个奴才的"守本分"，阿Q就不安分得多。在经济上，阿Q进城当小偷助理，以致一度靠贩卖旧时装在未庄短暂"中兴"；在政治上，阿Q下决心参加革命，不管动机如何，他应该不会阻止别的阿Q帮他"开窗砸墙"，最多在旁边看，心里念着：反正也不是我砸的。总而言之，鲁迅说过："中国倘不革命，阿Q便不做，既

---

[1] 鲁迅:《漫与》,《鲁迅全集》第四卷，北京：人民文学出版社，2005年版，第604页。
[2] 《聪明人和傻子和奴才》发表在1926年1月4号《语丝》第60期，收入《野草》。见《鲁迅全集》第二卷，北京：人民文学出版社，2005年版，第221页。

然革命，就会做的。……此后倘再有改革，我相信还会有阿Q似的革命党出现。"[1]就小说中参加革命造反的行状事迹看（不仅考察他在土谷祠的梦，而且考虑他临死的瞬间看到的狼的眼睛），阿Q究竟近于"不平着、挣扎着"的奴隶？还是《野草》中被聪明人忽悠的奴才？这是一个争论了几十年的有关中国革命的研究课题。

奴隶和奴才还有第三个关键的区别。在很多"五四"作家笔下，奴隶是被侮辱与被损害者，因此是文学研究会"为人生的艺术"当中的主要人物，甚至是假想的被启蒙的读者。可是在鲁迅笔下的弱者典型阿Q，却不是单纯被人欺负的。小说第二章《优胜记略》与第三章《续优胜记略》，看上去像是同一话题（精神胜利法）的继续连载（因为是报纸连载，"每七天必须做一篇"[2]，也许是一期的篇幅够了，下一期继续）。但实际上仔细读小说原文，敏感的研究者会发现两个章节有重大区别[3]：第二章中阿Q只和未庄的闲人们打架，对方是强者，他处于弱势；而第三章中阿Q主要是和他看不上眼的王胡比捉虱子并打架。鲁迅特别分析战斗形势，"和那些打惯的闲人们见面还胆怯，独有这回却非常武勇了"。[4]但阿Q还是打输了，所以"要算是生平第一件的屈辱"。[5]因为是被同样属于弱势群体的王胡打，而不是被赵家人或闲人们欺负，阿Q一时乱了内心的阶级秩序，不大习惯，有一个瞬间"无可适从的站

---

[1]《〈阿Q正传〉的成因》，原载1926年12月18日上海《北新》周刊第十八期；收入《华盖集续集》。见《鲁迅全集》第三卷，北京：人民文学出版社，2005年版，第397页。
[2] 鲁迅：《〈阿Q正传〉的成因》，《鲁迅全集》第三卷，北京：人民文学出版社，2005年版，第397页。
[3] 毕飞宇：《沿着圆圈的内侧，从胜利走向胜利——读〈阿Q正传〉》，《文学评论》，2017（4）。
[4] 鲁迅：《阿Q正传》，《鲁迅全集》第一卷，北京：人民文学出版社，2005年版，第521页。
[5] 同上。

着"[1]。之后又碰到阿Q痛恨的装假辫子的"假洋鬼子",对方手上有棍,他也是吃亏。再之后就出现了小说中的一个关键情节:"对面走来了静修庵里的小尼姑……在屈辱之后……阿Q走进伊身旁,突然伸出手去摩着伊新剃的头皮……"[2]结果阿Q被小尼姑骂,"这断子绝孙的阿Q!"

阿Q摸小尼姑新剃的头皮,是个具有标志性意义的动作。同样的行为鲁迅在其他文章里一再批评:"勇者愤怒,抽刃向更强者;怯者愤怒,却抽刃向更弱者。"[3]有人告诉鲁迅,说"在大道上发见了两样东西了:凶兽与羊",鲁迅说:"我以为……大道上的东西没有这样简单,还得附加一句,是:凶兽样的羊,羊样的凶兽。""可惜中国人但对于羊显凶兽相,而对于凶兽则显羊相,所以即使显着凶兽相,也还是卑怯的国民。"[4]关于这种羊兽一体的现象,不仅出现在鲁迅所描写的农村无产阶级阿Q身上,也出现在他对城里革命大学生的形容中:"我还记得第一次五四以后,军警们很客气地只用枪托,乱打那手无寸铁的教员和学生,威武到很像一对铁骑在苗田上驰骋;学生们则惊叫奔避,正如遇见虎狼的羊群。但是,当学生们成了大群,袭击他们的敌人时,不是遇见孩子也要推他摔几个觔斗么?在学校里,不是还唾骂敌人的儿子,使他非逃回家去不可么?这和古代暴君的灭族的意见,有什么区分!"[5]鲁

---

[1] 鲁迅:《阿Q正传》,《鲁迅全集》第一卷,北京:人民文学出版社,2005年版,第521页。
[2] 同上书,第522—523页。
[3] 《杂感》,原载于1925年5月8日《莽原》(第三期),收入《华盖集》。见《鲁迅全集》第三卷,北京:人民文学出版社,2005年版,第63页。
[4] 《忽然想到·七》原载于1925年5月12日《京报副刊》,收入《华盖集》。见《鲁迅全集》第三卷,北京:人民文学出版社,2005年版,第63—64页。
[5] 鲁迅:《忽然想到·七》,《鲁迅全集》第三卷,北京:人民文学出版社,2005年版,第63页。

迅写这段文字的时候,当然并不知道以后还真有"成了大群"的学生组织,怎样对待与他们出身不同的同学们。当然小说中雇农阿Q基本上还是羊,但偶然显出凶相欺凌更弱者,却付出了极大代价。

毕飞宇认为"断子绝孙的阿Q"这句话出自小尼姑之口,太恶毒了。如果他写这个情节,让小尼姑说"阿弥陀佛"或者骂"臭流氓"就行了。但为什么要讲出这么重的一句诅咒呢?毕飞宇认为小说可以从结尾倒过来读:"抛开小说的复杂性,就发展的脉络而言,阿Q是被当作抢劫犯而被处死的,其实是个替罪羊。为什么阿Q会成为替罪羊呢?因为阿Q有前科,他走过他乡,做过几天的盗贼——阿Q为什么要走他乡、做盗贼呢?因为他在未庄遇到了生计问题,活不下去——他为什么就活不下去了呢?因为他找不到工作。为什么他就找不到工作呢?因为没有人敢聘用他。为什么没有人敢聘用他呢?因为他的生活作风出了大问题。为什么他的生活作风出了大问题呢?因为他骚扰过吴妈,他想和吴妈'困觉'。他为什么要和吴妈'困觉'呢?因为他想有个孩子。他为什么想要一个孩子呢?小尼姑说了,'断子绝孙的阿Q!'"[1]

其实阿Q想和吴妈"困觉"是否就是直接为了繁殖并不一定,小说里首先渲染朦胧的性觉醒——回到土谷祠后,阿Q"觉得自己的大拇指和第二指有点古怪:仿佛比平常滑腻些。不知道是小尼姑的脸上有一点滑腻的东西粘在他指上,还是他的指头在小尼姑脸上磨得滑腻了?……"[2]我们记得,年轻资本家佟振保也是和浴后的王娇蕊握了握手,溅了点肥皂泡沫在他的手背,"那一块皮肤上得

---

[1] 毕飞宇:《沿着圆圈的内侧,从胜利走向胜利——读〈阿Q正传〉》,《文学评论》,2017(4)。
[2] 鲁迅:《阿Q正传》,《鲁迅全集》第一卷,北京:人民文学出版社,2005年版,第524页。

有一种紧缩的感觉,像有张嘴轻轻吸着它似的"。[1]两位现代文学大家,都特别注意男性手指皮肤的感觉。但无论手指什么感觉,作家安排小尼姑的这句话,的确引发主人公后来一连串的悲剧,可以令读者意识到,被赵家人欺负只是奴隶的屈辱,摸小尼姑的头皮却是奴才的行为。

奴隶和奴才还有第四个,恐怕也是更重要的区别。奴隶只是"不平""挣扎",奴才一旦造反却马上想做主子,想自己也有奴才。讨论这个问题最典型的文本就是阿Q在土谷祠的梦,既展示了主人公的革命理想,又预言了后来几十年中国的一些基本状况:

> 造反?有趣,……来了一阵白盔白甲的革命党,都拿着板刀,钢鞭,炸弹,洋炮,三尖两刃刀,钩镰枪,走过土谷祠,叫道,"阿Q!同去同去!"于是一同去。……
>
> 这时未庄的一伙鸟男女才好笑哩,跪下叫道,"阿Q,饶命!"谁听他!第一个该死的是小D和赵太爷,还有秀才,还有假洋鬼子,……留几条么?王胡本来还可留,但也不要了。……
>
> 东西,……直走进去打开箱子来:元宝,洋钱,洋纱衫,……秀才娘子的一张宁式床先搬到土谷祠,此外便摆了钱家的桌椅,——或者也就用赵家的罢。自己是不动手的了,叫小D来搬,要搬得快,搬得不快打嘴巴。……
>
> 赵司晨的妹子真丑。邹七嫂的女儿过几年再说。假洋鬼

---

[1] 张爱玲:《红玫瑰与白玫瑰》,《传奇》(增订本),上海:山河图书公司,1946年版,第42页。

子的老婆会和没有辫子的男人睡觉，吓，不是好东西！秀才的老婆是眼胞上有疤的。……吴妈长久不见了，不知道在那里，——可惜脚太大。

阿Q没有想得十分停当，已经发出了鼾声，四两烛还只点去了小半寸，红焰焰的光照着他张开的嘴。[1]

"红焰焰的光照着他张开的嘴"——土谷祠之梦的最后一句，耐人寻味。这段梦境描写，在《阿Q正传》中，在鲁迅的全部创作中，甚至在整个中国现代文学中，都十分重要。这里有几点特别值得注意。

第一，革命者不是应该和同阶级的小D连手，首先打击赵家人，设法团结闲人王胡等，或者暂时统战利用假洋鬼子等知识分子吗？为什么复仇名单上第一个该死的竟是小D？为什么小D与阶级敌人赵太爷并列，甚至排名在前，也在秀才、假洋鬼子前面？最简单的理由，就是小D跟阿Q不久前有直接肢体冲突，是在眼前晃的讨厌的人。或者是因为他明明比我弱，还不肯服从（潜台词是弱势就该服从）？稍微讲深一点儿，翻天覆地中，镇压同类是当务之急（也是潜意识里排斥同一阵营的竞争对象，条件越相似越要先提防或铲除）。讲的更复杂一点儿，打倒赵家人还可以说是底层的复仇，惩罚小D却只能说明男主人公想迅速实施随意处置他人的暴力，想迅速获得做主子的权力。

---

[1] 鲁迅：《阿Q正传》，《鲁迅全集》第一卷，北京：人民文学出版社，2005年版，第540—541页。

第二,"我要什么就是什么,我喜欢谁就是谁",[1]东西财物也是要的,"元宝,洋钱,洋纱衫,……秀才娘子的一张宁式床"。更重要的是,"叫小D来搬,要搬得快,搬得不快打嘴巴。……"小D最忙,不仅在该死名单之首,还要帮新主人搬床。阿Q不仅可以惩罚其他奴隶,而且可以任意使唤他们,为自己服务。恐怕不需要黑格尔主奴辩证法那样复杂的哲学分析,就可知阿Q的情况,即在幻想成为他人的主子时,自己也由奴隶转化为鲁迅定义的奴才。

第三,主人公的性幻想涉及村庄里很多女人,从人家的妹子、女儿、老婆,到他"心上人"吴妈,其"性趣"和审美标准基本延续乡俗传统。说明革命有时并不改变财物(包括女人)的价值和与之相联系的价值观,只是改变了财物的所有权。

汪晖在论文《阿Q生命中的六个瞬间》中认为:"阿Q是一个永远不能用自己的思想来思想的人,……必须从他的潜意识或本能之中去发掘,只有在他无法控制的领域,我们才能找到阿Q革命的契机。"[2]在土谷祠的革命梦里,如果说财物、女人甚至对小D的厌恶都还是主人公可以意识到、可以解释的欲望,那么镇压同类、排斥竞争,以及想随意处置他人、想迅速获得做主子的权力等行径,可能真的只能从潜意识层面解读。阿Q既是高度写实的雇农,又是某方面民族魂灵的象征,所以他个人的潜意识,某种程度上就会成为后来中国革命(尤其是农民革命)的集体无意识。鲁迅其实很清楚他在阿Q的土谷祠之梦中写了什么:"我也很愿意如人们所说,我只写出了现在以前的或一时期,但我还恐怕我所看见的

---

[1] 鲁迅:《阿Q正传》,《鲁迅全集》第一卷,北京:人民文学出版社,2005年版,第539页。
[2] 汪晖:《阿Q生命中的六个瞬间》,《现代中文学刊》,2011(3)。

并非现代的前身,而是其后,或者竟是二三十年之后。"[1]鲁迅此文的写作时间是 1926 年。我们会在后面的章节讨论 50 年代的理论家们怎么解读《阿Q正传》。

与土谷祠的梦这样精准具体的革命想象相呼应,在散文《小杂感》里,鲁迅对阿Q所处的革命背景有如下概括和感慨:

> 革命,反革命,不革命。
>
> 革命的被杀于反革命的。反革命的被杀于革命的。不革命的或当作革命的而被杀于反革命的,或当作反革命的而被杀于革命的,或并不当作什么而被杀于革命的或反革命的。
>
> 革命,革革命,革革革命,革革……。[2]

鲁迅晚年只在极偶然的时候才会将奴隶和奴才这两个概念混为一谈。比如在杂文《偶成》里,讲到"奴隶们受惯了'酷刑'的教育,他只知道对人应该用酷刑。……奴才们……不能'推己及人'"。[3]例子是小说《铁流》中的农民杀了一个贵人的小女儿,不明白她母亲为什么哭得凄惨,"哭什么呢,我们死掉了多少小孩子,一点也没哭过。……奴隶们受惯了猪狗的待遇,他只知道人们无猪狗"。[4]就是说,一旦造反,使用暴力是奴隶和奴才的共通

---

[1] 鲁迅:《〈阿Q正传〉的成因》,《鲁迅全集》第三卷,北京:人民文学出版社,2005 年版,第 397 页。
[2] 《小杂感》,原载于 1927 年 12 月 17 日《语丝》周刊第四卷第一期,收入《而已集》。见《鲁迅全集》第三卷,北京:人民文学出版社,2005 年版,第 556 页。
[3] 《偶成》,原载于 1933 年 10 月 15 日《申报月刊》第二卷第十号,收入《南腔北调集》。见《鲁迅全集》第四卷,北京:人民文学出版社,2005 年版,第 600 页。
[4] 同上。

点。但在更多的时候,鲁迅更倾向于强调奴隶与奴才两个概念的差异。谈及奴才,鲁迅常用鄙视语气,"'揩油',是说明着奴才的品行全部的"。[1] 而讲到奴隶,鲁迅有时甚至有点赞扬:"古埃及的奴隶们,有时也会冷然一笑。这是蔑视一切的笑。不懂得这笑的意义者,只有主子和自安于奴才生活,而劳作较少,并且失了悲愤的奴才。"[2] 除了"自安""劳作较少,并且失了悲愤"之外,鲁迅认为奴才的另外一个标志就是帮凶,帮助主子去镇压其他奴隶。

> 一部《水浒》,说的很分明:因为不反对天子,所以大军一到,便受招安,替国家打别的强盗——不"替天行道"的强盗去了。终于是奴才。[3]

简而言之,鲁迅论述从奴隶生态向奴才心态的转化,认为一般需要具备四个条件:一是在奴隶生活中找到乐趣并陶醉其中;二是不会挣扎反抗,安于现状,甚至身在奴中不知奴;三是被人侮辱但也要损害他人;四是自己也想拥有奴才并且帮助主子打击别的奴隶或奴才。而阿Q,如上所述,大致符合其中1、3、4项条件。

但《阿Q正传》整个小说,不仅在写奴隶生态与奴才心态之间的种种复杂关系,而且还借一个"长衫人物"(民初的官员或文人)之口,直接提出了另一个相关的概念——"奴隶性"。阿Q最

---

[1] 《揩油》,原载于1933年8月17日《申报·自由谈》,收入《准风月谈》。见《鲁迅全集》第五卷,北京:人民文学出版社,2005年版,第269页。
[2] 《过年》,原载于1934年2月17日《申报·自由谈》,收入《花边文学》。见《鲁迅全集》第五卷,北京:人民文学出版社,2005年版,第463—464页。
[3] 《流氓的变迁》,原载于1930年1月1日《萌芽月刊》第一卷第一期,收入《三闲集》。见《鲁迅全集》第四卷,北京:人民文学出版社,2005年版,第159页。

后被抓提审时,看到一个"满头剃得精光的老头子",旁边还有一些"长衫人物",这些人"怒目而视的看他;他便知道这人一定有些来历,膝关节立刻自然而然的宽松,便跪了下去了"。

"站着说!不要跪!"长衫人物都吆喝说。

阿Q虽然似乎懂得,但总觉得站不住,身不由己的蹲了下去,而且终于趁势改为跪下了。

"奴隶性!……"长衫人物又鄙夷似的说,但也没有叫他起来。[1]

小说中直接增加了一个理论概念,就使问题变得更复杂了。这"奴隶性",究竟是隐形的作者对阿Q的直接批判,还是长衫人物们(可以理解为知识分子或辛亥革命中的改良派)对阿Q的间接迫害?所谓"奴隶性",是否是奴隶生活的必然延伸,因此就是奴隶的品行?还是对鲁迅一再分析的"奴才心态"的另一种批判?而"奴隶""奴才"和"奴隶性"这三个概念之间,究竟又是怎样一种逻辑关系?

三

《阿Q正传》到底是写"奴隶"革命还是"奴才"造反,曾经引起50年代学术界的激烈争论。不过当时的术语有所不同,饥

---

[1] 鲁迅:《阿Q正传》,《鲁迅全集》第一卷,北京:人民文学出版社,2005年版,第548页。

寒交迫的"奴隶"说的是农民身份的阿Q，欺软怕硬自欺欺人的奴才心态则被称为"阿Q精神"，或者"阿Q主义"。

在特定的历史语境里，如何解读农民阿Q身上的"阿Q精神"，或者"阿Q主义"（即诸多"奴才"特征），成为一个难题。而且阿Q也不只是农民，他还是雇农，没有任何生产数据、生产工具，严格说来，是农村的"无产阶级"，是主流话语中的先进阶级，是新中国的领导力量。怎么一个"无产阶级"，整天用虚幻想象排解屈辱，还要在现实中欺负属于弱势群体的小尼姑，还要在幻想中惩罚奴役同一阶级的小D并享用统治阶级的财产与女人？

50年代的学者们至少尝试了两个方法来解释以上困惑：一是赋予阿Q土谷祠之梦以阶级斗争的正能量，强调奴隶必须革命；二是将阿Q的缺点跟优点区别开来，将奴隶身份与奴才心理切割。

第一种方法的典型是50年代鲁迅研究的权威学者陈涌的《论鲁迅小说的现实主义》一文。陈涌认为鲁迅的《呐喊》《彷徨》"深刻地反映了中国的革命，反映了中国革命的性质和动力"，"鲁迅是现代中国在文学上第一个深刻地提出农民和其他被压迫群众的状况和他们的出路的作家。农民问题成了鲁迅注意的中心"。陈涌强调阿Q土谷祠里的梦"是鲁迅对于刚刚觉醒的农民的心理的典型的表现"，"它虽然混杂着农民的原始的报复性，但他终究认识了革命是暴力"，"毫不犹豫地要把地主阶级的私有财产变为农民的私有财产"，并且"破坏统治了农民几千年的地主阶级的秩序和'尊严'"，这都表现了"本质上是农民革命的思想"。[1]

---

[1] 陈涌：《论鲁迅小说的现实主义——〈呐喊〉与〈彷徨〉研究之一》，《人民文学》，1954（11）。

陈涌同时还认为《阿Q正传》"从被压迫的农民的观点"对资产阶级及其领导的辛亥革命进行了批判,"鲁迅清楚地表明了,地主阶级或地主阶级里的资产阶级化的知识分子如何伪装革命,如何向革命投机,如何排斥真正的革命的力量"。陈涌的观点直接影响到70年代石一歌的《鲁迅传》——这是1966—1976年间唯一一本现代文学研究著作:

> 《阿Q正传》正是通过对资产阶级革命的不彻底性和妥协性的批判,揭示出了一个历史的结论:资产阶级再也不能领导中国革命了。[1]

如果小说中责骂他"奴隶性"的"长衫人物",是"资产阶级化的知识分子",他们批判阿Q的奴才精神,是出于阶级立场的局限。那么,见到长衫人物便忍不住跪下来的阿Q,应该就是受到资产阶级迫害而下跪的无产阶级了。

第二种方法的典型,以何其芳、冯雪峰为代表。钱谷融在他的著名论文《论"文学是人学"》中,摘引了几段相关评论:

> 关于阿Q的典型性问题,已经争论了好几十年了,但是直到现在(1957年——引者),大家的意见仍很分歧。何其芳同志一语中的地道出了这个问题的症结所在:"困难和矛盾主

---

[1] 石一歌:《鲁迅传》(上),上海:上海人民出版社,1976年版,第70页。

要在这里：阿Q是一个农民，但阿Q精神却是一个消极的可耻的现象。"许多理论家都想来解释这个矛盾，结果却都失败了。……为什么农民身上就不会有或者不能有消极的可耻的现象呢？是谁做过这样的规定的？……解放初期，不是就有许多人认为：说阿Q是一个农民，是一种农民的典型，是对我们勤劳英勇的农民的侮辱吗？……针对这种指责，理论家赶快声明说：阿Q只是个落后农民的典型，并不是一般农民的典型（幸喜没有人肯自居于落后农民之列，不然，恐怕也会要有人出来抗议的）。同时，又特别强调阿Q的革命性，以期使他虽然有着那么多的缺点，终于还能配得上他光荣的农民身份。……

但把阿Q说成是落后农民的典型，问题依旧并没有解决。落后农民毕竟还是个农民，而且，他的落后决不是天生的，正是因为有了阿Q精神，他才成为一个落后农民的。那么，他身上的阿Q精神，究竟是怎样产生的呢？……冯雪峰同志是把阿Q和阿Q主义分开来看的。认为阿Q主义是属于封建统治阶级的东西，不过由《阿Q正传》的作者把它"寄植"在阿Q的身上罢了。[1]

冯雪峰是和鲁迅关系最近的左翼理论家，鲁迅晚年有些文章就是冯雪峰起草的。将阿Q与阿Q主义区分开来的依据，看上去好像是鲁迅所强调的奴隶与奴才的区别。但如引申开去，说农民阿Q

---

[1] 钱谷融：《论"文学是人学"》，原载《文艺月报》（上海）1957年第5期。引文摘自1958年上海新文艺出版社编辑、出版的《论"文学是人学"的批判集》（第1集）。

只是"奴隶","奴才精神"属于封建统治阶级,则又将两者关系简单化了。事实上,本文从第一部分起就在努力梳理两者的关系,奴才心态是因为奴隶不自觉且不承认自己所处的奴隶生态才发展出来的,但这种发展又存在质的变化。冯雪峰将两者切割后还要解释两者间的关系,于是就说奴才精神属于统治阶级,但寄植在奴隶身上。寄植?是像王胡、阿Q身上的虱子么?借用张爱玲的名句:奴隶健美的身体上,寄植着奴才般的虱子?

李希凡更是发展了冯雪峰的说法,不过他不用"寄植"这个字眼,而说是奴隶受了"统治阶级的统治思想毒害的结果"。他说:"鲁迅通过雇农阿Q的精神状态,不仅是为了抨击封建统治阶级的阿Q主义,更深的意义在于控诉封建统治阶级在阿Q身上所造成的这种精神病态的罪恶。"又说:"鲁迅通过落后农民的阿Q来体现阿Q精神,这正表明了鲁迅对于这种腐朽的精神状态所给予人民危害性的发掘和强调……"[1]所以《阿Q正传》写的就是统治阶级如何将"奴隶"残害成"奴才"的过程。但何其芳"看出了这种说法无论在理论上还是在实际上都是不大说得通的,因而又提出了另外的看法。他认为阿Q精神'并非一个阶级的特有的现象',而是'在许多不同阶级不同时代的人物身上都可以见到的','似人类的普通弱点之一种'(这最后一句是三十多年前茅盾同志的话,但为何其芳同志所同意的)"。[2]但何其芳这种阿Q精神属于不同阶级的说法,立即遭到了李希凡的反驳,李希凡指责这种看法是一种超阶级的人性论观点。1956年底中国科学院文学研究所举办的讨

---

[1] 转引自钱谷融:《论"文学是人学"》,原载《文艺月报》(上海)1957年第5期。
[2] 钱谷融:《论"文学是人学"》,原载《文艺月报》(上海)1957年第5期。

论会上，有更多的人对何其芳进行了同样的指责。[1]

怎么解释小说《阿Q正传》中直接出现的理论概念"奴隶性"呢？

第一种看法。如上所述，在50年代，冯雪峰认为"奴隶性"（阿Q精神）是一种病，这个病本来是属于"赵家人"，可是传染给了穷人阿Q。李希凡的说法更进一步，他认为鲁迅小说的意义和价值，就是揭露了有钱人为什么以及怎样把他们身上的"病"传染给我们无产阶级农民阿Q。

第二种看法。石一歌认为"奴隶性"本来不属于奴隶，甚至也不会传染。长衫人物们责骂阿Q"奴隶性"，这是一种污蔑，在小说语境里这是资产阶级改良派对农民运动（不只是湖南的农民运动）的恶意攻击，目的是不许阿Q革命；如此推理下去，如果在后来的评论语境里，用"奴隶性"（奴才心理）形容解释长期专制制度下形成的国民劣根性或社会文化心理秩序，应该也需要提高警惕。

第三种看法。"奴隶性"确实和奴隶生态有关。尤其是在社会等级固化、上升阶梯不通、宣泄阀门也堵塞的情况下，底层弱势人群无可奈何，只能靠"精神胜利法"疏解屈辱感，"身不由己的蹲了下去，而且终于趁势改为跪下了"，也可以解读为一种集体无意识，一种被迫扭曲的文化心理生存机制。

第四种看法。小说中让长衫人物斥阿Q"奴隶性"，是一箭双雕：既在写实层面刻画大革命中文人官员的虚伪无力，又在寓言

---

[1] 转引自钱谷融:《论"文学是人学"》，原载《文艺月报》（上海）1957年第5期。

层面渗透隐形作者的批判态度。"奴隶性"是奴隶生态和奴才心态的结合,但并不只属于底层人群,而是跨阶级甚至跨国度的一种社会文化心理。其关健就是鲁迅在《俄文译本〈阿Q正传〉序及著者自叙传略》中强调的人分十等,手和脚感觉并不相通,"并且连自己的手也几乎不懂自己的足。我虽然竭力想摸索人们的魂灵,但时时总自憾有些隔膜"。[1] 其要害不在某个阶级,而是整体结构:"有贵贱,有大小,有上下。自己被人凌虐,但也可以凌虐别人;自己被人吃,但也可以吃别人。一级一级的制驭着,不能动弹,也不想动弹了。因为倘一动弹,虽或有利,然而也有弊。"[2]

《阿Q正传》的评论史,某种意义上也是20世纪中国文学批评史的一个缩影。文学形象阿Q身上的"奴隶性",最具体地体现了鲁迅对"奴隶"和"奴才"这两个概念的长期思考。小说人物阿Q不是完全不知挣扎反抗的奴隶,所以他并非典型的奴才。但他大致符合鲁迅定义"奴才"的另外三项条件:1. 善于在奴隶生活中寻找乐趣(精神胜利法,假想"先前很阔",还可能姓赵等);2. 不仅被赵太爷假洋鬼子或未庄闲人等人欺负,有机会也欺负小D和小尼姑;3. 其革命理想就是抢夺主子的财产、权力和女人,自己也想拥有可以随便驱使打骂的奴才。土谷祠之梦是对"短20世纪"中国革命的长预言(长久有效的预言)。在后来几十年有关《阿Q正传》的评论中,"阿Q人口"一度越来越少:开始指涉全体国民,后来是讲农民,再到落后农民,再到被统治阶级寄植病毒的农

---

[1] 《俄文译本〈阿Q正传〉序及著者自叙传略》,写于1934年,后收入《集外集》。见《鲁迅全集》第八卷,北京:人民文学出版社,2005年版,第84页。
[2] 鲁迅:《灯下漫笔》,《鲁迅全集》第一卷,北京:人民文学出版社,2005年版,第227页。

民……但与此同时，阿Q精神，或者说奴才心理传统，有没有也随着"阿Q人口"的减少同样比例减弱呢？这是一个问题。

"我们极容易变成奴隶，而且变了之后，还万分喜欢。"这是鲁迅先生对我们（也包括对他自己）的一种提醒和警告。在某种意义上，我们重读鲁迅，也会发现鲁迅一生大部分作品都贯穿着一个主题：起来，不愿做奴隶的人们！

2019年5月15日于香港麦当劳道
2024年9月15日修改于香港九龙尖沙咀

目 录

1. 在传统中反抗传统:《我之节烈观》 　1
2. 新青年想象:《我们现在怎样做父亲》 　10
3. 《娜拉走后怎样》:时间与地点 　15
4. 天才、胡须、雷锋塔 　19
5. 《春末闲谈》 　27
6. 《灯下漫笔》 　33
7. 写在《坟》后面 　43
8. 《随感录三十五》:论国粹 　51
9. 《随感录三十八》:"个人的自大"与"爱国的自大" 　58
10. 《随感录四十》:题为《爱情》的少年诗 　65
11. 《随感录四十八》:禽兽,或圣上 　72
12. 《呐喊》自序 　77
13. 《狂人日记》:中国现代文学的提纲 　85
14. 孔乙己的长衫 　95
15. 《药》中的十二个人物 　99
16. 《一件小事》:是否一件小事? 　104
17. 《故乡》中的两个阶级 　112

18	《阿Q正传》：精神胜利法的三个层次	119
19	《祝福》中的"四条绳索"	130
20	关于《肥皂》的争议	139
21	《伤逝》与"五四"爱情小说模式	146
22	最有鲁迅情调的小说：《在酒楼上》《孤独者》	153
23	还是"鲁迅碰到鲁迅"：《影的告别》	160
24	希望是甚么？是娼妓	168
25	《野草·风筝》：无法忏悔的悲哀	176
26	《过客》：鲁迅唯一的剧本	181
27	《立论》：说好话还是说真话？	188
28	《聪明人和傻子和奴才》：士官民三角关系缩影	196
29	《狗·猫·鼠》：鲁迅笔下的动物形象	198
30	《父亲的病》：弑父与怜父	204
31	《藤野先生》：为了国家和为了学术	211
32	青年必读书	219
33	《忽然想到》：论辩的魂灵	226
34	《忽然想到》：凶兽和羊	234
35	《这个与那个》：醉虾的帮手	240
36	《记念刘和珍君》	246

37	孺子牛的三项基本原则	254
38	革命与文学	261
39	鲁迅与香港	268
40	鲁迅的学术演讲：《魏晋风度及文章与药及酒之关系》	274
41	《小杂感》中的革命理论	282
42	左右夹击：《"醉眼"中的朦胧》	289
43	鲁迅与梁实秋的争论：关于文学的阶级性	298
44	鲁迅的世界观转变？	307
45	鲁迅与中国左翼作家联盟	314
46	《"民族主义文学"的任务和运命》	321
47	《为了忘却的记念》	328
48	谁是"第三种人"？	334
49	"奴隶"与"奴才"的区别：《漫与》和《偶成》	342
50	鲁迅在《申报·自由谈》	349
51	《申报·自由谈》：鲁迅与胡适	355
52	鲁迅笔下的风花雪月	363
53	鲁迅评阮玲玉之死：《论"人言可畏"》	374
54	"两个口号"之争的背后	380
55	重读鲁迅《答徐懋庸并关于抗日统一战线问题》	386

56　重读鲁迅的文章《死》　　　　　　　　　　　　394

附录

1　《摩罗诗力说》中的文艺观　　　　　　　　　403
2　《中国小说史略》中的"娱心"与"劝善"　　　414
3　周氏兄弟失和的原因　　　　　　　　　　　　417
4　《医学者所见的鲁迅先生》　　　　　　　　　433
5　鲁迅的遗嘱与遗产　　　　　　　　　　　　　440

1

在传统中反抗传统:《我之节烈观》

《我之节烈观》最早发表在1918年8月《新青年》月刊第五卷第二号上,署名唐俟。在时间上略晚于短篇小说《狂人日记》(1918年5月《新青年》第四卷第五号)。在2005年版《鲁迅全集》第一卷的排序中,《我之节烈观》排在《摩罗诗力说》等四篇文章之后,是第一篇白话散文(论说文)。[1]

《新青年》是当时最重要的文化期刊,为什么鲁迅的第一篇散文,竟然讨论的是女性的身体管理(或被管理)?

原因有二:一是作家为了救国,二是作家为了自己。

"节烈这两个字,从前也算是男子的美德,所以有过'节士','烈士'的名称。然而现在的'表彰节烈',却是专指女子,并无

---

[1] 同时期鲁迅也以唐俟为笔名,在《新青年》上发表一系列随感,其中最早一篇是《随感录二十五》,发表于1918年9月15日《新青年》第五卷第三号。后收入《热风》,1925年北新书局出版。

男子在内"。[1]南宋洪迈《夷坚丙志》卷一四曰:"吾今为忠孝节义判官,所主人间忠臣、孝子、义夫、节妇事也。"可见传统文化中的忠孝节义,向来有特定对象。按现今"百度·百科成语"的解释是"对国家尽忠,对父母尽孝,对丈夫守节,对朋友尽义"。节与烈是专门用来规范、表扬和管控女性精神及身体的道德规范。鲁迅在文章中说:"据时下道德家的意见,来定界说,大约节是丈夫死了,决不再嫁,也不私奔,丈夫死得愈早,家里愈穷,他便节得愈好。烈可是有两种:一种是无论已嫁未嫁,只要丈夫死了,他也跟着自尽;一种是有强暴来污辱他的时候,设法自戕,或者抗拒被杀,都无不可。这也是死得愈惨愈苦,他便烈得愈好,倘若不及抵御,竟受了污辱,然后自戕,便免不了议论。万一幸而遇着宽厚的道德家,有时也可以略迹原情,许他一个烈字……总而言之:女子死了丈夫,便守着,或者死掉;遇了强暴,便死掉;将这类人物,称赞一通,世道人心便好,中国便得救了。"

其实,当代汉语中"节烈"并非只是女德,男人也要有"气节",也会"失节",或者"晚节不保"。这其中的区别是,男人的"节"体现在思想行为、政治立场,女人的"节"只专门规范身体管理、两性关系。"烈士"是专属于男人的词语,女人即使成了英雄,也是女烈士(而非烈女)。"烈女"专指鲁迅所说"遇了强暴,便死掉"的女性。早在"五四"初期,鲁迅不需要套用复杂的性别理论,便解析了"节烈"等话语的男性中心主义属性,对礼教的道德批判也比后来的作家更彻底。巴金《家》中抗拒做妾

---

[1] 鲁迅:《我之节烈观》,《鲁迅全集》第一卷,北京:人民文学出版社,2005年版,第121—130页。以下鲁迅引文,除非特别标注,均同此出处。

投湖自尽的丫鬟鸣凤,后来还被觉民称赞:"看不出鸣凤倒是一个烈性的女子。"孙犁《荷花淀》里民兵队长上战场前临别嘱咐妻子,除了"要不断进步,识字,生产"以外,最后最重要的一点是"不要叫敌人汉奸捉活的。捉住了要和他拼命"。整队青年妇女被敌人追赶时,小说也议论,"假如敌人追上了,就跳到水里去死吧!"[1]

仅仅在"节烈"的定义部分,鲁迅已经层次分明地进行了很大篇幅的逻辑推理,这种文章结构在他后来的散文里很少出现。

鲁迅对"节烈救国论"提出了三层疑问。"首先的疑问是:不节烈……的女子如何害了国家?……丧尽良心的事故,层出不穷;刀兵盗贼水旱饥荒,又接连而起……政界军界学界商界等等里面,全是男人,并无不节烈的女子夹杂在内……只有刀兵盗贼,往往造出许多不节烈的妇女。但也是兵盗在先,不节烈在后,并非因为他们不节烈了,才将刀兵盗贼招来。"

"其次的疑问是:何以救世的责任,全在女子?照着旧派说起来,女子是'阴类',是主内的,是男子的附属品。然则治世救国,正须责成阳类,……决不能将一个绝大题目,都阁在阴类肩上。倘依新说,则男女平等,义务略同。纵令该担责任,也只得分担……不能专靠惩劝女子,便算尽了天职。"

鲁迅的疑问看似公平,对旧派新说都进行推理,说明是对"多数国民"发言。再"其次的疑问是:表彰之后,有何效果?据节烈为本,将所有活着的女子,分类起来,大约不外三种:一种是已经守节,应该表彰的人(烈者非死不可,所以除出);一种是不节烈

---

[1] 可参见许子东《重读20世纪中国小说·上卷》,上海:上海三联书店,2021年版,第212—213、349页。

的人；一种是尚未出嫁，或丈夫还在，又未遇见强暴，节烈与否未可知的人"。

听上去作者像在制定表彰节烈的具体方法。

第一种已经很好，正蒙表彰，不必说了。第二种已经不好，中国从来不许忏悔，女子做事一错，补过无及，只好任其羞杀，也不值得说了。最要紧的，只在第三种，现在一经感化，他们便都打定主意道："倘若将来丈夫死了，绝不再嫁；遇着强暴，赶紧自裁！"附带的疑问是：节烈的人，既经表彰，自是品格最高。但圣贤虽人人可学，此事却有所不能。假如第三种的人，虽然立志极高，万一丈夫长寿，天下太平，她便只好饮恨吞声，做一世次等的人物。

鲁迅运用了两种不同的论辩策略：前一种是疑问一和疑问二，反驳"节烈救国论"（不节烈女子如何害了国家？救世责任如何全在女方？），后一种是疑问三，假装站在"节烈表彰派"的立场，顺其逻辑推演出其中的荒诞。鲁迅将所有女人做了三种划分，节烈的很好，不节烈的也没办法了，关键是有待节烈的该怎么办？最后一个附带的疑问内含最强有力的想象：假如人们很想做节女，丈夫却一直很健康；又或者有人立志做烈女，却无人来强暴，怎么办呢？就文章写法而言，前面的批判好像排炮，条理分明，论说有理，但效果却不如最后一句匕首式的"附带疑问"。鲁迅后来的文风如郁达夫所言："简练的像一把匕首，能以寸铁杀人，一刀见血。"[1] 当然最后的讽刺也是从前面的推理逐步推出来的。《我之节烈观》前面略带调侃讽刺，后面才展开核心观点："单依旧日的常

---

[1] 郁达夫：《郁达夫文集·第六卷》，广州：花城出版社，1983年版，第272页。

识，略加研究，便已发现了许多矛盾。若略带二十世纪气息，便又有两层：

"一问节烈是否道德？道德这事，必须普遍，人人应做，人人能行，又于自他两利。"我少年时初读这段文字时，社会上正提倡"一不怕苦、二不怕死""毫不利己、专门利人"，使我对"人人应做、人人能行"的道德标准产生了怀疑并为此羞愧。所谓节烈，男人不必追求，女人也未必人人有资格，"所以决不能认为道德，当作法式"。鲁迅对被辱的"烈者"，无论是来不及死的或没有死的，却还要受到谴责，尤其愤怒："只要平心一想，便觉不像人间应有的事情，何况说是道德。"接下去，"二问多妻主义的男子，有无表彰节烈的资格？……社会国家，又非单是男子造成……既然平等，男女便都有一律应守的契约。男子决不能将自己不守的事，向女子特别要求"。简而言之：男所不欲，勿施于女。

先是三层疑问，再分三类女人，再来两个追问，到此为止，《我之节烈观》像是论说文。文章的下半部分，作家进一步思考深究"节烈这事，何以发生，何以通行，何以不生改革"。

鲁迅认为，节烈乃古代殉葬的遗风。"古代的社会，女子多当作男人的物品。或杀或吃，都无不可"。汉唐时期并不严格主张一女不事二夫，"饿死事小失节事大"是宋以后的礼教。"皇帝要臣子尽忠，男人便愈要女人守节"这里的家与国同一结构。鲁迅特别注意"节烈"与"国民被征服"的关系，"自己是被征服的国民，没有力量保护，没有勇气反抗了，只好别出心裁，鼓吹女人自杀……乱离时候……只得救了自己，请别人都做烈女……事定以后，慢慢回来，称赞几句"。百年以前鲁迅已预知了张艺谋电影

《金陵十三钗》的大概剧情，一群秦淮河妓女代替纯洁的女学生，持剪刀去做烈女，观众唏嘘感慨。

鲁迅的总结是精辟的，"只有自己不顾别人的民情，又是女应守节男子却可多妻的社会，造出如此畸形道德，而且日见精密苛酷……主张的是男子，上当的是女子。女子本身，何以毫无异言呢？原来'妇者服也'（《说文解字》卷十四——著者注），理应服事于人"。

抄书至此，想起前面说过，鲁迅写《我之节烈观》有两个目的：一是救中国（讽刺、批判、分析表彰节烈的以德救国论），二是救自己（作者写作时必须面对自己在某种意义上也在坚守"节烈"的妻子朱安）。

1906年夏天，25岁的鲁迅受父母之命回乡与朱安成婚。两家的婚事早已说定，鲁迅曾提两个条件，一要放足，二要进学堂，但朱安都没有做到。[1]周作人后来回忆说，"新人极为矮小，颇有发育不全的样子"。[2]鲁迅后来对许寿裳说，"这是母亲给我的一件礼物，我只能好好的供奉它，爱情是我所不知道的"。[3]王晓明《无法直面的人生》是国内学界较早讨论鲁迅朱安婚姻的一本鲁迅传记："鲁迅接受了，他如期出席婚礼，头上还装了一根假辫子；婚后第二天，也按着习俗随朱安去娘家'回门'，似乎是愿意尽量地符合礼教。但是，这并不表明他真愿意屈服，婚后第三天，他就搬

---

[1] 周冠五：《鲁迅家庭家族和当年绍兴民俗·鲁迅堂叔周冠武回忆鲁迅全编》，上海：上海文化出版社，2006年版，第245页。
[2] 周作人：《知堂回想录》（上），南京：江苏人民出版社，2018年版。
[3] 许寿裳：《亡友鲁迅印象记》，转引自朱正：《鲁迅传》，北京：生活·读书·新知三联书店，2008年版，第61页。

到母亲房中去睡；再过一天，更干脆离家远行，回日本去了。……

他自己做过多次解释。一是说不愿意违背母亲的愿望，为了尽孝道，他甘愿放弃个人的幸福。二是说不忍让朱安作牺牲，在绍兴，订了婚又被退回娘家的女人，一辈子要受耻辱。三是说他当时有个错觉，以为在酷烈的反清斗争中，他大概活不长久，和谁结婚，都无所谓了。"[1]

鲁迅回乡结婚，然后迅速离开，之后他很少再回乡，后来在北京八道湾、西三条等寓所夫妻二人也大都是分房居住。鲁迅写了几十年的日记，只有一处提及朱安："下午得妇来书，二十二日从丁家弄朱家发，颇谬。"（1914年11月26日）孙伏园在《鲁迅先生二三事》中说鲁迅形容自己"是一个独身的生活"[2]。其实，"五四"作家中像鲁迅这样应父母之命的旧式婚姻并不少见，但很多人在留学进城以后会寻找新的爱情，同时也会回乡看望自己的发妻甚至抚养小孩，而鲁迅在1906年以后近二十年间坚持"一个独身的生活"，他如何正视自己的人道需求？有没有像郁达夫那样接近日本女人？学术界对鲁迅日记中有关"濯足"等记载没有更详细的研究结论。他回乡成婚的心情，我们或许可以从《孤独者》中魏连殳回家乡参加家长葬礼时的克制忍耐以及之后像狼一样的嗥叫声中想象，但是更多的时候，他在灯下漫笔时，是如何面对他的妻子朱安的呢？鲁迅一生有几个基本矛盾，其中之一就是"在传统之中反抗传统"，为了直面朱安而要起草像《我之节烈观》这样的文章，这

---

[1] 王晓明：《无法直面的人生——鲁迅传》，北京：生活·读书·新知三联书店，2021年版，第35页。另据鲁迅对日本朋友鹿地恒说，他在婚礼后一周启程赴日。见蒙树宏：《鲁迅史实研究·鲁迅旧式婚姻探微》，昆明：云南教育出版社，1989年版。

[2] 转引自朱正：《鲁迅传》，北京：生活·读书·新知三联书店，2008年版，第63页。

不正是"在传统中反抗传统"吗？后来《随感录四十》有段文字，"但在女性一方面，本来也没有罪，现在是做了旧习惯的牺牲。我们既然自觉着人类的道德，良心上不肯犯他们少的老的的罪，又不能责备异性，也只好陪着做一世牺牲，完结了四千年的旧账"。[1]

想象一下鲁迅二十年来每天的生态和心情，我们才能理解为什么在"五四"的大时代大浪潮中，他给《新青年》的第一篇散文，竟然专门讨论女人的身体管理问题，而这又何尝不是男人的身体管理问题？我们之后还会讨论周氏兄弟决裂的种种可能性，对这个问题会有更复杂的推理和想象——"节烈"的实质，就是名不副实。丈夫没有了，女人却还要坚守妻子的名分、义务和职责。烈女身体消亡了，却还要坚持维系道德美名。鲁迅自己面对名不副实的婚姻，是否也是另一种意义上的"节烈"传统？

鲁迅继续提问："节烈难么？答道很难。……节烈苦么？答道，很苦。……不节烈便不苦么？答道，也很苦。社会公意，不节烈的女人，既然是下品；他在这社会里，是容不住的。社会上多数古人模模糊糊传下来的道理，实在无理可讲；……女子自己愿意节烈么？答道，不愿。人类总有一种理想，一种希望。虽然高下不同，必须有个意义"。

他得出结论："我依据以上的事实和理由，要断定节烈这事是：极难，极苦，不愿身受，然而不利自他，无益社会国家，于人生将来又毫无意义的行为，现在已经失了存在的生命和价值。"但鲁迅此文，仍留有一个光明的尾巴："节烈这事，……有哀悼的价

---

[1] 鲁迅：《随感录四十》，《鲁迅全集》第一卷，北京：人民文学出版社，2005年版，第338页。

值。……我们追悼了过去的人,还要发愿:要自己和别人,都纯洁聪明勇猛向上。要除去虚伪的脸谱。要除去世上害己害人的昏迷和强暴。"

这最后的光明,大概是为了《新青年》的革命基调而特别添加的。但也可以说是为了作家自己和他的妻子而表达的希望(或绝望)?

由此可见好的文章,尤其在现代中国文学中,总是一来写国家,二来写自己,两者缺一不可,且不可分割。鲁迅的《我之节烈观》《狂人日记》如此,郁达夫的《沉沦》、茅盾的《创造》、丁玲的《莎菲女士的日记》也是如此。

2

新青年想象:《我们现在怎样做父亲》

鲁迅收在《坟》里的早期白话文章,第一篇讨论女性贞洁问题(《我之节烈观》),第二篇讨论男人家庭责任——《我们现在怎样做父亲》(1919年11月《新青年》第六卷第6号),署名也是唐俟。这一时期鲁迅在《新青年》的《随感录》栏目陆续发表短文,文体不同,但关注的焦点却都是中国的家庭伦理道德规则。按照费正清的概括,中国古代文明"是以精耕细作的农业、严密组织的家庭生活和官僚化的行政机构为其特征"[1]。这三个基本特点中的第二点——儒家礼教向上维护皇权,向下管理百姓,用道德包装掩盖权力关系——是鲁迅与《新青年》同人当初最主要的挑战对象。鲁迅对《我们现在怎样做父亲》这个题目有两点解说,"第一,中国的'圣人之徒',最恨人动摇他的两样东西。一样不必说,也与

---

[1] 费正清、刘广京编:《剑桥中国晚清史(1800—1911年)》(上卷),北京:中国社会科学出版社,1985年版,第9页。

我辈绝不相干;一样便是他的伦常。"[1]（插一句,不必说的是什么呢?——引者）第二样伦常,君臣、父子、夫妇、兄弟、朋友是五伦,其中君臣关系鲁迅较少提及。《说文解字》定义"妇者,服也"。其实今天看来"夫者"也是"服也","服"是中国传统文化的核心关键。臣服君,子服父,妻服夫,三者同一结构。"服"在现代汉语中进化为"服从"或"信服",甚至"信念""信仰"。鲁迅从进化论角度,质疑"父对于子,有绝对的权力和威严",说"祖父子孙,本来各各都只是生命的桥梁的一级,……现在的子,便是将来的父"。考虑《新青年》的读者群当时多数是"子"辈,但提前思考一下,"新"的"青年"们日后怎样做"父亲"——后来果然成为20世纪中国的一个关键问题。

《我之节烈观》,讲男人以礼教压迫女人（当然男人也受苦）;《我们现在怎样做父亲》,讲父辈可能怎样压迫子女。在各种社会现象中,鲁迅最关注人伦道德背后的权力关系。一方面他相信进化论,认为一代会比一代好;但另一方面,他看到新的"父亲"可能制造轮回循环。进化理论与循环现实,这对矛盾背后是东西方不同的时间观,是现代性的悖论和困境。鲁迅看到,政治革命、官员换人、制度变迁、时代"进步",但因为国民性不变,很多问题又会陷入轮回循环。他初期的散文较多宣传进化论,稍后的小说较多刻画轮回循环的现实。一个进化论者,却常常看到很多事情回到起点,所以他相信又怀疑启蒙主义:新青年做了"父亲"以后,父亲还总是父亲。

---

[1] 鲁迅:《我们现在怎样做父亲》,《鲁迅全集》第一卷,北京:人民文学出版社,2005年版,第134—145页。以下鲁迅引文,除非特别标注,均同此出处。

鲁迅释题的第二点，被研究者夏济安用来概括鲁迅的一生："自己背着因袭的重担，肩住了黑暗的闸门，放他们到宽阔光明的地方去；此后幸福的度日，合理的做人。"需要讨论的是，第一，肩住的"黑暗的闸门"究竟是什么？第二，是否真有"宽阔光明的地方"？

父子关系是道德秩序，其实更是生命现象。鲁迅从科学立论讲人伦："一、要保存生命；二、要延续这生命；三、要发展这生命（就是进化）。"达尔文对他的影响十分明显。"……食欲是保存自己，保存现在生命的事；性欲是保存后裔，保存永久生命的事……饮食的结果，养活了自己，对于自己没有恩；性交的结果，生出子女，对于子女当然也算不了恩"。百年之后，仍有人主张必须向父母及父母官感恩。鲁迅学医在前，赛先生在当时对抗传统礼教，占有基本的知识优势。

"'父子间没有什么恩'这一个断语，实是招致'圣人之徒'面红耳赤的一大原因（这里的'圣人之徒'，据人民文学出版社2005年版的注解，是指比较坚持传统文化立场的林琴南）——引者注。他们的误点，便在长者本位与利己思想，权利思想很重，义务思想和责任心却很轻。"鲁迅认为，长幼之道并不是"恩"，而是"爱"。"所以我现在心以为然的，便只是'爱'。"早期鲁迅比较浪漫，多次强调"爱"；后期鲁迅比较现实，反复强调"恨"。在写《我们现在怎样做父亲》时，鲁迅比较愿意相信进化论；后来又亲眼目睹中国现实的轮回循环，因此直到临终也不原谅他的敌人。

鲁迅强调的爱，其实也充满矛盾：一方面他承认"爱己"是一件应当的事，"凡是不爱己的人，实在欠缺做父亲的资格"；另一方面又主张"觉醒的人，此后应将这天性的爱，更加扩张，更加醇化；用无我的爱，自己牺牲于后起新人。"一位已经过了十多年"独身生活"的中年已婚男人，并不知道以后会碰到什么样的女人，却开始替"五四"新青年们设计怎样做父亲："开宗第一，便是理解。……一切设施，都应该以孩子为本位……第二，便是指导。时势既有改变，生活也必须进化；所以后起的人物，一定尤异于前，……长者须是指导者协商者，却不该是命令者。……第三，便是解放。子女是即我非我的人，但既已分立，也便是人类中的人。"

鲁迅这些比较理想化的儿童教育观念，后来他果然身体力行。在上海大陆新村鲁迅最后的故居，三层新式里弄里最好的一个房间，不是他的书房和卧室，而是海婴的房间。

"中国相传的成法，谬误很多：一种是锢闭，以为可以与社会隔离，不受影响。一种是教给他恶本领，以为如此才能在社会中生活。"鲁迅否定这些不合理的传统，尤其认为不可教"恶本领"。结论是，"根本方法，只有改良社会"。

鲁迅讲父子关系（其实与君臣关系、夫妻关系同构）实际崩溃了，又依然如故，因为种种恶斗传统，皆可以美其名曰为"革命"。鲁迅当时对20世纪初的中国革命，充满怀疑。

总而言之，觉醒的父母，完全应该是义务的，利他的，牺牲的，很不易做；而在中国尤不易做。中国觉醒的人，为想随顺长者解放幼者，便须一面清结旧账，一面开辟新路。就是开首所说的"自己背着因袭的重担，肩住了黑暗的闸门，放他们到宽阔光明的地方去；此后幸福的度日，合理的做人"。这是一件极伟大的要紧的事,也是一件极困苦艰难的事。

《说唐》第四十一回记载隋炀帝时有一位大力豪侠,用身体挡住城门口的千斤大闸,保护18家造反头领与众多好汉,但豪侠自己却被压城下。夏济安在他的论文《鲁迅作品的黑暗面》中引用了这个出典,一方面赞扬鲁迅自我牺牲的精神界战士形象,一方面探究压住鲁迅的黑暗大闸究竟是什么力量。夏济安的观点:"对鲁迅来说,'黑暗闸门'的重压大致有两个来源:一是中国传统文学与文化,二是他自身不安的内心。"[1]

至于第二个问题,"放他们到宽阔光明的地方去",是否真有这样的地方呢?

---

[1] 夏济安:《黑暗的闸门:中国左翼文学运动研究》,香港:香港中文大学出版社,2016年版,第134—135页。

3

《娜拉走后怎样》：时间与地点

依照《坟》的排序，在《我们怎样做父亲》之后，是一篇学术文章，《宋民间之所谓小说及其后来》，原载1923年12月1日北京《晨报》五周年纪念增刊。这一时期鲁迅在北京大学讲"中国小说史"，讲义在1924年成书，即1925年北京北新书局出版的《中国小说史略》。在《坟·题记》里作者特别说明，他是将这些体裁上截然不同的东西集成一书。我们可以看到鲁迅那一时期各种文学学术活动的不同侧面：他不仅议论，而且抒情，还进行考证。

排在讨论宋代小说的文章之后的，就是著名的《娜拉走后怎样》，这是一篇在中国现代女性文学史上产生重要影响的作品，特别需要注意的是此文发表的时间和地点。《娜拉走后怎样》是鲁迅1923年12月26日在北京女子高等师范学校文艺会上的讲演。同样是关注女性身体问题，关注女性身体被男性管理之前因后果，这篇演讲距离《我之节烈观》的写作已经过去了五年。从1918年8月到1923年12月，在文学史上，这是周树人变成鲁迅的最关键的五年。鲁迅在此期间发表了《狂人日记》《阿Q正传》等大部分小说,也在《新青年》上发表了大量短文(诸多"随感录"被编成散文集《热风》),他看到"五四"新文化已从"呐喊"发展到"彷徨"。虽然还是讨论男权社会中女性的生理心理困境,但鲁迅的观点和态度已有了微妙变化。在1918年的文章《我之节烈观》的结尾处,作家大声疾呼:"要自己和别人,都纯洁聪明勇猛向上……要人类都受正当的幸福。"[1]但是在1923年,鲁迅却给女子师范的众多年轻女学生泼了一盆冷水:娜拉走后会怎样,"从事理上推想起来,娜拉或者也实在只有两条路:不是堕落,就是回来"[2]。

娜拉是易卜生一部话剧的主要人物(又译《傀儡家庭》),女主角不愿意在富裕的家中做庸俗市侩丈夫的花瓶,离家出走一幕是全剧的高潮,演出时全体起立鼓掌。胡适等一代"五四"文人,都很推荐这部戏,娜拉遂成为"五四"女性解放的一个符号(百年之后的中国,却有"宁在宝马里哭,不在自行车上笑"的说法)。想象在北京女子师范大学听鲁迅演讲的同学们,有的学生可能家庭并不赞成她们读书(女子无才便是德),有的学生为了读书也许离家出走,甚至是为了爱情在私奔,像丁玲的小说人物,或者早年萧红,等等。

可是鲁迅说:"娜拉或者也实在只有两条路:不是堕落,就是回来。"

为什么呢?鲁迅用童话寓言做现实推理:"如果是一匹小鸟,则笼子里固然不自由,而一出笼门,外面便又有鹰,有猫,以及别

---

[1] 鲁迅:《我之节烈观》,《鲁迅全集》第一卷,北京:人民文学出版社,2005年版,第130页。
[2] 鲁迅:《娜拉走后怎样》,《鲁迅全集》第一卷,北京:人民文学出版社,2005年版,第165—171页。原载北京女子高等师范学校《文艺会刊》1924年第六期。以下鲁迅引文,除非特别标注,均同此出处。

的什么东西之类；倘若已经关得麻痹了翅子，忘却了飞翔，也诚然是无路可以走。还有一条，就是饿死了"。

鲁迅后来一再重申这个逻辑推理，人之所以甘心于困境，是为了避免更坏的可能。鲁迅认为，在笼中幻想飞出去的自由，是做梦。"人生最苦痛的是梦醒了无路可以走。"这句话放大来说，鲁迅或者也在反省自己：唤醒沉睡的大众，拯救节妇烈女，乃至改造国民性，是否也都只是梦？鲁迅的矛盾与深刻在于，他既看到娜拉等人是在做梦，又指出梦的价值。"所以我想，假使寻不出路，我们所要的倒是梦。但是，万不可做将来的梦。"后面鲁迅把这句绕口又费解的话重复了一遍："假使寻不出路，我们所要的就是梦；但不要将来的梦，只要目前的梦。"

这番话很值得北师大女学生（以及现在的我们）深思，什么是将来的梦，社会愿景？伟大理想？牺牲当下？什么是目前的梦，文学幻想？爱情疗伤？活在当下？

鲁迅的逻辑一层递进一层：第一，娜拉只是做梦；第二，梦也有价值；第三，"梦是好的；否则，钱是要紧的"。"五四"是一个浪漫的时代，娜拉是浪漫潮流中的一朵水花。鲁迅是"五四"的旗手，却告诉人们水花不仅易碎美丽，而且碎掉后，下面是岩石。

> 为准备不做傀儡起见，在目下的社会里，经济权就见得最要紧了。第一，在家应该先获得男女平均的分配；第二，在社会应该获得男女相等的势力……要求经济权固然是很平凡的事，然而也许比要求高尚的参政权以及博大的女子解放之类更烦难。

我们要注意准备这篇演讲稿的地点与环境。在《娜拉走后怎样》起草或改稿之前不久，1923年8月2日鲁迅搬出八道湾的大宅，暂居相对狭小的砖塔胡同61号。鲁迅1906年成婚后，据说一直没有和朱安真正同房生活。在因兄弟反目事件（以后详论）搬出八道湾后，鲁迅的母亲和朱安其实仍然可以住在八道湾大宅，但朱安选择和鲁迅同住。之后的九个月300天中，有130天左右鲁迅的母亲回八道湾居住，这些时间是鲁迅和朱安很少有的真正同室面对面相聚的时光。正是在这段时间内，鲁迅起草并修改了他的《娜拉走后怎样》，如果说之前十多年的夫妻分居状态，促使鲁迅比较客观理性地讨论"节烈观"等女性道德标准，那么砖塔胡同的特殊写作环境，则使他更加现实地感受到女性婚姻的困境和解放道路之艰难。"在现在的社会里，不但女人常作男人的傀儡，……男人也常作女人的傀儡"，这讲的是普遍的社会现象，但又何尝不是作家的夫子自道？

前面说过，好的艺术，永远是民族的、国家的，同时也是作家私人的。比起最初在《新青年》上写文章时，鲁迅此时对女性解放的关注一如既往，但态度多少有些悲观："群众，——尤其是中国的，——永远是戏剧的看客。……中国太难改变了，即使搬动一张桌子，改装一个火炉，几乎也要血；而且即使有了血，也未必一定能搬动，能改装。不是很大的鞭子打在背上，中国自己是不肯动弹的"。从娜拉出走讲起，这个结尾是否有点远了？

其实也不远，从《娜拉走后怎样》的狭窄写作环境看，有两点鲁迅是身临其境，刻骨铭心的：一是男女其实互为傀儡，互相迫害；二是在当时的中国，任何改动都很艰难。

4

天才、胡须、雷锋塔

在散文集《坟》里，《娜拉走后怎样》后面也是一篇演讲稿，是1924年1月17日鲁迅在北京师范大学附属中学的演讲，题为《未有天才之前》。大意是回应当时文艺界、教育界和民众，在"五四"文艺复兴的时代气氛下希望中国出现天才的期盼和呼声。

记得自己少年时初读此文，心想那时的人们真是有眼无珠：鲁迅就站在你们前面，你们还在抱怨中国怎么没有天才！哪像今天，遍地都是大师，叫的人、听的人都不难为情。

鲁迅却没有直接回答什么是天才、中国当时有没有天才，或者谁是天才这样的问题。而是把话题巧妙一转："天才并不是自生自长在深林荒野里的怪物，是由可以使天才生长的民众产生，长育出来的，所以没有这种民众，就没有天才。"[1] 鲁迅认为在天才产生之前，应该先要求可以使天才生长的民众。在今天的旁观者听来，好

---

[1] 《未有天才之前》，最初发表于1924年北京师范大学附属中学《校友会刊》第一期。见《鲁迅全集》第一卷，北京：人民文学出版社，2004年版，第174页。

像是鲁迅在委婉地对听众说：是不是你们不认识天才？当然这是误解。鲁迅原意不是责怪群众，他真心不以天才自居（后来有人提名鲁迅获诺贝尔文学奖，鲁迅推却了）。鲁迅关于民众与天才的议论，其实隐含着另一个严肃的政治问题：在呼唤和崇拜伟大人物之时，中国有没有可以使伟大人物生长的民众？

在这次面对北京师范大学附属中学学生的演讲中，鲁迅没有点破天才和民众之间关系的复杂性，而是借题发挥批评了当时的一些文艺潮流。他觉得这些文艺潮流在扼杀天才、损坏土壤。他批评的对象，一是整理国故运动，二是崇拜创作的现象。前者批评的是胡适派，后者讽刺的是创造社。今天看来，胡适等人提倡"整理国故"也有道理，创造社早期创作也有成绩。但鲁迅的话也是对的。

鲁迅说文艺批评，像"恶意的批评家在嫩苗的地上驰马，那当然是十分快意的事；然而遭殃的是嫩苗"[1]，平常的苗和天才的苗一起遭殃。鲁迅对青年人说，"我想，天才大半是天赋的；独有这培养天才的泥土，似乎大家都可以做"。[2]一百年后，还是北京师范大学，现在有莫言、余华等人来兼职授课，培养未来的天才或现在的土壤。

鲁迅的话对青年学生讲，主要是为了鼓励，给了一点儿希望。以后我们在别处会看到鲁迅自己承认，他没有完全讲出他的真话。鲁迅关于天才和民众关系的说法，完全可以有一种负面的推理：如果某地老是出现独裁者，和当地民众有没有关系？或者更进一步

---

[1]　鲁迅：《未有天才之前》，《鲁迅全集》第一卷，北京：人民文学出版社，2005年版，第176页。
[2]　同上书，第177页。

说,到底是民众的麻木愚昧需要专制还是专制训练了民众的麻木愚昧?到1924年军阀时期,鲁迅很快就会忍不住讨论这个问题。

在《坟》这部散文集里,有两组文章非常重要:一是《摩罗诗力说》等四篇文言文章,显示了早期鲁迅对文艺、政治、历史以及西方价值观的很多独特思考;二是之后我们要读的《春末闲谈》《灯下漫笔》等鲁迅中期散文,在某种意义上也是鲁迅全部散文的精华。但是在这两组文章之外,被鲁迅郑重其事埋进《坟》里的,还有一些不同体裁不同话题的散文。其中有两个话题很有意思:一个话题是胡须,鲁迅自己以及别人的胡须;第二个话题是杭州的雷峰塔,一论二论。鲁迅连续地分别为这两个话题写了两篇文章,内容看上去只是身边小事,或者说是跟自己不大相关的事情。

关于胡须的文章第一篇题目就是《说胡须》,郑重其事。鲁迅讲他自己的胡子常常要剪,寻出镜子剪刀动手就剪,以使它和上唇的上缘平齐成一个隶书的一字,就是说把胡子在上唇剪成平的一字。现在可以看一下鲁迅的标准像——胡子很浓,头发很硬,胡子是平的。这已经成为鲁迅的人设形象。不能想象鲁迅有别的样子的胡子或发型。

但原来鲁迅青少年时也留过向上翘起的胡子,要用一些特别的胶油修饰。那时鲁迅就被人批评,身体又矮小,胡子又这样,怎么学日本人的样子?据说这是一位国粹家兼爱国者的指责。少年鲁迅觉得很冤枉,说身体本来就这么高,也不是我人为选择的。胡子虽然跟很多日本人相同,可日本人也是学了德国人,并非日本的国粹(想想德国的威廉皇帝,胡子往上翘)。但是他辩解也没有用。再加之修饰胡子的胶油在中国的确很难买,鲁迅后来就放弃了上翘的胡子。

胡子一不上翘,稍微长长一点儿,它就会下垂。这个下垂最开始是在两边下垂。当然有些人修齐就好,上唇的胡子不去剪,下面的胡子往下,就形成了像齐白石、丰子恺那样的风度了。结果又招来改革家的责难,所以最后鲁迅就放弃了,他就剪平。就是既不上翘,也不拖下,如"一个隶书的一字"。

胡须的样子值得写文章吗?还和《摩罗诗力说》《灯下漫笔》收在同一本书里。原来胡子一上翘,就被指责为假装日本人。鲁迅后来发现中国古代其实有很多这样的石刻画像,从北魏到唐的佛教造像,胡子都上翘。有人说,这是日本人伪造的。鲁迅嘲笑说,日本人为了自己的胡子上翘,还在中国的深山老林里去买很多伪造的佛像,也太辛苦了吧。所以,胡子上翘,中国古代历来有之,不完全是日本文化。而胡子拖下来,据鲁迅考证则是蒙古人带来的样式。

因为上翘的胡子,从日本回国途中,就有人称赞鲁迅,说你这个日本人中文说得真好!鲁迅辩解我是中国人都没有用。显然人们对胡须的样式,有很多"爱国主义"的联想。这些联想伤害了鲁迅的民族自尊心。因此鲁迅说:"凡对于以真话为笑话的,以笑话为真话的,以笑话为笑话的,只有一个方法:就是不说话。"[1]

因为胡须样式的刺激,鲁迅自省说,我实在比先前似乎油滑得多了。

可是没想到隔了一年,1925 年 10 月,鲁迅又写了一篇《从胡

---

[1]《说胡须》,原载于 1924 年 12 月 15 日《语丝》周刊第五期。见《鲁迅全集》第一卷,北京:人民文学出版社,2004 年版,第 185 页。

须说到牙齿》。因为有一个北大教授说,鲁迅从胡须说起,一直说下去,将来就要说到屁股。

这时鲁迅的文风,已经非常曲折且刻薄了。他说照此逻辑,土耳其革命以后失去了女人的面纱,那是多么下等的事!呜呼啊!她们已将嘴巴露出,将来一定要光着屁股走路了!鲁迅接下来说,"虽然有人数我为'无病呻吟'党之一,但我以为自家有病自家知,旁人大概是不很能够明白底细的。倘没有病,谁来呻吟?如果竟要呻吟,那就已经有了呻吟病了"。

这段话非常诡辩,也巧妙,一方面定义"无病呻吟"之不可能;另一方面,咬文嚼字,的确把问题讲深了一层。之后的论述还是和身体的零部件有关,报上说他参加游行被打落了两颗门牙,鲁迅就借机辟谣,说其实牙齿是在别的情况下掉的。没完没了,鲁迅说:"连胡须样式都不自由,也是我平生的一件感愤,要时时想到的。胡须的有无、样式、长短,我以为除了直接受着影响的人以外,是毫无容喙的权利和义务的,而有些人们偏要越俎代谋,说些无聊的废话,这真和女子非梳头不可的教育,'奇装异服'者要抓进警厅去办罪的政治一样离奇。"[1]

鲁迅这时太天真了,奇装异服被抓一点儿都不离奇。上世纪60年代中期,我亲眼见到上海最热闹的南京路市中心,一群激愤爱国的中学生,测量路人(尤其是女人)的裤脚管的尺寸,如果尺寸不合,规格太小了,马上当场在众目睽睽之下拿剪刀"唰"地由下往上剪,非常 sexy。大家想象一下,从小腿往上,"嚓"剪上去,连

---

[1] 《从胡须说到牙齿》,原载于1925年11月9日《语丝》周刊第52期,收入《坟》。见《鲁迅全集》第一卷,北京:人民文学出版社,2005年版,第261页。

警察都不需要。

多年以后，杭州的警察，将几位穿和服的女子抓了起来。网上评论说女子的着装伤害了国人的民族感情，应该立法禁止类似行为。说远一点儿，当年俄国彼得大帝也曾经要贵族不留胡须，贵族们不肯，最后怎么办？好吧，你们留胡须，需另交胡须税。

虽然我非常同意鲁迅在这两篇文章里，批判一个人处置自己身体或着装的方式如何引起"爱国""卖国"的不必要联想。鲁迅的批判今天看也很有远见。但是反过来平心想想，今天要是看到照片上的鲁迅，他的胡子是往上卷翘的，或者他的胡子像张佩纶——张爱玲的祖父一样两边是往下垂的，我们能习惯吗？

这"隶书的一字"，现在是鲁迅形象（"新文化的方向"）的标志。历史有很多偶然，鲁迅的胡子也是其中之一。

还有一个话题也有连续两篇文章。《论雷峰塔的倒掉》，发表于1924年11月17日的《语丝》，这是《语丝》月刊的第一期。《语丝》当时政治立场不鲜明，文化姿态也比较中立。鲁迅在首期上发表《论雷峰塔的倒掉》，文章好像真的没有什么政治社会批判，主要是对"白蛇传"的传说发表些议论，说法海多管闲事，人家白蛇自迷许仙，许仙自娶妖怪，与别人有何相干？其实这篇文章风花雪月，还把至今还在的保俶塔和当年倒掉的雷峰塔混为一谈。

但是几个月后，发表在《语丝》第十五期上的《再论雷峰塔的倒掉》，话题就严肃了。这就显示了《语丝》至少在鲁迅那里，从冲淡闲适起，渐入愤世嫉俗。第二篇关于雷峰塔的文章，起因是胡也频化名在《京报》副刊上发表的一篇通信。胡也频引轮船乘客的话，"说是杭州雷峰塔之所以倒掉，是因为乡下人迷信那塔砖放在自己的家中,凡事都必平安,如意,逢凶化吉,于是这个也挖,那个也挖,挖之久久,便倒了。"[1]

于是鲁迅有了联想。鲁迅先顺手批了一下中国人的"十景病"。有人感慨雷峰塔倒了以后,西湖十景就少了一景。鲁迅说,为什么一定要十景呢?随后鲁迅一句议论,给悲剧、喜剧下了定义:"悲剧将人生的有价值的东西毁灭给人看,喜剧将那无价值的撕破给人看。"[2]短短两句话,概括了很多学术论文里的概念八股;接着,他联想到外寇入侵,破坏中国的这些风景,中国人就在瓦砾上修补老例,怎么修补老例?翻县志,看每一次兵燹之后,上面都添上了很多烈妇、烈女的名字,"看近来的兵祸,怕又要大举表扬节烈了罢。许多男人们都那里去了?"

原来这是鲁迅一贯的想法,山河破碎,名胜被毁,男人们在做什么?重建一个塔,添上一些烈妇烈女的名字。从《我之节烈观》所讽刺的,到《金陵十三钗》所歌颂的,都是如此。

文章最后终于又回到雷峰塔。鲁迅要讲的最重要的话,说像雷峰塔倒掉或者龙门石窟被拆,其毁坏的原因,"非如革除者的志在扫除,也非如寇盗的志在掠夺或单是破坏,仅因目前极小的自利,也肯对于完整的大物暗暗的加一个创伤"。[3]鲁迅称之为这是一种"奴才式的破坏,结果也只能留下一片瓦砾,与建设无关"。

鲁迅这段话概括了中国的文物、祖宗的遗产(何止是文物和遗产)通常被三种力量所破坏,第一是革命,第二是侵略,第三是

---

[1] 《再论雷峰塔的倒掉》,原载于 1925 年 2 月 23 日《语丝》周刊第十五期,收入《坟》。见《鲁迅全集》第一卷,北京:人民文学出版社,2005 年版,第 201 页。
[2] 同上书,第 203 页。
[3] 同上。

最普遍的老百姓贪小利的自盗。但第三种破坏力量（"奴才式的破坏"）长期被忽视。

在象征层面上，鲁迅说："岂但乡下人之于雷峰塔，日日偷挖中华民国的柱石的奴才们，现在正不知有多少！"[1]鲁迅特别在文章最后说明，"含着借此据为己有的朕兆者是寇盗，含有借此占些目前的小便宜的朕兆者是奴才，无论在前面打着的是怎样鲜明好看的旗子"。

早在《摩罗诗力说》，鲁迅就开始注意使用"奴隶"这个关键词，到这篇论雷锋塔，鲁迅痛斥"偷挖中华民国的柱石的奴才们"。鲁迅真正梳理"奴隶"和"奴才"的关系，是在30年代。前面讲天才与群众，现在讲偷砖的奴才，鲁迅思考的还是专制与群众的吊诡关系。鲁迅一生都会被一些重大的矛盾关系困住（迷住），我们《重读鲁迅》将继续观察：一、在传统中反传统；二、理论进化与现实轮回；三、专制需要民众愚昧，还是民众愚昧需要专制；四、……

顺便插一句，雷峰塔最近已经修复了。杭州去看西湖十景，金光灿灿，焕然一新，香火通明，游客众多。相比之下，叫人感慨的是，六和隋塔（始建于北宋）倒没有多少人去。不知道鲁迅看到了会不会再写一篇三论雷峰塔。

---

[1] 鲁迅：《再论雷峰塔的倒掉》，《鲁迅全集》第一卷，北京：人民文学出版社，2005年版，第204页。

5

《春末闲谈》

在我心目中,这是鲁迅最好的散文之一,也是中国现代文学史上最出色的散文之一。而且,这篇散文还不是太有名,很多人可能都不知道有这么一篇文章。

散文,可以谈自然风景,可以讲科学道理,可以引经据典谈古论今,或者幻想未来世界。当然,散文还可以联系历史、批判现实,甚至不仅批判现实,还可以上升到哲学层面,讨论人性的变化、人类的古今。所有这些不同层面的内容——大自然、科学、古典文学、历史、现实、哲学,散文都可以涉及。

但有没有读过一篇散文:将这么多不同的层面,这么多复杂的内容,通通贯穿在一篇散文里,在一篇一两千字的散文里。这可能吗?这可行吗?而且这篇散文的题目还非常轻松恬静,叫《春末闲谈》[1]。

---

[1] 《春末闲谈》,原载于1925年4月24日北京《莽原》周刊第一期,署名冥昭,收入《坟》。见《鲁迅全集》第一卷,北京:人民文学出版社,2004年版,第214页。以下鲁迅引文,除非特别标注,均同此出处。

文章第一句:"北京正是春末,也许我(在散文中,叙事主人公'我',很多时候接近作者本人)过于性急之故罢,觉着夏意了,于是突然记起故乡的细腰蜂。那时候大约是盛夏,青蝇密集在凉棚索子上,铁黑色的细腰蜂就在桑树间或墙角的蛛网左近往来飞行,有时衔一支小青虫去了,有时拉一个蜘蛛。青虫或蜘蛛先是抵抗着不肯去,但终于乏力,被衔着腾空而去了,坐了飞机似的。"

第一段文字讲的是一个小小的自然景观,一种细腰蜂。细腰蜂昆虫学上属于膜翅目,蜾蠃科。这种青蜂无缘无故会把人家小青虫或者蜘蛛拉走。拉去干什么,免费坐飞机?原来是为了繁殖后代。鲁迅很有诗意地告诉我们,《诗经》当中有一句叫"螟蛉有子,果蠃负之"。美好的传说是细腰蜂把坐直升飞机来的小青虫放进她的窠里,封起来,然后自己在外面日日夜夜地敲打,好像嘴里念念有词,说"像我像我"。经过大概七七四十九天,打开窠,那青虫就变成了一只细腰蜂了。

这个描写自然界物种转化的美丽故事,出自《诗经》。汉代郑玄注:"蒲卢取桑虫之子,负持而去,煦妪养之。""煦"是温暖恩惠的意思。"妪"是古代对妇女的通称,"煦妪"加在一起当然就是母亲对儿女的态度。后来扬雄在《法言》当中讲,好像还听到了细腰蜂说什么,说是,"'类我,类我',久则肖之矣。"不是这个谎话千遍重复就是真理,而是祝愿重复千遍就有了小细腰蜂浪漫温馨的故事。所以鲁迅说他小时候见到树林里两个虫子一拉一拒,他就好像看到了这个慈母教女,满怀好意。

写到这里,好像真是一个奇特的自然景观,加上一个美丽的文学典故,很符合《春末闲谈》这么一个篇名。现代文学中这样冰心风格的文字,也是一个流派。

但作家笔锋一转:"但究竟是夷人可恶,偏要讲什么科学。科学虽然给我们许多惊奇,但也搅坏了我们许多好梦。自从法国的昆虫学大家发勃耳(Fabre)仔细观察之后,给幼蜂做食料的事可就证实了。而且,这细腰蜂不但是普通的凶手,还是一种很残忍的凶手,又是一个学识技术都极高明的解剖学家。她知道青虫的神经构造和作用,用了神奇的毒针,向那运动神经球上只一螫,它便麻痹为不死不活状态,这才在它身上生下蜂卵,封入窠中。青虫因为不死不活,所以不动,但也因为不活不死,所以不烂,直到她的子女孵化出来的时候,这食料还和被捕当日一样的新鲜。"

忽然之间自然界的慈母变成了残忍的凶手。美丽的传说变成了物竞天择进化论的冷酷案例。家庭温情剧瞬间变成恐怖片。

其实关于细腰蜂和小青虫的故事,中国古人也早有科学解释,比方六朝人陶弘景在注《本草》"蠮螉一名土蜂"条下时说:"今一种黑色细腰,衔泥于壁及器物边作房,生子如粟置其中;乃捕草上青蜘蛛十余置其中,仍塞口,以俟其子大而为粮也。"后来宋代文人也有相似的观察。简单说,就是把青虫放在窠里,用来帮助他们繁殖下一代。有意思的是,鲁迅明明也看到了这些中国古代科学:"我记得有几个考据家曾经立过异说,以为她其实自能生卵;其捉青虫,乃是填在窠里,给孵化出来的幼蜂做食料的。"可是鲁迅偏偏不引古人的考据,而要用法国科学家的最新研究。这里大概有"五四"时代强调外来赛先生的用意,或者残忍凶手用神奇毒针这个说法更有戏剧性、更有画面感——为了引申出自然、科学与文学以外的"春末闲谈"。

春末闲谈，谈什么呢？鲁迅说，几年前碰到"神经过敏的俄国的 E 君"，即爱罗先珂，一个双目失明的俄国诗人、童话作家，曾经在中国流亡，鲁迅很喜欢并翻译了他的作品。有一天 E 君"忽然发愁道，不知道将来的科学家，是否不至于发明一种奇特的药品，将这注射在谁的身上，则这人即甘心永远去做服役和战争的机器了？"鲁迅虽然装着跟爱罗先珂一起发愁的模样，心里却在想："我国的圣君，贤臣，圣贤，圣贤之徒，却早已有过这一种黄金世界的理想了。不是'唯辟作福，唯辟作威，唯辟玉食'么？不是'君子劳心，小人劳力'么？不是'治于人者食人，治人者食于人'么？"

鲁迅随手拈来三段儒家经典。作威作福今天是负面词汇，在《尚书》里却是指皇上和诸侯的本分职责，作福、作威、玉食。"君子劳心，小人劳力"在《左传》里是先王之志。《孟子·滕文公上》主张："劳心者治人，劳力者治于人。"鲁迅说："可惜理论虽已卓然，而终于没有发明十全的好方法。要服从作威就须不活，要贡献玉食就须不死；要被治就须不活，要供养治人者又须不死。"人类升为万物之灵，但就是没有细腰蜂的毒针。怎么办呢？或者说为什么呢？原来人类社会需要的毒针比细腰蜂的要厉害得多。因为这个"青虫，只须不动，所以仅在运动神经球上一螫，即告成功。而我们的工作，却求其能运动、无知觉，该在知觉神经中枢，加以完全的麻醉的。但知觉一失，运动也就随之失却主宰，不能贡献玉食，恭请上自'极峰'下至'特殊知识阶级'的赏收享用了。""就现在而言（鲁迅说的是一百年前，也还没有 AI——引者注），窃以为除了遗老的圣经贤传法，学者的进研究室主义，文学家和茶摊老板的莫谈国事律,教育家的勿视勿听勿言勿动论之外,委实还没有更好,更完全,更无流弊的方法。"

鲁迅总结与细腰蜂毒针相提并论的治民之术一共有四种:传统国学经典、新派整理国故、茶馆莫谈国是、学校教育规范。鲁迅的这篇闲谈四面挑战、语言犀利,一段话分别抨击了旧学圣贤、胡适主张、茶馆禁令、教育封闭。

然后鲁迅说,"礼失而求诸野",军阀统治没方法,建议引进外国手段。外国手段第一是禁止集会(开会也是舶来品?),其次要防说话,"人能说话,已经是祸胎了,而况有时还要做文章"。禁集合、禁言论,"虽有二大良法,而还缺其一,便是:无法禁止人们的思想"。

这才道出《春末闲谈》的主题——鲁迅责怪造物主,"一恨其没有永远分清'治者'与'被治者';二恨其不给治者生一枝细腰蜂那样的毒针;三恨其不将被治者造得即使砍去了藏着的思想中枢的脑袋而还能动作——服役。"有研究认为,鲁迅的思想转变是从进化论到阶级论,发生在20年代末30年代初。但《春末闲谈》中的"三恨"说明鲁迅创作中期的焦点,就在正视阶级矛盾和人世不公。具体来说就是分析治者与被治者的关系,治者如何麻醉被治者,以及两者的辩证转化,奴隶如何成为奴才和主子。"三恨"之后,鲁迅的散文进入了科幻层面:"假使没有了头颅,却还能做服役和战争的机械,世上的情形就何等地醒目呵!这时再不必用什么制帽勋章来表明阔人和窄人了,只要一看头之有无,便知道主奴,官民,上下,贵贱的区别。"没有了能思想的头却还活着,马上联想到《山海经》里刑天的"以乳为目,以脐为口"。陶潜说:"刑天舞干戚,猛志固常在。"没了头,却仍有猛志。鲁迅这篇文章的最后部分写道:"阔人的天下一时总怕难得太平的了。"

没有头还活着的现象,至今没人见过。但换头术好像已经有人在实验了,真的是科学大突破,真的有人可以继续用别人的身体活下去。毕竟,比细腰蜂的针更厉害啊。

一篇看似闲谈的散文,从大自然小昆虫说起,从文学传统到科学研究,再到社会批判、历史研究,再到人类困境的哲学思考,这就是鲁迅。

这只是一篇散文,这只是鲁迅在1925年春末的某一天的闲谈。

6

《灯下漫笔》

在《春末闲谈》之后,我们要读一篇同时期的散文,看上去题目也很轻松优美,但实际上内容更沉重。《灯下漫笔》1925年发表在《莽原》周刊上[1],是鲁迅一生中最重要的散文之一。文章中有两句话既脍炙人口又令人困惑,且前半部分里有个故事更加重要,值得慢慢咀嚼、细细回味。

"就是袁世凯想做皇帝的那一年,蔡松坡先生溜出北京,到云南去起义。这边所受的影响之一,是中国和交通银行的停止兑现。"注意商店"不欢迎中交票"与"袁世凯想做皇帝"之间看似偶然的关系。

我还记得那时我怀中还有三四十元的中交票,可是忽而变

---

[1] 《灯下漫笔》,原载于1925年5月1日、22日《莽原》周刊第二期、第五期,收入《坟》。见《鲁迅全集》第一卷,北京:人民文学出版社,2005年版,第222—229页。以下鲁迅引文,除非特别标注,均同此出处。

了一个穷人,几乎要绝食,很有些恐慌。……我只得探听,钞票可能折价换到现银呢?说是没有行市。幸而终于,暗暗地有了行市了:六折几。我非常高兴,赶紧去卖了一半。后来又涨到七折了,我更非常高兴,全去换了现银,沉垫垫地坠在怀中,似乎这就是我的性命的斤两。倘在平时,钱铺子如果少给我一个铜元,我是决不答应的。

  但当我一包现银塞在怀中,沉甸甸地觉得安心,喜欢的时候,却突然起了另一思想,就是:我们极容易变成奴隶,而且变了之后,还万分喜欢。

  这段话之所以是重点,不仅因为其中鲁迅作品的关键词"隆重登场",而且还有对关键词的具体个案分析——本来有些钱,突然不能用了,只能折扣兑现,损失财产,之后还"万分喜欢",这是鲁迅对"奴隶"的基本定义。概括起来:第一,你拥有的(或者你以为你拥有的)一些东西(劳动报酬、社会身份、政治地位、言论空间、家庭道德等)可以突然消失,而你无力、无从、无法反抗;第二,被剥夺的东西,如果能拿回一些,你会十分欢喜。前者说明"奴隶"的生态,后者代表"奴隶"的心态(开始向"奴才"转化)。

  其实中国在各古代文明社会中,奴隶占全社会生产力的比重是比较少的,奴隶社会的历史相对也比较短。为什么鲁迅特别强调中国社会中的奴隶生态与心态?因为在鲁迅看来,奴隶不只是(或者说主要不是)一个特定的阶级阶层,也不只是一个历史现象,而是当时中国国民一种相当普遍的生态和心态。属于你的东西,可以随时被剥夺，不仅底层民众被侮辱、被损害，就是富人或官员，也一样担心他们的财富权利会随时被剥夺。问题是，当他们的权利、财富、地位、健康被剥夺时，他们为什么不反抗，甚至在部分被剥夺后还十分欢喜？鲁迅指出其中的第一个原因是有更坏的可能性。

  假如有一种暴力，"将人不当人"，不但不当人，还不及牛马，不算什么东西；待到人们羡慕牛马，发生"乱离人，不及太平犬"的叹息的时候，然后给与他略等于牛马的价格，有如元朝定律，打死别人的奴隶，赔一头牛，则人们便要心悦诚服，恭颂太平的盛世。为什么呢？因为他虽不算人，究竟已等于牛马了。

"宁为太平犬，莫作乱离人"是元代施慧《幽闺记》里的诗句。打死奴隶赔头牛，也确实是依据成吉思汗的法令，《多桑蒙古史》里有引证。鲁迅引经据典、转换概念，结论是"实际上，中国人向来就没有争到过'人'的价格，至多不过是奴隶。到现在还如此，然而下于奴隶的时候，却是数见不鲜的"。比如曾被抄家的人，损失财物、尊严甚至生命，运动后期"落实政策"后也会庆幸感恩。"乱离人"的成因多是战争和动乱。在古代战争中，"中国的百姓是中立的，暂时连自己也不知道属于哪一面，但又属于无论那一面。强盗来了，就属于官，当然该被杀掠；官兵既到，该是自家人了罢，但仍然要被杀掠，仿佛又属于强盗似的。这时候，百姓就希望有一个一定的主子，拿他们去做百姓"。后来在动乱和革命中,百姓有时以为自己属于造反的一派或官府的一方,因此主动或被动地投身于其中的一方,但鲁迅从更长远的历史看,强调百姓实际上"连自己也不知道属于那一面"。鲁迅举了五胡十六国、黄巢、五代、张献忠等乱世的例子,有时"将奴隶规则毁得粉碎。这时候,百姓就希望来一个另外的主子,较为顾及他们的奴隶规则的,无论仍旧,或者新颁,总之是有一种规则,使他们可上奴隶的轨道。"

做奴隶或牛马是可悲的,但做不上奴隶或牛马则更惨。所以,害怕更坏的可能,是国人安于奴隶处境而不自觉的首要原因。

"任凭你爱排场的学者们怎样铺张,修史时候设些什么'汉族发祥时代''汉族发达时代''汉族中兴时代'的好题目,好意诚然是可感的,但措辞太绕湾子了。有更其直捷了当的说法在这里——

一,想做奴隶而不得的时代;

二,暂时做稳了奴隶的时代。"

这是《灯下漫笔》中最脍炙人口的两句话,是对几千年中国历史非常形象也非常极端的一个概括。少年时,初读鲁迅这两句话,十分震惊;后来我又常常怀疑、反思,是不是鲁迅太过激了。当然现在重读,我可以在这里加两个注解:

第一,鲁迅这段话的重点,与其说是在学术层面、史学意义上讨论"奴隶"这一概念,不如说是在比喻/象征等文学意义上运用"奴隶"这个词语。

第二,"奴隶"这个词当时被普遍使用。陈独秀在著名的《青年杂志》发刊词《敬告青年》中提出对青年的六点期望,第一条便是:"自主的而非奴隶的。"[1]瞿秋白等人翻译的《国际歌》歌词的第一句是:"起来,饥寒交迫的奴隶",《义勇军进行曲》首句也是"起来,不愿做奴隶的人们"。在使用"奴隶"这个词时,人们的态度有所变化,从纯粹贬斥批判,到中性描述,甚至后来还赋予其一定的正面意义,如30年代的"奴隶丛书""奴隶社"等等。

在世界历史上,奴隶是平民和贵族的财产,没有自己的自由和权利,可以被买卖,更无工作报酬,甚至连生命保障都没有。人类历史上,很多文明古国都建立在奴隶制度的基础上,古希腊、古埃及、古罗马、古巴比伦,一直到南北战争之前的美国南部,以及十八九世纪英、法等国在各地的殖民地,都有合法的奴隶存在。近代的奴隶很多是债奴,不像古代的奴隶,多是打了败仗的军人或罪犯。现代的奴隶,多是因为欠债、逼婚、人口贩卖等原因产生的。

显然这些奴隶与鲁迅讲的,原来有一百块,因为银行停止兑换,现在变成了70块,不是一回事情。

不是一回事情?两者内里有没有相通的地方呢?

中国历史上有没有马克思所说的奴隶社会,史学界一直有争议。将奴隶社会、封建社会、资本主义社会,视作人类历史发展的三个阶段的历史观被称为唯物史观。一般认为中国在战国前是奴隶制,奴隶来自战俘。但史学界也有无奴学派,认为这些战俘被杀是出于人祭的需要,而不是杀奴隶。从殷墟墓葬的结构来看,奴隶只占当时人口的3%,平民占百分之八十以上,这跟古希腊、古罗马的情况都不一样。当然有奴学派的研究更详细,他们将奴隶细分

---

[1] 陈独秀:《青年杂志》(《新青年》前身)"发刊词",1915年9月15日。

为官奴、私属等。汉代法令中，如果奴隶和良民打架，并把良民打伤，奴隶就要被处死。古巴比伦的法律中，如果良民帮助奴隶逃跑，要被处死。

宋代一度禁绝私属奴隶，但到元代奴隶又恢复了。明代中后期，蓄奴成风。有趣的是到了清代，八旗子弟都认为自己是爱新觉罗家的家奴，所以自称奴才，因为这是一种光荣，一种资格。香港1923年才通过《家庭女役则例》，正式废除家庭里面的女役。自此在香港家里的女工，必须是受薪女佣。

不管怎样，鲁迅说的身上原来有一百块钱，分明还有去黑市兑换现银的自由，这种境况显然不符合历史上奴隶的境况。但有一点是相似的，就是你拥有的东西没有保障，可以无缘无故地被剥夺。不是因为炒股、借贷或者遗失，只是因为毫不相关的法令政策，你的东西就没了。这和奴隶没有自己的人格、自由、权利，有没有相通的地方？

我们花这些篇幅来讨论奴隶的定义，是因为"奴隶"和"奴才"这两个概念的区别是鲁迅思想和创作的一个核心。鲁迅为什么要努力批判阿Q精神和国民性？这个课题，我们以后会多次碰到。

简而言之，历史学、社会学意义上的奴隶，是没有人身自由，必须无报酬劳动的。但在文学、心理学意义上的奴隶，就是指一个人已获得的东西——劳动报酬、金钱房子、说话权利等，会随时被剥夺。

但鲁迅关心的还不只是"我们极容易变成奴隶"（这只是专制社会的问题），鲁迅的要点，是"变了以后，还万分喜欢"。1925年，鲁迅已经写了《阿Q正传》，主题就是阿Q不仅极容易被欺负,而且在被欺负以后,还觉得非常安慰和欢喜。

鲁迅对这个问题的关注是持续而有发展的。提前说一下,到了30年代的《南腔北调集》,他发展了他的观点,他说,"一个活人,当然是总想活下去的。就是真正老牌的奴隶,也还在打熬着要活下去。然而自己明知道是奴隶,打熬着,并且不平着,挣扎着,一面'意图'挣脱以至实行挣脱的,即使暂时失败,还是套上了镣铐罢,他却不过是单单的奴隶。如果从奴隶生活中寻出'美'来,赞叹、抚摩、陶醉。那可简直是万劫不复的奴才了,他使自己和别人永远安住于这生活。"[1]

在与"奴才"的比较中,鲁迅笔下的"奴隶"的形象也在上升。奴才、奴隶,英文都是 slave。鲁迅要讨论的,是中文里边两个概念差别之大,差别之微,差别之重要。

在清代,有些汉人官员对皇上也自称奴才,这是一种套近乎、表忠心的做法。奴才这时是一种资格,一种身份,一种荣誉,一种地位。古人有"任人唯亲"与"任人唯贤"之别,今又有特朗普式"任人唯忠"。乾隆后来不满意,命令满汉官员一律称臣。奴才也不是想做就有得做的。很多时候,奴才是奴隶中的精英,是奴隶中的 VIP。

1925年,鲁迅分析国人想"做奴隶而不得"或"暂时做稳了奴隶",原因有三:第一个原因是还有更坏的选项(好死不如赖活,否则是战乱、刑罚和牛马);第二个原因是"暂时做稳了奴隶"后身心得到安慰并觉庆幸;但还有第三个原因,就是在社会等级秩序

---

[1] 鲁迅:《漫与》,《南腔北调集》,《鲁迅全集》第四卷,北京:人民文学出版社,2005年版,第604页。

中趋利避害的人性挣扎。这一点尤其重要,却常常被人们,尤其是专家学者们所忽视。

在罗马的奴隶社会时期,奴隶和平民是两个不同的阶级,奴隶与一般平民百姓(更不要说贵族)之间有明确的界限。可是鲁迅讨论的中国的情况却很不一样,上下左右所有的人伦人际关系,随时可为奴或为主。打个不一定准确的比方,历史学中奴隶与平民之间的阶级区别,像普通的电器开关(on or off);《灯下漫笔》中讨论的奴隶与常人之间的区别更接近多级(甚至无级)调节开关,常人亦随时可以是"奴隶"。

>但我们自己是早已布置妥帖了,有贵贱,有大小,有上下。自己被人凌虐,但也可以凌虐别人;自己被人吃,但也可以吃别人。一级一级的制驭着,不能动弹,也不想动弹了。因为倘一动弹,虽或有利,然而也有弊。我们且看古人的良法美意罢——
>
>"天有十日,人有十等。下所以事上,上所以共神也。故王臣公,公臣大夫,大夫臣士,士臣皂,皂臣舆,舆臣隶,隶臣僚,僚臣仆,仆臣台。"(《左传》昭公七年)

人民文学出版社的《鲁迅全集》在这段《左传》引文下加了一个重要注解:"王、公、大夫、士、皂、舆、隶、僚、仆、台是奴隶社会等级的名称。前四种是统治者的等级,后六种是被奴役者的等级。"这条注释真是加得十分必要又十分多余。必要是因为它证实了1980年代以前对鲁迅著作的"官方"理解,将十个等级简化成统治者与被奴役者两个阶级。多余是因为它简化的阶级斗争视野恰恰忽视甚至曲解了鲁迅一再使用"奴隶"一词的深意。鲁迅笔下的因暂时做稳了"奴隶"而庆幸或想做而不得的"奴隶",不是以前历代社会的一个特定阶级,而是可以存在于社会的各个等级、各个层级、各个阶级中间的一种状态。这种状态就是,"有贵贱,有大小,有上下。自己被人凌虐,但也可以凌虐别人;自己被人吃,但也可以吃别人。一级一级的制驭着,不能动弹,也不想动弹了"。所以,鲁迅笔下的"奴隶"一词不仅意味着一个统治阶级压迫另一个被统治阶级,还意味着一层层的官阶等级、穷富秩序导致大部分人(如果不是全部人)被欺亦欺人。

《左传》中的十个等级,基本上属于"体制内"范围。鲁迅说,排在最下的"台",下面没有臣了,"不是太苦了么?无须担心的,有比他更卑的妻,更弱的子在。而且其子也很有希望,他日长大,升而为'台',便又有更卑更弱的妻子,供他驱使了。如此连环,各得其所,有敢非议者,其罪名曰不安分!"鲁迅这段话,既说明他批判的"奴隶"心态如何向下延伸,被奴役者也可以压迫他人;又说明男女如何世代斗争也是这种"奴隶"社会景象的一个重要组成部分。

将主奴关系理解成层层级级的秩序纪律,而不只是黑白分明的统治者与被奴役者,这增加了奴隶们"天天向上"的想象,而且即使降低一级也不一定有生命危险。于是,奴隶生态也可是一种趋利避害的集体无意识的理性选择。

总而言之,《灯下漫笔》从"换钱损失却十分欢喜"的常人心态,到分析我们怎样很容易变成奴隶,进而将整个中国历史概括成"想做奴隶而不得"和"暂时做稳了奴隶"两种时代的循环。鲁迅认为之所以会出现这种"奴隶"心态,一是不做"奴隶",其他选项更坏;二是做"奴隶"(甚至进化成"奴才")也可以幸福快乐;三是"奴隶"不仅是一个特定阶级,而且是存在于各个社会等级中的一种生态和心态。专制社会的分级秩序导致"奴隶生态"与"奴才心态"的普遍存在,而这种"奴隶生态"与"奴才心态"的普遍存在,又是专制社会等级秩序持久稳固的主要原因。

但是这种一怕更坏、二也幸福、三较稳定的"奴隶"心态,究竟是中国人当时特有的"国民性",还是在世界各国其实都有的趋利避害的普遍的人性弱点?鲁迅在1925年没有明确说明,但在他之前和之后的小说和散文里,一直有持续的思考。

7

写在《坟》后面

在鲁迅逝世之前,大约 1935 年,评论家李长之写了一本《鲁迅批判》,1936 年 1 月,该书由北新书局出版。这是最早的系统研究鲁迅的专著。书中,李长之将鲁迅的精神进展分为六个时期。日本汉学家竹内好,后来专门详细介绍李长之的分期。[1]

第一个时期是鲁迅 1 岁到 37 岁,1881 年到 1917 年。这个阶段处在清末民初,政治波澜很多,李长之说这是鲁迅的成长和准备时期。鲁迅出身于书香门第,后来家道中落,留学东洋,弃医从文,回国教书,任教育部佥事,埋头钞古书,等等。

第二个时期是 38 岁到 44 岁,也就是从 1918 年到 1924 年,这个时期,李长之称鲁迅是"精神界的战士"。之前我们读的散文,大部分都写于这个时期。

第三个时期,很精彩,就是鲁迅的 45 岁到 46 岁,即 1925 年

---

[1] 见竹内好著、李心峰译:《鲁迅》,杭州:浙江文艺出版社,1986 年版,第 31—34 页。

到 1926 年。近年，评论家张旭东、阎晶明等也都认为 1925 年是鲁迅一生中创作最重要的年份。这时鲁迅受北京"三一八事件"的刺激，和许广平有来往。据说北洋军阀当时列了一个 50 个过激教授的名单，鲁迅也在这个名单上。李长之问鲁迅怎么办？鲁迅当时就说，装死。实际上鲁迅并没有装死，他很快去了厦门，然后又去了广州等地。

第四个时期，46 岁到 47 岁。第三个时期后面的分期都很短，说明李长之认为鲁迅在 1924 年以后，每隔一两年，他的生活状况和精神状态，包括他作品的形态都会有重大变化。鲁迅到厦门大学、中山大学，"鼻来我走"（顾颉刚一来鲁迅就要离开）。这是鲁迅生活十分飘泊动荡，心情相当悲哀愤怒的一个时期，却也是他和许广平正式同居的时期。

第五个时期是 47 岁到 51 岁，1927 年到 1931 年。这个时期鲁迅同时和几个方面论战。李长之的说法是鲁迅的精神进展在此时达到顶点，是鲁迅思想最健康的时期。

第六个时期就是 1931 年到 1935 年，到李长之写书时，鲁迅还健在。李长之说鲁迅这个阶段是精神困乏期，"不知道这是一个衰歇的结束呢，还是一个更新的酝酿"。这个眼光其实非常准——这个时期鲁迅和"左联"关系密切而且复杂。

研究鲁迅生平的人很多，但李长之这本书比较早，很有意思。

照这个分期，我们前几篇读的散文：《春末闲谈》《灯下漫笔》等等，都是精神界战士"装死不成"的作品。把这些散文收集起来出书，鲁迅起的书名叫《坟》，还特地写了《写在〈坟〉后面》。

这是一篇很动感情、坦露真心的文章，反映了鲁迅将自己的一部分生命埋入土里又不舍得告别的心情。

> 不知怎地忽有淡淡的哀愁来袭击我的心，我似乎有些后悔印行我的杂文了。
> 这不过是我的生活中的一点陈迹。如果我的过往，也可以算作生活，那么，也就可以说，我也曾工作过了。但我并无喷泉一般的思想，伟大华美的文章，既没有主义要宣传，也不想发起一种什么运动。[1]

关于主义、宣传、运动，我们之后会有很多讨论，但鲁迅当时都予以否认。

> 不过我曾经尝得，失望无论大小，是一种苦味。……人生多苦辛，而人们有时却极容易得到安慰，又何必惜一点笔墨，给多尝些孤独的悲哀呢？

鲁迅觉得，面对人生苦味，文字也是一种补偿。我们今天再读鲁迅，恐怕就是为了逃避这种孤独的悲哀。亏得鲁迅把这些杂文收集起来了。

---

[1]《写在〈坟〉后面》。最初发表于1926年12月4日北京《语丝》周刊108期，收入《坟》。《鲁迅全集》第一卷，北京：人民文学出版社，2005年版，第298—303页。以下鲁迅引文，除非特别标注，均同此出处。

其间自然也有为卖钱而作的,这回就都混在一处。我的生命的一部分,就这样地用去了,也就是做了这样的工作。然而我至今终于不明白我一向是在做什么。比方做土工的罢,做着做着,而不明白是在筑台呢还在掘坑。所知道的是即使是筑台,也无非要将自己从那上面跌下来或者显示老死;倘是掘坑,那就当然不过是埋掉自己。总之:逝去,逝去,一切一切,和光阴一同早逝去,在逝去,要逝去了。——不过如此,但也为我所十分甘愿的。

读到这里,不禁有点儿感慨,我们到他的《坟》里,其实也是某种"精神盗墓"。

我现在也有很多事情要做(或者可以不做),为什么执意要读鲁迅想埋掉的旧文呢?为什么?这好像也是在做土工、筑台或者挖坑,生命光阴有限,就消逝在这样的阅读当中。而自己又是十分甘愿的。

把生命的一部分掩起来,叫《坟》。对自己,是珍惜;对别人,鲁迅说:"愿使偏爱我的文字的主顾得到一点喜欢;憎恶我的文字的东西得到一点呕吐。"

刚一抒情,马上露出刀锋。鲁迅很自信,相信他的敌人也会读他的文字。他晚年说过,活着,既为他所爱的人,更为他所恨的人。

在《坟》里面他特别推荐的是最早的《摩罗诗力说》和后面的《论"费厄泼赖"应该缓行》,他说:"这虽然不是我的血所写,却是见了我的同辈和比我年幼的青年们的血而写的"。"死亡"在鲁迅的小说里,是一个不朽的意象。鲁迅后来两篇最动感情的散文——《记念刘和珍君》和《为了忘却的记念》,都是见了年轻人的鲜血而写成。《药》的结尾也是民众与战士的两个坟,夏志清称之为"中国现代小说创作的一个高峰"。[1]

依照李长之的分期,这时的鲁迅既是精神界的战士、舆论界的领袖,又是十分脆弱、敏感,乃至时时被悲观黑影环绕的艺术家。按照夏济安的说法,鲁迅严厉的外表下隐藏着敏感的神经,最硬的骨头里跳动着一颗温柔的心。[2]

接下去我们会读到一段罕见的、鲁迅直接写给他的读者的心里话。

> 偏爱我的作品的读者,有时批评说,我的文字是说真话的。这其实是过誉,那原因就因为他偏爱。我自然不想太欺骗人,但也未尝将心里的话照样说尽,大约只要看得可以交卷就算完。我的确时时解剖别人,然而更多的是更无情面地解剖我自己,发表一点,酷爱温暖的人物已经觉得冷酷了,如果全露出我的血肉来,末路正不知要到怎样。

鲁迅这样与读者说话,有几层意思。首先是,我没有对你们全说我心里的话。作家其实各有自己的方式显示他们的真诚。巴金的真诚是坦露心扉——我要写我真实的血和泪;郁达夫的真诚是不避丑恶——我写我真实的堕落、性苦闷;而鲁迅的真诚就是告诉读者,我没有完全说出我心里的话,我并不完全真诚。

---

[1] 夏志清著、刘绍铭译:《中国现代小说史》,杭州:浙江人民出版社,2016年版,第43页。
[2] 夏济安:《黑暗的闸门:中国左翼文学运动研究》,香港:香港中文大学出版社,2016年版。

其次，鲁迅解释说自己心里太黑暗，若全露出自己的血肉，周围人一定会吓跑了，留下来的这些个枭蛇鬼怪才算真朋友。他说他曾经这样想过，但他现在并不。鲁迅说，我还想生活在这社会里，我就怕我未熟的果实偏偏毒死了偏爱我果实的人，怕于读者有害。

鲁迅有哪些"太黑暗"的"自己的血肉"，会把我们吓跑了呢？是对这个世界的幻灭？是对国民劣根性的悲观主义看法？还是某些无法言说的个人心理经历？

下面这段话也是很多人引用的："有人以为我信笔写来，直抒胸臆，其实是不尽然的，我的顾忌并不少。我自己早知道毕竟不是什么战士了，而且也不能算前驱，就有这么多的顾忌和回忆。还记得三四年前，有一个学生来买我的书，从衣袋里掏出钱来放在我手里，那钱上还带着体温。这体温便烙印了我的心，至今要写文字时，还常使我怕毒害了这类的青年，迟疑不敢下笔。我毫无顾忌地说话的日子，恐怕要未必有了罢。"

在给许广平的一封信里，鲁迅表达过相同的坦白："我所说的话，常与所想的不同。至于何以如此，则我已在《呐喊》的序上说过：不愿将自己的思想，传染给别人。何以不愿，则因为我的思想太黑暗，而自己终不能确知是否正确之故。"[1]

《两地书》里的情书对研究鲁迅思想非常重要，比文章表达的意思多了一层。前面说了两层意思：一、我没有完全说心里话；二、因为心里太黑暗，怕影响读者。但是还有三，就是鲁迅自己始

---

[1] 这段话引自《两地书·第一集·二十四》，出自鲁迅1925年5月30日写给许广平的信。鲁迅在1925年3月18日致许广平的信中写道："我的作品，太黑暗了，因为我常觉得惟'黑暗与虚无'乃是实有"。

终不能确知是否正确。

预想哪些话青年人该听（或不该听），预想哪些思想对他们来说太黑暗。其实都有点"超人"的立场，是一种启蒙的姿态，甚至有点儿大人对小孩或精英对大众的顾忌，哪些东西不该和你们说，哪些东西你们不该知道。但更深的问题是，这个"超人"，这个"大人"，这个世人皆醉我独醒的人，他也无法确信自己心中的黑暗是否确实是黑暗。

夏济安说鲁迅想扛起黑暗的闸门，放孩子们去光明之处。这个闸门，在夏济安的理解里就是中国的传统文学和文化，以及鲁迅自身不安的内心。悲剧之处在于鲁迅自认为背负了这么重的苦魂，内心却不能肯定。不能肯定什么？不能肯定，"绝望之为虚妄，正与希望相同"。

所以紧接着上面与读者交心，鲁迅又说："但也偶尔想，其实倒还是毫无顾忌地说话，对得起这样的青年。但至今也还没有决心这样做。"

我不知道鲁迅终其一生有没有这样做，有没有毫无顾忌地说话。似乎他后来战士的责任重，为了让敌人不舒服，他说"我毫无顾忌地说话的日子，恐怕要未必有了罢"。

所以竹内好说，"鲁迅在本质上是个矛盾。正象革命家孙文被认为混沌体一样，文学家鲁迅也是一个混沌体"。[1]鲁迅给自己前半生的生命做了一个"坟"，再写上这么一篇墓志铭，他一方面以要使所谓正人君子之流多不舒服几天作为战斗目标，来为自己的论

---

[1] 竹内好著、李心峰译：《鲁迅》，杭州：浙江文艺出版社，1986年版，第9—10页。

战性文字寻找理由;另一方面又不得不承认自己正苦于背着这些古老的鬼魂,摆脱不开,时常感到一种使人气闷的沉重。

李泽厚八十多岁时,在美国写了一篇长文,叫《关于"伦理学总览表"的说明(2018)》,对中国文化的一些核心概念进行了非常精到的读解。李泽厚特别欣赏鲁迅的自我矛盾,他说:"鲁迅一直在提倡启蒙中超越启蒙,质询生存的意义,又仍然在超越启蒙中提倡启蒙,奋力与黑暗抗争,亦狂亦狷,此即中道,这才是现代中国人的修身。"

在这个意义上,《坟》也是一座纪念碑,上面刻着这样的字:

我的真诚,就在于我承认,我不够真诚。

8

《随感录三十五》：论国粹

读《坟》之后，我们要回头去读鲁迅早期的另一本散文集《热风》。

这个阅读次序，是依照《鲁迅全集》的编排，因为《坟》当中有鲁迅1907年写的几篇文言文章，所以排在最前面。《春末闲谈》《灯下漫笔》等文章，其实都是1925年才写的，这是鲁迅散文创作的一个高峰期。《热风》收集的则是鲁迅早期的散文，从1918年到1924年，一共31篇，《题记》却也是1925年底写的。

所以，《热风》与《坟》中的文章，写作时间上有些重叠，且大都发表在《新青年》上。两个集子的区别，一在文体，另一则在内容。《坟》包括各种文类，有文言文，有论说文，也有学术笔记；《热风》主要是"随感录"，比较短。《坟》的内容多侧重礼教"内政"——男女节烈观、怎样做父亲、什么是奴隶性等；而《热风》更偏重"中外关系"——国人如何看待洋人、怎样才是爱国……

我自己最早读的鲁迅作品就是《热风》。

首先不能错过的是这个集子的《题记》。文章很短,但不容错过。在《题记》里,鲁迅简略交代了当年在《新青年》上做短评的背景。他说,"记得当时的《新青年》是正在四面受敌之中,我所对付的不过一小部分"。[1]

随着"五四"陷入低潮,时过境迁,新文化运动已分化,鲁迅说,"所以我的应时的浅薄的文字,也应该置之不顾,一任其消灭的;但几个朋友却以为现状和那时并没有大两样,也还可以存留,给我编辑起来了。这正是我所悲哀的。"[2]

为什么悲哀?"我以为凡对于时弊的攻击,文字须与时弊同时灭亡。因为这正如白血轮之酿成疮疖一般,倘非自身也被排除,则当它的生命的存留中,也即证明着病菌尚在。"[3]

批判的东西要是没了,文章也就不用保留了。反过来说这个批判文章要是还有保留的价值,就说明所批判的东西还在。这段话叫人非常有感触,我马上想到今天为什么还要"重读鲁迅"。

《春末闲谈》讲细腰蜂毒针,叫小青虫不死不活,现在看"娱乐致死"的节目,清廷宫斗剧中人整天跪下自称奴才,霸道总裁还要爱上保姆,等等,久而久之会不会也导致大脑的"不死不活"。还有《灯下漫笔》鲁迅说自己去换钱,成了奴隶还万分喜欢,今天的人辛辛苦苦做了房奴、车奴,好像也十分快乐;又或者鲁迅早就剧透了《金陵十三钗》,为什么今天千百万同胞要重新讴歌一群秦淮河的烈女……

---

[1] 鲁迅:《热风·题记》(1925年11月3日),《鲁迅全集》第一卷,北京:人民文学出版社,2005年版,第307页。
[2] 同上书,第308页。
[3] 同上。

这当然说明鲁迅文字的伟大,有洞察力,有穿越感。但同时是不是说明这些时弊、病菌、劣根性也都还在?一方面是进步、进化、前进;一方面又处处可见循环,时时目睹轮回,每天看到复燃。这时,却依然有人,绝不仅仅是个别人,对鲁迅一个世纪之前的绝望的抗争发生强烈兴趣,甚至愿意引他为同道和先驱,鲁迅今日有知,"又会作何感想呢?"

不管鲁迅有何感想,我们还是要重读他发表在1918年"五四"运动之前的《随感录》,看看早年的鲁迅。他当时已经不那么年轻,但是在文学史上,这是早期的鲁迅,十分可爱。

《随感录三十五》讲的是保存国粹。

清末,讲保存国粹有着不同的含义:革命志士说保存国粹,就是要反清复明;官员老爷说保存国粹,就是教留学生不要剪辫子。民国了,上面的两个问题都没有了。那什么叫国粹?鲁迅说,"照字面看来,必是一国独有,他国所无的事物了。换一句话,便是特别的东西。但特别未必定是好,何以应该保存?"接下去鲁迅打了一个非常刻薄的比方:"譬如一个人,脸上长了一个瘤,额上肿出一颗疮,的确是与众不同,显出他特别的样子,可以算他的'粹'。然而据我看来,还不如将这'粹'割去了,同别人一样的好。"[1]

把国粹比作脸上额头的瘤和疮,鲁迅列了几个理由:

第一,"倘说:中国的国粹,特别而且好;又何以现在糟到如此情形,新派摇头,旧派也叹气"。这里说的"现在"是1918年,当时中国的国情,让所有的人都不满意,诅咒现状。因为诅咒现

---

[1] 鲁迅:《随想录三十五》,《鲁迅全集》第一卷,北京:人民文学出版社,2005年版,第321页。

状，所以人们对传统也不满。第二，"倘说：这便是不能保存国粹的缘故，开了海禁的缘故，所以必须保存。但海禁未开以前，全国都是'国粹'，理应好了；何以春秋战国五胡十六国闹个不休，古人也都叹气"。

还有第三，"倘说：这是不学成汤文武周公的缘故，何以真正成汤文武周公时代，也先有桀纣暴虐，后有殷顽作乱，后来仍旧弄出春秋战国五胡十六国闹个不休，古人也都叹气。"

这里三段批评国粹的理由，一是现状很坏可见祖宗未必那么好；二是不能全怪"外来势力"；三是古代也有灾难。这里的第三段鲁迅有点儿偏激。清末民初的社会混乱，当然不全是因为外国人侵略，清廷的专制腐败应该是主要原因。但是推罪到春秋战国或者南北朝的闹个不休，则有些夸张了。当然中国历史数千年，改朝换代时期有很多黑暗，但是，罗马帝国、欧洲中世纪，还有奥斯曼帝国，同样各有各的悲惨。鲁迅钞了那么多古书，用文言写成《中国小说史略》，当然知道中国传统文化的价值。他之所以一再重复"春秋战国五胡十六国闹个不休"的句式，显然是希望突显《新青年·随感录》的激进文风。按王富仁的说法，"五四"激烈反传统，是"由果溯因"：[1] 因为清末国情现实混乱，所以"五四"整体否定历史上的礼教传统，有点儿矫枉过正。

问题是，在后人看来，矫枉就必须过正么？还是即便矫枉也不应该过正？

肯定"五四"的人认为中国历来有皇帝、有专制、有顺民，从

---

[1] 王富仁：《对古老文化传统的现代化调整》，转引自汪晖《反抗绝望——鲁迅及其文学世界》（修订本），北京：生活·读书·新知三联书店，2023年版，第90页。

来如此;"五四"的突破就在于"从来如此,便对吗?"喊出这一声"便对吗?"石破天惊,从此中国有了重生希望的。所以矫枉必须过正,过正也值得。

而怀疑"五四"的人们却认为世界上鲜有一个民族是以否定自己的文化传统为荣的。他们认为"五四"激进主义打破了中国传统的社会伦理秩序,导致了后来一系列的革命,教训惨重,所以矫枉也不该过正。持这种观点的人,在政治光谱上,既有海外极右的反对派,也有国内很左的国学派,是一个很奇特的统一战线。

鲁迅价值观的底线是生命和生存。他引一个朋友的说法,"要我们保存国粹,也须国粹能保存我们"。《随感录三十五》的结论是,"保存我们,的确是第一义。只要问他有无保存我们的力量,不管他是否国粹"。意思是只要对我们的今天、我们的社会、我们的民众、我们的国家有好处,那不管它是国粹或者是外来的,就都是好的,否则……

2018年,我偶然看到一个书榜,头名获奖的书就叫《国粹》。南有余秋雨,北有王充闾。书我没看,不敢乱评。只是联想到鲁迅当年"是不是矫枉过正"这个问题,想到鲁迅把国粹比作人脸上长的瘤、额头长的疮。《新青年》挑战中国传统,太勇敢,也有点不自量力了。

国粹,不管对它是正面肯定还是负面批判,它哪里是瘤,哪里是疮啊?国粹是肌肉,是颈椎,是血液,是基因。1918年的鲁迅是激进的,但也是天真的,天真得可爱。到了1925年,鲁迅就不那么天真了,要是鲁迅活到现在,他也许会对国粹的持久生命力刮目相看。

我们都知道鲁迅对京剧、武术、中医都有很多偏见。虽然鲁迅对男人扮女人这种审美传统有精到分析。后来的学者陈平原,对武侠英雄崇拜如何显示民众怯懦心理,也有研究。[1]但这都是学术界的看法,于民众、于市场影响不大。

哈佛教授韩南,曾经写文章讨论过1895年上海《申报》的一次小说征文比赛。[2]征文由英国传教士傅兰雅发起,被称为"史上最早的中国现代小说",参赛的作品后来被传教士带回美国,很晚才在图书馆被发现。但是这次小说竞赛的题目很有意思,主题是批判中国的三样东西:鸦片、缠足和时文(令人联想到八股文相关的科举)。

鸦片原产于小亚细亚,从唐到明,在中国都是贡品。清代鸦片普及民间,禁也禁不了。这算不算"国粹"?缠足,北宋时缠成"纤直"状,并不弯;从元代开始,缠足就往小处发展;明代,更要求要缠成弯弓状,"足形弓弯""三寸金莲",这真是"国粹"。至于科举制从唐代到清代,其实是世界历史上罕见的一种官员选拔制度和社会上升阶梯。把鸦片、缠足、科举文章三者并列为"国粹",恰恰说明了这个问题的复杂性。

另外还有些更深层次的国粹。从来都有,便对吗?疑问"便对吗?"是否为妄议?还有鲁迅一直要辨析的"奴隶"与"奴才"的异同等等,这些"国粹",可能促使我们即使再过若干年还得再读鲁迅。

在国外学者看来,鲁迅对"国粹"的嘲讽,其实也是"中国式"的,因为爱国而批判中国。竹内好说:"鲁迅一般被看成中国

---

[1] 陈平原:《千古文人侠客梦》,北京:北京大学出版社,2010年版。
[2] 韩南著、季剑青译:《新小说前的新小说》,《中国近代小说的兴起》增订本,上海:上海教育出版社,2010年版,第128—147页。

式的文学家。所谓'中国式',我认为具有'传统的'意义。不过,若是把反传统的、否定中国的东西也包括在'中国式'意义之中,我对这种说法也没有异议。"[1]

---

[1] 竹内好著、李心峰译:《鲁迅》,杭州:浙江文艺出版社,1986年版,第6页。

9

《随感录三十八》:"个人的自大"与"爱国的自大"

在我刚开始读书的时候,可以不受限制阅读的,一个是毛泽东的书,一个是鲁迅的书。而我最早读的鲁迅著作就是《热风》,最开始迷上鲁迅就是因为《随感录三十八》(1918年11月15号《新青年》第五卷第五号)。

文章第一句:"中国人向来有点自大。——只可惜没有'个人的自大',都是'合群的爱国的自大'。这便是文化竞争失败之后,不能再见振拔改进的原因。"[1]这段开宗明义的立论,令我当时感到冲击三观的疑惑。

在过去几十年的生活经验里,我至少看到过两次国人的"合群的爱国的自大"。一次是在上世纪六七十年代,我在江西插队,生产队里的人们(不管是贫农、中农还是乡村干部)都认为中国是世界上最强大的国家。聊天当中,我说起苏联的地方比中国大,美国

---

[1] 鲁迅:《随感录三十八》,《鲁迅全集》第一卷,北京:人民文学出版社,2005年版,第327页。

的经济比中国强,他们都惊讶愤怒地看着我,幸亏有个下放干部拿出世界地图才把我"救"出来。

不久以后,改革开放,中国人不那么盲目自大了,甚至一度很气馁,面对现实很激愤。80年代和晚清、"五四"很相似,人们看到差距,于是奋力改革并进入"新时期"。

近年来情况似乎又变了,网上很多青年为东升西降而自豪。前几年票房最高的电影是《长津湖》《战狼2》。这没办法,国力强盛。借用鲁迅的话,又看到很多"合群的爱国的自大"。

鲁迅定义的"个人的自大","就是独异,是对庸众宣战。除精神病学上的夸大狂外,这种自大的人,大抵有几分天才,——照Nordau[1]等说,也可说就是几分狂气。他们必定自己觉得思想见识高出庸众之上,又为庸众所不懂,所以愤世疾俗,渐渐变成厌世家,或'国民之敌'。但一切新思想,多从他们出来,政治上宗教上道德上的改革,也从他们发端。所以多有这'个人的自大'的国民,真是多福气!多幸运!"

这是鲁迅早期的文章。"庸众""自大""幸运",这些词都不像他后来的散文里边那样带讽刺意味。在1918年的《新青年》上,这些都是正面的概念,而且还被加上了感叹号。

我至今记得,当年读了先生这段话,所受到的冲击和震撼。在我从小受的教育里,"个人"是一个比较负面的词,个人如果要有什么价值,那就必须把个人投入集体、让个人服从组织、将个人融入群众。在"个人"与"群众"这一对概念当中,当然是"群众"

---

[1] 诺尔道(1849—1923)出生于匈牙利的德国医生,政论家,作家。

正确。"个人"如果再加上"主义"那就更惨了，像是一个罪名。就像"自由"，单独看已经有点可疑，再加上"主义"那问题就更大了。

怎么鲁迅居然说个人是"独异"？再仔细想想，"独异"也有问题，"独"就是孤独；"异"呢，就是与众不同，马上想到奇装异服，走在南京路上是要被剪掉的。可鲁迅说一切新思想多从这些个人而来，政治、宗教、道德上的改革也由他们推动。这是我从小到大听到过的对"个人"两个字的最大程度的赞美。

我一直认为读书和认识人一样，第一面的印象很重要。如果有能让你一接触、一见面就震动、就振奋、就难忘、就感动的文字、画面、声音，那是不可能被轻易否定或者忘却的。你和那个作者可能完全不在一个理论层面，不在一个历史场景，但一句话、一个印象就会使你和你周围的现实世界脱离，使你周围拥挤的人群突然退去……当然，阅历多了，看书多了，当初那一瞬间的印象、那一刹那的感动，也许慢慢就会被自己怀疑、反思。这种怀疑、反思跟当初的震动、印象一样重要，但是千万不要轻易否定自己，哪怕是幼稚的最初印象。

对人如此，对书亦然。

人的发现、个性的解放原是"五四"的时代声音，不仅是鲁迅，同时代的陈独秀、胡适、周作人，甚至郁达夫都有过清晰的表达。而且鲁迅所谓"个人的自大"还不只受"五四"的"德先生"的影响，其中还包括法国启蒙主义的个性解放观念，甚至受叔本华、尼采、施蒂纳等人影响的对个人意志的特别强调。在早期的《破恶声论》中也有对资本主义制度的怀疑，鲁迅自己认为他的思想"或者是人道主义与个人主义这两种思想的消长起伏罢"。[1]当年我初次读到鲁迅的《随感录》时,"五四"的人道主义早已被20世纪的革命思潮所批判,"五四"的个人主义也已经被集体主义观念所取代,于是就出现了我初读《随感录》时那种令人难忘的震撼。

百年后回头想,才明白鲁迅为什么在"五四"前夕会说"多有这'个人的自大'的国民,真是多福气!多幸运!"[2]连用两个感叹号。鲁迅后来是不会这样写文章的,除非偶然有人代笔。

除了"个人"之外,还有一个概念"庸众",也让我惊讶。

个人与群众,当然群众正确,"群众是真正的英雄,而我们自己则往往是幼稚可笑的"。面对群众连领袖都这么谦虚,那何况我们这些普通人。能够成为群众的一分子,已是天大的荣幸。可是鲁迅写的华老栓、孔乙己、《示众》里的看客、阿Q、小D和他的乡亲们……这些人放在一起看,不就是庸众吗?

我们以后会读《呐喊·自序》,知道鲁迅创作的出发点,是假定很多人在一间黑屋子里面睡死过去,没有门可以离开,但只有他醒着,还在犹豫要不要叫醒大家。这个时候那些睡着的众人不就是"庸众"吗?但是后来"庸众"这个概念,很少使用了,被另一个叫"大众"的概念代替。

社会学意义上的"大众"一词原是日语汉字,输入中国时本来是中性词,并不具有天然的正面意义。在文化意义上,"大众"与"精英"相对,是被教育、被唤醒的对象。但在政治概念上"大众"

---

[1] 鲁迅:《两地书》,《鲁迅全集》第十一卷,北京:人民文学出版社,2005年版,第81页。
[2] 鲁迅:《随感录三十八》,《鲁迅全集》第一卷,北京:人民文学出版社,2005年版,第327页。

有多数的意思,渐渐演变成群众;群众又悄悄地变成和领导官员相对的概念。真正使群众这个词变成天然正义的,是将群众和人民结合起来,让"群众"变成了"民众"。

所以,个人与民众,语境完全不同。领导人民的官员自然也是人民的一部分,从"庸众"到"大众"、"群众"再到"民众",这个"四众"演化史,贯穿了一个多世纪的革命路。我在别的文章里,对"三众四民"(大众、群众、民众;国民、公民、人民、网民),有过一些梳理。[1]

回到鲁迅的《随感录》。鲁迅后来写小说,《狂人日记》《示众》《阿Q正传》等,都有一个个人对众人的基本模式。《狂人日记》以个人为中心,个人被很多人包围、观看;《示众》以众人为焦点,讲众人怎么去看个人;《阿Q正传》是两者兼顾。

《随感录三十八》虽然开宗明义称赞"个人的自大",但文中大部分的篇幅,却是在批判"合群的自大""爱国的自大",这些概念鲁迅都打了引号。什么是"合群的自大""爱国的自大"?鲁迅说,就是"党同伐异,是对少数的天才宣战"[2]。鲁迅对他赞扬的"个人的自大"的解释并不多,对他反感的"合群的爱国的自大",却批判得非常犀利且十分具体。今天我们在中国的现实中寻找"个人的自大"也相当困难,但如鲁迅所评论的"合群的爱国的自大"却随处可见,很有生命力——

---

[1] 许子东:《1949和网络时代的意识形态》,《许子东讲稿第三卷:越界言论》,北京:人民文学出版社,2011年版,第1—22页。
[2] 鲁迅:《随感录三十八》,《鲁迅全集》第一卷,北京:人民文学出版社,2005年版,第327页。

他们自己毫无特别才能，可以夸示于人，所以把这国拿来做个影子；他们把国里的习惯制度抬得很高，赞美的了不得；他们的国粹，既然这样有荣光，他们自然也有荣光了！倘若遇见攻击，他们也不必自去应战，因为这种蹲在影子里张目摇舌的人，数目极多，只须用 mob 的长技，一阵乱噪，便可制胜。[1]

"蹲在影子里张目摇舌"，这是预言今天网络上的情况吗？

胜了，我是一群中的人，自然也胜了；若败了时，一群中有许多人，未必是我受亏：大凡聚众滋事时，多具这种心理，也就是他们的心理。他们举动，看似猛烈，其实却很卑怯。……所以多有这"合群的爱国的自大"的国民，真是可哀，真是不幸！[2]

鲁迅一百年前的批判是一面镜子。在"大众""群众""民众"的概念演变历史当中，鲁迅对中国的影响潜移默化。现在为什么不说"朝阳人民"，而说"吃瓜群众"？

鲁迅更进一步将这些"爱国的自大"家的意见，总结成若干条规则。不能说"放之四海而皆准"，但至少"放之五湖而皆准"，可以持久地做参考。它不仅是舆情指引，甚至可作外交辞典。

---

[1] 鲁迅：《随感录三十八》，《鲁迅全集》第一卷，北京：人民文学出版社，2005年版，第327页。
[2] 同上书，第327—328页。

甲云:"中国地大物博,开化最早;道德天下第一";

乙云:"外国物质文明虽高,中国精神文明更好";

丙云:"外国的东西,中国都已有过";

丁云:"外国也有叫化子,也有草舍、娼妓、臭虫"。[1]

我初读鲁迅这篇文章,是在70年代中期。正好身边有一张当时的省报,一看报纸上的标题、言论、态度、语气,基本上和鲁迅概括的差不多。

"中国地大物博""精神文明更好""外国的东西中国早有了""外国也有叫化子、草舍、娼妓、臭虫"。

鲁迅的文章,好像是昨天写的。读了《随感录三十八》以后,我对自己说,我要读《鲁迅全集》。

---

[1] 鲁迅:《随感录三十八》,《鲁迅全集》第一卷,北京:人民文学出版社,2005年版,第328页。

《随感录四十》：题为《爱情》的少年诗

《热风》中的41篇短文，开始的篇名就是编号，比方说《随感录三十八》。但《随感录》从第五十六篇开始，每篇都有一个小标题。《随感录四十》中写道："有一首诗，从一位不相识的少年寄来，却对于我有意义。"鲁迅全文抄录了这首散文诗，诗的标题是《爱情》。

我是一个可怜的中国人。爱情！我不知道你是什么。

我有父母，教我育我，待我很好；我待他们，也还不差。我有兄弟姊妹，幼时共我玩耍，长来同我切磋，待我很好；我待他们，也还不差。但是没有人曾经"爱"过我，我也不曾"爱"过他。

我年十九，父母给我讨老婆。于今数年，我们两个，也还和睦。可是这婚姻，是全凭别人主张，别人撮合：把他们一日戏言，当我们百年的盟约。仿佛两个牲口听着主人的命令：

"咄,你们好好的住在一块儿罢!"

爱情,可怜我不知道你是什么!

抄录完这首诗以后,鲁迅说:"诗的好歹,意思的深浅,姑且勿论;但我说,这是血的蒸气,醒过来的人的真声音。"[1]

鲁迅并没有因为他喜欢,就说这首诗怎么了不得。关于诗的艺术价值,鲁迅"姑且勿论"。但"血的蒸气""人的真声音",都是鲁迅很少使用的称赞。鲁迅的评论一向比较偏于严苛,看来这首诗触动了鲁迅自己的神经。

1919年1月,《我之节烈观》发表以后不久,鲁迅还独自住在北京绍兴会馆。从1906年回乡结婚以后,鲁迅在日本、在杭州、在绍兴、在北京的会馆独身生活已经13年了。这一年的夏天,他要和周作人一起买八道湾较大的四合院,接母亲和朱安来同住。

"爱情是什么东西?我也不知道。"鲁迅说,"中国的男女大抵一对或一群——一男多女——的住着,不知道有谁知道。但从前没有听刻苦闷的叫声。即使苦闷,一叫便错;少的老的,一齐摇头,一齐痛骂。"

的确,现代文学史研究,一直只分析郁达夫在"五四"时期描写的性苦闷和爱情苦闷,却很少谈及鲁迅所书写的爱情苦闷。"然而无爱情结婚的恶结果,却连续不断的进行。形式上的夫妇,既然都全不相关,少的另去姘人宿娼,老的再来买妾:麻痹了良心,各有妙法。所以直到现在,不成问题"。

---

[1] 鲁迅:《随感录四十》,《鲁迅全集》第一卷,北京:人民文学出版社,2005年版,第337—339页。本篇鲁迅引文,如无特别说明,均出自此篇。

鲁迅注意到传统社会中，在爱情于婚姻中缺席时，妻妾制度及性产业的弥补作用。"直到现在，不成问题"？在妻妾制度被取消，性产业不合法的情况下，今天有人，包括商人、官员、明星，为顾及公众形象和社会影响，扮演着家庭幸福爱情美满的样子？这某种程度上也是麻痹了真心，麻痹了身体。人们各有妙法，而且不能有苦闷的叫声。所以现实的情况是，直到现在还有问题。

回到"五四"，鲁迅说，"可是东方发白，人类向各民族所要的是'人'，——自然也是'人之子'——我们所有的是单是人之子，是儿媳妇与儿媳之夫，不能献出于人类之前。"鲁迅这里所谓的"人"，强调的是个人的尊严，爱情的权利。"人之子"呢？就是尽伦理责任，遵从传统孝道。鲁迅写《随感录》的彼时彼刻，就在自己的家里，眼前的朱安是他母亲的儿媳妇，鲁迅成了"儿媳之夫"，所以"不能献出于人类之前"，意思是这个"儿媳之夫"的身份，不能光明正大地来面对现代人类的道德秩序。

魔鬼手上，终有漏光的处所，掩不住光明：人之子醒了；他知道了人类间应有爱情；知道了从前一班少的老的所犯的罪恶；于是起了苦闷，张口发出这叫声。

虽然国人对此一直有解决的办法，或灵肉分离，或麻痹真心，或安抚身体，老的少的各有妙法。可偏偏鲁迅，在婚姻问题上十分麻木，在爱情问题上特别较劲，在道德观念上非常认真，于是就有了他难言的苦闷。难言的苦闷（可能有些事情至今难言），要借这么一首读者的小诗来发泄。

我们说过，鲁迅从1912年开始记日记，一直到1936年去世，日记中只有一次提及朱安，那是1914年11月28日——"下午得妇来书，二十二日从丁家弄朱宅发，颇谬。"不知道这个"颇谬"是指来信内容还是来信方式。几十年的夫妻，日记只有一次记载，这才是颇谬。我们知道鲁迅后来和许广平、和许钦文的妹妹她们都有很多通信。

周作人后来在《知堂回想录》（六十四）里说，鲁迅是新婚时才发现新人极为矮小，颇有发育不全的样子，周作人怪做媒的亲戚成心欺骗。但外貌恐非唯一障碍。鲁迅终生好友许寿裳记载鲁迅对他说，这是母亲给我的一件礼物，我只能好好地供养它。爱情，是我所不知道的。

这礼物是一个人，鲁迅不会不知道。他所面临、承担的道德困境，在这篇《随感录四十》里，十分清楚地描述出来："在女性一方面，本来也没有罪，现在是做了旧习惯的牺牲。我们既然自觉着人类的道德，良心上不肯犯他们少的老的的罪，又不能责备异性，也只好陪着做一世牺牲，完结了四千年的旧账。"

鲁迅把自己这一生的憋屈、牺牲，都算在"四千年文明"的账上，难怪这一时期的《狂人日记》喊出了"礼教吃人"的控诉。因为是在传统中反传统，所以鲁迅在抗议的同时也在忏悔。

"重读鲁迅"几次提到鲁迅和朱安的关系，不是因为对作家的私生活特别感兴趣，而是看到鲁迅，一个思想精神上的"超人"，确与肉体上的"超人"紧密相关，这是以前很多严肃的鲁迅研究有意无意回避的。

容我把《随感录四十》读完：

> 做一世牺牲，是万分可怕的事；但血液究竟干净，声音究竟醒而且真。
>
> 我们能够大叫，是黄莺便黄莺般叫；是鸱鸮便鸱鸮般叫。我们不必学那才从私窝子里跨出脚，便说"中国道德第一"的人的声音。
>
> 我们还要叫出没有爱的悲哀，叫出无所可爱的悲哀。……我们要叫到旧账勾消的时候。
>
> 旧账如何勾消？我说，"完全解放了我们的孩子！"

《随感录》时期的鲁迅，文风比较激昂，属于他创作的青春期。鲁迅在自己身上诊断出中国社会的病，极其精准。但是他的药方，只寄托于进化论，有些空泛，而且说到底他最终也没有做一世的牺牲。朱安在鲁迅1926年南下以后，就一直陪着鲁迅的母亲住在北平西三条。鲁迅去世的时候还在家里设了灵堂，并且将鲁迅全部的版权，授权给许广平处理。据说朱安的遗愿是葬在鲁迅的墓旁，当然没有实现，最后是葬在鲁迅母亲的墓旁。"礼物"最后还给了送"礼"的人。

其实这就是我们以后要读的《狂人日记》的全部的内容——第一，礼教吃人；第二，家里人也吃人；第三，男人吃女人；第四，女人帮助男人们吃人；第五，我，主人公自己，也在吃人。

这样一位在身体上极度压抑，精神上寻求宣泄的超人，当时对中国社会的批判自然犀利刻薄，甚至偏激过火。《随感录四十二》

讲到有英国教会医生称中国人为"土人"。鲁迅说,"以此称中国人,原不免有侮辱的意思;但我们现在,却除承受这个名号以外,实是别无办法,……试看中国的社会里,吃人、劫掠、残杀、人身卖买、生殖器崇拜、灵学、一夫多妻,凡有所谓国粹,没一件不与蛮人的文化(?)恰合。"[1]还有拖大辫、吸鸦片,缠足。讲到缠足,鲁迅愤慨地说:"世上有如此不知肉体上的苦痛的女人,以及如此以残酷为乐,丑恶为美的男子,真是奇事怪事。"

鲁迅这种将国粹劣俗作为蛮人文化批判的姿态,是否有以西方文明尺度衡量部分国情(自我东方主义)的嫌疑?

《随感录五十四》说:"中国社会上的状态,简直是将几十世纪缩在一时:自油松片以至电灯,自独轮车以至飞机,自镖枪以至机关炮,自不许'妄谈法理'以至护法,自'食肉寝皮'的吃人思想以至人道主义,自迎尸拜蛇以至美育代宗教,都摩肩挨背的存在。"[2]

这又是一段极精准、极形象、也极有远见的中国国情报告。

这里所谓的"妄谈法理",指袁世凯称帝以后,当时的革命党以《中华民国临时约法》为根据,试图从宪法的角度约束袁世凯独裁专制,袁世凯于是,不许他们"妄谈法理"。这个"妄谈",不是指谈论内容的好不好,而是指你们的位置根本就不该谈。后来袁世凯索性下令废除这个《中华民国临时约法》,解散了国会。直到1916年6月6日袁世凯去世,局势才有所改变。《新青年》是1915

---

[1] 鲁迅:《随感录四十二》,《鲁迅全集》第一卷,北京:人民文学出版社,2005年版,第343页。
[2] 鲁迅:《随感录五十四》,《鲁迅全集》第一卷,北京:人民文学出版社,2005年版,第360页。

年 9 月开始出版的,当时叫《青年杂志》,蔡元培后来也回到了北大当校长。如果袁世凯身体好,多活几年,"五四"运动还不知道要推迟几年?

当然,换个角度,别人几个世纪的改变中国压缩在一个时期,说明中国进步快,有后劲儿,弯道超车。今天照样可以看到煤油灯和 LED 在一起,马车跟高铁卫星在一起,菜刀和航母在一起,拜蛇迎神和莫奈画展在一起……,各种各样的文化并置,也是"摩肩挨背"。传统文化、资本市场、数码社会主义,各种主义都在;前现代、现代、后现代,各种代都在同一代。怎么办呢?引用鲁迅在《随感录五十七》中的话,千万不要做"现在的屠杀者"。

> 做了人类想成仙;生在地上要上天;明明是现代人,吸着现在的空气,却偏要勒派朽腐的名教,僵死的语言,侮蔑尽现在,这都是"现在的屠杀者",杀了"现在",也便杀了"将来"。——将来是子孙的时代。[1]

《热风·随感录》里进化论思想最明显,时时要将中国与外国做比较,要把中国放进世界里。

---

[1] 鲁迅:《随感录五十七 现在的屠杀者》,《鲁迅全集》第一卷,北京:人民文学出版社,2005 年版,第 366 页。

11

《随感录四十八》：禽兽，或圣上

收在《坟》里的散文，主要探究礼教道德等"内政"难题，《热风》里的《随感录》，较多关注国人如何面对异族等"外事"危机。

《随感录四十八》说："中国人对于异族，历来只有两样称呼：一样是禽兽，一样是圣上。从没有称他朋友，说他也同我们一样的。"[1]

短短一句话，便触及政治、外交、社会心理及集体无意识等多个层面的问题。详细解释探究，恐怕整本《重读鲁迅》都不够。历史上的天朝"外交"，或者要对方臣服，进贡珍宝，跪见皇上，或者被南蛮西戎、东夷、北狄所辱所欺。在社会心理上，民众或者认为照相是妖术，能摄去我们的魂[2]；或者认为鬼子膝盖无法弯曲，

---

[1] 鲁迅：《随感录四十八》，《鲁迅全集》第一卷，北京：人民文学出版社，2005年版，第352页。
[2] 鲁迅：《论照相之类》，《鲁迅全集》第一卷，北京：人民文学出版社，2005年版，第190—192页。

看见"红灯照"处女队伍立即崩溃。非我族类,其心必异,其身体也不同。集体无意识中,或者"爸爸爸",或者"草泥马"(见韩少功小说《爸爸爸》),总之不是鄙视异族,便是(觉得)被异族鄙视;不是害怕被欺负霸凌,就是准备再打天下,重坐江山,"解救天下三分之二受苦民众"……

透过《随感录三十八》,我们可以看到之后百年间国人对"外国人"的态度变化,从六七十年代向后看,鬼子"亡我之心不死",解放三分之二世界人民,到八九十年代外商投资被优待,先进文化要学习,再到新世纪又是百年未有之变局将至……"从没有称他朋友,说他也同我们一样的",视野或高或低,没有平视。或自卑,或自傲。

为什么不是叫"禽兽"就是叫"圣上"? 部分原因在于鲁迅一直耿耿于怀,认为中国过去的千年,大半的历史是被异族统治的,这是造成中国民族性的一个重要原因。鲁迅去世前几个月,在写给一个朋友的信中还在反省,他说"日本国民性,的确很好,但最大的天惠,是未受蒙古之侵入"[1]。日本国民性好不好是另外一回事,但显然鲁迅是将异族统治视为中国国民劣根性的重要成因之一。身为人民的一分子,眼看身边左右邻里众人,明明都知道事情的对错是非,却因为害怕恐惧,或顾虑衣食平安,便服从一个从心底里瞧不上的个人、团体或种族,而且表面上大家都没有怨言。时

---

[1] 1936年3月4日鲁迅致尤炳圻的信中说:"日本国民性,的确很好,但最大的天惠,是未受蒙古人之侵入;我们生于大陆,早营农业,遂历受游牧民族之害,历史上满是血痕,却竟支撑以至今日,其实是伟大的。但我们还要揭发自己的缺点,这是意在复兴,在改善……"见1936年8月开明书店出版尤炳圻译《一个日本人的中国观·译者附记》。《一个日本人的中国观》,即内山完造著《活中国的姿态》。

间久了人要怎样才能活下去？必须要以某种群体精神传统和大众心理习惯来调节。

当然世界各民族，弱者服从强权的情况到处存在，人类历史上专制帝国多于民主宪政。但是，大面积的、超大规模人口的国家长期地服从异族的统治，近代印度和中国是比较突出的例子。俄罗斯被蒙古统治也是一例。集体被压抑，容易产生"见狼显羊相，见羊显狼相"的奴性的国民性。这个问题，以后还有很多机会来详细地讨论。

在一浪接一浪的西方思潮冲击下，将异族不是视作禽兽便是视作圣上，在这样的情形下，鲁迅自然预料到了下一步，便是学了外国本领，保存中国旧习；本领要新，思想要旧。

《随感录五十六》的题目是《"来了"》。"来了"是一个非常重要的概括。什么叫"来了"呢？鲁迅说："近来时常听得人说，'过激主义来了'；报纸上也时常写着，'过激主义来了'。"

人民文学出版社的《鲁迅全集》，对"过激主义"的注解，是"日本媒体对布尔什维主义的贬性译称"。当时国人却并不知道什么是"过激主义"。所以在鲁迅看来，怕的其实是打了引号的"来了"，而并非什么"主义"。

> 我们中国人，决不能被洋货的什么主义引动，有抹杀他扑灭他的力量。军国民主义么，我们何尝会同别人打仗；无抵抗主义么，我们却是主张参战的；自由主义么，我们连发表思想都要犯罪，讲几句话也为难；人道主义么，我们人身还可以买卖呢。所以无论什么主义，全扰乱不了中国；从古到今的扰

乱,也不听说因为什么主义。[1]

我们比鲁迅有机会多观察了百年,从上世纪20年代到现在,中国后来发生的事情,是因为引进了"主义",还是因为中国本身的传统和命运?值得思考。

在另一篇文章《论照相之类》中,鲁迅回忆他儿时(19世纪末),绍兴城里的老百姓传说洋鬼子喜欢挖人眼睛,说有个洋人家的女佣,还见过一坛盐水浸泡的眼珠,小鲫鱼似的层层迭起,做法像中国人腌白菜一样;还有说法,说洋鬼子喜欢挖人的心肝熬油来点灯,等等。这些清末人们对外来事物的恐惧,导致当时国人害怕照相,说是闪光灯一亮一照相,人的"威光"元气就会被拿走。

现在全球风行的手机,很大部分在中国生产。Deepseek、TikTok 等社媒、AI、算法,中国也在崛起。但是,百年河东百年河西,国人对外国事物来了的恐惧或者戒心,却始终存在。否则为什么要统称"外来势力"呢?外"来"势力,就是鲁迅说的"来了"。

在另一篇《五十九 "圣武"》[2]里,鲁迅认为"什么主义都与中国无干"。"我想,我们中国本不是发生新主义的地方,也没有容纳新主义的处所,即使偶然有些外来思想,也立刻变了颜色,而且许多论者反要以此自豪。"鲁迅觉得中国人害怕的,其实是"刀与火,'来了'便是他的总名"。鲁迅认为,"现在的外来思想,无论如何,总不免有些自由平等的气息,互助共存的气息,……看看

---

[1] 鲁迅:《随感录五十六 "来了"》,《鲁迅全集》第一卷,北京:人民文学出版社,2005年版,第363页。
[2] 鲁迅:《随感录五十六 "圣武"》,《鲁迅全集》第一卷,北京:人民文学出版社,2005年版,第371—373页。

别国，抗拒这'来了'的便是有主义的人民。他们因为所信的主义，牺牲了别的一切，用骨肉碰钝了锋刃，血液浇灭了烟焰，在刀光火色衰微中，看出一种薄明的天色，便是新世纪的曙光"。

《热风》时期，鲁迅对欧洲近代文明颇有一些美好的幻想，同时对自己的国家、民族和民众有诸多不满。鲁迅在《随感录六十一　不满》中解释："多有不自满的人的种族，永远前进，永远有希望。多有只知责人不知反省的人的种族，祸哉祸哉！"[1]

在最后一篇随感录《随感录六十六　生命的路》里，鲁迅像战士一样发出自己的声音："生命的路是进步的，总是沿着无限的精神三角形的斜面向上走，什么都阻止他不得……什么是路？就是从没路的地方践踏出来的，从只有荆棘的地方开辟出来的。以前早有路了，以后也该永远有路。"[2]

"我想，他的话也不错。"最后这句话，也是鲁迅说的。

---

[1] 鲁迅：《随感录六十一　不满》，《鲁迅全集》第一卷，北京：人民文学出版社，2005年版，第376页。
[2] 鲁迅：《随感录六十六　生命的路》，《鲁迅全集》第一卷，北京：人民文学出版社，2005年版，第386页。

12
《呐喊》自序

《呐喊》收集了鲁迅1918年至1922年所作小说14篇;1923年8月,北京新潮社出版,1924年5月,改由北京北新书局出版。在读《呐喊》之前,我们先要读一篇非常重要的文章。几乎所有研究鲁迅的学者都会引用的一篇文章:《〈呐喊〉自序》。

> 我在年青时候也曾经做过许多梦,后来大半忘却了,但自己也并不以为可惜。所谓回忆者,虽说可以使人欢欣,有时也不免使人寂寞,使精神的丝缕还牵着已逝的寂寞的时光,又有什么意味呢,而我偏苦于不能全忘却,这不能全忘的一部分,到现在便成了《呐喊》的来由。[1]

《自序》开始的这一小段文字,已经出现了几个重读鲁迅的关

---

[1] 鲁迅:《〈呐喊〉自序》,《鲁迅全集》第一卷,北京:人民文学出版社,2005年版,第437—442页。以下鲁迅引文,除非特别标注,均同此出处。

键词。

首先是"梦"。鲁迅从文艺理论的角度阐释了梦和创作的关系。鲁迅后来译过厨川白村的《苦闷的象征》，受到一些弗洛伊德文艺观的影响，认为文艺是压抑在人们无意识当中的白日梦的象征与宣泄。所以鲁迅说他没有完全忘却的梦，积压到潜意识中的梦，成了他的小说。

其次，就是"忘却""回忆"和"记忆"。这是一组互相关联的概念，说明创作跟个人精神历程的曲折关系。

再次是"寂寞"。叙述中感慨时光的消逝，很有一点儿消沉的意味。编选小说集《呐喊》时已经是1923年，"五四"已经过了高潮期，鲁迅已不像几年前发表一系列《随感录》，发表《狂人日记》等小说时那么激愤，而是多了一些失望、伤感和反思。当然强调已经消失的时光不能全忘等等，说明鲁迅很清楚这些作品的历史价值。

有几段文字，鲁迅从自己的儿时讲起，这其实就是在回顾自己少年、青年时代曾经做过一些什么样的梦，这些梦与现实的关系，以及这些梦怎样变成了他的创作。

> 我有四年多，曾经常常，——几乎是每天，出入于质铺和药店里，……药店的柜台正和我一样高，质铺的是比我高一倍，我从一倍高的柜台外送上衣服或首饰去，在侮蔑里接了钱，再到一样高的柜台上给我久病的父亲去买药。……开方的医生是最有名的，以此所用的药引也奇特：冬天的芦根，经霜三年的甘蔗，蟋蟀要原对的……然而我的父亲终于日重一日的亡故了。

在这段文字里，鲁迅用最简洁、最形象的意象和细节——柜台的高度、侮辱中接钱、奇特的药引、原对的蟋蟀等等，概括他的童年家境，以及背后的国家命运。这些正是他小说的大背景。本书的第二篇、第三篇讲过一些鲁迅的早年经历，主要是为了探讨他和朱安的婚姻，对他"超人"性格和早期论文的影响。在《〈呐喊〉自序》里，我们可以看到鲁迅自己怎么理解他童年的家庭背景对他创作的影响。这种影响简而言之，就是个人的屈辱感，怎样转化为民族和文学的悲愤。

根据周树人祖父周福清的家训《恒训》记载，周家其实从明万历年间（约1573—1620）以来的两三百年已是"合有田万余亩，当铺十余所"的望族大户。大概1861年，李秀成占领绍兴，间接导致周家家道中落。鲁迅儿时，据说家里还有四五十亩水田，并不愁生计。要是那时候土改划成分，周家大概率是地主，他们家是19世纪中期开始没落的，家运、国运基本合拍。

鲁迅的祖父周福清是进士，正七品朝廷命官。他的官运一般，曾经在江西金溪县做过三年县官，后来得罪了上司，丢了县官，改任内阁中书。周作人说，他祖父在京里做官，虽然不用家里的钱，但也没有什么钱寄回来。1893年鲁迅的曾祖父去世，祖父回浙江奔丧，之后就闲住，无所事事。那年光绪为了慈禧60岁寿辰多开一次考试。浙江正主考殷如璋，和周福清是同科进士。这时有亲友托周福清去行贿，希望买通关节，让家里的年轻人考个举人。具体的过程很戏剧化：考官坐船，周福清差人送去一封信，里面有五个考生的名单，还有银票一万两。行贿手法是比较粗糙的。殷考官拆信以后，就把送信人扣下，连信和银票一起交至苏州府。清廷虽腐败，科举仍然讲究秩序。此案一路上报，最终周福清被革职。

周作人在《鲁迅的青年时代》里有这样的描绘，说当时的一个知府想要含糊了事，就说犯人素有神经病，照例可以免罪。可是这个介孚公，就是鲁迅的祖父，本人却不答应，在公堂上振振有词说他并不是精神病，还说某科某人，他们都通了关节中了举人，这不算什么事情。

据《鲁迅传》的作者朱正查证，周作人虽然把知府的名字搞错了，但是他祖父这样的申辩却确有其事。这个人真是神经病，神经病不承认自己有神经病，于是层层上报。本来一路都有官员有心减刑，但最终光绪帝亲自判"斩监侯"，等待秋后处斩，以严法纪。后来因为没有在秋后被划到名字，这样，死缓变成无期。

鲁迅的父亲周凤仪，也是个读书人，但只考了个秀才。鲁迅的祖父一出事他就病了。有一个非常有意思的细节，也是周作人的回忆。他在《鲁迅的故事》里面，说他父亲这么没用的一个生病的秀才，三十多岁就去世了，没想到在家里却跟亲人一起，面有忧色地谈论国事。大约是甲午年的秋冬之交，左宝贵战死之后，周凤仪说我现在有三个儿子，将来可以一个派到西洋、一个派到东洋去做学问。唉，父亲已经是"斩监侯"的命了，儿子还操着太和殿的心。他不知道，因为他的病，两位现代文豪，当时竟一直在百草园里为他抓蟋蟀。因为要"原对"，要原配，所以需要翻开石头。哪知蟋蟀却是"夫妻本是同林鸟，大难临头各自飞"，两个蟋蟀一出来就左右分头逃，周氏兄弟只好分头去抓。大家想想看两个文豪小时候分头抓蟋蟀的情景。当然，我们的疑问是，当时石头下面在一起的两只蟋蟀，怎么知道就是原配？怎么知道不是小三或者一夜情？鲁迅在《〈呐喊〉自序》里特别强调药铺当铺柜台的高度，特别强调药引的节烈贞节，这实际是他难忘少年心里刻下的屈辱感。

"有谁从小康人家而坠入困顿的么，我以为在这途路中，大概可以看见世人的真面目。"其实大部分中国现代作家都有类似的家庭背景，胡适、郁达夫、茅盾……如果不是小康人家，子女根本读不起书，也无从写作；如果在乱世还可以发达，子女当然也就看不到世间冷暖，自然也就无从写作。是什么让小康人家家道中落的？那就是父亲的早逝。在象征意义上，中国当时不也正是从小康社会走向衰落困顿吗？在这途中，我们也看见了世界各国的真面目。

在家乡走投无路，带着屈辱感，鲁迅进了洋学堂学生物化学，之后考取公费生到日本弘文学院，然后就发生了有名的在仙台弃医从文的幻灯片事件。鲁迅在《〈呐喊〉自序》里这样回忆：

> 有一回，我竟在画片上忽然会见我久违的许多中国人了，一个绑在中间，许多站在左右，一样是强壮的体格，而显出麻木的神情。据解说，则绑着的是替俄国做了军事上的侦探，正要被日军砍下头颅来示众，而围着的便是来赏鉴这示众的盛举的人们。

后来好像有日本学者去考证，但找不到当年这个仙台学校里的幻灯片了。其实重要的不是鲁迅当年看到了什么，而是他从此觉得医学并非一件紧要事，"凡是愚弱的国民，即使体格如何健全，如何茁壮，也只能做毫无意义的示众的材料和看客，病死多少是不必以为不幸的。所以我们的第一要著，是在改变他们的精神，而善于改变精神的是,我那时以为当然要推文艺"。

鲁迅最后那句"我那时以为",显然留了余地。世界各国从古代走向现代,中间多有一些大思想家,讲哲学、攻法律、谈经济。从文学入手,用文化来解决社会政治问题,按林毓生的说法,貌似反传统,其实还是儒家精神。

在《〈呐喊〉自序》里,鲁迅简略回顾了他弃医后最初的从文经历:和周作人、许寿裳一起编《域外小说集》,只卖出20本;编了一本杂志叫《新生》,也没有成功。那个阶段的鲁迅其实是个热血愤青,他还专门去听章太炎的课,不是为了"小学",而是因为崇拜章太炎革命。

但是,这些文学努力都失败了。回国以后,鲁迅曾经在杭州师范教生理卫生课,给学生讲生殖系统。他目睹了辛亥革命的成果如烟似云。因为好朋友许寿裳的介绍他认识了蔡元培,之后到教育部任职。在袁世凯称帝的时候,为了装作不问政治,就埋头钞古碑。所以那时的鲁迅深感寂寞,他自己概括说:"只是我自己的寂寞是不可不驱除的,因为这于我太痛苦。我于是用了种种法,来麻醉自己的灵魂,使我沉入于国民中,使我回到古代去……再没有青年时候的慷慨激昂的意思了。"

但是有一天来了个朋友叫钱玄同,到绍兴会馆找鲁迅,看到他钞的那些古碑,说:

"你钞了这些有什么用?"有一夜,他翻着我那古碑的钞本,发了研究的质问了。

"没有什么用。"

"那么,你钞他是什么意思呢?"

"没有什么意思。"

在这么短的一篇自序里,使用小说里才用的带引号的直接对话,这很不寻常,而且讲的是"没有什么用""没有什么意思"。不知道这个"没有用"是指对学术,还是对国家。假如是为了学术一直"钞"下去,也许会"钞"出个王国维、陈寅恪;如果是为国家这样"钞"下去,就真没什么用。所以钱玄同劝他:"我想,你可以做点文章……"——这是点题。

可是鲁迅又有疑问了:

假如一间铁屋子,是绝无窗户而万难破毁的,里面有许多熟睡的人们,不久都要闷死了,然而是从昏睡入死灭,并不感到就死的悲哀。现在你大嚷起来,惊起了较为清醒的几个人,使这不幸的少数者来受无可挽救的临终的苦楚,你倒以为对得起他们么?

钱玄同的回答就是后来鲁迅从事创作的基本理由:"然而几个人既然起来,你不能说决没有毁坏这铁屋的希望。"于是有了最初的一篇《狂人日记》。从此以后,鲁迅的创作便一发而不可收了。

李欧梵教授写了一本英文书,是海外最重要的鲁迅研究专著之一,书名是《铁屋中的呐喊》。在铁屋中企图唤醒沉睡者,这个意象后来贯穿了鲁迅的全部创作,也影响了整个20世纪中国文学的创作。今天回头再看这个故事，至少会有四种不同的读法：

第一，民国识字人口最多两成，读新文学的更是只有总人口的百分之几。可是就是它百分之几的新文学人口通过文学教育革命，后来改变了中国。可以说鲁迅开了窗，后来毛泽东、邓小平开了门。中国目前的经济体量是世界第二，和百年前比已是大不相同。

第二，看看现在大部分人在家里看什么电视，在手机上看哪些直播，在微博上关心什么话题？人们满脑子都是鲁迅鄙视的"物质的闪光"，大部分人不过是换了一个姿势继续睡觉。不仅在文化意义上，甚至在政治层面，鲁迅的工作也远远没有完成，启蒙尚未成功，同志仍需努力。

第三，为什么众人皆醉只有你醒？你是孔圣先知吗？内圣外王、顶层设计？还是选出来的民意代表？康德说，人与人在智力、财产、体能等各方面的差别再大，也不能大到一个人决定另一个人命运的地步，这是一人一票制的哲学基础。人们怎么知道只有你是清醒的？夏志清后来概括"五四"一代为"Obsession with China"，为国痴迷，谁知道你这为国痴迷不是另一种昏迷呢？

还有第四种读法。如果大家都是清醒地昏睡，自觉地被操控，快乐地娱乐至死，幸福地沉醉梦乡，这不是应了犬儒的另一句金句：你永远叫不醒一个装睡的人？

13
《狂人日记》：中国现代文学的提纲

终于开始读鲁迅的小说了。

在大学里讲现代文学课，总要讲到《狂人日记》。一般讨论的要点有四：第一，叙事方法和文体的革命；第二，写实与象征的关系，关键词是狂人、吃人以及由技巧实验推动的理念突破；第三，为什么《狂人日记》要写这么多动物？第四，狂人的结局意味着什么？

如果认为白话文学从《狂人日记》开始，那至少是一种误解。晚清四大谴责小说，甚至梁启超1902年的《新中国未来记》都已经使用了狭义的白话文（广义的白话文则可以上溯到《水浒传》《金瓶梅》等古典小说）。但是《狂人日记》使用的"第一人称日记体"的确在叙事语言和小说文体上均有重大突破。吴趼人《二十年目睹之怪现状》中虽然也出现了第一人称"我"，但那个"我"只是为了表明对"怪现状"的批判姿态。那个颇接近隐型作者态度的"我"，并不是一个独立的重要人物。而在《狂人日记》中，狂人是小说的主角,是有限视野的第一人称,而且这个视野局限正是由于主人公的"精神病",这一点是小说的关键所在。

在鲁迅不同文体的创作中,小说主要靠象征和写实,散文更多是讽刺和抒情。

鲁迅不同的小说对象征与写实或有不同的偏重。有些作品偏重写实,非常注重细节、人物和故事,但在情节背后可以读出一些象征的意义,比方说《孔乙己》《祝福》《肥皂》等等;有些作品以象征为主,通篇都是意象、符号与隐喻,比方说《狂人日记》《示众》和《药》(当然《药》结尾又有抒情)。《狂人日记》是象征加写实的典型。因为后来的评论和诸多教学参考资料,都只关心小说的象征,直奔狂人反礼教而去,所以我们这是更多分析象征主题的写实零件,分析作品中一个精神病例的具体病症。

好的文学意象,应该是高度写实,同时又兼有隐约的象征。《狂人日记》里的几组关键词:疯子与狂人、个人与群体、吃人与动物……都可以从写实及象征的意义结构上进行解析。

比如第一个意义结构:疾病与正常。若把十三篇日记连贯起来,就是一个精神病人(被迫害狂患者)的病情实录:语无伦次,逻辑混乱,充满幻想、幻觉,认为医生、家人都要害他,包括小孩也要害他,时时处在恐惧之中。

鲁迅学过医,他在《我怎么做起小说来》里说,我写小说"大约所仰仗的全在先前看过的百来篇外国作品和一点医学上的知识"[1]。据说有个统计,成为作家最多的群体,并不是文学系学生,

---

[1] 鲁迅:《我怎么做起小说来》,《鲁迅全集》第四卷,北京:人民文学出版社,2005年版,第526页。

而是记者和医生。

在写实意义上,主人公真地病了。在故事层面上,村里的人、家人、医生等,他们都是好人,都是正常人。只有突出那些要害我的人是好人,是正常人,他们都是遵照传统礼教来关心爱护生病的我,才构成象征意义上整个社会的"病",这个"病"是常人看不出来的。

我有时在课堂上问同学,有什么事情是大家都在做,而你觉得不对,是你不想做的。他们先是沉默,想不起来,不敢想。后来有的说不在乎拿A,有的说不想买房子,有的说不想结婚……其实很多大家都在做的事情,可能也是一种病。说轻一点儿,是做房奴、车奴,娱乐至死;说重一点儿,其实是放弃独立思想和自主人生。但可惜,还真是要有"神经病"的人才能够点穿"病症",才能够揭露真相。

一般教材和评论,略过了"狂人"是精神病的现实,称他为战士,认为他蹽了古旧先生的账簿,看出几千年历史吃人……如此这般直奔主题,小说就变成《随感录》了。《随感录》直接批判节烈观,直接批判暴君、暴民,那些也是鲁迅的意思,但就不是小说艺术了。

在写实层面上,"狂人"是病人,是弱者,应该等待解救;在象征层面上,"狂人"当然就是英雄,是强者,要解救大众,解救孩子。英文都是同一个词"madman"。可是"madman"在中文里可以译成"疯子",也可以译成"狂人"。中文里,"疯子"和"狂人"有非常重要的差别。古诗都有"我本楚狂人,凤歌笑孔丘"。说人有点"狂",和说他是"疯子",是完全不同的意思。就是这个"疯"与"狂"的差别构成了小说主题上的张力。

在疾病与正常以外,《狂人日记》的第二个情节结构,也是后来在鲁迅小说里反复出现的意义结构,是个人与群体。在《随感录三十八》中,鲁迅称颂个人的自大,"就是独异,是对庸众宣战","一切新思想,多从他们出来,政治上宗教上道德上的改革,也从他们发端"。在《狂人日记》里,鲁迅突出生病的狂人,周围的大哥、家人、医生、邻居等角色都是反衬。评论家钱理群等后来在《中国现代文学三十年》中总结说,"看与被看",是一种情节结构模式。简单地说,就是一群人围着一个人。如果将鲁迅的小说改成连环画,最基本的画面总是一群人,中间是一个人。小说《示众》就是一群人围着,一个犯人是什么样的人却不重要。《祝福》里的祥林嫂则是那"一个人"。她整天跟人家讲她的悲惨故事,"我真傻,我真傻"。最后听的人渐渐麻木了,听她诉苦变成了一种消遣。听的人是一圈人,甚至包括小说的叙述者"我"。《药》里边有两个圆圈,无论是被杀掉的烈士,还是后来吃人血馒头的生病的华小栓,他们都是被周围的很多人或者仇恨或者关照。需要指出的是,这种个人和群体对立的模式,在鲁迅写作的初始阶段,在《狂人日记》中,鲁迅是让个人占据主角位置的,在先驱者和群众之间,他将焦点放在独异的个人上。但是到后来,鲁迅就越来越多地倾向于分析吃瓜群众了,中间这个人反而不那么重要了。换言之,鲁迅之前更关心英雄与先驱,后来更注意麻木的群众。

鲁迅说:"我的来做小说,也并非自以为有做小说的才能,只因为那时是住在北京的会馆里的,要做论文罢,没有参考书,要翻译罢,没有底本,就只好做一点小说模样的东西塞责,这就是《狂人日记》。"[1]这里当然有自谦的成分,收在《热风》和《坟》里的文章,的确也与《呐喊》观念相通。但由于叙事文体的突破(中国小说在形式上受到了西方文学的影响),《狂人日记》的历史影响更加深远。

除了疾病与正常、个人与群体,《狂人日记》还贯穿了另一个更重要的情节与意义结构:吃人与被吃。

关于吃人和被吃,写实细节比象征意义写得更精彩。

——"那赵家的狗,何以看我两眼呢?"狗眼看人。

——昨天街上那个女人眼看着"我",打他儿子,嘴里说道,"……我要咬你几口才出气!"。这是人咬人。

——狼子村一个大恶人被打死了,几个人就挖出他的心肝来,用油煎烤着吃。

——李时珍编的《本草纲目》上,明明人肉都可以煎吃。引经据典。

——大哥对"我"讲书时亲口说过,可以"易子而食"。还要"食肉寝皮"。历史典故。

——赵家的狗又叫起来了。狮子似的凶心,兔子的怯弱,狐狸的狡猾,……

——主人公他怀疑吃他的人,是要他自杀,然后他们会吃死肉。所以他们像"海乙那"一样。吃死肉。

——"我"问一个二十多岁的人:吃人的事情对吗?那个人

---

[1] 鲁迅:《我怎么做起小说来》,《鲁迅全集》第四卷,北京:人民文学出版社,2005年版,第526页。

笑着说：不是荒年怎么会吃人呢。意思就是，假如是荒年，吃人是难免的。

——从来如此，便对么？

——自己想吃人，又怕被别人吃了，都用着疑心极深的眼光，面面相觑。互相提防。

——"易牙蒸了他儿子"给暴君吃，"一直吃到徐锡林"。

据统计，整个短篇一共十三段，九次提到"吃人"的实例，说明"吃人"在这部小说里，不只是一个象征。被吃的幻想、历史上的记录、人与动物的并置，是这篇小说交织在一起的三条主线。

汉学家葛浩文，翻译莫言的作品很出名，他曾经到香港岭南大学做过一个关于"吃人"文化的讲座。他归纳人类文明史上的吃人，有那么四五种。第一种是为了生存。世界各国文献都有记载，一个人快饿死时，会吃已经死掉的人。不要说远古"荒年吃人"，就是在当代，也同样如此。70年代，有飞机在南美迫降，死了不少人，但还有些人活着，他们可不可以吃旁边死掉的其他的乘客来维持生存？此事在当时及事后都有涉及人道主义的争论。第二种是为了泄愤。吃敌人身体的一部分。小说中的例子是关于徐锡林的，也有人在战场上吃敌人身体的一部分。第三种，据说中国比较多，道德上被称赞的"吃人"。比方晋文公重耳逃难时，介子推割了自己的腿肉做汤，是作为忠君爱国的表现。史书记载，有人为了孝敬父母，把自己的孩子给煮了。最荒唐的是第四种，就是为了养生，为了美味，甚至为了美容，例如胎盘、人奶……吴组缃的小说《官官的补品》、李碧华的小说《饺子》，都有描写。小说的情节可能虚构。但是在真实的报道中存在一些人奶的生产链，甚至包含色情内容，总之为了美味、为了营养，人也吃人的一部分，更不要讲吃胎盘，传统悠久。夏志清在评《三国演义》的时候注意到，有个细节是刘备到一个人的家里去，主人因为没东西好招待，就把家里的老婆，煮来给他吃。这样直面惨淡的人生，也没有影响《三国演义》的文学史地位。

1918年8月20日，也就是《狂人日记》发表以后不久，鲁迅在给好友许寿裳的信里说："《狂人日记》实为拙作，又有白话诗署'唐俟'者，亦仆所为。前曾言中国根柢全在道教，此说近颇广行。以此读史，有多种问题可以迎刃而解。后以偶阅《通鉴》，乃悟中国人尚是食人民族，因成此篇。此种发见，关系亦甚大，而知者尚寥寥也。"[1]所以有两种可能：一种是鲁迅深感中国传统礼教（包括节烈观，三从四德等等），弊大于利，害人不浅，于是将礼教的弊端比喻为"人吃人"；另一种可能，是鲁迅在古书中发现确实有"人吃人"的记载，于是引发出《狂人日记》的灵感，喊出"礼教吃人"的时代声音。

真正提出"礼教吃人"口号的是吴虞，吴虞在《吃人与礼教》（《新青年》第六卷第六号）一文中，举出不少中国史书上记载的真实的吃人的例子。比方《后汉书·臧洪传》里边说臧洪打仗守城，是"杀其爱妾，以食兵将"。《新唐书·忠义传》里边说张巡守睢阳，也是杀妻来奖励军士，据说吃完了围城中的妇人，接着吃男夫老少，一共吃了两三万人。但愿史书是夸张。

---

[1] 鲁迅：《180820致许寿裳》，《鲁迅全集》第十一卷，北京：人民文学出版社，2005版，第365页。

《狂人日记》发表以后,并没有像我们以为的马上引起轰动,沈雁冰曾经在《读〈呐喊〉》这篇文章里回忆:"那时《新青年》方在提倡'文学革命',方在无情地猛攻中国的传统思想,在一般社会看来,那一百多面的一本《新青年》几乎是无句不狂,有字皆怪的,所以可怪的《狂人日记》夹在里面,便也不见得怎样怪,而曾未能邀国粹家之一斥。前无古人的文艺作品《狂人日记》于是遂悄悄地闪了过去,不曾在'文坛'上掀起了显著的风波。"[1]

《狂人日记》被人最多引用的一段话是"凡事总须研究,才会明白。古来时常吃人,我也还记得,可是不甚清楚。我翻开历史一查,这历史没有年代,歪歪斜斜的每页上都写着'仁义道德'几个字。我横竖睡不着,仔细看了半夜,才从字缝里看出字来,满本都写着两个字是'吃人'"[2]。但我现在"重读鲁迅",更注意小说中的另一段话:

> 他们——也有给知县打枷过的,也有给绅士掌过嘴的,也有衙役占了他妻子的,也有老子娘被债主逼死的;他们那时候的脸色,全没有昨天这么怕,也没有这么凶。[3]

这段话的重要性在于,它在20世纪中国文学中,比较早地将官府和士绅并列在欺压迫害民众的势力中。欺负狂人邻居的有知县、衙役,也有绅士和债主。

---

[1] 《读〈呐喊〉》,原载1923年10月出版的《文学周报》第91期,署名雁冰。
[2] 鲁迅:《狂人日记》,《鲁迅全集》第一卷,北京:人民文学出版社,2005年版,第447页。
[3] 同上。

晚清四大谴责小说里的中国社会，主要矛盾是官员欺压民众，士大夫在一旁看不下去。有的将官场现形，要用小说教育官员（李伯元），有的鄙视官府怪现状（吴趼人）。《老残游记》则是"士见官欺民"：江湖郎中路见不平，阻止官员制造冤案残害民众；"贪官不好，清官更坏"。这里受冤枉的民众，甚至还包括当地的财主。在大部分晚清小说里，社会主要矛盾在官府与民众之间，士绅阶级基本属于民众的范畴。到了《狂人日记》，欺负狂人邻居（应该也是普通民众）的既有县官衙役，也有债主和绅士。中国传统社会的三个阶级，是官员、士绅与民众。从《狂人日记》之后，文学描写的社会主要矛盾，转为官府与士绅连手压迫剥削大多数弱势的民众。

"他们——也有给知县打枷过的……他们那时候的脸色，全没有昨天这么怕，也没有这么凶。"鲁迅这段话不只是描写官绅联手（后来《阿Q正传》有更多细节），还特别强调被官绅欺负的弱势民众，非但不感谢狂人的同情启蒙，反而为自保而害怕躲避甚至迫害狂人，成为杀害烈士的间接帮凶。这个故事，后来在《药》里有进一步发展。

《狂人日记》还有一段不应该被忽视的文字是篇首的文言文，交代狂人"然已早愈，赴某地候补"。于是《狂人日记》只是一份病情记录。悖论的是主人公只有在"病情"发作（脱离仕途）时才能真正承担起知识分子忧国忧民的使命。中国古代的科举，从上往下看，是中央皇权政府选拔收集天才精英的政治制度；从下往上看，则是百姓民众，"吃得苦中苦方为人上人"的相对平等的上升阶梯。科举制度是中国传统社会的坚实支柱，据张仲礼《中国绅士——关于其在十九世纪中国社会中作用的研究》的统计[1]，上亿民众中有百万生员考出两万官吏，这是两个层次的"百里挑一"。中国读书人会不会像《狂人日记》所描绘的那样，在一度发病（发昏发热）之后又回到候补的旧途？会不会回归"正途"（买来的官缺称为"异途"），在体制里获得地位、利益和名声？传统的力量是否无可避免？

所以，将《狂人日记》放在小说集的卷首，说明鲁迅对"五四"的呐喊，其实有些悲观。呼唤救救孩子的启蒙者，自己同样要忏悔是否无意之间也吃过人。在《〈呐喊〉自序》中，他说自己"未能忘怀于当日自己的寂寞的悲哀罢……所以有时候仍不免呐喊几声，聊以慰藉那在寂寞中奔驰的猛士，使他不惮于前驱……既然是呐喊，则当然须听将令的了，所以我往往不恤用了曲笔，在《药》的瑜儿的坟上平空添上一个花环……"

这个"平空添上"的花环，我们以后还要讨论。简而言之，《狂人日记》写了两个狂人，一是生病的反叛的士大夫，二是病愈后候补做官的士大夫。后来，哪种狂人比较多呢？

---

[1] 张仲礼著、李荣昌译，《中国绅士——关于其在十九世纪中国社会中作用的研究》，上海：上海社会科学院出版社，1991年版。

14

孔乙己的长衫

在《呐喊》中,《狂人日记》后面便是《孔乙己》,两篇小说无意中指示了中国知识分子晚清以后的三条基本出路:要么狂人般革命反抗,要么"病愈"候补做官,要么成为终身潦倒的秀才。《孔乙己》是1918年冬天写的,发表在1919年4月《新青年》第六卷第四号上。这是一篇广为人知的"教材小说",长时间以来都是内地高中或初中语文教材的课文,还曾在1993年至2006年间被纳入香港中学会考中文科的读本教材。鲁迅在台湾一度被禁。1999年后,台湾又将《孔乙己》列入高中语文教材中。语文学界,已有无数解读分析。我们的"重读",只想简单强调三点。

第一还是形式上的突破。据孙伏园回忆说,鲁迅觉得《孔乙己》是自己"最喜欢"的短篇小说,且鲁迅将其自译为日文,交由日文杂志发表。[1]《狂人日记》的突破有点猛,须脑洞大开才能

---

[1] 伏园:《鲁迅先生二三事·〈孔乙己〉》,《鲁迅回忆录(上)》,北京:北京出版社,1999年版,第83页。

读,《孔乙己》却是典型的受西方文学影响的现代短篇小说。《孔乙己》虽然还是运用有局限的第一人称叙事,但不像《狂人日记》般有点儿作家"诗言志"的意思。《孔乙己》中的第一人称是酒店的小伙计,是个相对无知的旁观者,小说记录他并不理解的人和事(代表了社会大众的偏见和看法)。后来很多当代小说也都采用这种写法。比方说许地山的《商人妇》叙述的是一个男的读书人在旅途的船上观察倾听商人妇倾诉半生遭遇的故事。余华的《活着》叙述的是由一个文青来倾听由地主变农民的老头半世纪如何"活着"的故事。后来很多小说运用这种有局限的第一人称作为观察、叙事的视角,但多数观察者是读书人,他们比底层人物更明白其遭遇的社会历史背景。《孔乙己》则相反,"我"是单纯无知的少年,并不懂得孔乙己秀才沦落悲剧的历史意义。后来萧红在《牛车上》,也用这种写法,以一个年幼女孩半睡半醒间听大人对话,来写战乱逃兵的困境。

第二是科举的失败,这是很多评论归纳出的主题,但这些评论者却对这个主题重视得不够。中国传统社会应该如何划分阶级?一个方法是分为统治阶级和被统治阶级,如《灯下漫笔》中人民文学出版社添加的《左传》"天有十日,人分十等"的注解。好处是有利于宣传革命和阶级斗争,缺陷是没有界定绅士阶级是否等于统治阶级?无法解答上万官员怎样在技术上管理统治上亿民众?第二个方法是参考张仲礼《中国绅士》一书[1],将中国社会分为官员、士绅和民众三个阶级。在19世纪的中国,这三个阶级的大致人数分

---

[1] 张仲礼著、李荣昌译:《中国绅士——关于其在十九世纪中国社会中作用的研究》,上海:上海社会科学院出版社,1991年版。

别是两万、两百万和两三亿。童生经过县考初试、府考复试和学政主持的院考（道考），成为进学（俗称秀才）。这些读书人以及支持他们的家人族人，便成为官员与民众之间的一个终身而不世袭的阶级。其中也有地主或商人，但是士绅阶级并不等于统治阶级。成为地主商人不需要经过考试取得认可，生员则必须考试。阿Q突然宣布自己也姓赵，就是因为赵太爷的儿子考取了秀才光宗耀祖。赵太爷只是靠钱财土地发财，儿子考取秀才有了文凭。成为生员之后有两条出路，能够继续在三年一次的乡试（省级考试）里中举，之后便能走上仕途；如屡考不中，至少也可在乡镇里享有特殊地位，有责任办学、修路、救济灾民、调解冲突等（长篇小说《白鹿原》对这种状况有过于理想化的描绘）。史学界有争议的说法是"皇权不下县"（皇权不下县，县下惟宗族，宗族皆自治，自治靠伦理，伦理造乡绅）。"三个阶级论"即便未必能概括唐以后的中国社会，但至少一直有意无意地存在于历代读书人的情怀梦想中。直到"千古文人士绅梦"的末期，孔乙己穿着破长衫（士绅标志）但却只能站在外面和穷人一起喝酒，空有"第二阶级"的身份，但却活得比"第三阶级"还困苦。近年中国大学生失业待业人数剧增，故有官方媒体号召毕业生脱下孔乙己的"长衫"，意思是不能假定读书人一定会有好工作，读书人不再是个高于大众（但低于官员）定有良好出路的稳定阶级。

第三，晚清废除了科举，孔乙己也"大概的确是死了"，为什么他的"长衫"至今还在，他的形象仍然活着？如果我们把孔乙己的形象简单概括为悲惨生态和读书人心态的戏剧性并置：一面穷困潦倒偷书被打趴在地上，一面仍然炫耀学问——"回字有四种写法"。之后20世纪的中国小说中一直有这样的人物形象。

1980年代,王蒙的《活动变人形》借儿子倪藻的视角将父亲倪吾诚放在审判席上,发现倪吾诚其实是喝过洋墨水的"孔乙己"——自己陷于乱世,没法修身,更难齐家,被家中女人泼了一身的绿豆汤,却还念念不忘欧洲先进文明的种种。50年代以后的知识分子轮流"洗澡",还要在被改造和接受再教育的过程中,艰难保留士大夫的基因。身在底层却精神优越的"孔乙己精神",于是渐渐转化演变为一种人们今天说的"地命海心"——喝地沟油的命,操中南海的心。劳改犯章永璘饿得跟狼一样,还读《资本论》,最后要到大会堂去感谢绿化树。《古船》中的地主儿子抱朴,终年躲在小屋里研究《共产党宣言》。年纪轻轻的知青陷入沼泽地,却说是为神奇的土地献身。秦书田低声下气地要求从右派改为坏分子。孙少平和其他搬运工不同,就因为他即使累极了也要在工地点油灯读西方小说。当年的孔乙己只是一个科举制度中断以后的可怜读书人,因为小伙计的叙述,人人可见科举后果的可怜可笑。假如孔乙己自己用第一人称表达心志呢?会不会获得人们更多的同情和共鸣?后来无论是右派平反还是知青下乡,共通之处是生态、心态上的互相嘲讽;他们身份卑下却心比天高,即便是在劳动改造中依然忧国忧民,确是20世纪知识分子小说的"传统"。

15

《药》中的十二个人物

鲁迅小说的题目很有意思,大概分为两类:一类是内容点题,比方说《狂人日记》《肥皂》《示众》《伤逝》《孔乙己》等等;另一类是反讽,比方说《祝福》《药》。其实《药》这个题目,又点题又反讽。小说里的"药",既是故事情节的中心,关键的道具,又是象征意义的核心,关键的符号。而且《药》的结尾还有一点儿抒情,确实是鲁迅小说里技巧比较复杂的一部作品。

《药》很短,却有十二个人物。晚清小说的基本结构是"士见官欺民",《药》中的十二个人物也可分成士、官、民三类。

"士"比较简单,小说中只有夏瑜一人(名字影射秋瑾),他的革命事迹在小说里很少直写,比较突出的是他被捕后,在牢中还向管牢的红眼睛阿义宣传"大清的天下就是我们大家的"。被衙役打后,他还感慨阿义"可怜",可怜敌人愚蠢。最后一章出场的夏四奶奶是烈士的母亲。"瑜儿,他们都冤枉你了"。看到鲁迅特意"放"在儿子坟上的花圈,便认为是儿子显灵了,"瑜儿,可怜他们坑了你,他们将来总有报应,天都知道"在这篇小说里,"士"只是一个符号,忧国救民但不成功。

"官"没有直接出场,这是现代文学的一大特点。与晚清谴责小说以官府官员为反派、以官民矛盾为主题相反,"五四"以后,直到1942年延安文艺座谈会之前的文学作品都很少正面描写官员形象(茅盾的《蚀》和张天翼的《华威先生》是罕见的例外)。个中原因,或者因为民国政府审查比晚清更严;或者由于描写士绅、地主比描写反派形象更复杂;或者也可能是鲁迅等人发现政治制度、文化秩序的变化,都不能真正改变中国社会,所以改造国民性比打倒官本位更为重要。关于现代文学为什么不写"官"这个问题,我在不同的文章里都有提及,深入讨论则需要专文专书。眼前的《药》提供了一个明显例证。夏瑜被清廷杀害,但具体凶手却影影绰绰面目不清。

"喂!一手交钱,一手交货!"一个浑身黑色的人,站在老栓面前,眼光正像两把刀,刺得老栓缩小了一半。那人一只大手,向他摊着;一只手却撮着一个鲜红的馒头,那红的还是一点一点的往下滴。

老栓慌忙摸出洋钱,抖抖的想交给他,却又不敢去接他的东西。那人便焦急起来,嚷道,"怕什么?怎的不拿!"老栓还踌躇着;黑的人便抢过灯笼,一把扯下纸罩,裹了馒头,塞与老栓;一手抓过洋钱,捏一捏,转身去了。嘴里哼着说,

"这老东西……"[1]

"浑身黑色"的刽子手有模糊形象,勉强可以列入十二个人物之中,虽然他没有姓名。小说里明显的反派是康大叔,他给华老栓信息,可买人血馒头救命,但他实际上也只是官府的爪牙。现代文学中官员形象很少,主要反派是类似康大叔这样的帮凶爪牙,比如《骆驼祥子》里的孙侦探,等等。《药》里还有两个角色,一个是告密的夏三,出卖侄子以自保;另一个是看牢的红眼睛阿义,他和夏瑜交谈套情报未成,便拳脚迫害。总之反派四人,皆为官府的爪牙帮凶。

小说里人数最多、也最重要的一类人,是"士见官欺民"中的"民"。华老栓、华小栓和华大妈,一家三人在镇上开茶馆。茶馆小老板本不算真正的穷人,但在《药》里,华家三口却代表受骗的悲剧的民众(能买人血馒头的人家不会是赤贫)。"华大妈在枕头底下掏了半天,掏出一包洋钱,交给老栓,老栓接了,抖抖的装入衣袋,又在外面按了两下",战战兢兢地,老栓来到刑场,最后时刻还在犹豫。他买人血馒头,一半是受骗,一半也是被迫。吃人血馒头的段落写得非常详细——

> 撮起这黑东西,看了一会,似乎拿着自己的性命一般,心里说不出的奇怪。十分小心的拗开了,焦皮里面窜出一道白

---

[1] 《药》最初发表于1919年5月《新青年》第六卷第五号,收入《呐喊》。见《鲁迅全集》第一卷,北京:人民文学出版社,2005年版,第463—472页。以下鲁迅引文,除非特别标注,均同此出处。

气,白气散了,是两半个白面的馒头——不多工夫,已经全在肚里了,却全忘了什么味;面前只剩下一张空盘。他的旁边,一面立着他的父亲,一面立着他的母亲……

小说第三章是茶馆里许多人的对话,其中又出现了三个人物,都是看客。一个花白胡子的人,先是问候老栓身体,又低声下气问康大叔"听说今天结果的一个犯人,便是夏家的孩子,那是谁的孩子?究竟是什么事?"坐在后排的一个二十多岁的人,听说夏瑜劝阿义造反,"很现出"气愤模样。第三个是壁角的驼背,听说阿义打了夏瑜,"忽然高兴起来",称赞"义哥是一手好拳棒"。

这三个人的身份有点儿模糊。驼背是伤残人士,五少爷的称呼说明家里有点儿钱。花白胡子年纪大了,应该有点儿世故,对康大叔态度低下。二十多岁的人应该是受过教育的青年,却对拳脚暴力特别兴奋。这些人在茶馆貌似关心老栓父子,其实是在为康大叔捧场。他们或者是清廷的"良民",或者要在康大叔面前显示自己的忠心。热闹议论中有个冷场的小高潮,当康大叔说阿义在牢中打夏瑜——

"他这贱骨头打不怕,还要说可怜可怜哩。"

花白胡子的人说,"打了这种东西,有什么可怜呢?"

康大叔显出看他不上的样子,冷笑着说,"你没有听清我的话;看他神气,是说阿义可怜哩!"

听着的人的眼光,忽然有些板滞;("板滞"就是停滞下来,呆板。——引者注)话也停顿了。

战士被奴才打,战士说奴才可怜(因为奴才不知自己在做什么),周围一班奴才本在拍手称快,听到这句话,眼光却呆滞下来,说明即便是奴才般的看客,潜意识里也会心虚,也会害怕……不不不,不会害怕,他们只是停顿了一瞬间,马上又哈哈大笑,弥补刚才瞬间的"板滞",一起断定夏家孩子发疯了。

花白胡子、驼背五少爷、二十多岁的人,这三个人物总体上没有参与打人、抓人、杀人,还关心华家茶馆,在士、官、民三角关系中,他们应该和华老栓一家接近,大致都属于民众看客。但从另一角度看,他们的态度又有点儿靠近"官",嘲笑"士"。

总而言之,《药》中一共十二个人物,合在一起是"民看官杀士"。鲁迅写的"士"与晚清小说中的读书人比较,更勇敢,更浪漫,大方向一致。鲁迅所写的"官"和晚清小说中的反派官员相比,依然欺压民众,面目可憎,但直接出场的只有帮凶爪牙。最大的变化是小说中的民众,与晚清小说中善良、受苦受害的民众相比,鲁迅小说中的民众也受苦但麻木,也受害但愚昧,尤其作为看客,客观上甚至害人。在鲁迅之前和之后,中国小说中的民众形象大都是正面的,鲁迅是比较特别的批评者。

16

《一件小事》：是否一件小事？

《一件小事》是《呐喊》中，或者鲁迅全部小说中最短的一部短篇小说。这篇作品在文学史上，恐怕真地是"一件小事"。但是如果放在中国现代社会史、革命史上，却可能是一件很大的事，需要仔细阅读。

小说的第一人称主人公的视角很接近作家或者隐形作者的视角。

> 我从乡下跑到京城里，一转眼已经六年了。其间耳闻目睹的所谓国家大事，算起来也很不少；但在我心里，都不留什么痕迹，倘要我寻出这些事的影响来说，便只是增长了我的坏脾气，——老实说，便是教我一天比一天的看不起人。[1]

---

[1] 《一件小事》最初发表于1919年12月1日北京《晨报·周年纪念增刊》，收入《呐喊》。见《鲁迅全集》第一卷，北京：人民文学出版社，2005年版，第481—483页。以下鲁迅引文，除非特别标注，均同此出处。

现实中，民国初年"五四"之前在北京教育部任职又埋头抄古书的周树人，对世事人心越来越灰心，的确有点消极愤世、怨天尤人。

> 但有一件小事，却于我有意义，将我从坏脾气里拖开，使我至今忘记不得。

什么事能使对社会又激愤又犬儒、对人性又害怕又失望的"我"受到这么大的影响呢？

"这是民国六年的冬天"——即1917年，正是俄国十月革命的时候。从实际的文献中看，鲁迅当时对十月革命的消息并没有什么特别反应。

> 大北风刮得正猛，我因为生计关系，不得不一早在路上走。一路几乎遇不见人，好容易才雇定了一辆人力车，教他拉到S门去。不一会，北风小了，路上浮尘早已刮净，剩下一条洁白的大道来，车夫也跑得更快。刚近S门，忽而车把上带着一个人，慢慢地倒了。

中国很多现代作家，喜欢写人力车夫，因为作家相信人道主义，看不得别人受苦，但是使用交通工具无法避免。车夫就在眼前跑得浑身是汗，看不下去又没办法。所以胡适、郁达夫、老舍都有作品写人力车夫。胡适虽然同情车夫，但是最后还是要叫人家拉他到内务部西。在他看来，车夫辛苦，但如果你不坐车，就更加对不起人家，这是一种理性的经济学概念上的同情。郁达夫的《薄奠》，没有去唤醒车夫革命造反，只在车夫死后送一辆纸的黄包车，因为车夫生前最大的理想，就是拥有自己的黄包车。《骆驼祥子》写的是车夫的自立自强，但是祥子个人主义奋斗的理想，最终却被社会所压垮。

现在鲁迅小说里的人力车，在路边带倒一个人，跌倒的是一个女人，花白头发，衣服都很破烂。

> 伊从马路边上突然向车前横截过来；车夫已经让开道，但伊的破棉背心没有上扣，微风吹着，向外展开，所以终于兜着车把。幸而车夫早有点停步，否则伊定要栽一个大斤斗，跌到头破血出了。

乘客旁观，细节清楚，小小意外，不是车夫的错，也不大像现在流行的"碰瓷儿"。

> 伊伏在地上；车夫便也立住脚。我料定这老女人并没有伤，又没有别人看见，便很怪他多事，要自己惹出是非，也误了我的路。我便对他说，"没有什么的。走你的罢！"车夫毫不理会——或者并没有听到，——却放下车子，扶那老女人慢慢起来，搀着臂膊立定，问伊说：
> "您怎么啦？"
> "我摔坏了。"

这时，小说中的主人公想：

我眼见你慢慢倒地,怎么会摔坏呢,装腔作势罢了,这真可憎恶。车夫多事,也正是自讨苦吃,现在你自己想法去。

但是之后:

车夫听了这老女人的话,却毫不踌躇,仍然搀着伊的臂膊,便一步一步的向前走。我有些诧异,忙看前面,是一所巡警分驻所,大风之后,外面也不见人。这车夫扶着那老女人,便正是向那大门走去。

接下来的一段,就是小说的文眼:

我这时突然感到一种异样的感觉,觉得他满身灰尘的后影,刹时高大了,而且愈走愈大,须仰视才见。而且他对于我,渐渐的又几乎变成一种威压,甚而至于要榨出皮袍下面藏着的"小"来。

这是一个发生在"旧社会"的故事,现在的我们也熟悉。今天不坐人力车,但会骑自行车、开小汽车,甚至快步走路,一旦碰到(撞到、带到)路边老人,他也是慢慢倒下去,我们的反应大概也和鲁迅小说中的"我"一样,料他没有伤,旁边又无人,继续赶路吧。摔坏了?怎么可能?

假如也像车夫一样,先不问谁的对错,你可能伤了,那我先送你到医院或者派出所去,结果大概就会像南京著名的彭宇一样。据

2007年9月7日《成都日报》报道——当时全中国的媒体都在报道这同一个消息——青年彭宇,因为搀扶一位摔倒的老太去医院,最后被告上法庭。南京市鼓楼区法院一审判决,说彭宇自称是第一个下车的人,从常理分析,他与老太太相撞的可能性比较大,因此裁定彭宇赔偿原告40%的损失,要10日内付45876元。判决书说,如果不是彭宇撞的,他完全不用送老太去医院,可以自行离开,而他没有自行离开,行为显然与情理相悖。

于是,我们再一次见证鲁迅作品的当代性。也许是鲁迅虚构的一个故事,却完整地再现在一百年之后的新时代。亚里士多德曾经有一个非常重要的理论:历史,就是记载已经发生的事,诗是描写可能发生的事,因此诗比历史更有哲理。[1]

按照南京鼓楼法院的判决逻辑,在《一件小事》中,如果说老太太她不是被人力车撞倒的,而且也可能没有大伤,那么车夫的行为显然就与情理相悖。因此,老太太的摔倒,必定与车夫有关,如果老太太要支付医药费,车夫理应赔偿40%。

为什么鲁迅作品中的主人公要突然向这位车夫表示钦佩甚至仰视呢?而且在"巡警走近我说,'你自己雇车罢,他不能拉你了'之后,我没有思索的从外套袋里抓出一大把铜元,交给巡警,说,'请你给他……'"这是他自愿赔偿的40%的损失,或者是来弥补车夫的损失的。

不久以后,鲁迅在《晨报》副刊发表了一篇杂文叫《无题》。鲁迅说他去一家店里买巧克力三明治,"我买定了八盒这'黄枚朱

---

[1] 见朱光潜《西方美学史》上册,北京:人民文学出版社,1979年版,第72页。

古律三文治',付过钱,将他们装入衣袋里。不幸而我的眼光忽然横溢了,于是看见那公司的伙计正揸开了五个指头,罩住了我所未买的别的一切'黄枚朱古律三文治'。这明明是给我的一个侮辱"。[1]

在香港给汽车加油时,加油站员工有时在车前放一根铁杆,意思是没付钱就不能开走。我每次看到,都觉得铁杆是一个侮辱。鲁迅接着说:

然而,其实,我可不应该以为这是一个侮辱,因为我不能保证他如不罩住,也可以在纷乱中永远不被偷。也不能证明我决不是一个偷儿,也不能自己保证我在过去现在以至未来决没有偷窃的事。

但我在那时不高兴了,装出虚伪的笑容,拍着这伙计的肩头说:

"不必的,我决不至于多拿一个……"

他说:"那里那里……"赶紧掣回手去,于是惭愧了。这很出我意外,——我预料他一定要强辩,——于是我也惭愧了。

这篇散文最后一段说:

夜间独坐在一间屋子里,离开人们至少也有一丈多远了。吃着分剩的"黄枚朱古律三文治";看几叶托尔斯泰的书,渐

---

[1] 鲁迅:《无题》,《鲁迅全集》第一卷,北京:人民文学出版社,2005年版,第405页。

16 《一件小事》:是否一件小事? 109

渐觉得我的周围,又远远地包着人类的希望。[1]

鲁迅晚年的时候说过一句非常有名的话:"我向来是不惮以最坏的恶意,来揣测中国人的。"[2]所以,他对慢慢倒地的老女人充满怀疑。店员伸出五个手指罩住没卖的三明治,他也觉得是侮辱。可是在《一件小事》里,车夫的朴实使他看到自己的渺小。在《无题》中,店员的惭愧也使他惭愧起来,进而使他感到人类的希望。

所以《一件小事》可以有两种解读:一是劳工崇拜,二是人道主义。车夫代表劳工阶级,是普罗大众的象征。研究鲁迅世界观转变的学者们可以从里边看到鲁迅对社会底层和劳工阶级一贯的同情,甚至由同情而仰视。这种朴素的劳工崇拜后来发展到30年代的左翼文学,就变成进步作家觉得要替无产阶级代言——如果不能解救大众,知识分子就觉得有种原罪。当然这里也有"十二月党人"贵族革命的影响。再进一步,既然有责任要救大众,如果没有尽到责任,那"我"就有错甚至有罪,"我"就要仰视大众。到40年代,知识分子必须为大众服务。到60年代,知识分子必须向劳工请罪,请求宽恕。再到80年代,知识分子又想重新启蒙。同时,知识分子的原罪或者劳工崇拜却始终存在。

这中间有一个非常复杂的、历时一个世纪的思想史的变化。

鲁迅承认,他没有说出全部的真话,因为怕影响青年。他激烈批判所有中国人,但是除了青年人和劳工阶级。夏志清有一段评

---

[1] 鲁迅:《无题》,《鲁迅全集》第一卷,北京:人民文学出版社,2005年版,第405—406页。
[2] 鲁迅:《记念刘和珍君》,《鲁迅全集》第三卷,北京:人民文学出版社,2005年版,第291页。

论:"鲁迅违背自己的良知,故意希望下等阶级跟年轻的一代会更好,更不自私……他自己造成的温情主义使他不够资格跻身于世界名讽刺家……之列。这些名家对于老幼贫富一视同仁,对所有的罪恶均予攻击。鲁迅特别注意显而易见的传统恶习,但却纵容,甚至后来主动地鼓励粗暴和非理性势力的猖獗。"[1]

我不完全同意夏志清的评论,但也可以思考,鲁迅是不是对青年人和劳工阶级特别多一些温情主义?鲁迅对老弱贫妇是否一视同仁,对所有的罪恶均予以攻击?而这种有目的的温情主义是否会影响鲁迅作品的艺术性?

但也可能,我们想多了。在感受到三明治店铺伙计的侮辱的当晚,鲁迅"看几叶托尔斯泰的书,渐渐觉得我的周围,又远远地包着人类的希望"。在中国现代文学中,"托尔斯泰"是个很重要的符号。鲁迅说他的思想,总在人道主义与个人的无治主义之间左右游移。托尔斯泰应该是偏向人道主义的。也许《一件小事》只是证明"创作总根于爱"[2],而不应该执着于阶级歧视。

是劳工崇拜,还是人道主义,《一件小事》都不是一件小事。

---

[1] 夏志清著、刘绍铭等译:《中国现代小说史》,杭州:浙江人民出版社,2016年版,第61页。
[2] 鲁迅:《小杂感》,《鲁迅全集》第三卷,北京:人民文学出版社,2005年版,第556页。

17

《故乡》中的两个阶级

鲁迅的早期小说,几乎每篇都在文体形式上有新的尝试。《狂人日记》是第一人称日记体,《孔乙己》是有局限的旁观视角,《药》通过对话交代故事,四场戏写了三类十二个人物。《阿Q正传》则是典型的以人物性格为轴心的中长篇结构,主人公性格一有明显特征,二有复杂性,三有变化发展。《故乡》和《一件小事》是抒情体小说,最接近散文。散文与小说之区别,当然在虚构成分多少及叙事者与作者的距离。《故乡》及《一件小事》里的叙事者"我",比较接近鲁迅本人,小说中情绪对结构的作用比情节更重要。

《故乡》第一句,"我冒了严寒,回到相隔二千余里,别了二十余年的故乡去"[1],"两千余里"是空间描述,从北京到绍兴;描述"二十余年"是时间描述,十几岁到将近四十。这讲的基本就

---

[1] 《故乡》最初发表于1921年5月《新青年》第九卷第一号,收入《呐喊》。见《鲁迅全集》第一卷,北京:人民文学出版社,2005年版,第501—510页。以下鲁迅引文,除非特别标注,均同此出处。

是鲁迅自己。

> 时候既然是深冬；渐近故乡时，天气又阴晦了，冷风吹进船舱中，呜呜的响，从篷隙向外一望，苍黄的天底下，远近横着几个萧索的荒村，没有一些活气。我的心禁不住悲凉起来了。
>
> 阿，这不是我二十年来时时记得的故乡？

简单叙事之中，主要是写的心情。"阿"也出现了，这在鲁迅小说里罕见。大概，主人公二十年来在城里国外，时时牵挂他的故乡。当然，他心中想的是故乡的美丽。

> 我这次是专为了别他而来的。……永别了熟识的老屋，而且远离了熟识的故乡，搬家到我在谋食的异地去。

鲁迅自己这时的确是在北京八道湾买了房子。他此时任教育部佥事，收入稳定，付了房子主要的钱款，又借了一部分。他钱不够，所以就把绍兴的祖宅卖了。祖宅子女都有份，理论上八道湾的四合院，周作人也有投入。后来兄弟反目，四合院主要是两个弟弟和日本姐妹——羽太信子和她妹妹——在住。不管怎样，他要到绍兴把老家的房子卖掉，把母亲和一班家里人全部接到北京，心情并不好。他母亲当时很高兴，但也藏着凄凉的神情。

交代完搬家的事情以后，"我"又说起家里以前的一个雇工——闰土要来看"我"。

（一讲到闰土）我的脑里忽然闪出一幅神异的图画来：深蓝的天空中挂着一轮金黄的圆月，下面是海边的沙地，都种着一望无际的碧绿的西瓜，其间有一个十一二岁的少年，项带银圈，手捏一柄钢叉，向一匹猹尽力的刺去。那猹却将身一扭，反从他的胯下逃走了。

这个神异的画面，不仅主人公"我"不会忘却，鲁迅小说的无数读者也都不会忘却。因为画面跟小说里边的乡村现实反差太大了。原来，这才是主人公二十年来心心念念记挂的故乡。当年，闰土跟他的父亲来帮工一个月，这两个十来岁的少年就成了好朋友，鲁迅听闰土讲述到田边守西瓜，刺动物，找贝壳，看跳跳鱼的见闻，他们还一起到雪地捕鸟。

一讲起闰土，"我这儿时的记忆，忽而全都闪电似的苏生过来，似乎看到了我的美丽的故乡了"，这只是"似乎"，眼前他实际看到的是什么？"见一个凸颧骨，薄嘴唇，五十岁上下的女人站在我面前，两手搭在髀间，没有系裙，张着两脚，正像一个画图仪器里细脚伶仃的圆规"。这是儿时斜对面豆腐店里边的杨二嫂，人称豆腐西施。她当年曾经有些姿色，也带动了豆腐店的生意，现在可是面目全非了。而且她还以为"我"是在外面做官，很阔。她说，"你现在有三房姨太太；出门便是八抬的大轿"。所以就拼命想在"我"的住宅搬迁之际，来占些便宜，拿些东西。

这就是"我"的故乡吗？主人公是有点晕的。但是，更大的反差和失望是再次看到闰土的时候。

> 他身材增加了一倍;先前的紫的圆脸,已经变作灰黄,而且加上了很深的皱纹……他头上是一顶破毡帽,身上只一件极薄的棉衣,浑身瑟索着;手里提着一个纸包和一支长烟管,那手也不是我所记得的红活圆实的手,却又粗又笨而且开裂,像是松树皮了。

不用说,主人公当然知道,在这个浑身瑟缩的中年男人的外表后面是他的艰辛生活:"多子,饥荒,苛税,兵,匪,官,绅,都苦得他像一个木偶人了"这是小说里最简单的一句概括。但比木偶人的外表更让主人公震动的是闰土"脸上现出欢喜和凄凉的神情;动着嘴唇,却没有作声。他的态度终于恭敬起来了,分明的叫道:'老爷!……'我似乎打了一个寒噤;我就知道,我们之间已经隔了一层可悲的厚障壁了。我也说不出话"。这是中国现代文学当中极为重要的一幕。客观上这是在描写无可奈何的阶级分化造成的隔膜,主观上却是在叙写知识分子主人公再也回不到他心中的故乡、再也回不到他朝思暮想的乡土中国了。

中国现代文学作品中最出色、最重要的文学形象,一是知识分子,二是农民。他们在一起最有代表性、最有历史意义的一次"同框",就是鲁迅的《故乡》。

沈雁冰在1921年就指出,"这篇《故乡》的中心思想是悲哀那人与人中间的不了解,隔膜。造成这不了解的原因是历史遗传的阶级观念"[1]。这里的阶级观念并不是用来区别劳动人民与统治阶

---

[1] 郎损(沈雁冰):《评四五六月的创作》,《小说月报》第12卷第8期。

的,而是用来划分农民阶级与士绅阶级的,后者也就是当时的知识分子。晚清小说"士见官欺民","士"自以为站在"民"一边。而闰土的一声"老爷"就让作为知识分子的主人公"打了一个寒噤",因为这时他才看见自己和民众之间的界限。这条界限在《一件小事》里被温情浸泡,但在之后的大部分现当代文学作品中却一直复杂纠缠,比如《春风沉醉的晚上》,比如《我在霞村的时候》,比如《男人的一半是女人》……

1990年代有评论家评选十部最佳当代小说,除了王安忆的《长恨歌》和贾平凹的《废都》,其他大部分作家,如张承志、余华、韩少功、张炜、莫言等人的作品,都在写农村。虽然大部分作家都生活在城里,可是乡土、故乡,好像一直是中国现当代文学的基本主题与基调。

从社会角度来看,最近半个世纪中国经济之所以能够起飞,其中一个重要推动力就是农民工进城。在大城市打拼的人们,不管是刚来漂泊的,还是准备安家立业的,甚至是像小说里的主人公一样,到故乡去把根挖掉。人们的心里,内心深处总有一个故乡。每个人都可能有自己的闰土似的朋友,都在深蓝天空、金黄圆月下,有一个神奇的童年。

后来很多城里人以故乡为梦,梦醒了以后却无路可走。很多作家都重复着这样的故事。张承志的短篇《绿夜》,讲北京知青回城后觉得城里生活枯燥,所以怀念曾经的草原生活,特别是其中的一个美丽少女。终于有一天知青回到内蒙草原,却发现那个少女早已嫁人,而且生活在一个非常粗糙的环境里;主人公梦醒了,寻找乡土的梦也破碎了。

鲁迅重见闰土，也是故乡梦的破碎。但这篇散文体小说，却开创了中国现当代文学的一个潮流，就叫"乡土文学"。

文学史上讨论的"乡土文学"其实有三种，第一种就是以《故乡》为代表的，另外还有许钦文、蹇先艾等作家的作品，大部分都是写在城里的文人回想自己的家乡，回去以后又失望。有一点儿怀旧，又有一点儿批判。

第二种"乡土文学"以沈从文为代表，美化歌颂乡村，批判城市文明。在沈从文的笔下，乡下的妓女也可能比城里的太太要道德。《柏子》就把乡下人的性交易写得非常美好。小说《丈夫》讲述男主角从精神麻木（把妻子送到城里当船妓）到人的尊严的初步觉醒（把妻子解救回去）。但不知道小说中的妻子回去以后还会不会一直待在乡村。

第三种"乡土文学"在贾平凹、莫言、刘震云、魏思孝等人的笔下一方面在持续发展土地情结，另一方面又将其转化成边地的"本土文学"，比如香港作家舒巷城《鲤鱼门的雾》《太阳下山了》，书写再次见到曾经生活过的地方，心中涌现的无限的惆怅；台湾王祯和的《嫁妆一牛车》、陈映真的《夜行货车》、黄春明的《莎哟娜啦·再见》，都是写男人守护不了家乡和自己的女人，所以眼看着自己的家乡、女人被人抢走，既惋惜故乡的沉沦，又强调本土要自强。这种"乡土文学"和鲁迅的《故乡》当然不一样，但在失去了精神上的故乡，失去了家园这样的主题上，确实又有相通之处。

《故乡》中的"我"回乡一次，便知道故乡是回不去了，无论在现实层面还是精神层面，但最后还是给自己、也给《新青年》读者留了一点儿希望。

我在朦胧中，眼前展开一片海边碧绿的沙地来，上面深蓝的天空中挂着一轮金黄的圆月。我想：希望是本无所谓有，无所谓无的。这正如地上的路；其实地上本没有路，走的人多了，也便成了路。

18

《阿Q正传》：精神胜利法的三个层次

如果从世纪初梁启超的《新中国未来记》和晚清四大谴责小说开始讨论20世纪中国文学，则《狂人日记》标志了从晚清到"五四"的关键转折，其意义表现在四个方面：第一，晚清小说以官民对立结构为主线。"五四"以后小说加入贫富阶级矛盾。《老残游记》里，官判冤案和黄河决堤的受害人可以是地主士绅；《狂人日记》里，迫害民众的既有县官衙役，也有绅士债主。后来的现代小说，大都淡化官员形象，反派属于"赵家人"。第二，晚清小说中"怪现状"的底线是违背传统礼教，李伯元、吴趼人都把将女儿、媳妇献给上司作为最无耻的官员行为。而《狂人日记》则写"礼教吃人"。对传统道德的看法是晚清与"五四"小说的重要界限。第三，晚清小说的基本情节模式是"士见官欺民"。"士"或者揭露官场，或者鄙视"怪现状"，或者独立与官府抗争，总之都是英雄，是启蒙救世的人，而且通过科举考试选拔出来的"官"好过那些"买"来的"官"。可《狂人日记》的主角却是因为生病才反抗礼教，病愈便又去做官了，而且自己曾经参与吃人，需要忏悔。后来，鲁迅给科举废除后的中国读书人设计了多种不同出路：比如穷极潦倒的孔乙己、因无力救援祥林嫂而内疚的"我"，以及批判阿Q奴隶性却又协助判刑的"穿长衫的人"，等等。第四，整个20世纪中国小说，士、官、民三者中，只有民众，更多被读者同情，被作家歌颂。直至今日，小说里的民众都是好的，唯有"五四"时期，民众会被批判，被拷问何以冷漠麻木？为什么参与迫害？怎么会被欺又欺人？这方面的代表作，就是《阿Q正传》。

《阿Q正传》于1921年12月4日至1922年2月12日，在北京《晨报副刊》(《晨报副镌》)上连载，是鲁迅的学生、朋友孙伏园约的稿。开始时小说发表在"开心话专栏"，顾名思义，这是一个发表讽刺幽默作品的专栏。"优胜记略""续优胜记略"，是比较好笑。但是写着写着，就不大好笑了。孙伏园看了，立刻明白了小说的分量，所以就将其转去了文艺版。

后来的小说在报刊上连载，一般是边创作边发表，作者参考读者的反应，然后慢慢决定人物和故事的发展。张恨水《啼笑因缘》的连载模式，其实是作家、编者、读者的共创模式。在文化工业生产的链条上，是文学的"生产关系"影响文学的"生产力"。但《阿Q正传》连载的经过却十分特别，是报纸为作家让路，版面为作品服务。

阿Q这个名字有几个可能的解释，人都叫他阿Quei。但因不知是否中秋时出生，所以不确定是否能写成"桂"；也不知是否有哥哥叫阿富，所以也不确定是否能叫"贵"。现在只好用Quei的第一个字母 Q……这些话应该是为了"开心话"这个栏目定制的。周作人另有解释，说鲁迅用这个 Q 写国民性，画出了麻木、被人杀了头也没表情的"吃瓜群众"的脸。没有五官，只有辫子，这是当年汉人的耻辱。

鲁迅作品中最易普及也最难研究的就是精神胜利法，它基本的生理、心理基础是"情理不分"。今天很多人觉得精神胜利法必须要抛弃，但也有人觉得精神胜利法有它的好处："好死不如赖活着""小不忍则乱大谋"等等。甚至有人说，因为有精神胜利法，所以我们民族才会自杀率低；即便被异族侵略了，中华文化照样可以发展。

精神胜利法至少有三个层次：

第一个层次，就是变换思考的角度，以获得心理层面的快乐。经典例子如"这里只有半瓶水了"，也可以表述为"这里还有半瓶水！"同一事实，不同角度。前者要求高、压力大，后者自我安慰、比较开心。前者像鲁迅散文中的批判视角，后者像鲁迅小说中的人物心理。

在一个"有贵贱，有大小，有上下"[1]的社会等级秩序中，人如果往上看，可以正视失败，努力上进；如果往下看，则更容易有幸福感——这是精神胜利法的入门和基础。

但阿Q一出场，就已经进入了精神胜利法的第二个层次：虚构事实，再转换角度，以求心理安慰。小说里有几个例子，阿Q没有家，只做短工，介乎于雇农和无产者之间。他割麦便割麦，舂米

---

[1] 鲁迅：《灯下漫笔》，《鲁迅全集》第一卷，北京：人民文学出版社，2005年版，第227页。

便舂米，撑船便撑船。旁人说，阿Q真能做。按照毛泽东《中国社会各阶级的分析》的说法，阿Q属于农村中的革命的力量，是最应该依靠的群众。可是当时阿Q并不知道自己的身份光荣，和别人吵架，就瞪起眼睛说："我们先前——比你阔的多啦！"[1]如果阿Q祖上真的是很阔，那么这就是精神胜利法的第一个层次，强调"还有半瓶水"。但如果"先前很阔"只是幻想，那就是精神胜利法的第二个层次了，即虚构事实，转换角度，以求心理安慰。

小说里精神胜利法最常见的模式是在形式上被打败了，被人揪住了黄辫子，在壁上碰了四五个响头，闲人心满意足得胜地走了，阿Q站了一会儿心里想：我总算被儿子打了，现在的世界真不像样，于是也心满意足得胜地走了。

需要第二个层次精神胜利法的人（虚构事实，转换角度，以求心理安慰），一般已经或正在蒙受屈辱且无法诉说。据说人类与动物的关键区别之一便是人类相信虚构的故事。可见不拘手法消解耻辱的精神胜利法的第二个层次也是人性的表现。阿Q的过人之处是假想幻觉的速度快，技术熟练，每每省略了"假如""幻想"的过程。久而久之，他相信先前真的很阔，真是儿子打老子，不像样。

精神胜利法的第三个层次，也是虚构事实，变换思考角度，以求心理快感与安慰。但不同之处在于，这种虚构要以自虐的方式产生，因此是一种高难度的精神胜利法。

小说里写阿Q心满意足，觉得自己是第一个能够自轻自贱的人，于是愉快地喝酒、赌钱，居然赢了不少钱。但是赢钱以后阿Q

---

[1] 鲁迅：《阿Q正传》，《鲁迅全集》第一卷，北京：人民文学出版社，2005年版，第515页。以下鲁迅引文，除非特别标注，均同此出处。

又糊里糊涂地跟人打架,打完以后发现自己的钱不见了。"很白很亮的一堆洋钱!而且是他的——现在不见了!说是算被儿子拿去了罢,总还是忽忽不乐;说自己是虫豸罢,也还是忽忽不乐;他这回才有些感到失败的苦痛了。"这在小说里是第一次。但他立刻转败为胜了——

> 他擎起右手,用力的在自己脸上连打了两个嘴巴,热剌剌的有些痛;打完之后,便心平气和起来,似乎打的是自己,被打的是别一个自己,不久也就仿佛是自己打了别个一般,——虽然还有些热剌剌——心满意足的得胜的躺下了。

这就是精神胜利法的第三种境界。

有个关于猴的段子,说猴在树上,抬头看都是屁股,低头看都是笑脸,左右看都是耳目。精神胜利法的第一个层次就是少往上看屁股,多往下看笑脸,于是自我感觉良好。第二个层次是把左右耳目都假想成"儿子"的笑脸,虚构事实,求得心理安慰。第三个层次就是自虐,把上面的屁股当作可以亲吻的笑脸,然后感到无往而不胜。

对精神胜利法的不同解读就是对《阿Q正传》主题的不同解说。第一种解读认为精神胜利法是阶级固化下弱者的生存策略;第二种解读认为精神胜利法是我们民族的集体无意识;第三种解读认为精神胜利法是普遍的人性的弱点。

按第一种解读,精神胜利法是弱者的生存策略。只要阶级分化严重,阶级矛盾突出,社会缺乏必要的上升阶梯和减压阀,"阿Q

们"的屈辱感就始终会存在。鲁迅自己在《阿Q正传》俄文版的序里提出,"我们古代的聪明人,即所谓圣贤,将人们分为十等,说是高下各不相同。……连一个人的身体也有了等差,使手对于足也不免视为下等的异类。……百姓,却就默默的生长,萎黄,枯死了,像压在大石底下的草一样,已经有四千年!"[1]总之,阶级压迫是精神胜利法的土壤。

第二种解读,精神胜利法是中国的国民性。不只限于弱势群体,有钱的、当官的,甚至权力在握的人,也需要阿Q精神才能生存下去。国人过去数千年,大部分时代在封建统治下生活,容易产生"欺软怕硬""自欺欺人"的国民劣根性。

第三种解读,精神胜利法不仅是中国人的问题,而且是世界各国人面对强权的时候都有可能需要的心理调节机制。罗曼·罗兰认为讽刺写实作品是世界性的,法国大革命的时候也有阿Q——"我永远忘不了阿Q那副苦恼的面孔"。[2]某种意义上,阿Q精神也是专制政权得以产生的群众基础。

我最近重读鲁迅,深深感到"屈辱感"是《阿Q正传》的核心。

回顾鲁迅的童年,回顾他的身世,会发现其实鲁迅从小就被迫要和屈辱感打交道。跟少年周树人一样高的药铺柜台,比他身体高一倍的当铺柜台,都铭刻着他少年的屈辱感。据说他当初去读洋学校,是因为乡间有人造谣,传他偷窃家中财物,辟谣都没法辟[3]。

---

[1] 《俄文译本〈阿Q正传〉序及著者自叙传略》,写于1925年,后收入《集外集》。见《鲁迅全集》第七卷,北京:人民文学出版社,2005年版,第83—84页。
[2] 陈漱渝:《倦眼朦胧集:陈漱渝学朮随笔自选集》,福州:福建教育出版社,2000年版,第198页。
[3] 陈光中:《走读鲁迅》,北京:中国文史出版社,2015年版,第26页。

所以他忍辱赌气,离开家乡。后来他在仙台学医,成绩中等,是一百六十几个人里边的六十几名,但即便是这样,日本学生还是歧视他,说是老师照顾他等等。

弃医从文以后,鲁迅兄弟俩编书,最初才卖出 20 本。之后他做教育部小官员钞古碑。可是,"我以我血荐轩辕"的志气不能得到施展。他把夫人叫作"礼物",这对丈夫也是屈辱。鲁迅立志画出这样沉默的国民的魂灵来。"我们究竟还是未经革新的古国的人民,所以也还是各不相通,并且连自己的手也几乎不懂自己的足,我虽然竭力想摸索人们的魂灵,但时时总自憾有些隔膜"[1]。

阿 Q 受到种种侮辱,但总有一个方法可以挽回自尊,那就是"摸小尼姑的脸"。这是整部小说,也是主角一生的转折点,是奴隶走向奴才的关键转变。

《阿 Q 正传》除了写阶级秩序、写国民性、写专制的群众基础外,同时还写了一个有关 20 世纪中国革命的预言。小尼姑骂阿 Q"断子绝孙",无意中唤醒了男主角的性意识,他向吴妈求爱失败后,不仅被下了隔离令,在村里连生计都成了问题。于是他进城,帮小偷们站岗放哨。可惜阿 Q 转行不成,走投无路之际,革命来了,举人(士绅为官)下乡避难……"革命也好罢,"阿 Q 想,"革这伙妈妈的命,太可恶!太可恨!……便是我,也要投降革命党了。"

可见阿 Q 参与革命的第一个理由是泄愤,是对屈辱感的宣泄。果然,他一自命造反,连赵太爷也怯怯地叫他"老 Q"了。接下来,

---

[1] 鲁迅:《俄文译本〈阿 Q 正传〉序及著者自叙传略》,《鲁迅全集》第七卷,北京:人民文学出版社,2005 年版,第 84 页。

就是阿 Q 的革命想象了。

造反？有趣，……来了一阵白盔白甲的革命党，都拿着板刀，钢鞭，炸弹，洋炮，三尖两刃刀，钩镰枪（这什么都混在一起——著者），走过土谷祠，叫道，"阿 Q！同去同去！"于是一同去。

这时未庄的一伙鸟男女才好笑哩，跪下叫道，"阿 Q，饶命！"谁听他！第一个该死的是小 D 和赵太爷，还有秀才，还有假洋鬼子，……留几条么？王胡本来还可留，但也不要了。……

我们注意到，阿 Q 第一个要报仇的，是比他地位更低的弱者，其次是压迫他的老爷。其间原因，可以专门写论文研究。

东西，……直走进去打开箱子来：元宝，洋钱，洋纱衫，……秀才娘子的一张宁式床先搬到土谷祠，此外便摆了钱家的桌椅，——或者也就用赵家的罢。自己是不动手的了，叫小 D 来搬，要搬得快，搬得不快打嘴巴。……

阿 Q 已经在想怎么指挥下面的奴隶，怎么做主人了。

赵司晨的妹子真丑。邹七嫂的女儿过几年再说。假洋鬼子的老婆会和没有辫子的男人睡觉，吓，不是好东西！秀才的老婆是眼胞上有疤的。……吴妈长久不见了，不知道在那里，——可惜脚太大。

这篇小说写于 1921 年。

革命有两种，一种是平民革命，美丽动人的口号是法国大革命的自由、平等、博爱，以及个人欲望的解放。一种是贫民革命，打土豪，抢东西，睡地主女人，也是个人欲望的解放。50 年代陈涌强调阿 Q 的革命性，近些年汪晖细细分析阿 Q 的本能和潜意识。[1]

陈丹燕采访过上海外滩的老黄包车夫，车夫说那时被外国人欺负，人坐在上面，要左转还是右转都不肯讲，只是用手杖，往拉车的人的左肩或者右肩敲敲。拉车的人心里很不开心。陈丹燕问车夫，那当时你怎么想，是不是将来要打倒他们，或者要追求平等？老车夫讲，我当时想的，就是一定要改变命运，我以后一定要坐在车上，我可以敲敲别人。

有关 20 世纪中国革命的预言，梁启超在 1902 年写过《新中国未来记》，详细描述两个主人公争论是走君主立宪的路还是走革命的道路，没写完。那时没法想象中国未来的事情。鲁迅没有梁启超的政治愿景，他只是虚构了一个乡下的雇农，睡在土谷祠里做梦，无意当中，触了今后大半个世纪的中国故事。所以王富仁说，《呐喊》是中国革命的一面镜子。

《阿 Q 正传》故事简单，思想复杂，每一个评论者都可以找到自己的意识形态切入口。石一歌强调"阿 Q 终于被挂着'革命党'牌子的'长衫人物'平白无故地当作强盗拉去枪毙了，阿 Q 至死

---

[1] 参见前文《起来，不愿做奴隶的们——〈重读鲁迅〉代序》。

也没有明白这是怎么一回事。这是多么深刻的历史悲剧,这是多么沉痛的历史教训"。[1]

小说里,阿Q被捕后见到大堂上面的人都是一脸横肉,怒目而视,阿Q"膝关节立刻自然而然的宽松,便跪了下去了。'站着说!不要跪!'长衫人物都吆喝说。阿Q虽然似乎懂得,但总觉得站不住,身不由己地蹲了下去,而且终于趁势改为跪下了。'奴隶性!……'长衫人物又鄙夷似的说"。

这些长衫人物是鲁迅笔下病愈后的狂人、孔乙己和《祝福》中除"我"之外的知识分子,即明知百姓被欺,却要做帮凶的"聪明人"。在石一歌看来,对长衫人物的批判,"揭示出了一个历史的结论:资产阶级再也不能领导中国革命了"。[2]

汪晖也很关注《阿Q正传》的结尾,在游街途中,在唱戏不成又看到吴妈之后,"阿Q于是再看那些喝采的人们。这刹那中,他的思想又仿佛旋风似的在脑里一回旋了。四年之前,他曾在山脚下遇见一只饿狼,永是不近不远的跟定他,要吃他的肉。他那时吓得几乎要死,幸而手里有一柄斫柴刀,才得仗这壮了胆,支持到未庄;可是永远记得那狼眼睛,又凶又怯,闪闪的像两颗鬼火,似乎远远的来穿透了他的皮肉。……这些眼睛们似乎连成一气,已经在那里咬他的灵魂。'救命……'"汪晖说,"阿Q的'觉悟'在于他临刑前的瞬间。当他把'喝采的人们'同四年之前要吃他的肉的饿狼的眼睛联结起来时,阿Q第一次体会到了'人'的恐怖,喊

---

[1] 石一歌:《鲁迅传》(上),上海:上海人民出版社,1976年版,第69页。
[2] 同上书,第70页。

出'救命',从而打破了'精神胜利法'之圈"。[1]

最后这段"狼眼睛""鬼火穿透皮肉""咬灵魂"等等心理描写,实在不大像阿Q的身心反应(即便是临死的瞬间),而更接近《野草》意象附身。也许是作家在最后的一瞬的忍不住降到阿Q身上,犹如夏瑜坟上的花。强调"阿Q精神"在特定历史时空下也可以是农民革命的土壤,但实际上整部小说写的是在普遍人性的意义上,"阿Q精神"是如何构成专制的群众基础。

---

[1] 汪晖:《反抗绝望》(修订本),北京:生活·读书·新知三联书店,2003年版,第179页。

19

《祝福》中的"四条绳索"

小说集《彷徨》的第一篇《祝福》，给当时两个重要的理论做了形象的注解。理论之一便是鲁迅《狂人日记》里提出的象征性说法"礼教吃人"，理论之二是毛泽东在1926年《湖南农民运动考察报告》中提出的"四条绳索"论。

《狂人日记》写"礼教吃人"只是文学象征，写肉体被吃是追溯历史纪录。礼教道德真地会"杀人"，祥林嫂是一个典型案例。

祥林嫂半生遇到七件事：

一是丈夫祥林早逝；

二是寡妇打工，被婆家抓回强行再嫁贺老六；

三是贺老六患伤寒去世；

四是儿子阿毛不幸被狼叼走；

五是因为先后嫁过两个男人，被视为道德败坏；

六是听柳妈劝告捐门槛却仍然受歧视；

七是问"我"（城里来的读书人）关于人/鬼和生/死问题不果，

最终在新年的雪地里死去。

七个不幸事件，一、三、四，均为天灾。二、五、六以及七某种程度上则是人祸。最关键的转折是五，柳妈给祥林嫂以"一女二夫"的罪名。

以前初读《祝福》，觉得柳妈提建议好像是出于好心，小说里有那么一句话："柳妈是善女人，吃素，不杀生的，只肯洗器皿"[1]洗器皿这个事情事关祝福、祭祀，有道德责任，后来鲁家不让祥林嫂做，祥林嫂便在旁边叹气：

"唉唉，我真傻"……

"祥林嫂，你又来了。"柳妈不耐烦的看着她的脸，说。"我问你：你额角上的伤痕，不就是那时撞坏的么？"

因为祥林嫂的罪过就是两次嫁人，她如何接受第二个男人便是她一生的关键时刻，所以柳妈仔细盘问——

"唔唔。"她（指祥林嫂—引者注）含胡的回答。

"我问你：你那时怎么后来竟依了呢？"

"我么？……"

"你呀。我想：这总是你自己愿意了，不然……。"

"阿阿，你不知道他力气多么大呀。"

---

[1]《祝福》最初发表于1924年3月25日，上海《东方杂志》半月刊第二十一卷第六号，收入《彷徨》。见《鲁迅全集》第二卷，北京：人民文学出版社，2005年版，第5—21页。以下鲁迅引文，除非特别标注，均同此出处。

"我不信。我不信你这么大的力气,真会拗他不过。你后来一定是自己肯了,倒推说他力气大。"

"阿阿,你……你倒自己试试看。"她笑了。

柳妈的打皱的脸也笑起来,使她蹙缩得像一个核桃;干枯的小眼睛一看祥林嫂的额角,又钉住她的眼。祥林嫂似乎很局促了,立刻敛了笑容……

重读鲁迅,这一段,现在看得非常清楚了。柳妈这个所谓"善女人"、信佛的女人,其实是很有兴趣去探听别人的性生活的!当然这是她潜意识里对自己生活欲望被压抑的补偿。祥林嫂讲到她和贺老六的同房,开始她还笑着感慨对方力气大,还说"你倒自己试试看"。其实这话就给柳妈一个脑补的机会,柳妈也笑了。但之后她"干枯的小眼睛"一直盯着祥林嫂,接下来所谓到阴间去,"两个死鬼的男人还要争","阎罗大王只好把你锯开来"之类的恐怖警告,还有让祥林嫂去土地庙里捐门槛的建议,直接导致了祥林嫂后来的悲剧。

柳妈探听他人私生活,这段探听来的八卦又成了街谈巷议,转化成一种舆论道德压力。信佛的女人,不一定就是善女人,和《金锁记》中的七巧一样,自己性压抑,还要害别人。若是有谁不清楚中国传统道德对女性的具体压迫过程,除了参考鲁迅的《我之节烈观》等文章,更简单的办法,是阅读《祝福》。

小说《祝福》,不仅诠释了"礼教吃人"的说法,也为"四条绳索"的政治理论提供了形象注解。毛泽东在1926年的《湖南农民运动考察报告》中说:

> 中国的男子，普通要受三种有系统的权力的支配，即：（一）由一国、一省、一县以至一乡的国家系统（政权）；（二）由宗祠、支祠以至家长的家族系统（族权）；（三）由阎罗天子、城隍庙王以至土地菩萨的阴间系统以及由玉皇上帝以至各种神怪的神仙系统——总称之为鬼神系统（神权）。至于女子，除受上述三种权力的支配以外，还受男子的支配（夫权）。[1]

1949年以后的《祝福》评论，大都认为祥林嫂就是被这四种权力（简称四条绳索）合力害死的。小说里其实没有太多关于"政权"的描写，除个别地方提到鲁四老爷骂康有为之外，好像从鲁镇看，的确"皇权不下县"。"族权"和"神权"，结合在"讲理学的老监生"身上，他每次见到祥林嫂都皱眉头，最后还禁止祥林嫂触碰祝福的祭品。为了讨论鲁四老爷对祥林嫂之死负多大责任，普实克（Jaroslav Prusek, 1906—1980）和夏志清，在60年代曾经有长篇论文争论，发表在英文的《通报》上。普实克认为，《祝福》中的罪魁祸首是女主角的雇主，他是孔教道德伦理的保守的拥护者。而夏志清认为祥林嫂第二次来鲁镇的时候，整天念念不忘的是儿子的死，而不是第二个丈夫的死。如果鲁迅真要批判鲁四老爷，他为什么要让一只狼来咬死孩子，而不是让他直接死于地主老爷的压迫。根据普实克的说法，正是鲁四老爷剥削她，使她成为被社会遗弃的人，在她心灵中注入那种荒谬的罪恶感，从而把她逼至疯狂，剥夺了她的生计，并把她赶上街头，使她饥饿而死，还挖苦地对她

---

[1] 毛泽东：《湖南农民运动考察报告》，《毛泽东选集》第一卷，北京：人民出版社，1952年版，第33页。

的死发表议论。而夏志清认为,根本不能说鲁四老爷剥削了祥林嫂。如果祥林嫂不是被婆家强行卖掉,鲁家的工作其实是不错的。真正的打击,是第二次来鲁镇以后,主人不让她做祭祀的帮手。夏志清说,以传统的标准来看,鲁四婶相当善良,鲁四老爷和鲁四婶都很迷信,但鲁四老爷比他的太太更迷信。

鲁家夫妇,其实有分工。鲁四老爷管道德、管政治,所以一开始就不赞成雇佣寡妇;可鲁四婶是管经济、管民生的,首先考虑这个女工能不能做,有没有效率。所以祥林嫂第二次来的时候,鲁四老爷因为找不到女工,所以就对道德要求有点儿让步。但是他有底线,有基本原则,就是说平常干活可以,祭祀则不能碰。最后的关键,除了这个宗族的压力,还有一条是祥林嫂的生产力逐渐丧失,导致最后四婶也觉得"倒不如那时不留她"。

普实克和夏志清之所以为了《祝福》中的细节而长篇争论,是因为此事关乎中国社会中"族权"与"神权"之间的复杂关系。普实克认为鲁四老爷压迫欺负祥林嫂,强调的是族权是以阶级威势欺压民众;夏志清认为鲁四老爷只是保守迷信,注意的是"神权"是害死祥林嫂的文化主因。族权(宗族祠堂)与神权(信仰教育)的复杂关系,是后来中国当代文学的一个重要主题,在诸如《白鹿原》等小说里得到很大发展。至于第四条绳索"夫权",其实《祝福》中的两个丈夫都不是迫害祥林嫂的人,但他们的名字和存在,却合力成为压迫祥林嫂的符号力量。

现代文学中,有不少作品写底层女子,她们非自愿地嫁了不止一个男人,但她们要生活下去。许地山的《商人妇》,写丈夫年轻时到南洋谋生,一去十年没消息。妇人追到南洋,发现老公已有另外的女人，而且老公还不容她发火生气，并设计把她卖到印度，做了一个印度商人的第六个老婆。虽然说是"商人妇"，命运却比祥林嫂好不了多少。她们都是身不由己地先后嫁了两个男人，且都有了孩子。但后来的命运有很大不同，商人妇等到老公死后，千辛万苦带着小孩独立生活，信教、上学、有了文化，居然后来还能教书。小说结尾写商人妇又回到新加坡，想去看看自己当初的丈夫，到底要做什么。

《商人妇》中也有个知识分子叙事者"我"，听了那个女人的故事，说，"哎呀你的命运真是苦！"女人反而笑了，她说："先生啊，人间一切的事情本来没有什么苦乐的分别：你造作时是苦，希望时是乐；临事时是苦，回想时是乐。"[1]

祥林嫂前半生和商人妇一样，死了两个丈夫，但之后祥林嫂的阿毛被狼叼走了，做工也不如以前了。她也信了教，就是柳妈说的在地狱里，有两个男人要抢她，信的是儒家的贞洁伦理，和佛教的地狱轮回。商人妇则信了基督教，带大了孩子，命运完全不同。

还有沈从文的《萧萧》，童养媳嫁给几岁的男孩，结果在野地里被男工花狗诱奸。萧萧的丈夫很小，但也算男人。所以萧萧也是不情愿地有了两个男人。在湘西的乡俗里，她或者被沉潭，或者被卖出去。如果她被卖出去，可能就会有第三个男人。可是，在沈从文笔下，乡下的族权并不可怕，家长也少读四书五经。萧萧因为一时没卖出去，生了儿子，被留了下来，后来还跟小丈夫完了婚。

因为带着被鲁迅训练出来的阅读期待，所以不会想到沈从文写

---

[1] 许地山：《商人妇》，《缀网劳蛛》，成都：四川人民出版社，2023年版，第27页。

出的结局有这样温馨。当然,仔细想想,假如当时有买主呢?假如萧萧生的不是儿子呢?而且萧萧后来居然还为自己的儿子再去找童养媳。这貌似温馨的结局,其实也是悲剧的底色。

将《祝福》《商人妇》《萧萧》放在一起读,香港大学生的反应是"作为读者,我宁可读《萧萧》;作为主人公,我宁可做商人妇;但作为作家,我大概就会写《祝福》"。

很难说哪个版本更真实,每个作家有每个作家的写作目的。从人物的命运看,祥林嫂惨就惨在,第一,她失了儿子,女人失了儿子是一件大事情;第二,她比另外两个女人更有信仰。本来儿子被狼吃了是一个非常罕见的意外,文艺小说一般很少描写这种非常罕见的偶然情节。

叔本华的悲剧理论认为,第一种悲剧是有坏人;第二种悲剧是出了意外,如车祸、癌症之类;第三种悲剧最难写,就是不同人物在不同位置上的必然冲突。[1]《祝福》里边,狼叼走阿毛这么一个很煽情的情节,完全没有实写。作者写得比较详细的反倒是祥林嫂对这件事情的反复哭诉。小说里甚至不惜篇幅,在不同的地方,让祥林嫂全文讲述她的故事,后来又一再地重复。这就把第二种意外悲剧,写成了第三种更普遍、更深刻、更日常的悲剧。

最后值得讨论的是,小说里的"我",对祥林嫂的死,有没有责任?如果说鲁迅小说世界里有"批判主题"和"自知主题",《祝福》里的"批判主题"是由"自知主题"叙述的。一个短暂回乡的知识分子,不过是整个故事的一个旁观者,而且还在祥林嫂人生

---

[1] 叔本华著、石冲白译:《作为意志和表象的世界》,参见《许子东现代文学课》,上海:上海三联书店,2018年版,第367—368页。

命运的最后时刻起到了他人起不到的作用，扮演了他人无法扮演的角色。打个不恰当的比方，有点儿像走投无路的信徒，碰到了一个牧师。

祥林嫂有自己的三观，不仅有，而且颇坚定，颇执着。她的三观：第一，是一女不侍二夫。所以被捆绑在贺老六家时，她拼命挣扎，之后便自卑，觉得自己不干净。后来她之所以那么在意鲁家让不让她做祭祀的帮手，就是为了摆脱或者证伪她自己的"罪人"的身份。没想到捐门槛赎罪也没有用。饿死事小，失节事大，宋儒的影响流弊于此。

第二，是她作为母亲，本能的责任感。她没有保护好阿毛——不用说母爱等普世价值，连动物都会保护下一代，所以她一直在忏悔自己的罪过。祥林嫂知道自己作为母亲没有尽到责任，其实是潜意识里还保有儒家的意识：人的生命要靠子孙后代的血脉延续。唯一的儿子被狼叼走了，不孝有三，无后为大。中国人临终时，不需要神父、牧师，却要子孙在面前——人到另外一个世界的时候，是要有自己的血脉延续下去的。

第三，是对死亡的恐惧。死了以后那是一个什么世界呢？阎罗大王要锯她当然可怕，但其实祥林嫂更害怕的是："那么，死掉的一家的人，都能见面的？"

我以为这"一家人"指的是那两个男人，但实际上再想想，还有那被狼叼走的阿毛。对那两个男人，祥林嫂没有愧疚，任他们责怪宰割。但是阿毛被狼叼走以后，会变成什么样？阿毛在另外一个世界是一个什么样的死魂灵？怎么见面呢？所以在听到祥林嫂认为最有权威能解答她死后问题的这个知识分子模棱两可含糊不清的答话之后,第二天祥林嫂就死了,带着生前的屈辱,带着对另一个世界的恐惧。

主人公能说什么呢?即使是一个"五四"新派的知识分子,仔细想想,祥林嫂的信仰危机,正是鲁迅所面对的"黑暗的闸门"。

第一,"宋儒"吃人应该被打倒;

第二,母爱神圣,只有服从,必须忏悔;

第三,未知生,焉知死,未来的世界是什么?说不清。绝望之为虚妄,正与希望相同。

面对祥林嫂的提问,鲁迅就像面对他自己心中的深刻的矛盾,就像面对黑暗的闸门,既要反抗,又要承担,所以鲁迅说"我也说不清",这不也是大实话吗?

20

关于《肥皂》的争议

鲁迅在1935年写的《中国新文学大系·小说二集》的《导言》中评论自己在《彷徨》时期的作品,"虽然脱离了外国作家的影响,技巧稍为圆熟,刻划也稍加深切,如《肥皂》,《离婚》等,但一面也减少了热情……"日本汉学家竹内好,在引用了鲁迅以上评论后说,"在我看来《肥皂》是笨拙之作",他把《肥皂》归做是有讽刺,但完全失败的一类作品。[1]

美国的汉学家夏志清,在他的《中国现代小说史》里却称赞《肥皂》"是一篇很精彩的讽刺小说,完全扬弃了伤感和疑虑。……就写作技巧来看,《肥皂》是鲁迅最成功的作品,因为它比其他作品更能充分地表现鲁迅敏锐的讽刺感"。[2]

现在一般的文学史集体写作,通常不大会使用"笨拙制作"

---

[1] 竹内好著、李心峰译:《鲁迅》,杭州:浙江文艺出版社,1986年版。第79、88页。
[2] 夏志清著、刘绍铭等译:《中国现代小说史》,杭州:浙江人民出版社,2016年版,第49、51页。

"最成功"之类的个性化表述。夏志清的小说史,除了在学术观点上有不少突破(在鲁迅、茅盾、老舍、巴金之外,他还特别推崇沈从文、张爱玲、钱锺书,以及张天翼、师陀等人),他的文风也非常特别,敢用很苛刻的话来评论名家。比方说,鲁迅的"《故事新编》的浅薄、凌乱,显示出一个杰出(虽然路子狭小的)小说家可悲的没落"[1],"民国以来所有公认为头号作家之间,郭沫若作品传世的希望最微。到后来,大家只会记得,他不过是在他那个时代一个多彩多姿的人物,领导过许多文学与政治的活动而已。"[2]夏志清最刻薄的批评是,"丁玲是属于黄庐隐这一类的早期女作家群,她们连一段规矩的中文也写不出来",他紧接着还要补刀一句:"我对丁玲的讥笑并不是出于恶意的"。[3]除了尖刻的批评,还有大胆的称赞,他尤其敢于使用"最"字。如评茅盾"是现代中国最伟大的革命作家";"《骆驼祥子》是抗日战争前夕写的,可以说是到那时候为止的最佳现代中国长篇小说";[4]认为沈从文是"中国现代文学中一个最杰出、想象力最丰富的作家";[5]而张爱玲"可能是五四运动以来最有才华的中国作家",尤其是《金锁记》,夏志清说,"据我看来,这是中国从古以来最伟大的中篇小说"。[6]从古以来,乍听吓一跳,但仔细一想,古代没什么中篇小说。还有《围城》,夏志清说:"是中国近代文学中最有趣和最用心经营的小

---

[1] 夏志清著、刘绍铭等译:《中国现代小说史》,杭州:浙江人民出版社,2016年版,第53页。
[2] 同上书,第108页。
[3] 同上书,第303、305页。
[4] 同上书,第207页。
[5] 同上书,第215页。
[6] 同上书,第355、414页。

说,可能亦是最伟大的一部。"[1]

夏志清依据什么断言《肥皂》从写作技巧来看是鲁迅最成功的作品?

什么叫故事。故事就是一堆不相干的事情,用一个因果关系联系起来。有人在地上扔一块香蕉皮,这不是故事;另外一个人滑倒了,这也不是故事;但是把这两件事情连起来,就是故事。

《肥皂》的故事,就是一个旧派乡绅,在街上看到一个少女陪祖母讨饭的故事;这个绅士还买了块肥皂,回家把它送给老婆。这本是两件不同的事情,但这两件事情当中有没有因果关系?这便是小说的关键。小说的叙述次序不是按照时序来讲,而是先讲男人回家送肥皂给老婆,之后男人就要儿子去查一句英文,他买肥皂时被人拿这句英文骂了。然后他在家里一直在骂新学堂里的女学生,好半天才断断续续地说出之前的事情,他在街上见到女乞丐,有人议论说"不要看得这货色脏。你只要去买两块肥皂来,咯吱咯吱遍身洗一洗,好得很哩!"后来男人的一些道学朋友跑来,大家又一次笑谈、脑补女乞丐洗澡。四铭太太虽然很愤怒,但是第二天她还是用了老公的肥皂。

小说开篇有关于肥皂的描写:

> 他好容易曲曲折折的汇出手来,手里就有一个小小的长方包,葵绿色的,一径递给四太太。她刚接到手,就闻到一阵似橄榄非橄榄的说不清的香味,还看见葵绿色的纸包上有一个

---

[1] 夏志清著、刘绍铭等译:《中国现代小说史》,杭州:浙江人民出版社,2016年版,第446页。

金光灿烂的印子和许多细簇簇的花纹。秀儿即刻跳过来要抢着看,四太太赶忙推开她。

"上了街?……"她一面看,一面问。

"唔唔。"他看着她手里的纸包,说。

于是这葵绿色的纸包被打开了,里面还有一层很薄的纸,也是葵绿色,揭开薄纸,才露出那东西的本身来,光滑坚致,也是葵绿色,上面还有细簇簇的花纹,而薄纸原来却是米色的,似橄榄非橄榄的说不清的香味也来得更浓了。[1]

读这段文字,有三点特别要注意。

第一,字数之多在鲁迅笔下非常罕见。整个这一段打开包装描写肥皂的文字有二百多字。相比之下,鲁迅写阿Q儿子打老子,"优胜记略"那一段只有百余字,连同精神胜利法的升级版自打嘴巴那一段,一共也不到二百字,居然还不如一块肥皂详细。

第二,"于是这葵绿色的纸包被打开了,……揭开薄纸,才露出那东西的本身来,光滑坚致,……香味也来得更浓了"。是谁的手在一层又一层地打开纸包?

第三,打开纸包后的这些文字来自哪个人物的视觉观感?是四铭先生?是秀儿?是四铭太太?还是小说叙事者?或者隐形作者?甚至是作家自己的视觉观感?

小说的叙述和四铭先生绕了很多圈子,我们读者、评论者在一

---

[1] 《肥皂》,最初发表于1924年3月27日、28日北京《晨报副刊》,收入《彷徨》。见《鲁迅全集》第二卷,北京:人民文学出版社,2005年版,第45—56页。以下鲁迅引文,除非特别标注,均同此出处。

旁看得非常清楚。这篇小说最关键的地方，就是四铭先生花钱买香皂时，他知不知道自己实际上是受了女乞丐"咯吱咯吱"的刺激。

假如四铭先生的"超我"（理性），知道他的"本我"（欲望）被压抑在潜意识层面，于是脑补女乞丐洗澡，肮脏与白净形成反差，孝女的身份又增加了禁忌的快感，甚至脏衣服也成为另类"制服诱惑"。那么接下来就有两个可能。A 就是像郁达夫那样，相信天理之中便有人欲，相信人的欲望是自然的，是人性的一部分。所以虽然苦痛羞耻，仍然听人野合，去风月场写诗。而四铭先生就买了肥皂，回家大概又心虚不好意思拿出来。B 就是像鲁迅在《随感录四十》里所描写的那样，讲那些人才从私窝子里跨出脚，便说："中国道德第一"。也就是说，他一面坚持缺乏爱情的礼教婚姻，一面"少的另去姘人宿娼，老的再来买妾"。[1] 这叫传统，灵肉二元，互不否定。

A 是用天理证实人欲——"五四"新潮，B 是用天理包容人欲——传统方法。

但是，假如买肥皂时，四铭先生并没有想到这事跟女乞丐的关系，也就是说他的理性"超我"，并不知道他自己的潜意识和无意识，他完全不知道所谓洗澡的想象、禁忌的快感或制服诱惑等等，这时他买肥皂回家，确实对自己说"我是真心爱护太太"。这时他的骂女学生、骂新文化，会不会都是在讲真话呢？或者至少是出于他既有的观念，他并没有发现他的这些观念、脾气、态度，其实是跟"咯吱咯吱"有关系的。简而言之，还有一种可能 C 是"超我"

---

[1] 鲁迅：《随感录四十》，《鲁迅全集》第一卷，北京：人民文学出版社，2005年版，第338页。

不认识自己的"本我"。

从这个角度来阅读《肥皂》,竹内好和夏志清其实讲得都有道理。

竹内好说的是"有讽刺却完全归于失败"。如果这个小说只是为了揭露道学家的虚伪,就像刚才沙盘推演中的B,四铭先生买肥皂时就已经知道自己在意淫女乞丐洗澡,那么最真实、最可能的情况是大概他根本就不会买肥皂了,一样花钱不如直接去"私窝子"了,然后问心无愧地痛骂新文化,欣赏旧礼教。如果作品只是这样来讽刺四铭先生道学家的虚伪,那这个讽刺的确不是很深刻。一个知道自己的伪君子,不是战士,就是坏人。鲁迅写的只能是后者,所以讽刺意义不大。

但如果是刚才推演的C,男主角是一个不了解自己的伪君子,他的道学家"超我",不了解自己的性幻想,所以要用肥皂来转移;表面上体现夫妇之爱,实际上还要用社会议论来掩盖自己内心的羞耻,甚至都不知道自己在掩盖。这样,就如夏志清所说:"一个满口仁义道德的现代道学家……在鲁迅的笔下,他变成了一个世界性的伪君子。"[1]换言之,四铭先生他既是特例,更是普通人。如同小说中的肥皂一样,它既是西洋文明新潮的象征,也是一块不仅令男人,也令女人,还令作家在无意识当中动心的葵绿色。

唉,无意识当中的葵绿色,我忍不住要把这段再读一遍,因为这在鲁迅笔下太罕见了:

---

[1] 夏志清著、刘绍铭等译:《中国现代小说史》,杭州:浙江人民出版社,2016年版,第49页。

于是这葵绿色的纸包被打开了,里面还有一层很薄的纸,也是葵绿色,揭开薄纸,才露出那东西的本身来,光滑坚致,也是葵绿色,上面还有细簇簇的花纹,而薄纸原来却是米色的,似橄榄非橄榄的说不清的香味也来得更浓了。

……

21

《伤逝》与"五四"爱情小说模式

20世纪六七十年代,是人类历史上史无前例的特殊年代。《伤逝》几乎是那个年代中国年轻人可以读到的唯一一篇恋爱小说。物以稀为贵,所以这篇小说就成了当时的恋爱教科书。今天再回首,这篇小说不仅在宏观意义上影响了年轻人对文学的趣味和看法,影响了人们对社会、对世界、对人生的看法,还在微观层面直接影响了一代人谈恋爱追女生的具体行为方式。

《伤逝》里的男女恋爱方式,有什么基本特点?

男主角涓生,在会馆里租了一间偏僻的破屋。他是一个文员。"子君不在我这破屋里时,我什么也看不见。在百无聊赖中","无聊"是那个时期鲁迅非常喜欢用的一个词,在《在酒楼上》《孤独者》里重复了很多次。"在百无聊赖中,随手抓过一本书来,科学也好,文学也好,横竖什么都一样;看下去,看下去,忽而自己觉得,已经翻了十多页了,但是毫不记得书上所说的事"。[1]

郁达夫的《春风沉醉的晚上》的男主角和涓生一样,穷困潦倒,租了一个没窗的阁楼,整天看书,不知道在看什么。没想到就是因为整天看书的样子,使得邻屋的女工对他有了好感,开始与他交谈。"书中自有颜如玉",重要的不是看什么书,是看书这个行为。

涓生看不进去书,耳朵却分外地灵。他在听有没有子君的脚步声,"蓦然,她的鞋声近来了,一步响于一步,迎出去时,却已经走过紫藤棚下,脸上带着微笑的酒窝"。小说并没有交代两个人最初是怎么认识的,也没有记载两个人"拍拖"时有没有散步、看电影、吃饭之类的,所有的恋爱过程好像都在涓生的破屋里。

> 默默地相视片时之后,破屋里便渐渐充满了我的语声,谈家庭专制,谈打破旧习惯,谈男女平等,谈伊孛生,谈泰戈尔,谈雪莱……她总是微笑点头,两眼里弥漫着稚气的好奇的光泽。

这就是《伤逝》教给我们这一代人的最基本的恋爱模式。这个模式有两个特点,第一,男的说,女的听;第二,男的主要讲文学、谈文化,易卜生、泰戈尔、雪莱,基本上是外国文学课。

有朋友曾经很"刻薄"地总结过,当今社会男追女三大武器:

---

[1]《伤逝》完成于1925年10月21日,收入小说集《彷徨》前未在报刊上发表过。见《鲁迅全集》第二卷,北京:人民文学出版社,2005年版,第113—133页。以下鲁迅引文,除非特别标注,均同此出处。

一是晒身体、小鲜肉、秀肌肉等等；二是用钱砸，LV，Tiffany，再进一步是名车、房、票簿等等。当然，大学生、文学青年一般身体弱，也没有钱可砸，就靠第三样武器，所谓高尚文雅的武器——文化洗脑。

我们年轻时候想的没那么多，也没有那么开阔灵活的爱情观，好像本能地知道"拍拖"开始要谈文化。莫扎特、海明威、莫奈、屠格涅夫，都是我们的必备武器。现在想起来这些都是《伤逝》教的。

"我是我自己的，他们谁也没有干涉我的权利！"

这是我们交际了半年，又谈起她在这里的胞叔和在家的父亲时，她默想了一会之后，分明地，坚决地，沉静地说了出来的话。……这几句话很震动了我的灵魂，此后许多天还在耳中发响，而且说不出的狂喜，知道中国女性，并不如厌世家所说那样的无法可施，在不远的将来，便要看见辉煌的曙色的。

这就有点奇怪了——假如我们和一个北京人或香港人或美国人恋爱，成功了，kiss了，你会说北京人有救，香港人有希望，美国女性看见辉煌的曙光么？

显然，涓生在这个破屋里，不只是在谈恋爱。作家安排男主角同时在做三件事情：

第一，一个男青年追求一个女青年；

第二，一个男老师在给女学生上课；

第三，一个男性文人试图唤醒被礼教束缚的中国女性。或者从更广义的象征来看，由男人代表的知识分子，在试图唤醒由女性代表的沉睡的弱势的大众。

这就是"五四"爱情小说的一个基本模式。二三十年代很多爱情小说，几乎都遵循这个模式。郁达夫的《春风沉醉的晚上》、叶圣陶的《倪焕之》、柔石的《二月》、巴金的《家》（特别是觉慧跟鸣凤的那一段）……男的都是才子，女的在文化或经济上弱势。恋爱像讲课，目的在拯救。当然女的必须玉洁冰清。玉洁，就是她相貌好看，值得被救（"男凝"角度）；冰清，当然就是她可以救，良心、内心善良（士绅传统）。当然，这样的男爱女、男教女及男救女的爱情故事，结果常常都不顺利，甚至会导致悲剧。

所以，在文学史上看，《伤逝》类小说，既是爱情小说，又是教育小说，也是启蒙小说。大部分时候男的做启蒙者，女的被启蒙，直到后来女作家丁玲、张爱玲她们出现，才挑战、颠覆了这么一个爱情教育启蒙的小说模式。

子君说要自己决定命运，离家出走，和涓生同居。百年前青年男女还敢同居，50年前想都别想。但是，同居期间的邻居窥探，闲言碎语，转成了社会压力。涓生子君在吉兆胡同找到了简单住所，但不久涓生就被局里辞退了。这对爱情当中的男女，并没有马上退却。因为经济成了问题，于是涓生准备写作，他准备登广告，自己翻译，卖文为生。小说里这样写：

"说做，就做罢！来开一条新的路！"

我立刻转身向了书案，推开盛香油的瓶子和醋碟……

"转身向了书案,推开盛香油的瓶子和醋碟"这个动作极有象征性,说明"五四"青年当时觉得追求爱情理想,必须推开象征日常生活的油瓶醋碟。这是"五四"的奢侈,"五四"的幼稚。几十年后,爱情常常更多与速泡面、馍馍结合在一起(如王安忆的《小城之恋》、张贤亮的《绿化树》)。

同居以后的子君,一直在操心油盐酱醋、油鸡小狗。两个人的关系在生活压力下渐渐地冷却下来。涓生常常跑到通俗图书馆,一边看书一边反省,"这才觉得大半年来,只为了爱,——盲目的爱,——而将别的人生的要义全盘疏忽了。第一,便是生活。人必生活着,爱才有所附丽。"虽然男人不说,但女人很快就感觉到了。男人后来也承认了:"我已经不爱你了!"

记得当年读到这里,自己陷入了深深的困惑。假如面对类似情境,你到底应该坚持你曾经的诺言,言必信,行必果,诺必诚(司马迁《史记》写游侠的文字,同时也是千百年来古今中外男子汉的道德标准),还是说,应该直面惨淡的自己的人生,真实表达自己的看法?但这样一表达,你就把难题丢给了你所爱的人。

Keep your promise or tell the truth? This is a question.

直到现在我还想不出答案,人生最好不要面对这样的选择。

接下去是小说中最感人的一幕。某日,涓生回家——

(房东说子君的父亲今天把她接回去)

我不信;但是屋子里是异样的寂寞和空虚。我遍看各处,寻觅子君;只见几件破旧而黯淡的家具,都显得极其清疏,在证明着它们毫无隐匿一人一物的能力。

我转念寻信或她留下的字迹,也没有;只是盐和干辣椒,面粉,半株白菜,却聚集在一处了,旁边还有几十枚铜元。这是我们两人生活材料的全副,现在她就郑重地将这留给我一个人,在不言中,教我借此去维持较久的生活。

我读完小说的这个场面,久久难忘,好像一切尽在不言中。

子君回家以后,不知道什么原因后来就死了,涓生当然空虚、内疚、自责、后悔,"只坐卧在广大的空虚里,一任这死的寂静侵蚀着我的灵魂……我将在孽风和毒焰中拥抱子君,乞她宽容……我要将真实深深地藏在心的创伤中,默默地前行,用遗忘和说谎做我的前导……"

怎么解读这篇小说呢?究竟有谁应该对涓生、子君的爱情悲剧负责呢?至少有四种不同的读法。

第一种,两个人都有错。年轻人不够成熟,单纯,恋爱至上,爱情当然不可能成功。说实话,人生在世大部分时候都在走现实主义的路线,如果人想留一点儿空间,哪怕百分之一二来追求浪漫,在最重要的事情上任性一点儿,有时候都很难。小说的结局其实是娜拉出走后的第一种可能——回家,悲剧。当然我们知道,写小说时鲁迅和朱安正困在砖塔胡同的斗室中。但差不多时间鲁迅和许广平的真实故事却是浪漫而且成功的,在经过很多波折之后。

第二种,两个人都没错,只是社会压力太大,这一对青年男女无法抵抗。引申下去的结论就是单独的个性解放是不可能成功的。按马克思的说法就是只有解放全人类,才能最后解放自己。所以涓生大概以后就需要参加革命了,这是中国内地教科书的主流解读方法。要走单纯的爱情的个性解放道路,此路不通。

第三种,主要是女人的错。你看,同居以后她就变庸俗了,双方就缺少了共同语言,好像之前的欧洲文学课白上了。这说明妇女解放道路漫长,非常困难。这是第三种解读法。

还有第四种,主要是男人的错。这个男人的错,还不单是所谓负心的问题,而是你把人唤醒,许诺她自由,可是一遇困难就承受不了。如果按照前面讲的爱情教育启蒙的思路来看,这就是开了窗,但是找不到门!叫醒了你爱的人,但是你救不了她,这是一个"铁屋"。所以在某种意义上,《伤逝》是鲁迅对"五四"启蒙思潮的严厉反省。

如果说"五四"是一场革命,鲁迅对这场革命贡献最大,但他也最早怀疑这场革命能不能成功。

22

最有鲁迅情调的小说：
《在酒楼上》《孤独者》

到现在为止，除了"病情纪录"《狂人日记》以外，在鲁迅的其他小说中，我们看到的都是作家在俯视不幸的底层人们。我们看到阿Q、祥林嫂、华老栓、孔乙己，还有涓生、子君等等。我们还没有读到一篇小说是作家主要描写自己的。

郁达夫曾经引用法国作家法朗士的说法，他说：一切文学作品，都是作家的自叙传。当然，广义上、象征意义上，《阿Q正传》里边也有作家的自我解剖，《祝福》中间还有一个"我"作为旁证。涓生里有没有"我"的自省呢？四铭先生打开葵绿色香皂的时候是否也有几分自己的影子？

弗洛伊德厉害的地方，是让我们明白：决定我们生活的最重要的力量，可能是我们自己不知道的；文学作品厉害的地方，是读者可能知道作品主人公自己不知道的东西；文学评论厉害的地方，是评论家可能知道作家自己不知道的东西。

问题是,作家能不能知道自己?

《在酒楼上》有两个人物,一个是偶然回乡,又对家乡不大满意的"我"。主人公百无聊赖,到以前常来的酒楼"一石居"坐坐。来去酒楼的路上、酒楼里,周围的气氛都非常凄凉,当然窗外还可以看见几株老梅和山茶树开花,"赫赫的在雪中明得如火,愤怒而且傲慢"。主人公说:"北方固不是我的旧乡,但南来又只能算一个客子,无论那边的干雪怎样纷飞,这里的柔雪又怎样的依恋,于我都没有什么关系了。"[1]

在酒楼上,"我"在孤独清静地喝酒的时候,一阵咯吱咯吱的响声过后,楼梯上来了一个人,碰巧是昔日同窗同事吕纬甫。"乱蓬蓬的须发;苍白的长方脸,然而衰瘦了。精神很沉静,或者却是颓唐","沉静"和"颓唐"通常有不同意义,可是在吕纬甫的外貌上,两者同时存在。"又浓又黑的眉毛底下的眼睛也失了精采",总之他失去了往日学生时代的锐气。吕纬甫形容自己的一句话很有名,他说自己像一个小虫,像一个蝇子,"飞了一个小圈子,便又回来停在原地点,便以为这实在很可笑,也可怜"。飞了一圈,回到原地,不知道为什么。这是一个进化论者看到的世事轮回。

记得少年时,我初读《在酒楼上》,觉得两个人中,"我"是一个比较进步的主人公,在批判已经退步了的昔日的同学。很多评论材料都会告诉我们,这是"五四"退潮期,鲁迅看到很多人不前进了,退步了,等等。

---

[1] 《在酒楼上》,最初发表于1924年5月10日,上海《小说月报》第十五卷第五号,收入《彷徨》。见《鲁迅全集》第二卷,北京:人民文学出版社,2005年版,第24—34页。以下鲁迅引文,除非特别标注,均同此出处。

一方面是我们都习惯了鲁迅其他小说里的"我"常常俯视、批评其他人物。另一方面,也因为作品里写明了吕纬甫外貌的颓唐、无精打采,而且又重新去教那些"之乎者也"的旧学。所以,最常见的评论就是这篇作品是写革命屡遭挫折以后,革命者萎靡不振的现象。

可是不知道为什么,现在重新读,我却有了不同的感受。我发现小说里的"我"固然是鲁迅,但那吕纬甫好像也是鲁迅。所以《在酒楼上》,是最有鲁迅情调的小说,是"鲁迅碰到鲁迅"。

吕纬甫回乡,不像"我"那样的愤怒、傲慢,来了以后就想走。吕纬甫遵照母亲的吩咐,为多年前死的小弟弟迁坟。其实是有水快要流进弟弟的坟地,挖出来的棺木里面已经没有遗体了。吕纬甫"用棉花裹了些他先前身体所在的地方的泥土,包起来,装在新棺材里",迁到他父亲的坟边埋好。迁坟,只是迁一些故土。

另一件事情,母亲托吕纬甫送两朵剪绒花,给原来乡下邻居的女儿——阿顺。一番儿时的记忆,大概也是鲁迅和闰土一般的情境。结果他回乡一看,阿顺已死,剪绒花只能送给阿顺的妹妹。阿顺的妹妹长得很不像姐姐,小说描写她长得像鬼似的。

在酒楼上老友重聚,讲着这些最近做的琐事,听上去确实百无聊赖。有评论说,阿顺代表新思潮,加很多糖的荞麦粉不大好吃,说明青年接受新思想,不消化。吕纬甫买花送给阿顺的妹妹,体现了当时青年人放弃新思潮。这些评论,吕纬甫听了也会大吃一惊。

酒楼上这两个久别重逢的昔日战友,"我"愤世嫉俗地回乡,回乡后觉得死气沉沉,固然是一个革命的姿态;吕纬甫为弟弟迁坟给邻居送花,虽是日常琐事,但是,也在尽一种道义责任。两者到底谁能批判谁,谁能否定谁?

夏志清说:"鲁迅的意图也显然是把他的朋友描写成一个失去意志的没落者,与旧社会妥协。然而,在实际的故事里,吕纬甫虽然很落魄,他的仁孝也代表了传统人生的一些优点。鲁迅虽然在理智上反对传统,在心理上对于这种古老生活仍然很眷恋。对鲁迅来说,《在酒楼上》是他自己彷徨无着的衷心自白"。[1]

钱理群也认为"我"与吕纬甫是鲁迅灵魂中的两个自我。钱理群的书名就是《与鲁迅相遇》。在我看来,在酒楼上,鲁迅遇到了鲁迅。

这种作家把自己一分为二,互相解剖、互相审判的作法,在另外一篇小说《孤独者》里走到了更深的艺术和哲理的层面。

《孤独者》是也有一个"我",作品描写"我"和他的朋友魏连殳前后交往的经过。魏连殳的相貌基本上就像鲁迅照镜子一样:"他是一个短小瘦削的人,长方脸,蓬松的头发和浓黑的须眉占了一脸的小半,只见两眼在黑气里发光。"[2]魏连殳是那个小地方唯一的读书人。和"我"相识是因为一次丧礼。魏连殳祖母过世了,族里有很多下葬的礼节规矩。当时大家都怕读了洋书的魏连殳回来不肯照传统礼节行事,事先想了很多计策来对付他。结果魏连殳回来后神色不动,答应"都可以的"。于是丧礼一切照旧礼进行,大家又是拜又是哭,魏连殳一点儿眼泪都没流,只是到了丧礼完了,大家要散了,"忽然,他流下泪来了,接着就失声,立刻又变成长嚎,

---

[1] 夏志清著、刘绍铭等译:《中国现代小说史》,杭州:浙江人民出版社,2016年版,第49页。
[2] 《孤独者》在收入小说集《彷徨》前从未在报刊上发表。《鲁迅全集》第二卷,北京:人民文学出版社,2005年版,第90页。

像一匹受伤的狼,当深夜在旷野中嗥叫,惨伤里夹杂着愤怒和悲哀"。[1]

这场丧礼的前半部分,使我想起鲁迅当年从日本回来参加他自己的婚礼。大概也是大家怕他不从,他回来以后却"都可以的"。只是鲁迅很快就搬出了新居,以后再也没有同房。鲁迅没有哭,但他压抑的情绪却被转到了《孤独者》里。隔了十几二十年后,他才让魏连殳替他发出了这种惨叫。

钱理群在北大给研究生讲课时,跟同学一起分析"我"和魏连殳前后的三次争论[2]:第一次是关于人的天性。魏连殳认为孩子本性是好的,后天的环境才使孩子变坏;可是小说里的"我"认为人的本性、根苗就是坏的,无法改造。在日本的时候,鲁迅思考的三个问题,首先是理想的人性,后面才是中国的国民性缺少什么,什么原因。人性到底是怎么样的,这是鲁迅所有创作的一个最基本的疑问和出发点。

第二次争论是关于孤独。小说里的"我"觉得魏连殳的孤独是他自己造成的,是可以改变的,魏连殳却觉得这是他继承了祖母的命运。

第三次争论就更大了,是关于活着的理由。人为什么活着呢?魏连殳先是认为是为了信仰,而后认为是为了亲人,最后竟认为是为了他的敌人。

这里面也有鲁迅的自白。他在《坟》的后记中说过,"愿使偏爱我的文字的主顾得到一点喜欢;憎恶我的文字的东西得到一点呕

---

[1] 鲁迅:《孤独者》,《鲁迅全集》第二卷,北京:人民文学出版社,2005年版,第90—91页。
[2] 钱理群:《与鲁迅相遇》,北京:生活·读书·新知三联书店,2003年版,第134页。

吐"。[1]直到 1936 年去世前,他还在重复这个人生观。

《孤独者》里面有一个情节是最让人惊讶的,就是魏连殳最后居然做了军阀杜师长的顾问,变成了一个大家前呼后拥,手里很有权力的魏大人。据邻人后来描述:"魏大人自从交运之后,人就和先前两样了,脸也抬高起来,气昂昂的。对人也不再先前那么迂,……要是你早来一个月,还赶得上看这里的热闹,三日两头的猜拳行令,说的说,笑的笑,唱的唱,做诗的做诗,打牌的打牌……"[2]

"官士民"三种形象,鲁迅写得最多最用力的,是作为弱者的民众,他哀其不幸,怒其不争(或也责其欺人)。鲁迅写了知识分子的几种出路:狂人、孔乙己、《祝福》中的"我"。鲁迅写得最少的是官员,除了爪牙康大叔、红眼睛阿义等人物,病愈候补的狂人和做师长顾问的魏连殳都代表鲁迅将做官视作知识分子的走向堕落的结局,这是一种对共和政体下读书人可能出路的提前否定。当"我"最后去参加魏连殳的葬礼的时候,"我"精细地描写了棺木里的死者:"一条土黄的军裤穿上了,嵌着很宽的红条,其次穿上去的是军衣,金闪闪的肩章……连殳很不妥帖地躺着,脚边放一双黄皮鞋,腰边放一柄纸糊的指挥刀,骨瘦如柴的灰黑的脸旁,是一顶金边的军帽"。[3]

在写《孤独者》的时代,新文学作家郭沫若担任了北伐军总政治部副主任,沈雁冰也当过国民党中宣部秘书。魏连殳确是鲁迅自

---

[1] 鲁迅:《写在〈坟〉后面》,《鲁迅全集》第一卷,北京:人民文学出版社,2005 年版,第 299 页。
[2] 鲁迅:《孤独者》,《鲁迅全集》第二卷,北京:人民文学出版社,2005 年版,第 108 页。
[3] 同上书,第 109 页。

我解剖的一部分,但是借了魏连殳之身,师长的顾问很快就死了。

两篇鲁迅遇见自己的小说,结尾有一个相似之处,都是告别一部分自己,坚持另一部分自己。《在酒楼上》,两个人一同走出了店门,"他所住的旅馆和我的方向正相反,就在门口分别了。我独自向着自己的旅馆走,寒风和雪片扑在脸上,倒觉得很爽快。见天色已是黄昏,和屋宇和街道都织在密雪的纯白而不定的罗网里",这是离开酒楼时"我"看到的雪景。

在魏连殳的葬礼以后,《孤独者》这样写:

> 我快步走着,仿佛要从一种沉重的东西中冲出,但是不能够。耳朵中有什么挣扎着,久之,久之,终于挣扎出来了,隐约像是长嗥,像一匹受伤的狼,当深夜在旷野中嗥叫,惨伤里夹杂着愤怒和悲哀。
>
> 我的心地就轻松起来,坦然地在潮湿的石路上走,月光底下。[1]

---

[1] 鲁迅:《孤独者》,《鲁迅全集》第二卷,北京:人民文学出版社,2005年版,第110页。

23

还是"鲁迅碰到鲁迅":《影的告别》

从早期的《摩罗诗力说》开始,鲁迅非功利的文学观与他试图表现民族精神的使命感之间一直不无矛盾,在他后来的全部创作中,对艺术的精细讲究和对自身使命感的严肃拷问相结合,使他创作出最成功的作品——散文集《野草》。

《野草》收录鲁迅1924年到1926年的散文诗23篇。同一时期,鲁迅还写了《彷徨》中的几篇小说,写了一些最经典的散文《春末闲谈》《灯下漫笔》等等。这个时期其实是鲁迅创作生涯中一个非常痛苦的黄金时期,是他思想上比较绝望悲观,艺术上却最有深度的一个时期。从他所处的外在环境看,他此时卷入了北京女师大学潮、和"现代评论派"的论战,目睹了"三一八"惨案,还有后来的"四一二""清党"。而就他自己个人的生活而言,他离开北京到南方,终于和许广平在一起了。可以说,他当时所处的国家环境和个人生活都发生了巨变。[1]

在文学史上常有这样的现象,作家最痛苦绝望之际,可能就是他最有艺术成就之时。在小说中,鲁迅努力与吕纬甫、魏连殳说再见。在散文诗集《野草》里,告别就没那么容易了。《野草》是需要细读的作品,而且文学本身是多义性的,可以有多种不同的解读维度。

比方散文诗《影的告别》,在讲什么?

> 人睡到不知道时候的时候,就会有影来告别,说出那些话——
>
> 有我所不乐意的在天堂里,我不愿去;有我所不乐意的在地狱里,我不愿去;有我所不乐意的在你们将来的黄金世界里,我不愿去。
>
> 然而你就是我所不乐意的。
>
> 朋友,我不想跟随你了,我不愿住。
>
> 我不愿意!
>
> 呜乎呜乎,我不愿意,我不如彷徨于无地。[2]

这就是《影的告别》的第一段,全篇作品贯穿着"我"(影子)

---

[1] 鲁迅在1932年回顾:"后来《新青年》的团体散掉了,有的高升,有的退隐,有的前进,我又经验了一回同一战阵中的伙伴还是会这么变化,并且落得一个'作家'的头衔,依然在沙漠中走来走去,不过已经逃不出在散漫的刊物上做文字,叫作随便谈谈。有了小感触,就写些短文,夸大点说,就是散文诗。以后印成一本,谓之《野草》。见《南腔北调集·〈自选集〉自序》,《鲁迅全集》第四卷,北京:人民文学出版社,2005年版,第469页。
[2] 鲁迅:《影的告别》,《鲁迅全集》第二卷,北京:人民文学出版社,2005年版,第169页。以下鲁迅引文,除非特别标注,均同此出处。

和"你"(影子的实体)之间的对话。对话的写实背景就是成语"形影不离",可是鲁迅偏偏要影子离开形体。

首先我们要假定,影子是什么?"你"又是什么?他们之间的关系怎么会从"不离"走到要告别。钱理群说:"我认为这里讲的'形'有两个特点:一是群体的存在,二是按照社会规范的常规、常态去生活的。……常态、常规作为一个群体存在。而'影'相反,也有两个特点:一是为个体的存在,二是现行社会规范的反叛者,是异端,因此这样一个个体的、现行规范的反叛者必然要向按照常规常理生活的群体的'形'要告别。"[1]

简而言之,"形"是群体,是社会规范;"影"是个体,是反规范。

从这个假定出发,个体就对群体说,"我"有四个不乐意:一是去天堂;二是去地狱;三是去你们将来的黄金世界(群体的共同理想,集体的梦);四是你们群体本身,"我"也不喜欢。看来这个影子个体要脱离群体,是"异端"想反抗常规,是"战士"在挑战世俗,是"独异"欲抵抗庸众。

这种读法,当然符合鲁迅小说中常见的模式。其中关键一句是"在你们将来的黄金世界",这个"你们"证明了形体是复数的。

和钱理群教授的解释不一样,一般的参考资料认为(比方"百度百科"),影子是一个"新我",人(形体)是一个"旧我"。换句话说,这是"新我"要向"旧我"告别。这些条目建立在很多研究者论文的基础上,董小玉、贾焕亭、张洁宇等,她们都倾向用

---

[1] 引自钱理群于2013年12月在"同道读书会,与学者一起读"栏目的讲座"黑暗的孤独"的录音整理稿。

"新我""旧我"来解释这首诗,"新我"有四个不乐意,"新我"反抗"旧我",要离开、要告别。

我第一次读《影的告别》是很多年前,记得初次印象,认为"影"和"形"都是鲁迅。"影"是鲁迅的思想,某种精神倾向、心理幽灵;"形"就是人形,就是生活、实践、战斗当中的鲁迅。所以"影"和"形"犹如思想对着肉身,是鲁迅对自己的现状的批判。

这个影子有三个特点。第一个就是他非常有原则,自视甚高,看得很透。所以,天堂、地狱他都不屑去,重要的是,他还不屑去"你们将来的黄金世界"。"你"现实当中所参与的政治运动、所追求的社会理想,鲁迅的态度是不在乎,他甚至不完全相信"你们"共同奋斗的美好未来。这里的"黄金世界"不带讽刺意味,不是专指胡适派的"指点江山"。本文和读者,都强调作品中"影子"和"形"形的同构关系,所以这首散文诗又是"鲁迅碰到鲁迅"。

鲁迅自己也参与了建设"黄金世界"的工程,所以,第一段就是鲁迅对自己所处的世界、未来想象及工作目标的怀疑和批判,是鲁迅的思想不满意他自己的工作。这工作包括"听从将令的呐喊";包括"给铁屋子开窗",明明知道没有门,还要开窗;包括对青年的温情,不全部讲真话;包括激烈批判礼教,而自己却坚守着旧式婚姻;包括自己支持女学生们造反,而同时他又在北洋官僚体制里做金事。简而言之,这是一个悲观怀疑、虚无绝望的鲁迅,在拷问一个热情呐喊、既奋斗也妥协的鲁迅。

但是这个悲观、怀疑的鲁迅,也不能肯定"黑暗与虚无"乃是"实有"。鲁迅在 1925 年 3 月 18 日给许广平的信中说:

> 我的作品,太黑暗了,因为我常觉得惟"黑暗与虚无"乃是"实有",却偏要向这些作绝望的抗战,所以很多着偏激的声音。其实这或者是年龄和经历的关系,也许未必一定的确的,因为我终于不能证实:惟黑暗与虚无乃是实有。

这段话是理解鲁迅思想和艺术的钥匙。你们讲的那些光明的、奋斗的、可能的、希望的、正能量的……我不相信,我怀疑。但是你说世界一定是黑暗的,一定是虚无的,我也没法证明。

因此就有了第二段:"我不过一个影,要别你而沉没在黑暗里了。"

尽管"影子"尽情批判形体(不管是个体批判群体,还是新的批判老的,或者精神批判肉身),但结果却是影子在退却,"沉没在黑暗里"。这里的黑暗,象征意义应该和鲁迅信里所说的"黑暗与虚无",是同一个意思,在其他散文里叫"肩住黑暗的闸门"。

夏济安高度赞扬鲁迅肩住黑暗闸门的一生,"鲁迅的黑暗的闸门的重量,有两个来源:一是传统的中国文学与文化,一是作者本身不安的心灵"。[1]

所以《影的告别》虽然像是梦话,内核却是悲观主义,是一种自我告别,或者说鲁迅启动了某种自我驱鬼的仪式。这个影子(个体、新我、精神……),虽然理直气壮,虽然睿智深刻,虽然像内心的幽灵,可是他真地能够离开现实形体吗?如果和鲁迅的身体、工作、生活分开,"影子"还能存在吗?

---

[1] 夏济安:《鲁迅作品的黑暗面》,《夏济安选集》,沈阳:辽宁教育出版社,2016年版,第21页。

散文诗里一连用了四个"然而":

> 然而黑暗又会吞并我,然而光明又会使我消失。
>
> 然而我不愿彷徨于明暗之间,我不如在黑暗里沉没。
>
> 然而我终于彷徨于明暗之间,我不知道是黄昏还是黎明。

这段文字值得咀嚼,太精彩了!

好的意象必须是又写实又象征的,越写实越能象征。张爱玲《第一炉香》的女主角听到一个花花公子和她说,我只能给你快乐,不能跟你结婚。于是她抓住男人的衣服,想看这个男人的眼睛——不是说眼睛是心灵的窗户吗——可是当时男人戴着墨镜,所以她看不见男人的眼睛,只能看见墨镜里自己缩小的身影。这就是一个写实又充满了象征的细节。

鲁迅关于影子的描写,与张爱玲的手法相同,内涵则更为深广。想想黑夜里,黑蒙蒙的,影子当然就没了,被并吞了。而中午阳光太亮,大白天,谁还能看到什么影子呢?

回顾20世纪,是否有时候周围也是黑蒙蒙的,我们看不到自己的影子(个体、新我、精神);有时候周围又太亮了,阳光灿烂,影子也不见了。在鲁迅这里,如果影子是悲观主义,一旦和鲁迅入世呐喊的肉身分离,便可能被"黑暗的闸门"打倒、吞没、牺牲,或者一直钞古书,像王国维那样地殉葬。但是"光明又会使我消失"。鲁迅真地厉害,光明的前景(将来的黄金世界)当然容不得悲观主义。鲁迅早就对他在革命以后的命运有过预言。他1934年给曹聚仁的信里说,"倘当(旧社会——引者注)崩溃之际,竟尚幸存,当乞红背心扫上海马路耳"。[1]鲁迅太清楚了,像他这样一个骨子里崇尚个人"独异"的精神界战士,在伟大群众运动胜利以后,会有一个什么样的待遇和处境。所以后来在"左联"成立大会上致辞时,他特别提醒革命家,说你们为工农劳苦大众,但你不要期望劳苦大众将来会怎么感谢及回报你。

> 现在为劳动大众革命,将来革命成功,劳动阶级一定从丰报酬,特别优待,请他坐特等车,吃特等饭,或者劳动者捧着牛油面包来献他,说:"我们的诗人,请用吧!"这也是不正确的;因为实际上决不会有这种事,恐怕那时比现在还要苦,不但没有牛油面包,连黑面包都没有也说不定,俄国革命后一二年的情形便是例子。如果不明白这情形,也容易变成"右翼"。事实上,劳动者大众,只要不是梁实秋所说"有出息"者,也决不会特别看重知识阶级者的,如我所译的《溃灭》中的美谛克(知识阶级出身),反而常被矿工等所嘲笑。不待说,知识阶级有知识阶级的事要做,不应特别看轻,然而劳动阶级决无特别例外地优待诗人或文学家的义务。[2]

也许,这就是鲁迅自己预言的"光明又会使我消失"。但明知如此,鲁迅后来也没有停止为了这样可能吞没他的光明而奋斗。

---

[1] 鲁迅:《340430 致曹聚仁》,《鲁迅全集》第十三卷,北京:人民文学出版社,2005年版,第87页。
[2] 《对于左翼作家联盟的意见》,最初发表于1930年4月1日《萌芽月刊》第一卷第四期。见《鲁迅全集》第四卷,北京:人民文学出版社,2005年版,第238—243页。

文中的四个"然而",也是四种选择:一、被黑暗吞没;二、在光明中消失;三、彷徨于明暗之间,还不如被黑暗吞没;四、终于仍然彷徨在明暗之间。

影子决定离"你"而去,独自远行,但仿佛不知是黄昏还是黎明。

"呜乎呜乎,倘若黄昏,黑夜自然会来沉没我",就像王国维一样。

"否则我要被白天消失,如果现在是黎明",大概就像陈寅恪那样。

"朋友,时候近了。我将向黑暗里彷徨于无地。"

问这幽灵/影子有什么预言、建议,有什么锦囊妙计,将来——穿红背心扫马路的时候——可以用,影子却说:

无已,则仍是黑暗和虚空而已。但是,我愿意只是黑暗,或者会消失于你的白天;我愿意只是虚空,决不占你的心地。

就是说,影子希望"我"这种悲观主义将来不会影响"你","我愿意这样,朋友——我独自远行,不但没有你,并且再没有别的影在黑暗里。只有我被黑暗沉没,那世界全属于我自己。"

影子再一次准备做牺牲品,还是"黑暗的闸门"的意思。告别礼虽然高尚,驱鬼仪式虽然虔诚,但事实上,影子后来一直伴随着鲁迅。影子,第一,代表原则,代表自尊;第二,代表处境困难;第三,怎么也赶不走。鲁迅没办法,只好把痛苦的自己审判自己的梦写出来,同时又提醒青年人不要看,"青年不宜"。

归根到底,人,摆脱不了自己的影子。

24

希望是甚么？是娼妓

《希望》原来发表在1925年1月19日《语丝》周刊。鲁迅在《野草》英文译本的《序》当中说，"因为惊异于青年之消沉，作《希望》"。换句话说，他想劝劝青年不要那么消沉。这是鲁迅鼓励青年人的正能量作品。按照一般文学概论的定义，文学有三大功能：认识功能、教育功能、审美功能。《希望》应该以教育功能为主。可是鲁迅还是没有能将其写成一篇说教文章。

开头第一句："我的心分外地寂寞。然而我的心很平安；没有爱憎，没有哀乐，也没有颜色和声音。"[1]在鲁迅的笔下，一个青年人或者任何年龄段的人，心里平安并不是个好事。

> 我大概老了。我的头发已经苍白……我的手颤抖着……那么，我的魂灵的手一定也颤抖着……

---

[1] 鲁迅：《希望》，《鲁迅全集》第二卷，北京：人民文学出版社，2005年版，第181—182页，以下鲁迅引文，除非特别标注，均同此出处。

但是回首过去——

  我的心也曾充满过血腥的歌声：血和铁，火焰和毒，恢复和报仇。而忽而这些都空虚了，但有时故意地填以没奈何的自欺的希望。希望，希望，用这希望的盾，抗拒那空虚中的暗夜的袭来，虽然盾后面也依然是空虚中的暗夜。然而就是如此，陆续地耗尽了我的青春。

  鲁迅真正对自己、对世界充满希望的是他在日本的时候。早期在日本，他希望"我以我血荐轩辕"。离开仙台以后，他写了非常重要的《摩罗诗力说》，既觉得"文章……与个人暨邦国之存，无所系属，实利离尽，究理弗存"[1]，同时又相信文艺事关"国民精神之发扬"。[2]"苟奴隶立其前，必衷悲而疾视，衷悲所以哀其不幸，疾视所以怒其不争"。[3]鲁迅在那个时期确立了个人本位的救国使命。

  日本学者增田涉说："在鲁迅的著作和日常生活中有一个中心词，就是'奴隶'"。鲁迅的人生观，他就是主张人不要做奴隶。鲁迅的人生观，就像他后来和许广平所说："其实，我的意见原也一时不容易了然，因为其中本含有许多矛盾，教我自己说，或者是人道主义与个人主义这两种思想的消长起伏罢。"[4]

  似乎对人、对社会，他主张人道主义；对自己，则主张"个人

---

[1]　鲁迅：《摩罗诗力说》，《鲁迅全集》第一卷，北京：人民文学出版社，2005年版，第73页。
[2]　同上书，第67页。
[3]　同上书，第82页。
[4]　鲁迅：《两地书》，《鲁迅全集》第十一卷，北京：人民文学出版社，2005年版，第81页。

的无治主义",接近"五四"流行的理想的无政府主义。"所以我忽而爱人,忽而憎人;做事的时候,有时确为别人,有时却为自己玩玩……"[1]因为充满了自我矛盾,鲁迅毫不讳言地说他是"用这希望的盾,抗拒那空虚中的暗夜的袭来"。

他从日本回国以后的十年,钞钞古碑,消耗青春。等到写《野草》时,他问自己:"然而现在何以如此寂寞?难道连身外的青春也都逝去,世上的青年也多衰老了么?"《野草》中鲁迅的失望空虚,是他已经成为文艺界主将以后感到的空虚,这和之前抄抄古碑的精神状态,当然很不一样,但是共通点都是憧憬希望又怀疑希望。

希望是什么?明天会更好么?鲁迅不是这么看的。他引用了匈牙利诗人裴多菲的一首诗:

> 希望是甚么?是娼妓:
> 她对谁都蛊惑,将一切都献给;
> 待你牺牲了极多的宝贝——
> 你的青春——她就弃掉你。

希望和性工作者有什么联系?

如果说"五四"青年把当时热情引入的种种西方学说直接当作中国的希望,那鲁迅引用的裴多菲诗歌就是在提醒我们:她们也许美丽、性感、诱惑,也许温柔、多情,但最重要的是 what you

---

[1] 鲁迅:《两地书》,《鲁迅全集》第十一卷,北京:人民文学出版社,2005年版,第81页。

want, what you get，你想要什么他就给你什么，却又都不是真心的。任何"希望"进入中国，都会像进入染缸一般发生质变。鲁迅及时看到了这一点，这是他的深刻，也是他的不幸。如果说胡适、陈独秀、或者郭沫若等等，都觉得"五四"是胜利了，而在这胜利中有巨大贡献的鲁迅，他对此却充满疑虑。他说："桀骜英勇如 Petöfi，也终于对了暗夜止步，回顾着茫茫的东方了。他说：绝望之为虚妄，正与希望相同。"

"绝望之为虚妄，正与希望相同！"这句话出自裴多菲 1847 年 7 月 17 日写给友人的一封信。他在旅途当中看到一匹样子很怪的马，觉得害怕，结果它倒跑得很好。所以他就说，你看你，你对世界没有希望吧，你绝望吧，你觉得希望骗人，但绝望也不一定就可靠。

这句话后来被看作是鲁迅《野草》的核心概念。我没办法证明希望不是虚妄，希望很可能是性工作者的娇柔性感，但我也没办法证明绝望不是虚妄。这句话鲁迅重复了两遍，算是他在《野草》中给青年人最大的正能量的鼓励了。

《野草》中其他的很多意象，也都充满了这种看上去很美的悲观情绪。比方说《雪》，写江南和北国的雪景千姿百态，孩子们堆砌的雪人很漂亮，不过第二天，孩子们也不找他玩了，"雪人终于独自坐着了，晴天又来消释他的皮肤，寒夜又使他结一层冰，化作不透明的水晶模样；连续的晴天又使他成为不知道算什么，而嘴上的胭脂也褪尽了"。[1] 这可以是鲁迅在写自己，作为一个"偶像"被年轻人冷淡抛弃；也可以是在写其他美好的东西，时过境迁被人

---

[1] 鲁迅：《雪》，《鲁迅全集》第二卷，北京：人民文学出版社，2005 年版，第 185 页。

冷落；更可以是写某种政治理想，被追捧一时又很快"独自坐着了"。《野草》作为散文诗集，比别的散文集或小说集有更多不同的解读可能性，有些甚至可能超出鲁迅在一时一地的所感所思。

《死火》也是很奇异的矛盾体——"我"在梦中进了冰山，在冰谷中找到了死火。如何处理死火当然是一个悖论，如果把它留在冰谷，它就会被冻死；如果带它出冰谷，它就会烧完，怎么办？

《狗的驳诘》是一篇更短的文章，写一条狗骂人。

> 愧不如人呢。
> 我终于还不知道分别铜和银；还不知道分别布和绸；还不知道分别官和民；还不知道分别主和奴；还不知道……[1]

狗骂人时有逻辑递进，铜和银是经济，布和绸是阶级，官和民是政治，主和奴是根本。狗的尖刻，令主人公"我"羞愧逃走。原来人类优于动物，就是因为他们会分别官和民、主和奴。人类在这方面有没有与时俱进？

《颓败线的颤动》，更是一篇奇文，使我立刻想到了很多亲眼见到的人和事。

> 我梦见自己在做梦。……在破榻上，在初不相识的披毛的强悍的肉块底下，有瘦弱渺小的身躯，为饥饿，苦痛，惊异，

---

[1] 鲁迅：《狗的驳诘》，《鲁迅全集》第二卷，北京：人民文学出版社，2005年版，第203页。

羞辱，欢欣而颤动。[1]

这很含蓄地描写了一个妓女的工作环境。

天亮后，有个两岁的女孩喊妈，叫肚饿，妈妈就说我们今天有吃的啦。注意"今天"这两个字。

还是"我"的梦，隔了一段，隔了很多年，一对年轻夫妇还有他们的小孩，在责骂驱赶一个老妇人：

"'我们没有脸见人，就只因为你，'男人气忿地说。'你还以为养大了她其实正是害苦了她，倒不如小时候饿死的好！'"这个"她"指的老妇人的女儿了。

女的也说："使我委屈一世的就是你！"[2]

然后还有一连串的责骂，还有小孩用树叶挥舞，像钢刀一样。

那垂老的女人口角正在痉挛，登时一怔，接着便都平静，不多时候，她冷静地，骨立的石像似的站起来了。她开开板门，迈步在深夜中走出，遗弃了背后一切的冷骂和毒笑。

她在深夜中尽走，一直走到无边的荒野……她赤身露体地，石像似的站在荒野的中央，于一刹那间照见过往的一切：饥饿，苦痛，惊异，羞辱，欢欣，于是发抖；害苦，委屈，带累，于是痉挛；杀，于是平静。……又于一刹那间将一切并合：眷念与决绝，爱抚与复仇，养育与歼除，祝福与咒诅。……她

---

[1] 鲁迅：《颓败线的颤动》，《鲁迅全集》第二卷，北京：人民文学出版社，2005年版，第209页。
[2] 同上书，第210页。

> 于是举两手尽量向天，口唇间漏出人与兽的，非人间所有，所以无词的言语。
>
> 当她说出无词的言语时，她那伟大如石像，然而已经荒废的，颓败的身躯的全面都颤动了。[1]

这段文字的视觉效果，不在罗丹的雕塑《老妇人》之下。老妇人是一个衰老的半裸的老妓女的形象：胸部下垂干瘪，低着头。假如《日出》中有着金子般的心的翠喜，日后被她的儿女唾弃，大概也是这种场面。但是，这些都不能跟鲁迅笔下《颓败线的颤动》描绘的场景相比。

> 她于是抬起眼睛向着天空，并无词的言语也沉默尽绝，惟有颤动，辐射若太阳光，使空中的波涛立刻回旋，如遭飓风，汹涌奔腾于无边的荒野。[2]

在这画面中，凝聚了鲁迅自己多深的委屈和愤怒！从他所处的现实理解，多少他曾经帮过的人，他曾经经历过的事情，他曾经相信的希望，最后都唾弃他、欺骗他、责骂他。诗中的意象——辐射若太阳光、空中的波涛、如遭飓风、无边的荒野……最后我们发现那只是一个梦。

---

[1] 鲁迅：《颓败线的颤动》，《鲁迅全集》第二卷，北京：人民文学出版社，2005年版，第210—211页。
[2] 同上。

我梦中还用尽平生之力,要将这十分沉重的手移开。[1]

　　这个梦境惊人,一个男人或者女人,经历辛苦委屈,培养带大他的学生、子女、年轻人,最后却被他们的下一代口诛笔伐。

　　这样的事情我也见过。

　　有个教授40年代在上海做医院院长,花钱把弟妹亲戚送到解放区,而不是送出国。若干年后,弟妹成了高干,填表都害怕填大哥。运动当中,弟妹马路上遇见大哥都不敢打招呼。院长当然不会像《颓败线的颤动》中的女主角那样激愤,他只会驼背弯腰地说,"唉,我对不起我的弟妹,我连累他们了。"这不是无词的言语,而是真心地忏悔。虽然他当年也是饥饿、苦痛、欢欣,也是害苦、委屈、带累。

　　想想很多作家,胡风、巴金、冯雪峰、老舍,后来不都是被自己的学生、下属,或者亲人、同志唾骂。郭沫若也阻止不了他两个儿子自杀。胡适的幼子1949年拒绝随父亲赴美,后来还写文章批判父亲,最后自杀而终。这些都不是梦,是历史当中的真人真事。被下一代子孙责骂的父母们,他们也不会那么激动,他们只是重复他们的后悔,"对不起对不起,我的亲人们,我的学生"。

　　相比之下,鲁迅这篇文章里的委屈愤怒太超前了,太敏感了。

---

[1] 同上书,第211页。

25

《野草·风筝》：无法忏悔的悲哀

《野草》里有两篇《复仇》，一篇讲两个裸男立于荒原，有很多路人围观。这两个男人不动、不拥抱，也不互相杀戮，于是密密层层的路人们终于失了兴趣，渐渐散去。这显然是鲁迅小说中常见的主题——群众与看客。

《复仇（其二）》重写了《马太福音》中耶稣被钉上十字架、众人围观的基督教故事，但写作的重点却从悲悯的"人之子"转到玩味、钉杀了"人之子"的众人的身上。重点不是一个人，而是众人。同样是众人围观个人，鲁迅认为："钉杀了'人之子'的人们的身上，比钉杀了'神之子'的尤其血污，血腥。"[1]所以，这篇也是写群众与看客。

鲁迅的一生，明知大众无法唤醒，可是却宿命般地要在自己深深怀疑的道路上前行，同样有点儿被钉十字架的味道，同样有点儿

---

[1]《复仇（其二）》，曾发表于1924年12月29日《语丝》周刊第七期，收入《野草》。见《鲁迅全集》第二卷，北京：人民文学出版社，2005年版，第178—179页。

耶稣情结——牺牲自我,拯救大众。

《求乞者》,讲的是"我"在一条剥落的高墙下的灰土路上行走,先后有两个孩子来求乞,样子都不是很悲戚。所以"我"拒绝布施,并"给与烦腻,疑心,憎恶"然后"我"想着,假如"我"也要求乞,该用什么样的声调跟手势?想来想去,"我"觉得我将用无所为和沉默来求乞:不做什么,不发声音。当然,这样不发声音的求乞,最后得到的只有虚无。所以,"灰土……灰土……"。[1]

《风筝》是篇很重要的文章。

"北京的冬季,地上还有积雪,灰黑色的秃树枝丫叉于晴朗的天空中,而远处有一二风筝浮动,在我是一种惊异和悲哀。"文中第一人称的"我"马上回想起故乡早春风筝季节的景象:"倘听到沙沙的风轮声,仰头便能看见一个淡墨色的蟹风筝或嫩蓝色的蜈蚣风筝……但此时地上的杨柳已经发芽,早的山桃也多吐蕾,和孩子们的天上的点缀相照应,打成一片春日的温和。"

"但我是向来不爱放风筝的,不但不爱,并且嫌恶他,因为我以为这是没出息孩子所做的玩艺。"[2]

"我"不喜欢放风筝,但"我"的弟弟"十岁内外罢,多病,瘦得不堪,然而最喜欢风筝,自己买不起,我又不许放,他只得张着小嘴,呆看着空中出神,有时至于小半日。"

有一天"我"发现多日不见弟弟,便找到后园,在一个尘封的

---

[1] 《求乞者》发表于1924年12月8日《语丝》周刊第四期,收入《野草》。见《鲁迅全集》第二卷,北京:人民文学出版社,2005年版,第171—172页。
[2] 《风筝》发表于1925年2月2日《语丝》周刊第十二期,收入《野草》。见《鲁迅全集》第二卷,北京:人民文学出版社,2005年版,第187—189页。以下鲁迅引文,除非特别标注,均同此出处。

什物堆里发现了他,他"很惊惶地站了起来,失了色瑟缩着。大方凳旁靠着一个胡蝶风筝的竹骨,还没有糊上纸,凳上是一对做眼睛用的小风轮,正用红纸条装饰着,将要完工了。我在破获秘密的满足中,又很愤怒他的瞒了我的眼睛,这样苦心孤诣地来偷做没出息孩子的玩艺。我即刻伸手折断了胡蝶的一支翅骨,又将风轮掷在地下,踏扁了。论长幼,论力气,他是都敌不过我的,我当然得到完全的胜利,于是傲然走出,留他绝望地站在小屋里。后来他怎样,我不知道,也没有留心。"

这段回首往事的叙述,其实已经包括了多年后忏悔的角度;任何对过去的叙述都是现在式的,会产生这样的忏悔式叙述是因为:"我已经是中年。我不幸偶而看了一本外国的讲论儿童的书,才知道游戏是儿童最正当的行为,玩具是儿童的天使。于是二十年来毫不忆及的幼小时候对于精神的虐杀的这一幕,忽地在眼前展开,而我的心也仿佛同时变了铅块,很重很重的堕下去了。"

主张鼓励儿童游戏的理论大都来自外国书,而文中哥哥管教弟弟的方法,却是不许玩物丧志,是比较传统的儒家思想。但无论如何,《风筝》里的哥哥是知道自己错了的,怎么办呢?

> 我也知道还有一个补过的方法的:去讨他的宽恕,等他说,"我可是毫不怪你呵。"那么,我的心一定就轻松了,这确是一个可行的方法。有一回,我们会面的时候,是脸上都已添刻了许多"生"的辛苦的条纹,而我的心很沉重。我们渐渐谈起儿时的旧事来,我便叙述到这一节,自说少年时代的胡涂。"我可是毫不怪你呵。"我想,他要说了,我即刻便受了宽

恕,我的心从此也宽松了罢。

"有过这样的事么?"他惊异地笑着说,就像旁听着别人的故事一样。他什么也不记得了。

全然忘却,毫无怨恨,又有什么宽恕之可言呢?无怨的恕,说谎罢了。

我还能希求什么呢?我的心只得沉重着。

所以《风筝》这篇文章,大部分的篇幅是在讲青少年的故事,但结局却穿越了成人的艰辛,点破了政治的困局。前面是彩色的破碎的风筝,结尾是沉重的坠落。

四面又明明是严冬,正给我非常的寒威和冷气。

读《风筝》我想到什么?

第一,是人,都可能犯错。有的错,犯了就无法改变,还得继续错下去,继续骗人骗己;有的错,事后平心静气想想,确实是错。

第二,人犯了错就应该承认,就应该忏悔。承认与忏悔不只是为了当初的受害人,也是、更是为了犯错误的自己。一个人如此,一个集团、组织、国家亦然。

第三,有些错人们不敢承认,不愿忏悔。犯错的人其实心里念念不忘、耿耿于怀,只是假装忘却而已。同时他还希望时间久了,当初的受害者能像《风筝》里的弟弟一样,惊讶地笑着说,"有过这样的事情吗?"

先不说这是否可能,即使弟弟真地忘了,哥哥就能放下心里的石头,再没有忏悔的责任了吗?可能会有两种情况:一是犯错者一直耐心等着受害人忘却,这样就不用道歉了。这是一种政治谋略。二是如果犯错者真地等到受害人忘却了,也就再也无从忏悔了。随之而来的其实是更深的良心上的痛苦,更长久更深刻地留在个人的记忆里,或刻在民族的记忆中。

26

《过客》：鲁迅唯一的剧本

引用日本汉学家竹内好的话："在鲁迅的作品中，我很看重《野草》。作为解释鲁迅的参考材料，我以为没有比这更合适的了。它集中地表现着鲁迅，并且成为他的作品与杂文之间的桥梁。"[1]

我同意竹内好的说法，而且认为读《野草》，一定要读《过客》。《过客》既不是散文诗，也不是杂文。它是鲁迅笔下唯一的一个剧本，一个十分简单却又相当复杂的独幕剧。

时：
或一日的黄昏。
地：
或一处。
人：

---

[1] 竹内好著、李心峰译：《鲁迅》，杭州：浙江文艺出版社，1986年版，第95页。

老翁——约七十岁,白须发,黑长袍。

女孩——约十岁,紫发,乌眼珠,白地黑方格长衫。

过客——约三四十岁,状态困顿倔强,眼光阴沉,黑须,乱发,黑色短衣裤皆破碎,赤足著破鞋,胁下挂一个口袋,支着等身的竹杖。[1]

文中描绘的过客的外貌,又是鲁迅的自画像。而且,这三个人都是黑衣服,只有女孩子身上有点儿白格子。《过客》的布景也不复杂。

东,是几株杂树和瓦砾;西,是荒凉破败的丛葬;其间有一条似路非路的痕迹。一间小土屋向这痕迹开着一扇门;门侧有一段枯树根。

布景简单,其中的象征意义大过剧情需要。实际上,《过客》也没什么剧情。这过客是个乞丐,过路讨杯水,老翁就问了三个问题:

一、你是怎么称呼的?

二、你是从那里来的呢?

三、我可以问你到那里去么?

这当然是三个经典的哲学问题,起源就是"认识你自己"。"认识你自己",相传是古希腊七贤之一、斯巴达的喀隆的格言

---

[1]《过客》最初发表于1925年3月9日《语丝》周刊第十七期,收入《野草》。见《鲁迅全集》第二卷,北京:人民文学出版社,2005年版,第193—199页。以下鲁迅引文,除非特别标注,均同此出处。

（Chilon，多译为"奇伦"），也有人说是苏格拉底说的。鲁迅很可能是从尼采的《道德的谱系》那里读到大概相近的意思。尼采说过："我们无可避免跟自己保持陌生，我们不明白自己，我们搞不清楚自己，我们的永恒判词是：'离每个人最远的，就是他自己。'"而过客对这三个问题的回答总是差不多，"我不知道。从我还能记得的时候起，我就在这么走，要走到一个地方去，这地方就在前面。"

过客的这个回答十分重要。这个回答展现了支配作家一生的使命感，或者说是支配他内在的绝对命令，那就是——走。可以与之形成对照的，就是几十年以后更有名、更经典的贝克特的《等待戈多》中的等待。后来中国高行健的《车站》，也是等。可鲁迅是走，走的方向、目的地其实都不清楚，但一定在前面。

走向时间的前面，很清晰，向着明天、向着未来。走向空间的前面，却是不确定的。

过客问老翁和女孩前面的所在，老翁说："前面？前面，是坟。"

这又是写实的，老翁年纪大了，他的前面就是坟，"前面"从空间概念暗暗地转为时间概念。女孩却说：不，不，不。那里有许多许多野百合，野蔷薇，我常常去玩。这里的"前面"又从时间概念悄悄转回为空间的图景。

过客同时看见了时间与空间。他明白野百合、野蔷薇本身就可以是坟地，所以他继续问坟地之后呢？这次老翁不知道，女孩也不知道了。

老翁说："我单知道南边；北边；东边，你的来路。那是我最熟悉的地方，也许倒是于你们最好的地方。"

中国人从来对西方都感觉有点儿神秘，也有点儿恐惧，对西方价值观，总是有点儿搞不清楚。所以，老翁劝过客不妨走回头路，"你莫怪我多嘴，据我看来，你已经这么劳顿了，还不如回转去，因为你前去也料不定可能走完。"（不知道这是在讲过客，还是在讲中国）。

> 那不行！我只得走。回到那里去，就没一处没有名目，没一处没有地主，没一处没有驱逐和牢笼，没一处没有皮面的笑容，没一处没有眶外的眼泪。我憎恶他们，我不回转去！

这里概括了中国的很多东西，"名目"可以指各种话语的压迫，"地主"背后是经济的鸿沟，"驱逐"和"牢笼"即暴力镇压，"皮面的笑容"当然是人情以及社会的虚伪，"眶外的眼泪"则是平民的痛苦。因为这些社会的不公平，过客说："我不回转去！"

过客的态度是坚决的，思路是线性的，他的路途没有循环曲线或者绕弯的迹象，要么前进，要么回去。回去就是去那充满了欺骗、撕缠、暴力、虚伪和痛苦的地方，或者说时代。

> 客——但是，那前面的声音叫我走。
> 翁——我知道。
> 客——你知道？你知道那声音么？
> 翁——是的。他似乎曾经也叫过我。
> 客——那也就是现在叫我的声音么？

这是独幕剧的一个转折点。原来，老翁也曾听到过前面的声音,也曾想听从时代的召唤。这样一来,过客就不是独一无二的了。他所走的道路原来也不只是单向线性的前进,有可能是循环绕圈,就像吕纬甫说的小虫飞了一圈又回到原点。老翁,可能就是以后的他;女孩,可能就是从前的他。从这个转折处,本来只和过客共情的读者观众,一下子超脱出来,同时看到了戏里的三个人、他们的前世今生、他们的过去未来,以及他们的相互关系。

但鲁迅毕竟是鲁迅,他要切断他和老翁、女孩的循环关系。过客仍要向前面走,不管是坟地,还是野蔷薇、野百合。过客流了很多血,需要补充,又不愿意去喝别人的血。这隐喻的就是过客不愿别人和大众为他牺牲,所以只能靠喝水补血。鲁迅在别的地方说过,自己吃的是草,挤的是奶。

过客的脚受了伤,女孩给他一块布包扎,这当然代表一种爱。但他不敢随便接受,他觉得爱了什么人,就想要和对方相伴到死才安心,这是一种很残酷的爱。鲁迅在给许广平的信中说:"同我有关的活着,我倒不放心,死了,我就安心了,这意思也在《过客》中说过"[1]。鲁迅思想中的爱也很极端。

过客坚决要走,不肯休息,最后答应把那布带走,挂在野百合、野蔷薇上。这是说,要将获得的爱回报至青年人的梦上。

> 多谢你们。祝你们平安。(徘徊,沉思,忽然吃惊,)然而我不能!我只得走。我还是走好罢……。(即刻昂了头,奋然向西走去。)

---

[1] 鲁迅:《两地书》,《鲁迅全集》第十一卷,北京:人民文学出版社,2005年版,第81页。

徘徊沉思代表某种犹豫，过客差点动摇不走了。"我只得走。我还是走好罢……"这又好像是无可奈何，使命在压抑人性，天理在压抑人欲，虽然这使命跟天理正是鼓吹人性、解放人欲的。

其实人生就是几十年，很多东西都是转瞬即逝的。回想起来，我常常会怀疑，这有意义吗？也许就是需要一些使命感，驱动人生。至于最后走向哪里，有什么目的，也不那么重要，走的过程就是一切。

所以读到这个地方，我会觉得鲁迅在讲我们每个人的心情。当然后来，《等待戈多》不仅写执着，还写执着的荒诞。鲁迅描写了一个荒诞的世界，但是他在前行。这大概就是上世纪西方现代主义跟中国现代文学的关键区别。西方现代主义强调人性和世界本质上的荒诞，而中国现代文学则强调要战胜这种世界的、人性的荒诞。

我们钦佩过客走的过程，但也怀疑他的前面。其实不是怀疑，坟地后面，我们已看见了，那里不是野百合、野蔷薇。我们还是在走——我现在不是在讲独幕剧，我讲的是我们——我们还在走，前面也是坟，上面也长着百合、蔷薇。这百合、蔷薇的意象，使我想起了《野草》的《题辞》[1]，那是1927年4月26日写下的，非常有名：

> 当我沉默着的时候，我觉得充实；我将开口，同时感到空虚。

---

[1] 《题辞》写于1927年4月26日的广州白云楼上，最初发表于1927年7月2日北京《语丝》周刊第一三八期，收入《野草》。《鲁迅全集》第二卷，北京：人民文学出版社，2005年版，第163—164页。

鲁迅文章里常常提及死亡。在《野草》里影子会被黑暗吞没或被白天消灭;《求乞者》里只有虚无,"我"的求乞什么都拿不到;《复仇(其二)》,是主人公被钉上十字架;《希望》当中的"我"要肉搏这空虚中的暗夜;《雪人》,在晴天中慢慢融化;《死火》,无论是离开山谷或者留下,总归它不是被冰冻就是被烧完;在梦中,连狗都振振有词地看不起"我";还有一篇文章叫《失掉的好地狱》,另外一篇叫《墓碣文》,就是墓碑上面的文字,说有一游魂化为长蛇,口有毒牙,不吃人就吃自己的身体,说的是自己吃自己;《颓败线的颤动》《这样的战士》,主人公都在荒原上愤怒、衰老;《淡淡的血痕中》写了几片废墟跟几个荒魂;《过客》则是一直走过去,前面是坟地。

最精彩的是《野草》中的《死后》,想象"我"死了以后,还有知觉,任人摆布,身体死了,感觉还在,"我觉得在快意中要哭出来。这大概是我死后第一次的哭"[1],这是非常非常残酷的一种想象。

把这一连串的文章题目和关键词连贯起来,我们看到《野草》好像是20年代中期,鲁迅为自己的精神世界,办的一场虚拟的葬礼。他大概想把种种悲观、怀疑、矛盾、苦闷埋藏起来,点一把火,呼叫几声,从此告别影子,迎接新生命。

有些事后来真地是新的了,比如鲁迅跟许广平的关系;有些斗争也是新的了,比如后来他跟创造社、梁实秋以及"左联"的关系。但是,《野草》中的苦闷是埋葬不了的,贯穿了鲁迅的一生。

---

[1] 鲁迅:《死后》,《鲁迅全集》第二卷,北京:人民文学出版社,2005年版,第218页。

27

《立论》：说好话还是说真话？

《野草》中的《立论》，是我最喜欢的鲁迅的散文之一。上课教"五四"时期的散文，只能选几篇。周作人《故乡的野菜》、梁遇春《"春朝"一刻值千金》、梁实秋《男人》《女人》等等。鲁迅的散文我只选《立论》。要是能多选几篇，我还会选《灯下漫笔》《论人言可畏》《死》等等。但只能选一篇的话，我就选《立论》。这不仅是为了文学，也是为了和同学们一起讨论为人处事的一些最基本的原则。说实在话，其中涉及的关键问题，我自己到现在都还没弄清楚。

《立论》是故事套着故事的结构，说的是课堂上老师在回答学生的问题时，讲的一个故事：

"一家人家生了一个男孩，合家高兴透顶了。满月的时候，抱出来给客人看，——大概自然是想得一点好兆头。

"一个说：'这孩子将来要发财的。'他于是得到一番感谢。

"一个说:'这孩子将来要做官的。'他于是收回几句恭维。

"一个说:'这孩子将来是要死的。'他于是得到一顿大家合力的痛打。

老师的结论是:"说要死的必然,说富贵的许谎。但说谎的得好报,说必然的遭打。你……"[1]

说真话的要被打,说谎话的得好处,这个现象的确到处存在,外国有,中国也不少;学校里已经有了,社会上就更多;你的地位越高,碰到的处境……我就不知道了。

其实,鲁迅在这里悄悄偷换了概念,说"要死的必然",是指死亡是以后必然会发生的事情,或者说是真实。但是,真实和真诚并不完全是一回事情。说出事实和真理,有时需要真诚和勇气,但真诚地说话并不必然要表达事实和真理,真诚是主观态度,真实是客观存在。有时候说话人很真诚,相信自己说的话。比方我们说祝愿家人幸福、长寿;或者教徒祷告,相信上帝,他很真诚,但说出的未见得是真理和事实,但这不妨碍这位教徒是在很真诚地说话。所以中文里的"说真话",有两个意思,真心地说话,或者说出事实、真相、真理。两者可以共存,也可以分开。

回到故事,小孩满月时,人们主要是进行祝愿。这是一个礼节,礼节最主要的是要真诚,而不一定是真实。说升官发财的,如果是真心祝愿的话,那无可厚非。每年过年大家都说:"恭喜发财,新春快乐。"总不能拜年拱手说:"哎,你这一年总会有不快乐,你

---

[1] 鲁迅:《立论》,《鲁迅全集》第二卷,北京:人民文学出版社,2005年版,第212页。

这一年不一定发财。"虽然说的可能也是事实，但是何苦呢？真诚就好了。说小孩会死，虽然是必然事实，但是人人都知道，所以也是废话，除非你是急诊室医生，人家来看病……

鲁迅在《新秋杂识（三）》里说，花其实也是植物的生殖器。仔细想想，花是植物的生殖器，这是科学常识。但是各位，情人节或者生日的时候送花给朋友、恋人，千万不要补一句说："来来来，送你一个植物的生殖器……"虽然说的是真实的，是真相，但后果会很糟糕。

鲁迅在"杂感"中悄悄偷换概念，将世俗礼节上的真诚，与科学政治上的真实、真理混为一谈，却巧妙地带出了三个极严肃的问题：

一、什么是真话？

二、人在什么情况下，应该或者不应该说真话？

三、为什么说真话的受罚，说谎的有奖？

"真话"代表真诚地说话，也代表说出事实和真理。一般说来，真诚是真实的基础。但有些场合，对小孩来说，对教徒来说，对恋爱当中的人来说，对世俗社交礼仪来说，真诚就好了。而对于那些对国家社会有重大影响的政治家来说，如何评判他们的是非功过呢？假设他们的思想理论违背事实，违反真理，且带领严重后果，但是他们自己当时很真诚、相信他们所说的那些事后看来是荒谬的理论，这是一个很重要的尺度。要是的话，他们就还是理想主义者（也许是失败的悲剧的理想主义者），依然会有人对他们表示尊敬；反之，要是他们当初连真诚都没有的话，那么，从头开始，他们就仅仅是一个权力玩家而已。

所以真话的两个层面——真诚与真实,鲁迅非常看重前者。他在《破恶声论》当中说过:"伪士当去,迷信可存,今日之急也。"[1]这个说法很有意思。鲁迅后来一直批判"伪士",就是那些虚假的人。"迷信",在这里倒是一个正面概念,它指的不是封建迷信,而是痴迷信仰,是"形上之需求"。所以,他认为,一个人,对一个观念、信仰痴迷,这个可以有。"伪士"则是他一生憎恨的对象,尤其是为官方说假话的知识分子,比一般有劣根性的国民更坏。

鲁迅一直认为中国国民性的毛病在于普遍的虚伪,由普遍虚伪带出的问题就是前面讲的第二个问题:什么时候应该说真话?比方说室友买了件新衣服,或者剪了个新发型,你假如觉得好看,说真话无妨。既是事实,又是真诚。但如果你觉得不好看,你告诉她事实(你的感受),虽然你很真诚,但她可能不开心(可能损害你们的关系);你不告诉她你的感受,甚至骗她说好看,就不真诚,她可能开心,但是违反了事实(你的真实感受),你就成了"伪士"。怎么办呢?

这种事情,我们天天碰到,常常碰到。个人认为,有两个标准,来决定你要不要说真话:

第一,关系越好,越应该说真话。关系越淡,就越不容易说真话,通常只要顺着那人,或者和你无关的人说下去即可,头发如何,衣服怎样,你说话,其实会有意无意地寻找对你最有利、最不会得罪人的方式。讲深一层,这就是从利益而不是从原则出发。说

---

[1]《破恶声论》,是1908年12月鲁迅以"迅行"为笔名发表于《河南》日刊第八期的古文文章。

真话（真诚地说出事实）遵循的是道义原则，而不讲真话，常常是因为某种利害关系。古人总结得很精辟，就是义和利。对友人亲人要讲真话，因为大部分情况下，既是义，也是利。在大部分的社会关系中，尤其是在政坛、商界或各种上下级关系中，趋利避害则是讲不讲真话的重要考虑因素。

当然，关系再密切，即便亲人之间，分寸底线也很重要。全说真话吗？不妨试试看，最亲密的人之间，子女和父母之间，男女夫妻之间，要是什么事情都按照"只要这是事实"的原则表达，他送你花，你就说"为什么送我生殖器？"看看会怎么样？

这其中的规律是，社会性的缺点可以谈，生理性的问题要少说。同样一个事情，可以说"哎呀，这条裤子啊，你穿太长了"，但千万别说"你的腿太短了"。

在普通的人际关系中，关系越近，感情越好，彼此越容易说真话。因此不说真话，不顾事实，只说好话，反过来可以证明说话双方不是真的朋友。"利"的考虑越多，"义"的成分越少。亲人朋友之间重要的是情义，牵涉职业伦理和政治伦理的就是"道义"。鲁迅这篇文章的要害，就是把说不说真话的问题，从日常生活层面上升到了国家政治层面。但说谎的得好报，说必然的遭打。人性趋利避害，一般都喜欢听好话。尤其是有钱有权的人，常常分不清好话与权钱之间的关系。特别在专业领域，人更应坚持道义说真话（因为不只是关乎两人之间的关系）。在社会层级秩序中，"任人唯贤"是欢迎真话（哪怕听的时候不太舒服），"任人唯亲"是爱听好话（假定身边都是亲友），"任人唯忠"是不许说真话（不忠的人说的大都是假话）。殊不知只说好话假话者，本身已经"不忠"：

既不忠于道义，也不忠于自己。为什么"说真话的受罚，说谎的有奖"，因为把"忠"的对象弄错了，不是忠于人民，忠于国家，而是忠于某一个人。

人在什么情况下，应该或者不应该说真话？除了考虑关系亲疏，专业性也是重要因素。比方有人问我是庐山好看还是黄山美丽，我可以即兴直言，或者看看语境看看对象，看怎么说话得体。但如果学生问我有关鲁迅和梁实秋的争论，我就应该说出我的学术看法，不应察言观色。人对自己的专业尤其应该说真话。

回到鲁迅《立论》的语境，假如说客人当中有医生，如果他看到小孩脸色不好，他就不应该只是恭喜发财，而是应该提出建议。从专业道德角度讲，医生、律师、教授，或者国家统计人员，因为利益的考虑，不说出他看到的真实，也许一时可以使病人、客户、学生、领导高兴快乐，但长远的后果会非常严重。

我听过一个智慧体温表的故事。说某人脾气不好，量体温一不合心意，就会把体温表给摔掉。久而久之，AI体温表学聪明了，不仅测量体温，也测量心情。你想逃课的时候给你温度升高，你想泡妞的时候给你温度降低，主人非常喜欢。我们大家想想看，假如我们的同事、朋友、下属也跟AI体温表一样，最终结果会怎么样呢？

但问题的复杂性就在于专业考虑又不只在一个数据，医生除了诊断病情，判断癌症第几期，他有时还要兼顾病人的心理健康、承受能力。

鲁迅在《坟》的后记里说过，他不全部说出真话，怕影响青年。这好像有点儿超越了文学家的天职，加入了政治家的考虑。很多时候我们的智慧不够、能力有限，看不到事实和真理；但有些时候大家其实是很清楚事实是怎么回事的，不是看不到，而是没法说、没人说。

我参加过一些会议，会上有些方案计划，其实大家都不怎么赞成。想说真话吗？你看看旁边前后左右，张博士刘教授平常都是多么聪明的人，人家为什么不说，人家傻瓜吗？这总有道理吧，要你着什么急呀？

回到鲁迅这篇文章提出的最尖锐的问题——为什么说真话明明对社会有好处却要受罚，而说谎明明害了社会，但反而有奖？假如那个聪明的体温表这时候听到这个问题，他就会说，"报告许老师我知道，因为如果我报了真实体温，我就会被摔掉。"

我考华东师大研究生的时候，有一次去拜访许杰先生，他是20年代文学研究会的老作家，原来华东师大的中文系主任。那时他还住在一个平房里，在他家门口，我看到里面出来一个老人，六七十岁，头发蓬乱，衣服破旧，而且不合身。更让我印象深刻的是，他出门的时候，"咔嚓"一声往地上吐了很浓的一口痰，之后用脚把它擦掉，然后慢吞吞地走了。

我很奇怪，我想许杰教授、大作家，怎么会有这样的客人？进去就问起了刚才那人。许先生说那是50年代一个老学生，多年不见了。反右时他站出来为老师说话，说老师不是右派。后来，这个学生也被划成了右派，流放青海劳改，中间又坐牢、结婚、离婚，折腾了几十年。现在——80年代初——平反改正了，当时找许先生想调回江浙，他其实才四五十岁，已经老成这样子。许先生说他看到后很难过。

前些年，华东师大中文系成立校友会，我和上海新闻出版局局长孙颙，被推为杰出校友并发言。发言中我讲了许先生这位学生的事情，我说他才是我们中文系的杰出校友。

读《立论》使我想起一句话：说真话是要付出代价的，然而一个惩罚说真话的社会，会付出更大的代价。

28

《聪明人和傻子和奴才》：
士官民三角关系缩影

我在本书和另一本《重读20世纪中国小说》里一再讨论现当代中国文学中的三种最重要的文学形象，即农民、知识分子和官员。现代文学中农民和知识分子形象的重要性，早已是学术界的定论（且看鲁迅的《故乡》）。我最关心的是官员、农民与知识分子的三角互动关系。"士见官欺民"的小说模式从晚清以来逐步转化，前面说过，官员形象在"五四"小说里突然被淡化，前后二十多年，直到延安时期《小二黑结婚》等小说出现以后，才有官员/干部形象的复兴。之后官民模式、忠奸模式等传统文学模式逐步复兴，一直到当代小说处理官员与民众的复杂关系，这是一项繁重复杂的文本及历史背景的梳理工程。《野草》中仅有一篇短文，具体涉及知识分子、官府和民众的三角关系。文章简明扼要，仅数百字，但却十分精准，耐人寻味，堪称经典。

奴才生活困苦劳累向人诉苦，聪明人十分同情地说，"我想，你总会好起来"，但奴才的情况并没有改善。奴才又向傻子哭诉自已住处逼仄，连窗都没有。傻子听后大怒，立刻要砸墙开窗，却被奴才们慌忙阻止。主人为此表扬奴才，奴才感谢聪明人的预言。

这个故事里有四个主人公，主人出场最少，正对应"五四"小说中官员形象的淡化，可以另外讨论。奴才代表了某些民众既要抱怨苦痛又无力反抗的形象，这也是社会常态。故事中最重要的角色是聪明人和傻子，他们都同情支持受苦的民众，傻子是生病的狂人，准备造反；聪明人是病愈后的狂人，派心灵鸡汤。《阿Q正传》中有几位穿长衫人士，他们一方面十分清醒地批评阿Q的"奴隶性"——阿Q一见到审判官就不由自主地跪了下去，一方面却又帮助审判官判阿Q的死刑。这些人都是"聪明人"。

30年代，鲁迅写了大量杂文，批判这类"聪明人"。奴才向聪明人表示感谢，"你先前说我总会好起来，实在是有先见之明……""'可不是么……'聪明人也代为高兴似的回答他。"

《聪明人和傻子和奴才》
1926年1月4日发表在《语丝》周刊第六十期

29

《狗·猫·鼠》：鲁迅笔下的动物形象

按照人民文学出版社2005年版《鲁迅全集》的编排次序，我们先读了《坟》和《热风》中的杂文，激奋热血；又读了《呐喊》《彷徨》里的小说，深刻沉重；刚刚又读完了散文诗集《野草》，忧郁、压抑。接下来我们要读《朝花夕拾》，终于可以比较放松一点儿（也是相对而言，总体上，阅读鲁迅，是一种令人紧张痛苦的享受）。其实这些作品都大致写于同一历史时期，反映了鲁迅心情的不同侧面。《朝花夕拾》确是鲁迅全部作品当中罕见的暖色。他自己在1927年所写的《小引》中说："我常想在纷扰中寻出一点闲静来，然而委实不容易。"写《朝花夕拾》这十来篇散文的时候，鲁迅逃离了多事的北京，但在厦门大学却又感孤独烦恼，到了广州虽然和许广平在一起，但他们和许寿裳，三个人租了三间房间，基本上是租给别人看的。很快，国民党右派发动"四一二"政变，在上海开始"清党"，国共分裂。鲁迅辞了广州中山大学文学院院长的职务。有人说鲁迅离开广州中山大学，是因为顾颉刚来了，"鼻来我走"（鲁迅当时很讨厌顾颉刚，叫他"红鼻"）。在此之前，鲁迅因为北京女子师范大学的风潮，跟杨绛的姑母杨荫榆激烈对抗。同时，他和现代评论派的陈源（陈西滢）常常笔战。鲁迅为什么那么讨厌顾颉刚？因为陈源在文章里说鲁迅《中国小说史略》抄袭了盐谷温的《支那文学概论讲话》，鲁迅认为陈源根本不懂，他可能就是听顾颉刚说的。

我们在读《立论》时说过，说话批评其实有潜规则：社会因素可以指出，生理因素就少议论。文人学者间，争论思想可以，但贬低学术能力是忌讳。说一个文人抄袭，比批他错误更严重。当然，鲁迅骂顾颉刚"红鼻"，也有点儿过分。

总而言之，《朝花夕拾》诞生于这段时间，鲁迅不断搬家，国家局势令人气闷，他的身边琐事也非常令人烦恼。在这种内外交困的处境下，他居然还写出了一连串的温馨清新的怀旧散文，所以鲁迅说"委实不容易"。

鲁迅写《狗·猫·鼠》的时候——这是《朝花夕拾》的第一篇——他还停留在和现代评论派吵架的恶劣心情当中。所以他说讲动物的文章，"万一不谨，甚而至于得罪了名人或名教授，或者更甚而至于得罪了'负有指导青年责任的前辈'之流，可就危险已极"。[1]徐志摩在1926年2月3日，曾经试图调停鲁迅和陈源的笔战，称双方都是"负有指导青年责任的前辈"。鲁迅的刻薄是出了名的。他的一个重要战法或者说技法，就是能把常人的正面词汇"污名

---

[1] 《狗·猫·鼠》最早发表于1926年3月10日《莽原》半月刊第一卷第五期，收入收入《朝花夕拾》。见《鲁迅全集》第二卷，北京：人民文学出版社，2005年版，第238—246页。以下鲁迅引文，除非特别标注，均同此出处。

化"。比方说"负有指导青年责任的前辈",本是推崇,是正面概念,可是鲁迅加一个引号,再加一个"之流",再重复几次,这个称呼就给人以负面印象,大家以后就不敢用了,用了就成了骂人。

所以,有时候太重的称赞,你以为是恭维,其实是骂人。我见过香港某大学,有位老师推荐另一教授,说他的学术功绩"光芒四射",也许他本来是好意,可是旁人听了以后会觉得好像是在骂人。

在和现代评论派论战的过程中,鲁迅把一系列本来正面的概念标签,变成了令人可疑或者是负面的符号。再比方"特殊知识阶级",胡适他们希望1925年的国民会议能够确立《中华民国宪法》,说留学生作为"特殊知识阶级"应该为之尽力。胡适的本意是希望留学生回国,对中国的国家政治建设起到特殊的积极作用。中国现代史上,从孙中山到周恩来、邓小平,到鲁迅、胡适,留学生对中国社会的变化贡献巨大,所以说他们是"特殊知识阶级"。可是鲁迅一加引号,后来就变成了一个讽刺的概念。

20年代,鲁迅笔下的"正人君子""文人学士",还有什么"公理""公允"等等,都是给胡适一派戴的帽子。在很长一段时间,一直到解放后,这些词汇都摆脱不了嘲讽的意味。在文字技巧上,这是鲁迅的厉害之处;在意识形态上,这是鲁迅的偏激之处。

《狗·猫·鼠》是一篇议论动物、回忆童年的文章,但鲁迅在文章的前半部分一直没有忘却敌人,要含沙射影。

> 说起我仇猫的原因来,自己觉得是理由充足,而且光明正大的。一,它的性情就和别的猛兽不同,凡捕食雀鼠,总不肯

一口咬死,定要尽情玩弄,放走,又捉住,捉住,又放走,直待自己玩厌了,这才吃下去,颇与人们的幸灾乐祸,慢慢地折磨弱者的坏脾气相同。

这显然不仅是在讲猫,而是在批判主人折磨奴隶的手段,包括奴才也会折磨奴隶,阿 Q 就念念不忘要折磨小 D 和尼姑。

第二,它不是和狮虎同族的么?可是有这么一副媚态!……假使它的身材比现在大十倍,那就真不知道它所取的是怎么一种态度。

除了"折磨对手"和"一副媚态"以外,鲁迅又说了他仇猫的第三个原因,"因为它们配合时候的嗥叫,手续竟有这么繁重,闹得别人心烦,尤其是夜间要看书,睡觉的时候。当这些时候,我便要用长竹竿去攻击它们"。

各位,脑补一下,鲁迅先生半夜拿着长竹竿,伸出窗外,驱赶屋顶、阳台或者天井里交配且叫唤的家猫野猫。这个形象,比老是笔战、刻薄骂人的鲁迅可爱多了。为什么鲁迅在夜间独自看书时,特别讨厌猫的叫春呢?我们不必从他多年已婚、独居的超人似的私生活,或者是人之常情去猜想。鲁迅 30 年代写了篇文章,批评当时年轻的张春桥,因为张春桥写的《俺们的春天》的诗歌(四十多年后鲁迅被赞扬为早就识破"四人帮"嘴脸)。其实鲁迅批评张春桥另有原因,是因为张春桥当时写文章苛刻地批评萧军的《八月的乡村》。

但是鲁迅在怀旧的文章里终于静下心来，又发现"我的仇猫却远在能够说出这些理由之前"。原来他在十岁左右的时候，非常喜欢家里的隐鼠。他说偷吃东西的是一般的老鼠，隐鼠是一种很小的老鼠，十分可爱。

现当代作家笔下的猫和老鼠大都十分可爱。冰心说："我最怕小猫睡着时呼吸的声音了！"；郑振铎说，他因为家里养的猫去世了，自我忏悔；席慕蓉还写了一篇文章叫《猫缘》，文章里边的女孩，因为爱猫而爱人，婚前她对男朋友——或者老公——说："第一，我爱听你的声音，你的标准国语。第二，因为你爱猫。我想，一个那么爱猫的男生，一定有一颗良善的心。"当然，作家有爱猫的，也有爱老鼠的。最极端的冰心风格的传承者，是台湾散文家琦君，她有一篇散文，讲半夜在酒店醒来，看到老鼠在偷吃巧克力，她不敢动，然后悄悄地对老鼠说："你一定饿了，快吃吧。"[1]

鲁迅喜欢隐鼠，却是因为他床前的一幅花纸《老鼠成亲》，上面画的老鼠的新郎、新娘、陪客、嘉宾全都是尖腮细腿，但样子像读书人，还穿着红衫绿裤。鲁迅说他小时候想象隐鼠的婚礼，大概就是这样的。鲁迅说："现在是粗俗了，在路上遇见人类的迎娶仪仗，也不过当作性交的广告看，不甚留心；但那时的想看'老鼠成亲'的仪式，却极其神往，即使象海昌蒋氏似的连拜三夜，怕也未必会看得心烦。"

当然隐鼠的婚礼他最后没看成，但隐鼠被蛇追杀的血腥场面，他倒是看个正着。在《狗·猫·鼠》这篇文章的最后部分，鲁迅

---

[1] 参见许子东《当代华文散文中的动物意象》，《当代小说阅读笔记》，上海：华东师范大学出版社，1997年版。

童心大发,详细描绘了一只隐鼠怎么和他做了朋友,整天爬在他身上,不害怕,吃菜渣,舔吃砚墨,变成了他儿时的宠物。但不久以后这只隐鼠不见了。长妈妈——就是带鲁迅的那个女工——说,隐鼠是被猫吃了。所以从此鲁迅非常仇恨猫。不过故事的结尾有反转:"但许多天之后,也许是已经经过了大半年,我竟偶然得到一个意外的消息:那隐鼠其实并非被猫所害,倒是它缘着长妈妈的腿要爬上去,被她一脚踏死了。"

他错怪了猫,然而和猫的感情"却终于没有融和",这是鲁迅文章的结尾。

鲁迅其实一生中有不少这样的实例,为了一件小事去仇恨一个人或者一班人,后来发现其实弄错了,是误会。比如"杨树达"君,鲁迅有文章《记"杨树达"君的来袭》;还有以为高长虹要抢许广平;认为顾颉刚说他剽窃,所以仇恨对方,"鼻来我走"……还有很多更大的论战,如他与学衡派,与现代评论派,与梁实秋,后来与创造社、太阳社,与"第三种人",与周扬、田汉等等都是如此。很多事情起因偶然,误会很小,但是火气很大。他与人争斗,其乐无穷。一方面,鲁迅时常反省,发现误会,就马上忏悔,如《风筝》,如《狗·猫·鼠》;另外一方面,他还是战斗,讨厌陈西滢,讥讽梁实秋,攻击施蛰存。在《狗·猫·鼠》的文末,鲁迅说:"我大概也总可望成为所谓'指导青年'的'前辈'的罢,但现下也还未决心实践,正在研究而且推敲。"

30

《父亲的病》：弑父与怜父

《朝花夕拾》这本回忆童年、少年、青年往事的散文集，写作时间是 1926 年。20 年代中期是鲁迅创作生涯中最重要的一个时期，他同时使用四套笔法：

第一，小说集《彷徨》中，描绘"五四"进入低潮以后知识分子如何艰难地上下求索，尤其是《伤逝》《在酒楼上》《孤独者》几篇；

第二，散文集《坟》《热风》，以及《华盖集》，以笔为枪，批判现实，锋芒毕露。百年后读来，这些作品依然可以击中中国人与事的顽症、病穴；

第三，在散文诗集《野草》里，鲁迅忍不住宣泄和解剖自己内心深处深刻的悲观主义，隐约地展现自己潜意识里那些怀疑的幽灵；

第四，在《朝花夕拾》里，鲁迅试图回顾自己少年时的纯真、青涩和美梦。

这四种笔法，表现出至少三个不同的鲁迅——一个是战斗的、激愤的鲁迅；一个是忧郁的、悲观的鲁迅；还有一个是温馨的、纯真的鲁迅。《我之节烈观》《灯下漫笔》里是鲁迅的信念理想，《阿Q正传》和《药》里是鲁迅看到的现实，《野草》里是鲁迅解剖的自己。三个鲁迅当然是统一的，但人们也要看到他们之间的差异。

初写《朝花夕拾》时，鲁迅还摆脱不了现实笔战的烦躁和气愤。明明是写《狗·猫·鼠》，前半段却一直在骂陈西滢他们这些"正人君子""文人学士"。《二十四孝图》，也是冷嘲热讽。但等到真正静下心来回忆往事的时候，他的文风笔法就开始转变了，火气渐退，童心复苏。尤其是《从百草园到三味书屋》，脍炙人口，写了小孩教育，文风非常纯净，所以多年来一直是中学教材的首选。

我自己最喜欢的是《父亲的病》和《藤野先生》。在我看来《父亲的病》不仅仅是篇散文，而且，也是一篇小说；不仅是鲁迅个人的回忆录，更可以将其看作是一个民族一个国家的寓言。

文章题为《父亲的病》，仔细去读全篇，却很少写到父亲到底生了什么病，以及病因、病源、生病的细节、症状等，提到病情的就那么两三句。整篇文章前面的大半部分，与病情相关的只有一句："父亲的水肿是逐日利害，将要不能起床"。其他的篇幅都在写什么找医生，开药方，没疗效，再找医生，再没医效，还找很多奇怪的药引。另外一个地方也提到病情，等他父亲快病故时，"父亲的喘气颇长久，连我也听得很吃力"。[1]

---

[1]《父亲的病》，最初发表于1926年12月10日《莽原》半月刊第一卷第二十一期，收入《朝花夕拾》。见《鲁迅全集》第二卷，北京：人民文学出版社，2005年版，第294—299页。以下鲁迅引文，除非特别标注，均同此出处。

文章题目叫《父亲的病》，通篇几乎不写父亲的病，而是讲什么？讲众人怎么医治父亲的病。众人包括医生，包括家人，包括文章的主人公自己。大家医治父亲的病，但是结果无效。这也是一种点题的方式，说父亲其实不是死在他的病上，而是死在人们错误的、无效的医疗过程当中。

这有什么象征意义？

文章一开篇，整整一页四百多字，讲了一个医生的故事：有名医出诊费很贵，特别情况下居然要一百银元，但还是会误诊。名医看过的病人第二天死了，病家不动声色，次日又请医生去。虽然家属不动声色，但医生知道这是怪他误诊，所以他用开药方的纸写了一张支票——赔一百块钱。那家死了亲人的也没有明言，只说这药方好像不大灵。于是医生又多写了一百块，赔两百块。这倒是处理医患矛盾的文明方法。这故事非常传奇，说明这名医的医术有问题，医疗费又贵，但却是颇有手腕，维护了他自己的尊严。

传奇故事后，鲁迅才切入正题。他父亲的病也是这位名医看的，周旋了两年。诊金也是那么贵，药也是那么玄秘。药引，起码是芦根，要到河边去挖，还有"经霜三年的甘蔗"……

鲁迅说："我虽然并不了然，但也十分佩服，知道凡有灵药，一定是很不容易得到的，求仙的人，甚至于还要拼了性命，跑进深山里去采呢。"

人们往往起初越虔诚，后来的失望就越大。对医术如此，对理论也是这样。寻找稀奇古怪药引的过程，在当时正是晚辈显示孝心诚意的过程。可两年以后，父亲的病越来越重。医生非常诚恳地说："我所有的学问，都用尽了。这里还有一位陈莲河先生，本领比我高。我荐他来看一看,我可以写一封信。"

医生的这个态度,和前面他用药方开支票类似,显示了当时名医的气度与无耻。鲁迅文章里讲这个医生的态度"极其诚恳",这真是"极其诚恳"的讽刺。

"这一天似乎大家都有些不欢,仍然由我恭敬地送他上轿。进来时(回到家里——引者注),看见父亲的脸色很异样"。虽然刚才这个医生还说:"病是不要紧的,不过经他的手(指另外一个医生的手——引者注),可以格外好得快……"但父亲显然不大相信了,因为看了两年的病,吃了两年的药,最初就是水肿,可是现在床都起不了,医治毫无效果。"毫无效验,脸又太熟了,未免有些难以为情,所以等到危急时候,便荐一个生手自代,和自己完全脱了干系。"

鲁迅自己最后的医生是日本人须藤,因为多年看病,可能也是脸太熟了,鲁迅不好意思再换别的医生,虽然别人劝他换西洋的医生或者是出国去看病。几十年以后人们看了鲁迅的片子觉得当时是误诊,否则的话,鲁迅至少不会那个时候去世。

鲁迅和他父亲走过完全不同的人生,命运竟有莫名其妙的相似。

陈莲河医生的诊金也贵,药引更加奇特:"最平常的是'蟋蟀一对',旁注小字道:'要原配,即本在一窠中者。'"鲁迅的评论是:"似乎昆虫也要贞节,续弦或再醮,连做药资格也丧失了。"

我们读过《我之节烈观》,知道鲁迅先生在这里是借题发挥,讽刺中医之迂腐,也批判贞操礼教害人。这既是写实又是象征,就像《父亲的病》整篇文章的题目和结构一样。

抓一对蟋蟀，这差使并不为难，鲁迅说："走进百草园，十对也容易得，将它们用线一缚，活活地掷入沸汤中完事。"这就是节烈殉葬的"下场"。这两只蟋蟀，可能是幸福夫妻，也可能是苟且偷情……石头搬起，各自东西逃命。周氏兄弟两位未来的文豪分头捉奸，"捉奸捉双"。

鲁迅非常详细地记载了药引，其中还有平地木等罕见的药用植物。最奇特的是有一种药叫"败鼓皮丸"。这药是用人家打破了的旧鼓皮做的。为什么旧鼓皮可以治水肿？原来是因为两个名字间的联系——水肿的另外一个说法叫鼓胀。病在鼓胀，就用被打破的鼓皮来克伏……鲁迅马上继续发挥："清朝的刚毅因为憎恨'洋鬼子'，预备打他们。练了些兵称作'虎神营'，取虎能食羊，神能伏鬼的意思。"当然，旧鼓皮最终并没有用。"'我这样用药还会不大见效，'有一回陈莲河先生又说，'我想，可以请人看一看，可有什么冤愆……。医能医病，不能医命，对不对？自然，这也许是前世的事……。'"

如果我们把《父亲的病》看作是关于晚清中国的一个寓言，那整个文章是否就是在写：第一，祖先曾经是阔气的，可到了这个时候已经败了，病了。第二，真正的病不在身体，而在各种各样的错误的、欺骗的、荒唐的药方。换言之，病不在中国，不在传统，而在名为拯救，实为毁害的晚清以来的各种政治方案。第三，"我"作为父亲的下一代，对父亲的病有没有责任呢？这个问题有点儿复杂，我们看到父亲临死前很痛苦，"我"——少年鲁迅，看到父亲喘气痛苦，"我有时竟至于电光一闪似的想道：'还是快一点喘完了罢……。'"这是希望"天朝"安乐死吗？但"我"又"立刻觉得这思想就不该,就是犯了罪;但同时又觉得这思想实在是正当的,我很爱我的父亲"。

如果这个"父亲"不仅指他的父亲,而且指传统中国,那么这就是鲁迅看见传统礼教在那里痛苦挣扎,想判他消亡然后更生,但心里又充满犯罪感(毕竟自己是"父亲"的儿子,在传统之中反传统);另一方面他又觉得自己在文化上打倒这个加引号的"父亲",是一个正当的工作,甚至是一种爱。

文章的结尾更加精彩。父亲快断气了,少年鲁迅等亲人在床边大喊大叫,吵得父亲没法安静去世,鲁迅觉得是自己的错。但是周作人后来在回忆录里说,他父亲去世时,家里人并没有像鲁迅描写的那样哭喊大叫。

我比较倾向于鲁迅的回忆有些虚构的部分,因为周作人晚年没有必要再重新编造这个情节。但问题是鲁迅为什么要虚构这个情节?他要凸显什么?他要凸显我们中国的人伦礼节违反科学人道?还是说他在戏剧性地展现一个场面,就是"父亲"在痛苦的死亡过程当中,"儿子"也有责任。

"父亲!!!父亲!!!"这是鲁迅文章里边喊叫的声音,加了三个感叹号,而且用了"父亲",是书面语。我不知道绍兴当地的话会不会用这样文雅的话来叫父亲,但一般口语都会叫"爸爸"之类的。

> 他已经平静下去的脸,忽然紧张了,将眼微微一睁,仿佛有一些苦痛。
>
> "父亲!!!"

又是三个感叹号。

"什么呢?……不要嚷。……不……。"他低低地说,又较急地喘着气。

"父亲!!!"我还叫他,一直到他咽了气。

在我看来,这是一个小说情节,描写了一个文化上的"弑父者"。合理的说法,这就是"杀掉父亲"的儿子的内疚和忏悔。

显然这个"父亲"已经无法延续祖上的辉煌了,他现在已经这么衰弱、病重,但是真正置他于死地的,不是他的水肿鼓胀,而是各种各样荒谬、错误的医治方法,包括外国的欺负。这些趁火打劫之人的欺负,导致他最后走向衰亡。

而在这个过程中,"我"在做什么呢?"我"在呐喊,三个感叹号的呐喊,这也加速了他的衰亡,加重了他的痛苦。为此,"我"这个新时代的主将,"我"知道"我"做的事情是出于爱他,是正当的;但"我"又感受到自己与"父亲"、与旧时代、与传统中国的血肉联系,并有意无意地为之自责,甚至是自认负罪。

我现在还听到那时的自己的这声音,每听到时,就觉得这却是我对于父亲的最大的错处。

31

《藤野先生》：为了国家和为了学术

《朝花夕拾》中，有不少美文，我最喜欢的是《父亲的病》和《藤野先生》。在写实层面上，前者讲中医如何误人，从此学习西医救国；后者讲学医也无法救国，所以要弃医从文。但在象征层面上，前者是告别国学，因为他们救病无方；后者是西洋科技，它们同样救不了中国。

《藤野先生》这篇文章，触及了一个非常重要的课题，不仅对我们重读鲁迅的一生是关键，而且当我们回顾"五四"百年，这同样是一个核心课题。

《藤野先生》先写东京上野樱花灿烂，"清国留学生"太多（这个情况百年后照旧）。鲁迅于是到仙台学医，据说是第一个去仙台学医的中国人。有一种说法是鲁迅当时为了避开其他的中国留学生才选择去仙台。不知是否确切。鲁迅也承认，他到了仙台，是"物以稀为贵"。当地华人少，所以学校不收学费，还兼管食宿。之后他便看见很多陌生的先生，听到很多新鲜的讲义，"最初是骨学。

其时进来的是一个黑瘦的先生,八字须,戴着眼镜,挟着一叠大大小小的书。一将书放在讲台上,便用了缓慢而很有顿挫的声调,向学生介绍自己道:'我就是叫作藤野严九郎的……'"[1]

藤野先生,日本福井县人,1896年从爱知县医学专门学校毕业,留校任教;1901年,转到仙台医专做讲师,三年后升教授;后来回乡自己开诊所。鲁迅逝世以后,他还写过一篇文章——《谨忆周树人君》。

藤野的课,最初是讲解剖学在日本的历史,据说参考书中还有一些中译本,鲁迅说,"他们的翻译和研究新的医学,并不比中国早"。有一天藤野把鲁迅叫去,要看他上课做的笔记、抄的讲义。两三天后藤野将笔记还给他,上面有很多红笔改动、添加的痕迹。鲁迅说他当时不太用功,体会不了老师的一片苦心,事后回忆起当然有些后悔。

总之,藤野对鲁迅很关心,对中国文化里的一些事情,比方说女人裹脚、怎么敬重鬼神等等,很感兴趣。不料,同级的日本学生,看到鲁迅的讲义里边有藤野先生的改动,就写匿名信,指控藤野先生是泄题作弊。鲁迅把此事告知藤野先生和一些较熟悉的朋友,后来流言是消灭了,但是鲁迅感受到的屈辱是可以想象的。

鲁迅从小时候卖首饰、拿药、离乡出走,忍受一系列屈辱的过程,成为他人生的推动力,这一次也不例外。后来还有《中国小

---

[1]《藤野先生》最初发表于1926年12月10日《莽原》半月刊第一卷第二十三期,收入《朝花夕拾》。见《鲁迅全集》第二卷,北京:人民文学出版社,2005年版,第313—319页。以下鲁迅引文,除非特别标注,均同此出处。

说史略》被人怀疑为抄袭日本人著作等。其实，也许并不是鲁迅这一生有特别多被人冤枉的经历，而是鲁迅对这类事情的感受特别强烈，特别刻骨铭心。周作人在《鲁迅的青年时代》一书中，详细地列出了鲁迅在仙台的成绩单，藤野教的解剖是59.3分，真地比其他学科，比方说生理、德语、化学、组织、伦理、物理等等都低一点儿。鲁迅的总分排名是142人当中的第68名，他成绩最好的一门课是伦理课，83分。

"中国是弱国，所以中国人当然是低能儿，分数在六十分以上，便不是自己的能力了：也无怪他们疑惑。"鲁迅这时甚至和郁达夫有点儿像，将个人的委屈，马上与国家命运相联系。也许这是当时中国人留日的特别现象。当然，郁达夫是因为日本女生不理他。鲁迅是因为被人怀疑作弊。这大概是鲁迅后来一直忘不了藤野先生的一个原因。

接下去在文章里，鲁迅讲述了一遍著名的课堂看幻灯片的事情。日俄战争期间有华人替俄国做侦探被日本人枪毙，旁边很多华人麻木地观看。不过鲁迅给这个故事加了一个细节，就是课堂上的日本学生一边看一边喊"万岁！""万岁！"这种欢呼，可能平时都有，但在鲁迅听来却特别刺耳。接下来就是《呐喊》前言里讲过的弃医从文的转折。

当鲁迅把他不学医的决定告诉藤野先生时，"他的脸色仿佛有些悲哀，似乎想说话，但竟没有说"。鲁迅又对藤野先生讲了几句安慰的话，比方说想去学生物学等等，藤野只送了一张照片给鲁迅。但后来他们没有再通信，鲁迅觉得自己状况无聊，没有什么可以汇报的。从藤野先生的角度看，这个学生是一去再无消息。他后来知道这个半途而废的学生成为中国最有名的作家。

> 但不知怎地,我总还时时记起他,在我所认为我师的之中,他是最使我感激,给我鼓励的一个。有时我常常想:他的对于我的热心的希望,不倦的教诲,小而言之,是为中国,就是希望中国有新的医学;大而言之,是为学术,就是希望新的医学传到中国去。他的性格,在我的眼里和心里是伟大的,虽然他的姓名并不为许多人所知道。"

这一句"小而言之,是为中国……;大而言之,是为学术",就是我前面所说的,触及了我们重读鲁迅以及重读现代文学史的关键课题。

小时候读到这个地方,我总觉得藤野先生把次序弄反了。我当时觉得应该是"小而言之,是为学术;大而言之,是为国家"。我想这位日本学者糊涂,他对中国学生的希望,竟是学术比国家更重要。鲁迅对藤野先生的学问跟人生态度都十分欣赏敬重,甚至认为是他老师当中最为感谢的一位。鲁迅对藤野先生希望他"小而言之,是为国家;大而言之,是为学术",没有表示异议。甚至可不可以说,这也是当时甚至后来鲁迅自己的价值观?鲁迅终其一生,是"小而言之,是为国家;大而言之,是为学术"呢,还是反过来"小而言之,是为学术;大而言之,是为国家"呢?

这个问题太重要了,绝对不是简单的文字游戏。

很多时候,或者说大部分时候,鲁迅写文章既是为了中国,也是为了学术（艺术），两者基本统一，方向一致。他的小说描写国人，哀其不幸，怒其不争，"所以我的取材，多采自病态社会的不幸的人们中，意思是在揭出病苦，引起疗救的注意"。[1]

当然，既是为了文学，也是为了救国，貌似也就不必以"小而言之、大而言之"来做分别。但是，总有一些时候，两者是有差异、有矛盾的。比如在《摩罗诗力说》中，不涉功利的文学观与维系民族精神的使命感就存在着明显的矛盾。回到《〈呐喊〉自序》，再看那个著名的《药》的结尾，鲁迅说：

> 但既然是呐喊，则当然须听将令的了，所以我往往不恤用了曲笔，在《药》的瑜儿的坟上平空添上一个花环……因为那时的主将是不主张消极的。至于自己，却也并不愿将自以为苦的寂寞，再来传染给也如我那年青时候似的正做着好梦的青年。
>
> 这样说来，我的小说和艺术的距离之远，也就可想而知了。[2]

这就是说，按照小说中的故事逻辑，瑜儿的坟上应该不会有这么一个纪念花环的。烈士为大众奋斗牺牲了，除非革命成功，否则的话，很少有人敢于纪念他。这个花环，这个光明的尾巴是作者

---

[1] 鲁迅：《我怎么做起小说来》，最初印入 1933 年 6 月上海天马书店出版的《创作的经验》，后收入《南腔北调集》。见《鲁迅全集》第四卷，北京：人民文学出版社，2005 年版，第 525—527 页。
[2] 鲁迅：《〈呐喊〉自序》，《鲁迅全集》第一卷，北京：人民文学出版社，2005 年版，第 441 页。

勉强加上去的。为什么？一是为了政治形势的需要，听从"五四"的将令；二是不愿让自己内心的寂寞打破青年人的好梦。但鲁迅承认：因为有这么两个因素的考虑，加了这个花环以后，小说就和艺术拉开了距离。也就是说，为了启蒙救国这样的民族国家的使命需要，他部分地牺牲了艺术与学术的尊严和纯洁。

所以，回到《藤野先生》的最后一段，"小而言之，是为中国；大而言之，是为学术"，人们完全可以从不同的角度来评论《药》的这个结尾。

第一种说法，鲁迅在这里，恰恰就是"小而言之，是为艺术；大而言之，是为国家"。他听从将令，为了青年的好梦，隐藏自心的苦闷。这正是鲁迅伟大的地方，所以他首先是思想家、革命家，然后才是文学家，或者说他从事文学的目的，就是为了中国的思想和社会革命，就是为了改造国民性。

第二种看法，《药》的这个结尾，是为了救亡效果而牺牲了艺术使命，至少是部分牺牲。因此人们认为鲁迅，包括他的同时代作家，不应该"小而言之，是为文学；大而言之，是为国家"。夏志清在《中国现代小说史》里称赞鲁迅："在他的最佳小说中，他只探病而不诊治，这是由于他对小说艺术的极高崇敬，使他只把赤裸裸的现实表达出来而不掺杂己见。"[1]但在另外一篇文章《现代中国文学感时忧国的精神》里，夏志清将鲁迅为救国责任而损伤艺术使命的情况，扩展成"五四"一代作家的普遍困境："现代的中国作家，不像陀思妥耶夫斯基、康拉德、托尔斯泰和托马斯·曼那样，

---

[1] 夏志清著、刘绍铭译：《中国现代小说史》，杭州：浙江人民出版社，2016年版，第53页。

热切地去探索现代文明的病源,但他们非常感怀中国的问题,无情地刻画国内的黑暗和腐败。表面看来,他们同样注视人的精神病貌。但美、英、法、德和部分苏联作家,把国家的病态,拟为现代世界的病态;而中国的作家,则视中国的困境,为独特的现象,不能和他国相提并论。他们与现代西方作家当然也有统一的感慨,不是失望的叹息,便是厌恶的流露;但中国作家的展望,从不逾越中国的范畴"。[1]

夏志清原文是"Obsession With China",后来刘绍铭他们把它翻译成"感时忧国",大大地帮助了夏志清的观点在中国内地得到认可。其实Obsession是有点儿批评的意思的,就是"为国家痴迷"。当然,夏志清的批评也是仅供参考,他这种直接把鲁迅和陀思妥耶夫斯基他们相比的评论方法,多少有点儿简单化了。

还有第三种说法。鲁迅之所以给小说一个光明的尾巴,加上一个花环,是因为鲁迅心中是和藤野先生一样的,他其实在骨子里相信,应该"小而言之,是为国家;大而言之,是为学术",因为学术、艺术联系着全人类、人性。所以他反复强调花环只是听从将令,而不是他的艺术本能;花环只是照顾青年人的梦,而不是他《野草》中自己的内心。所以在心底里、在骨子里,鲁迅确实对小说艺术有极高尊重,救亡、启蒙、论战、左倾等等,归根结底是在"小而言之"的范围内,否则为什么他在《呐喊》的《自序》中要特别强调他的小说和艺术的距离之远呢?

---

[1] 夏志清著、刘绍铭译:《现代中国文学感时忧国的精神》,《中国现代小说史》,杭州:浙江人民出版社,2016年版,第520页。

当然,还有第四种看法:鲁迅对小说艺术有极高尊重,他对救亡使命也有极高责任感。他一生就在"小而言之"与"大而言之"的矛盾当中挣扎。在他去世以后,这个"艰难的选择"(赵园语)又留给了无数鲁迅的接班人。

32

青年必读书

从这篇开始,我们要读《鲁迅全集》第三卷中的《华盖集》《华盖集续编》,还有《而已集》。这几个集子,收录了鲁迅从1925年到1927年的大部分杂文,这个时期可以说是鲁迅杂文风格正式确立的一个时期。第一本集子《坟》,时间跨度大,文体比较杂,有文言论文,有抒情散文,也有早期的杂文等等。《热风》是部随笔集,收集的作品有点儿像现在报纸上篇幅固定的专栏文章。鲁迅真正大量地创作杂文,其实是在20年代中期以后。所以《〈华盖集〉题记》说:"整理了这一年(即1925年——著者注)所写的杂感,竟比收在《热风》里的整四年中所写的还要多。"[1]

从数量上,可以看出鲁迅杂文在这个时期成型。鲁迅解释了他为什么写这么多杂文,"也有人劝我不要做这样的短评。那好意,

---

[1] 鲁迅:《〈华盖集〉题记》,《鲁迅全集》第三卷,北京:人民文学出版社,2005年版,第3页。

我是很感激的,而且也并非不知道创作之可贵"。[1]这是很常见的对鲁迅的一种批评,或者说是善意的劝告——您应该多写小说,最好写长篇留诸于世。鲁迅当时已经非常有名了,为什么要陷入一场又一场的论战,写一篇又一篇的时评?鲁迅自问自答,"我以为如果艺术之宫里有这么麻烦的禁令,倒不如不进去;还是站在沙漠上,看看飞沙走石,乐则大笑,悲则大叫,愤则大骂,即使被沙砾打得遍身粗糙,头破血流,而时时抚摩自己的凝血,觉得若有花纹,也未必不及跟着中国的文士们去陪莎士比亚吃黄油面包之有趣"。[2]

这里讲的"去陪莎士比亚吃黄油面包"的中国文士,又是对陈西滢、徐志摩等人的讽刺。讲老鼠要骂他们,现在编集子,也要影射他们。鲁迅虽然讽刺他们崇拜莎士比亚,但他自己在翻译欧洲文学上花的时间也不少。

> 然而只恨我的眼界小,单是中国,这一年的大事件也可以算是很多的了,我竟往往没有论及,似乎无所感触。我早就很希望中国的青年站出来,对于中国的社会,文明,都毫无忌惮地加以批评。[3]

这句话,我觉得应该再说一遍,且印在今天各家报纸上面,各个网站前面。

---

[1] 鲁迅:《〈华盖集〉题记》,《鲁迅全集》第三卷,北京:人民文学出版社,2005年版,第4页。
[2] 同上书,第3页。
[3] 同上书,第4页。

今天又要重读一篇对我青少年时代影响很大的短文,这是1921年《京报副刊》的一个栏目《青年必读书》中的一期。这个栏目上有很多名人学者列了很长的书单。胡适也列了书单,梁启超也有。唯独鲁迅,只写了短短两行:

从来没有留心过,所以现在说不出。

但下面有附注一栏:

但我要趁这机会,略说自己的经验,以供若干读者的参考——

我看中国书时,总觉得就沉静下去,与实人生离开;读外国书——但除了印度——时,往往就与人生接触,想做点事。

中国书虽有劝人入世的话,也多是僵尸的乐观;外国书即使是颓唐和厌世的,但却是活人的颓唐和厌世。

我以为要少——或者竟不——看中国书,多看外国书。

少看中国书,其结果不过不能作文而已。但现在的青年最要紧的是"行",不是"言"。只要是活人,不能作文算什么大不了的事。[1]

第一次读到此文,我是个在"文革"当中"复课闹革命"的中学生,其实既不上课也不革命,看到鲁迅的说法时很高兴。少看

---

[1] 鲁迅:《青年必读书》,最初发表于1925年2月21日《京报副刊》,收入《华盖集》。见《鲁迅全集》第三卷,北京:人民文学出版社,2005年版,第12页。

中国书,太好了!当时我很怕古文,尤其是还要自己标点断句,外国翻译书至少都是现代文。家父对我的欢欣鼓舞很不以为然:傻瓜,你知道鲁迅先生自己读了多少古书才能这样说话?……

鲁迅在1922年写过一篇《估〈学衡〉》,《学衡》是吴宓等人办的杂志,维护传统国学、批评"五四"新文化。今天回头看,学衡派也有其历史价值和文化贡献。有趣的是,鲁迅批判《学衡》,不是说他们太守旧,而是说《学衡》杂志当中有很多文言存在语病硬伤,甚至有题目意思不通。

> 总之,诸公掊击新文化而张皇旧学问,倘不自相矛盾,倒也不失其为一种主张。可惜的是于旧学并无门径,并主张也还不配。倘使字句未通的人也算是国粹的知己,则国粹更要惭惶煞人![1]

骂新文化的人,自己却连旧学文章都写不通,难为情。

还有一篇文章《"以震其艰深"》,也是找了国学家文章当中的病句。说:"如此'国学',虽不艰深,却是恶作,真是'一读之欲呕',再读之必呕矣。"[2]

可见,鲁迅批判旧学的武器,就是水平更好的国学。这一点,鲁迅是比《新青年》中的战友——胡适、李大钊、钱玄同、陈独秀都更有力量的。因为他的国学比他这批战友都要好。

---

[1] 鲁迅:《估〈学衡〉》,最初发表于1922年2月9日《晨报副刊》,收入《热风》。见《鲁迅全集》第一卷,北京:人民文学出版社,2005年版,第399页。
[2] 鲁迅:《"以震其艰深"》,《鲁迅全集》第一卷,北京:人民文学出版社,2005年版,第407页。

但问题来了,鲁迅明明自己在国学里获益良多,为什么却要劝当时的年轻人少读、甚至不读中国书?

浅显原因是他看不惯当时商人借国学赚钱。在《所谓"国学"》里,鲁迅说:"遗老有钱,或者也不过聊以自娱罢了,而商人便大吹大擂的借此获利。还有茶商盐贩,本来是不齿于'士类'的,现在也趁着新旧纷扰的时候,借刻书为名,想挨进遗老遗少的'士林'里去。"[1]

现在所谓的"国学复兴",在神州大地到处都是。美容院里摆着中华养生秘方大全,灵修班里连续有新时代的女经讲座等等。不知这是传统的生命力强,还是鲁迅的预言准。

> 然而巧妙的商人可也决不肯放过学生们的钱的,便用坏纸恶墨别印什么"菁华"什么"大全"之类来搜括。……至于这些"国学"书的校勘,……然而错字迭出,破句连篇(用的并不是新式圈点),简直是拿少年来开玩笑。这是他们之所谓"国学"。[2]

其实是因为鲁迅看不惯十里洋场"蝴蝶鸳鸯"文人冒充"国学"。

> 从没有人称这些文章(?)为国学,他们自己也并不以

---

[1] 鲁迅:《所谓"国学"》,最初发表于1922年10月4日《晨报副刊》,收入《热风》。见《鲁迅全集》第一卷,北京:人民文学出版社,2005年版,第409—410页。
[2] 同上书,第409页。

"国学家"自命的。现在不知何以,忽而奇想天开,也学了盐贩茶商,要凭空挨进"国学家"队里去了。[1]

对真有学问的国学家,鲁迅其实十分尊重。在《不懂的音译》里边,他说:"中国有一部《流沙坠简》,印了将有十年了。要谈国学,那才可以算一种研究国学的书。开首有一篇长序,是王国维先生做的,要谈国学,他才可以算一个研究国学的人物。"[2]

多年后在30年代的论战中,《现代》杂志的主编施蛰存引用了鲁迅《青年必读书》中的话,说:"少看中国书,其结果不过不能作文而已,这可见鲁迅先生也承认要能作文,该多看中国书了。"鲁迅在《答"兼示"》里说:"是施先生忽略了时候和环境。他说一条的那几句的时候,正是许多人大叫要作白话文,也非读古书不可之际,所以那几句是针对他们而发的。"强调《青年必读书》是有特定的语境的。鲁迅比较激烈的反传统观点,多出自"五四""呐喊"时期。当时他很希望青年人不要"埋头故纸堆",最好能够"直面惨淡的人生","发出现代的声音"。于正常社会做学问,像鲁迅所说"少看、不看中国书,只看外国书",当然不行。但任何时候,没有人像鲁迅那样站出来反潮流、敲警钟的人,那也是不行的。鲁迅自己既钞古碑、读旧书,又激烈批判"国故"。一是因为新文化的精神就是要"重新估定一切价值",这是周作人的原话,也是"五四"一代文人的共同信念。在这个意义上,鲁迅估《学

---

[1] 鲁迅:《所谓"国学"》,《鲁迅全集》第一卷,北京:人民文学出版社,2005年版,第409—410页。
[2] 鲁迅:《不懂的音译》,最初发表于1922年11月4、6日《晨报副刊》,收入《热风》。见《鲁迅全集》第一卷,北京:人民文学出版社,2005年版,第417—420页。

衡》、批伪国学，和胡适、顾颉刚他们整理国故，并不冲突。第二，鲁迅其实并不讨厌孔夫子。按照林毓生的说法，鲁迅毕生以思想文化为武器来解决社会政治问题，这种基本思路与精神，其实正是儒家文化的核心。

读鲁迅晚年的《在现代中国的孔夫子》，就知道鲁迅不是反孔子，而是警惕在现代中国特定的政治文化条件下，被简单地复活了被人为地鼓吹的儒学。20世纪以来，什么人在什么时候喜欢孔夫子？原来就是袁世凯想恢复帝制时，孔子被抬为"摩登圣人"；还有孙传芳、张宗昌等专制独裁者，他们都拿孔子做工具，按鲁迅的说法是"带累孔子也更加陷入了悲境"。[1] 孔夫子只是被利用的器具。

按钱理群的说法，孔夫子在当代中国被抬举利用、被重新尊重、被现代包装，突出的重点在两点，一是鼓吹"臣必须服从皇帝、儿子必须服从父亲、妻子必须服从丈夫"的三纲，对"上"要服从；二是鼓吹"儒家独尊"，坚持以儒家学说统一所有国人的思想，以此来抵抗外来的思潮。[2]

所以，"国学复兴"的两个要点：一是政治服从，二是思想统一，而这正是鲁迅一定要反对与抵制的礼教传统。这也正是《青年必读书》这篇惊世骇俗短文的真正写作目的与历史语境。

问题是，这个写作目的有没有达到？这个历史语境今天有没有改变？

---

[1]《在现代中国的孔夫子》，原来是日文写的，最初发表于1935年6月日本《改造》月刊。中译文最初发表于1935年7月在日本东京出版的《杂文》月刊第2号，收入《且介亭杂文二集》。见《鲁迅全集》第六卷，北京：人民文学出版社，2001年版，第324页。
[2] 钱理群：《与鲁迅相遇——北大演讲录之二》，北京：生活·读书·新知三联书店，2003年版，第56页。

33

《忽然想到》：论辩的魂灵

还是1925年，1925年太重要了。

鲁迅在1925年1月到6月的《京报副刊》上发表了一系列短文，题目都叫《忽然想到》，一共11篇。这些文章后来收在《华盖集》里，并合并为4篇，题目还是叫《忽然想到》。

《忽然想到》第一篇就是妙文："康圣人主张跪拜，以为'否则要此膝何用'。"[1] 其实鲁迅有点儿断章取义。康有为的原话是：中国民不拜天，又不拜孔子，留此膝何为？（《请饬全国祀孔仍行跪拜礼》）意思是，国人应该拜天、拜孔子。是拜天，不是拜天子，康有为还是有原则的。鲁迅总是在意国人奴性，所以对跪拜等带着"奴态"的肢体动作也特别敏感。义和团时国人曾嘲笑鬼子膝盖不能弯曲。"走时的腿的动作，固然不易于看得分明，但忘记了坐在椅上时候的膝的曲直，则不可谓非圣人之疏于格物也。"他又把康

---

[1] 鲁迅：《忽然想到》（一），《鲁迅全集》第三卷，北京：人民文学出版社，2005年版，第14页。

有为嘲笑了一下。然后鲁迅说,"身中间脖颈最细,古人则于此斫之,臀肉最肥,古人则于此打之。其格物都比康圣人精到,后人之爱不忍释,实非无因"[1]。所以,砍头颈、打屁股,人体肉身上下,都能体现"国粹"。

《忽然想到》第二篇,跳跃至外国的书本印刷,说其喜欢长留空白页。"上下的天地头也很宽",鲁迅比较喜欢,"近来中国的排印的新书则大抵没有副页,天地头又都很短,想要写上一点意见或别的什么,也无地可容"。[2]鲁迅的书大概不是借的,所以可以在书上划杠杠、写眉批。据说鲁迅平均月入400块,200块自用,100块寄母亲及朱安,100块用来买书。现在假如还能找到被鲁迅"破坏"过的书,价值一定很高。

"翻开书来,满本是密密层层的黑字;加以油臭扑鼻,使人发生一种压迫和窘促之感,不特很少'读书之乐',且觉得仿佛人生已没有'余裕','不留余地'了。"这段闲暇文字,令我颇有同感。鲁迅讲的书本印刷,意思是在书外,"或者也许以这样的为质朴罢。但质朴是开始的'陋',精力弥满,不惜物力的。现在的却是复归于陋,而质朴的精神已失,所以只能算窳败,算堕落,也就是常谈之所谓'因陋就简'。在这样'不留余地'空气的围绕里,人们的精神大抵要被挤小的"。[3]

说的太好了!读鲁迅,快感就在这些地方。同样的感受,已经有了很久,就不知道怎么表达,他漫不经心地就替你说了。"因陋

---

[1] 鲁迅:《忽然想到》(一),《鲁迅全集》第三卷,北京:人民文学出版社,2005年版,第14—15页。
[2] 同上书,第15页。
[3] 同上。

就简"这个词,现在已经变成正面赞词,因为有个艰苦朴素的语境。可是鲁迅的意思是,青年人简陋,一切起步,没关系;可老了还是简陋呢,就是"不留余地"了。这种"不留余地"的结果就是人的精神要被挤小。

不仅是书的排版,写字、读书、生活的空间也不能不留余地。有位港大教授说过,人睡着了,他的房间大小都是一样的。我却到不了这个境界。我的奢望是,沙发可以悬空放,后面是空的。以前当我有这种奢望时,总是自我批判,觉得是资产阶级思想作怪。现在才明白,鲁迅说的对,不留余地,人会被挤小的。

鲁迅进一步说:"外国的平易地讲述学术文艺的书,往往夹杂些闲话或笑谈,使文章增添活气,读者感到格外的兴趣,不易于疲倦。但中国的有些译本,却将这些删去,单留下艰难的讲学语,使他复近于教科书。这正如折花者,除尽枝叶,单留花朵,折花固然是折花,然而花枝的活气却灭尽了。人们到了失去余裕心,或不自觉地满抱了不留余地心时,这民族的将来恐怕就可虑。"[1]

到这里我们发现鲁迅讲的仍然不是小事,而是大的图景。百年过去了,书还是这样印。虽然现在多了视频、音频,有不同的读书方法,读了鲁迅上面的文字,我对自己近年来从事学术的方法转变多了一点儿信心。

在《忽然想到》(一至四)后面,《华盖集》还收了两篇差不

---

[1] 鲁迅:《忽然想到》(二),《鲁迅全集》第三卷,北京:人民文学出版社,2005年版,第16页。

多同一时期的文章,一篇是《通讯》,另外一篇叫《论辩的魂灵》。其中有几段文字,我必须摘抄下来,否则对不起鲁迅,也对不起《重读鲁迅》的读者朋友。

《通讯》(一),讲北京胡同里有一种土车,帮助各家把他们丢弃的煤灰运出去。运到哪里呢?运到街道边上。所以时间过去不久,街边的老房子就只露出一半了。鲁迅见了这个街景就像看到了中国人的历史,他说北京的人家等于是在自己活埋自己。

> 大约国民如此,是决不会有好的政府的;好的政府,或者反而容易倒。也不会有好议员的;现在常有人骂议员,说他们收贿,无特操,趋炎附势,自私自利,但大多数的国民,岂非正是如此的么?这类的议员,其实确是国民的代表。[1]

鲁迅在《坟》里讲天才与土壤,讲民众偷砖雷锋塔倒掉,他不止一次讨论群众与"领袖"(或者代表)之间的关系。"五四"小说之所以淡写"官",是因为鲁迅们的看法,议员官员收贿,趋炎附势,可是百姓如果有机会,会怎么样呢?"这类的议员,其实确是国民的代表。"我亲眼见过一个亲戚,在家里大骂区人大代表腐败、收钱,等等。转眼他又眉飞色舞地说,让几个中学生住在家里进行特别辅导,多赚外快。我是同情他、理解他的,但也立刻明白了鲁迅说的话,其实确是国民的代表。

---

[1] 《通讯》最初发表于1925年3月20日和4月3日北京《猛进》周刊第三、五期,收入《华盖集》。见《鲁迅全集》第三卷,北京:人民文学出版社,2005年版,第22—23页。

在《通讯》(一)中，北大哲学系教授徐炳昶回信说，我们中国人的惰性深，"第一就是听天任命，第二就是中庸"。

乍一看有道理，都说中国人中庸，即便我们对大环境不满，也总是听天任命，美其名曰："看着历史怎么发展。"

中庸的确是中国人的特点吗？鲁迅说不是。

先生的信上说：惰性表现的形式不一，而最普通的，第一就是听天任命，第二就是中庸。我以为这两种态度的根柢，怕不可仅以惰性了之，其实乃是卑怯。遇见强者，不敢反抗，便以"中庸"这些话来粉饰，聊以自慰。所以中国人倘有权力，看见别人奈何他不得，或者有"多数"作他护符的时候，多是凶残横恣，宛然一个暴君，做事并不中庸；待到满口"中庸"时，乃是势力已失，早非"中庸"不可的时候了。一到全败，则又有"命运"来做话柄，纵为奴隶，也处之泰然，但又无往而不合于圣道。这些现象，实在可以使中国人败亡，无论有没有外敌。[1]

在这封收入散文集的私人信件里，鲁迅把国人处事为人的规律概括为三个阶段、三个层次。第一个阶段，你有权力，权力不受监控，别人拿你没办法。权力哪里来？可能是靠武力，也许靠金钱。在一个小圈子里，在一个村庄里，在一堆小孩里，可能你的力气最大，在一个集团里可能你有某种武装。但也可能是你能"忽悠"多

---

[1] 鲁迅：《通讯》，《鲁迅全集》第三卷，北京：人民文学出版社，2005年版，第27页。

数人、操控一帮人。总而言之，一旦你有权力，你就会横行霸道，做事并不"中庸"。

第二，权力不大，势力被削弱，做事情有掣肘时。这时就会说：做事情要讲原则，有分寸，留余地，"中庸"就来了。所以"中庸"是力量不够的表现。

第三，完全失败的阶段，打不过了，这时老百姓会说，倒霉、晦气、命不好、灾星……；知识分子会说，这是历史的曲折发展，人在做，天在看，将来历史会有公正评价。

鲁迅的国人处事三阶段，靠不靠谱，大家自己判断。在另外一篇《论辩的魂灵》当中，鲁迅又列出了国人论辩的常用逻辑。在今天的网上也很有实用价值，必须把它抄录几条。

"洋奴会说洋话。你主张读洋书，就是洋奴，人格破产了！受人格破产的洋奴崇拜的洋书，其价值从可知矣！"

"你说中国不好。你是外国人么？为什么不到外国去？可惜外国人看你不起……"

鲁迅总结的论辩逻辑，以下面这段最为详细精彩——

> 你说甲生疮。甲是中国人，你就是说中国人生疮了。既然中国人生疮，你是中国人，就是你也生疮了。你既然也生疮，你就和甲一样。而你只说甲生疮，则竟无自知之明，你的话还有什么价值？倘你没有生疮，是说谎也。卖国贼是说谎的，所以你是卖国贼。我骂卖国贼，所以我是爱国者。爱国者的话是最有价值的，所以我的话是不错的，我的话既然不错，你就是

卖国贼无疑了！[1]

《论辩的魂灵》中的这一段，包含七八种不同的逻辑在混合跳跃，需要一一列下，好好学习。

第一，甲生疮，某人生病，某人是中国人，所以等于说中国人有病。这个是从个人推广到国族的逻辑。

第二，中国人有病，你是中国人，那你也有病。这是从国族又推理到个人。

第三，你有病，所以你说的话没有价值。这是貌似合理的因果关系。

第四，如果你没有病，那就是你在说谎。这是新的指控。

第五，卖国贼说谎，你也说谎，所以你是卖国贼。这个推理最厉害，等于说强奸犯有性欲，你也有性欲，所以你也是强奸犯。此逻辑太有创意，不知怎么归类。

第六，我骂卖国贼，说明我是爱国者。这一条非常有用，骂你卖国贼，可以证明我是爱国者。这是阶级斗争觉悟。

第七，爱国者的话有价值，所以我的话也不错。这是从群体保护个体。

第八，我的话既然不错，那你就肯定是卖国贼。凡是敌人反对的，我们就要拥护；凡是敌人拥护的，我们就要反对……

---

[1]《论辩的魂灵》，最初发表于1925年3月9日北京《语丝》周刊第十七期，收入《华盖集》。见《鲁迅全集》第三卷，北京：人民文学出版社，2005年版，第31—32页。

鲁迅总结的这些论辩常用逻辑，我们要常常操练，时时培训，天天发扬。

还有一段，"你自以为是'人'，我却以为非也。我是畜类，现在我就叫你爹爹。你既然是畜类的爹爹，当然也就是畜类了。"[1]

这又是论辩逻辑的另一个境界了。

---

[1] 鲁迅:《论辩的魂灵》,《鲁迅全集》第三卷,北京:人民文学出版社,2005年版,第32页。

34

《忽然想到》：凶兽和羊

《忽然想到》总共有11篇，每篇都有金句，牵涉论辩、专制、冷嘲、生存、发展、羊与兽、回忆的价值、弱者如何辩诬、自杀、自家相杀与为异族所杀等等不同的话题。

读鲁迅的这类散文，有两种读法。一种是写论文的方法，按一定主题，将鲁迅在不同文章里的相关论点放在一起。比方说鲁迅讨论奴才，讨论奴隶性，我们可以将他的各种关于奴隶的观点整理起来。同样的方法，也可以用来分析个人与群众、净化与轮回、希望与绝望……

第二种是更加原生态的读法，即顺着鲁迅作品的思路。文章叫《忽然想到》，思路是意识流的，跳来跳去，不断变化，所以我们可以顺着他的思路去读，迟一些再来整理这些思路。

我想尝试用第二种方法，尤其是《忽然想到》这11篇文章，看看鲁迅怎样"忽然想到"，又如何左避右闪，或者说自我辩驳，然后自由发挥。

归根究底,我们是"重读鲁迅",而不是"再论鲁迅"。

《忽然想到》(五)中鲁迅引用"约翰弥耳[1]说:专制使人们变成冷嘲。我们却天下太平,连冷嘲也没有。我想:暴君的专制使人们变成冷嘲,愚民的专制使人们变成死相"。[2]

鲁迅此文写于1925年,如果之前的"专制"是指晚清,那么现在的"天下太平,连冷嘲也没有",应该是指军阀混战的民国初年。之前我们讨论过"五四"以后小说中官员形象之所以淡化,民国的审查制度也是原因之一。至于什么是"死相",鲁迅在同一篇文章里,以自己为例,做了详细的注解。鲁迅说小时候,"长辈的训诲于我是这样的有力,所以我也很遵从读书人家的家教。屏息低头,毫不敢轻举妄动。两眼下视黄泉,看天就是傲慢,满脸装出死相,说笑就是放肆。我自然以为极应该的,但有时心里也发生一点反抗。心的反抗,那时还不算什么犯罪,似乎诛心之律,倒不及现在之严"。[3]

就是说清末时候,思想犯罪还不算犯罪。那时人最重要的是"装出死相"。现在与时俱进,是"你永远无法叫醒一个装睡的人"。装睡和真睡,哪种情况更难唤醒?

从鲁迅对"死相"的描写看,中国古代传统的专制至少可以分成两种。第一种,就是暴君的专制。人们不能反抗,但还可以说笑,因此就变成冷嘲,此乃暴君的专制。第二种,是愚民的专制。专制者看出说笑话是一种不满,所以要给人们洗脑,让人们觉得幸福。

---

[1]　据人民文学出版社《鲁迅全集》第三卷的注释:"约翰弥耳"(J. S. Mill 1806—1873)通译约翰·穆勒,英国哲学家,经济学家。著作有《逻辑体系》《论自由》(严复中译名分别为《穆勒名学》,《群己权界论》)。
[2]　《忽然想到》(五),最初发表于1925年4月18日《京报副刊》,收入《华盖集》。见《鲁迅全集》第三卷,北京:人民文学出版社,2005年版,第45页。
[3]　同上书,第44页。

先前是老人们的世界,现在是少年们的世界了;但竟不料治世的人们虽异,而其禁止说笑也则同。那么,我的死相也还得装下去,装下去,"死而后已",岂不痛哉!

我于是又恨我生得太迟一点。何不早二十年,赶上那大人还准说笑的时候?真是"我生不辰",正当可诅咒的时候,活在可诅咒的地方了。[1]

重要的是被愚民(有时是娱民)政策造成"死相"的人们,按鲁迅的说法,其实心仍然没死,所以"死相"是装出来的。再进一步,再成功的专制,历史上名声最好的专制,比方说康乾盛世等等,很多不同级别的官员,很多考试选拔出来的秀才举人,甚至很多老百姓,他们脸上的"死相",会不会是真的?假如人真的死了,"死相"就不是装出来的了,或者是从心底里热爱康乾、热爱大人、热爱专制,我们就可以说这是真心诚意、自觉自愿、发自肺腑、留在血液中的"死相"了。

鲁迅有机会就会讨论专制与民众之间的关系,这几乎是他所有作品中的线索。

《忽然想到》(五)的结尾是,"世上如果还有真要活下去的人们,就先该敢说,敢笑,敢哭,敢怒,敢骂,敢打,在这可诅咒的地方击退了可诅咒的时代!"[2]

用了六个"敢"字,最后还用了一个感叹号,这在鲁迅文章

---

[1] 鲁迅:《忽然想到》(五),《鲁迅全集》第三卷,北京:人民文学出版社,2005年版,第45页。
[2] 同上。

里非常罕见。

鲁迅的文章以批判、唾弃、怀疑为主。但是鲁迅到底认为什么东西是好的？他也是忽然想到（其实恐怕是深思熟虑）：

> 我们目下的当务之急，是：一要生存，二要温饱，三要发展。苟有阻碍这前途者，无论是古是今，是人是鬼，是《三坟》《五典》，百宋千元，天球河图，金人玉佛，祖传丸散，秘制膏丹，全都踏倒他。[1]

这个"一要生存，二要温饱，三要发展"的价值观，是鲁迅早期到中期的一贯思想。鲁迅批判传统，痛恨现实，怀疑西方，四面作战，核心还是对中国的人和事的现实焦虑，所以他说这是"当务之急"，而没有说这是终极理想。

鲁迅的终极理想是什么呢？天下大同？世界和平？永恒的爱？鲁迅好像很少谈及。

鲁迅后来还有一段很著名的解释，"我之所谓生存，并不是苟活；所谓温饱，并不是奢侈；所谓发展，也不是放纵"，所以"有敢来阻碍这三事者，无论是谁，我们都反抗他，扑灭他！"[2]

既然是《忽然想到》，其内在的思路难免是跳跃的。在《忽然想到》（七），有友人武者君来访，告诉鲁迅说他在大道上发现了两样东西——凶兽和羊。鲁迅说：

---

[1]《忽然想到》（六），最初发表于1925年4月22日《京报副刊》，《鲁迅全集》第三卷，北京：人民文学出版社，2005年版，第47页。
[2]《北京通信》，原载1925年5月14日开封《豫报副刊》，收入《华盖集》，见《鲁迅全集》第三卷，北京：人民文学出版社，2005年版，第54—55页。

但我以为这不过发见了一部分,因为大道上的东西还没有这样简单,还得附加一句,是:凶兽样的羊,羊样的凶兽。[1]

显然这是鲁迅先生一直感兴趣的话题,是他一直耿耿于怀的研究对象,就是所谓奴隶和奴才的区别,或者说奴才与主人的一体两面——"他们是羊,同时也是凶兽;但遇见比他更凶的凶兽时便现羊样,遇见比他更弱的羊时便现凶兽样"。[2]

对于这个观察,鲁迅其实早在阿Q身上就已经有过深入的解剖。在杂文《忽然想到》里边,鲁迅却给我们找了一个令人惊讶的例子——学生。学生一直是鲁迅支持的对象,学生也是我们心中自许的身份。学生就是我们。可是鲁迅说:

我还记得第一次五四以后,军警们很客气地只用枪托,乱打那手无寸铁的教员和学生,威武到很像一队铁骑在苗田上驰骋;学生们则惊叫奔避,正如遇见虎狼的羊群。但是,当学生们成了大群,袭击他们的敌人时,不是遇见孩子也要推他摔几个觔斗么?在学校里,不是还唾骂敌人的儿子,使他非逃回家去不可么?这和古代暴君的灭族的意见,有什么区分![3]

鲁迅可是没见过朝气蓬勃的学生们抄家,也没见过他们唾骂敌人的儿子"老子反动儿混蛋"(后来改成"老子反动儿造反")。鲁

---

[1] 《忽然想到》(七),最初发表于1925年5月12日《京报副刊》,《鲁迅全集》第三卷,北京:人民文学出版社,2005年版,第63页。
[2] 同上。
[3] 同上。

迅怎么在 1925 年就预见了后来北大、清华校园里的图景,还有"铁骑在苗田上驰骋"……他的弟弟,倒是活到了 1967 年,就被这"大群"的学生们当敌人消灭了。学生们当时正举着鲁迅的旗帜,"痛打落水狗","费厄泼赖应该缓行"。

20 世纪的中国充满变化。除了鲁迅,我没有见过任何一个作家能够这么精辟、这么传神、这么具体地预见中国后来的人和事。

> 可惜中国人但对于羊显凶兽相,而对于凶兽则显羊相,所以即使显着凶兽相,也还是卑怯的国民。[1]

一般说来,对 20 世纪的中国,病症是鲁迅看得准,药方是胡适开得好。但鲁迅对"羊兽一体"的国民病症,也开了他的药方:"我想,要中国得救,也不必添什么东西进去,只要青年们将这两种性质的古传用法,反过来一用就够了:对手如凶兽时就如凶兽,对手如羊时就如羊!"[2]

鲁迅这个药方管用吗?各位读者大家可以思考一下。或者看看我们的周围。比方说中国对什么国家的客人最重视,最友好?

---

[1] 鲁迅:《忽然想到》(七),《鲁迅全集》第三卷,北京:人民文学出版社,2005 年版,第 64 页。
[2] 同上。

35

《这个与那个》:醉虾的帮手

鲁迅一方面说他不愿意做青年导师;但另一方面,他又很认真地做青年导师。

20年代中期,鲁迅的很多散文,其实都是为青年而写。他对着青年说话,研究青年人的选择和命运。鲁迅对当时"见狼显羊相,见羊显狼相"的国民性弱点深恶痛绝,所以,1925年5月在《莽原》上发表的《杂感》中,他说,

> 勇者愤怒,抽刃向更强者;怯者愤怒,却抽刃向更弱者。不可救药的民族中,一定有许多英雄,专向孩子们瞪眼。这些孱头们![1]

当鲁迅骂这些没用的人的时候,他其实更担心的是这种弱点的

---

[1] 鲁迅:《杂感》,《鲁迅全集》第三卷,北京:人民文学出版社,2005年版,第52页。

代代相传——"孩子们在瞪眼中长大了,又向别的孩子们瞪眼"。[1]鲁迅觉得他站在一个历史的转折点上,他是有责任来切断这种历史的循环的。他觉得自己对青年、对孩子有特殊的责任。鲁迅拒绝导师的帽子,他甚至常常用"青年导师"来嘲笑现代评论派。但实际上,他认真看待导师的责任。《青年必读书》里边,第一句是"从来没想过,所以不知道",但第二句就提出了很多惊世骇俗的意见,"少读中国书,甚至不读"。在《导师》一文中,鲁迅说:"要前进的青年们大抵想寻求一个导师。然而我敢说:他们将永远寻不到。寻不到倒是运气;自知的谢不敏,自许的果真识路么?"[2]鲁迅认为那些自以为给青年指路的人,不是"老态",就是"圆稳",或者是"佛法和尚""卖药道士"。青年怎么办?有的青年说"只有自己可靠",鲁迅又煞风景"自己也未必可靠"。

> 我们都不大有记性。这也无怪,人生苦痛的事太多了,尤其是在中国。[3]

为什么"尤其是在中国"?鲁迅乃至今天的中国知识界,都有个把中国问题特殊化的倾向。中国在这个世界上,有什么特殊性?这个问题在21世纪的中国成为世界第二大经济体时,更加值得讨论。精耕细作的农业经济基础与超稳定的"秦制"皇权之间就靠儒家礼教士绅阶级维系?这就是中国人,尤其是中国读书人处境的特

---

[1] 鲁迅:《杂感》,《鲁迅全集》第三卷,北京:人民文学出版社,2005年版,第52页。
[2] 鲁迅:《导师》,最初发表于1925年5月15日《莽原》周刊第四期,收入《华盖集》。见《鲁迅全集》第三卷,北京:人民文学出版社,2005年版,第58页。
[3] 同上。

殊性?

"记性好的,大概都被厚重的苦痛压死了;只有记性坏的,适者生存,还能欣然活着。"[1]鲁迅把健忘与高压联系起来。我们常常"今是昨非""口是心非",所以,自己也不可靠,"或者还是知道自己之不甚可靠者,倒较为可靠罢"。[2]

学生相信老师这句话吗?若是相信他这句话,那就是相信"什么人都靠不住",但至少你相信了眼前这句话。若是不相信这句话那就是认为"什么人都不可靠",就是相信还有人是可信的。怎么样,都是一个悖论。

青年又何须寻那挂着金字招牌的导师呢?

> 但青年又何能一概而论?有醒着的,有睡着的,有昏着的,有躺着的,有玩着的,此外还多。但是,自然也有要前进的。[3]

鲁迅努力推却导师之称,却又认真尽导师之责。当时他在北京女子师范大学上课,和学生许广平恋爱,后又被卷入学潮。《导师》一文写于1925年的5月,后来的局势变化太快,两年多以后,鲁迅的想法就不同了。目睹国共分裂后,鲁迅在1927年写有一篇《答有恒先生》的文章,就表达了他对自己、对青年的状况;以及对自己的导师责任产生的极大的失望和后悔。

---

[1] 鲁迅:《导师》,《鲁迅全集》第三卷,北京:人民文学出版社,2005年版,第58—59页。
[2] 同上书,第59页。
[3] 同上书,第58页。

一、我的一种妄想破灭了。我至今为止,时时有一种乐观,以为压迫,杀戮青年的,大概是老人。这种老人渐渐死去,中国总可比较地有生气。现在我知道不然了,杀戮青年的,似乎倒大概是青年。

二、我发现了我自己是一个……是什么呢?我一时定不出名目来。我曾经说过:中国历来是排着吃人的筵宴,有吃的,有被吃的。被吃的也曾吃人,正吃的也会被吃。但我现在发现了,我自己也帮助着排筵宴。[1]

鲁迅对有恒先生说:"先生,你是看我的作品的,我现在发一个问题:看了之后,使你麻木,还是使你清楚;使你昏沉,还是使你活泼?"[2]

这个问题严重了。

各位读者,你们觉得呢?"重读鲁迅"以后,你们觉得自己是更麻木了,还是更清醒了?更昏沉了,还是更振奋了?

鲁迅的意思是,如果我让你更清楚、更活泼了,那其实反害了你们。"中国的筵席上有一种'醉虾',虾越鲜活,吃的人便越高兴,越畅快。"

鲁迅说:"我就是做这醉虾的帮手,弄清了老实而不幸的青年的脑子和弄敏了他的感觉,使他万一遭灾时来尝加倍的苦痛。"[3]

这是鲁迅两年以后在大革命期间的沉痛反省——弄清了青年的

---

[1] 鲁迅:《答有恒先生》,《鲁迅全集》第三卷,北京:人民文学出版社,2005年版,第473—474页。
[2] 同上书,第474页。
[3] 同上。

脑子并弄敏了他们的感觉,反而会使他们加倍苦痛。

1925年,相信进化论的鲁迅还很认真地在做老师。他对青年提出很多明确、具体、正面的期望。《这个与那个》第一节是"读经与读史",说读经的人崇拜古典名著,对着"古典名著"膝盖也不必软下去,更应该读史尤其是野史。读历史可以知道现实跟未来。鲁迅用了一个通俗的比方,"所以倘有谁要预知令夫人后日的丰姿,也只要看丈母"[1]。

第二节题为"捧与挖",鲁迅的这个说法也很有名:国人遇见令自己不安的人物,一是压,二是捧。捧了以后,后果其实是危险的。鲁迅引了一个大概出自《笑林广记》的故事,很好玩,说一个知县过生日,他属老鼠,下面官员便送了一只金老鼠,不想第二年知县说他的贱内属牛。谁知道再下一年知县的姨太太会不会属象?

第三节"最先与最后",讲的是鲁迅自己对学校运动会的观感:"竞走的时候,大抵是最快的三四个人一到决胜点,其余的便松懈了,有几个还至于失了跑完豫定的圈数的勇气,中途挤入看客的群集中;或者佯为跌倒,使红十字队用担架将他抬走。假若偶有虽然落后,却尽跑,尽跑的人,大家就嗤笑他。大概是因为他太不聪明。"[2]

从运动会上的见闻中,鲁迅又产生了"中国联想","所以中国一向就少有失败的英雄,少有韧性的反抗,少有敢单身鏖战的武人,少有敢抚哭叛徒的吊客;见胜兆则纷纷聚集,见败兆则纷

---

[1] 鲁迅:《这个与那个》,《鲁迅全集》第三卷,北京:人民文学出版社,2005年版,第149页。
[2] 同上书,第152页。

纷逃亡"。[1]

鲁迅引申感慨的这些情况,是中国的特殊国情,还是弱势民族和群体的通病?

《这个与那个》的第四节"流产与断种",批评了社会上对青年起步、新生力量的苛求,青年必须一起步就成功,否则就要被一棒打死。鲁迅说:"我以为流产究竟比不生产还有望,因为这已经明明白白地证明着能够生产的了。"[2]

所有这些话,听来真地是出自好老师之口,对青年学生充满鼓励,充满希望,十分宽容,满怀期待。鲁迅万万没料到,就在他写文章以后不久,话音还未落,他热爱的青年们竟要倒在血泊中了。

---

[1] 鲁迅:《这个与那个》,《鲁迅全集》第三卷,北京:人民文学出版社,2005年版,第152—153页。
[2] 同上书,第154—155页。

36

《记念刘和珍君》

中华民国十五年三月二十五日,就是国立北京女子师范大学为十八日在段祺瑞执政府前遇害的刘和珍杨德群两君开追悼会的那一天,我独在礼堂外徘徊,遇见程君,前来问我道,"先生可曾为刘和珍写了一点什么没有?"我说"没有"。她就正告我,"先生还是写一点罢;刘和珍生前就很爱看先生的文章。"[1]

这是鲁迅最著名的散文《记念刘和珍君》的第一节。

鲁迅想起当时大家生活艰难,刘和珍这个学生却预定了全年的《莽原》,又听同学说:"刘和珍生前就很爱看先生的文章。"鲁迅在追悼会场外独自徘徊,想到若有在天之灵,他必须写点纪念文字。

---

[1] 《记念刘和珍君》,原载于1926年4月12日《语丝》周刊第七十四期,收入《华盖集续编》。见《鲁迅全集》第三卷,北京:人民文学出版社,2005年版,第289—294页。以下鲁迅引文,除非特别标注,均同此出处。

可是我实在无话可说。我只觉得所住的并非人间。四十多个青年的血,洋溢在我的周围,使我艰于呼吸视听,那里还能有什么言语?……我将深味这非人间的浓黑的悲凉;以我的最大哀痛显示于非人间,使它们快意于我的苦痛,就将这作为后死者的菲薄的祭品,奉献于逝者的灵前。

第二节中有一句话,后人可以用来形容鲁迅的一生:"真的猛士,敢于直面惨淡的人生,敢于正视淋漓的鲜血。"

第三节回顾了他们的师生关系,"在四十余被害的青年之中,刘和珍君是我的学生。学生云者,我向来这样想,这样说,现在却觉得有些踌躇了,我应该对她奉献我的悲哀与尊敬。她不是'苟活到现在的我'的学生,是为了中国而死的中国的青年"。鲁迅初次知道刘和珍的名字,是杨荫榆校长开除北京女子师范大学六个学生自治会成员的时候,被开除的六人中就有许广平、刘和珍。鲁迅以为这么勇敢的女生一定锋芒毕露,后来她来听课,却发现刘和珍态度温和,常常微笑。

第四节写出事的当天。

我在十八日早晨,才知道上午有群众向执政府请愿的事;下午便得到噩耗,说卫队居然开枪,死伤至数百人,而刘和珍君即在遇害者之列。但我对于这些传说,竟至于颇为怀疑。我向来是不惮以最坏的恶意,来推测中国人的,然而我还不料,也不信竟会下劣凶残到这地步。况且始终微笑着的和蔼的刘和珍君,更何至于无端在府门前喋血呢?

然而即日证明是事实了,作证的便是她自己的尸骸。还有一具,是杨德群君的。而且又证明着这不但是杀害,简直是虐杀,因为身体上还有棍棒的伤痕。

但段政府就有令,说她们是"暴徒"!

但接着就有流言,说她们是受人利用的。

惨象,已使我目不忍视了;流言,尤使我耳不忍闻。我还有什么话可说呢?我懂得衰亡民族之所以默无声息的缘由了。沉默呵,沉默呵!不在沉默中爆发,就在沉默中灭亡。

"三一八惨案"的历史背景是1926年国民革命军与奉系军阀开战。3月12号,日本驱逐舰在大沽口掩护奉军,之后日本又纠集英美法等八国对中国发出最后通牒。出于爱国热情,1926年3月18号,北京各界民众5000多人召开示威大会,抗议列强,会后游行。

全程现场参与的朱自清在惨案五天后,写了一篇《执政府大屠杀记》,是非常宝贵的第一手史料。

我先说游行队。我自天安门出发后,曾将游行队从头至尾看了一回。全数约二千人;工人有两队,至多五十人,广东外交代表团一队,约十余人;国民党北京特别市党部一队,约二三十人;留日归国学生团一队,约二十人,其余便多是北京的学生了,内有女学生三队。拿木棍的并不多,而且都是学生,不过十余人;工人拿木棍的,我不曾见。木棍约三尺长,一端削尖了,上贴书有口号的纸,做成旗帜的样子。至于"有铁钉的木棍"我却不曾见！[1]

朱自清和清华的队伍走在一起，来到了执政府前。段祺瑞的执政府大厦，就在张自忠路3号，原名叫铁狮子胡同，曾经是和亲王府、和敬公主府，也曾经是清陆军部和海军部旧址。1912年袁世凯任中华民国临时大总统，总统府跟国务院就设在这里。段祺瑞是1924年被北洋军阀推为中华民国临时执政，这个地方就变成了执政府。这是后来还做过冈村宁次的华北驻屯军司令部、国民党北平警备司令部，现在是中国人民大学清史研究所。

据说朱自清和几千名学生、群众到达执政府的时候，当时的守备十分松懈，枪上并没有刺刀。游行的群众，还有看热闹的人都很多，甚至有人爬上石狮子照相——想象一下这个情景——游行队伍犹豫不决，正不知道下一步，是该散了还是怎么样？忽然间，毫无警告，就听到枪声。朱自清说他们马上趴下，开始以为是空枪，但是身体后面压上的人有血滴下来，一阵枪声稍歇，他们马上爬起来逃走，过了五分钟又是一排枪，而且有警笛指挥，好像有长官在指方向。

朱自清说，趴在他身上的人不知是谁，身上滴的血全是那个人的。"我确实逃了"，朱自清说。后来报道说现场哭声震天，这是完全不确实的。现场很安静，"有些悚然"。学生群众稍聚即散，可能有少数人用木棍抵抗，但总体上是四散逃命。反过来军阀那边

---

[1] 朱自清作于1926年，发表于同年3月29日《语丝》第七十二期。见《中国现代散文选》第一卷，北京：人民文学出版社，1982年版，第476—483页。以下朱自清引文，除非特别标注，均同此出处。

倒是还有手枪队,像行刑一般。朱自清详细记述了他们从同伴身体上、从路旁马粪堆旁紧张惊险地逃走的细节:

"我真不中用,出了门口,一面走,一面只是喘息!后面有两个女学生,有一个我真佩服她;她还能微笑着对她的同伴说:'他们也是中国人哪!'这令我惭愧了!"

朱自清还记录了现场不仅是枪杀,还有用枪托、甚至木棍打死人的。卫队还剥人衣服,不分男女,事后政府又悄悄掩埋尸体。

> 在首都的堂堂执政府之前,光天化日之下,屠杀之不足,继之以抢劫,剥尸,这种种兽行,段祺瑞等固可行之而不恤,但我们国民有此无脸的政府,又何以自容于世界!

"死了这么多人,我们该怎么办?"

本来当天许广平也可能和刘和珍在一起的,许广平在《鲁迅回忆录》中说:"我还记得'三一八'那天清早,我把手头抄完的《小说旧闻钞》送到鲁迅先生寓处去。我知道鲁迅的脾气,是要用最短的时间做好预定的工作的,在大队集合前还有些许时间,所以就赶着给他送去。放下了抄稿,连忙转身要走。鲁迅问我:'为什么这样匆促?'我说:'要去请愿!'鲁迅听了以后就说:'请愿请愿,天天请愿,我还有些东西等着要抄呢。'那明明是先生挽留的话,学生不好执拗,于是我只得在故居的南屋里抄起来。"[1]

---

[1] 许广平:《鲁迅回忆录》,北京:作家出版社,1961年版,第17—18页。

许广平就这样阴差阳错因为抄书，捡回一条命。如果当天许广平也成了烈士，我真不知道鲁迅先生的最后十年会发生什么样的变化。

许广平回述："写着写着，到十点多钟的时候，就有人来报讯，说铁狮子胡同段执政命令军警关起两扇铁门拿机关枪向群众扫射，死伤多少还不知道。我立刻放下笔，跑回学校。不多时，我们同甘苦、共患难的斗士刘和珍和杨德群活生生地被打成僵死的尸体，鲜血淋漓地被抬了回来。"

再读鲁迅的文章。

但是，我还有要说的话。

我没有亲见；听说，她，刘和珍君，那时是欣然前往的。自然，请愿而已，稍有人心者，谁也不会料到有这样的罗网。但竟在执政府前中弹了，从背部入，斜穿心肺，已是致命的创伤，只是没有便死。同去的张静淑君想扶起她，中了四弹，其一是手枪，立仆；同去的杨德群君又想去扶起她，也被击，弹从左肩入，穿胸偏右出，也立仆。但她还能坐起来，一个兵在她头部及胸部猛击两棍，于是死掉了。

始终微笑的和蔼的刘和珍君确是死掉了，这是真的，有她自己的尸骸为证……

时间永是流驶，街市依旧太平，有限的几个生命，在中国是不算什么的……人类的血战前行的历史，正如煤的形成，当时用大量的木材，结果却只是一小块，但请愿是不在其中的，更何况是徒手。

鲁迅继续说：

　　然而既然有了血痕了，当然不觉要扩大。至少，也当浸渍了亲族，师友，爱人的心，纵使时光流驶，洗成绯红，也会在微漠的悲哀中永存微笑的和蔼的旧影。

这篇文章的确是透着血痕写成的，我放弃评论。
再读最后一段——

　　我已经说过：我向来是不惮以最坏的恶意来推测中国人的。但这回却很有几点出于我的意外。一是当局者竟会这样地凶残，一是流言家竟至如此之下劣，一是中国的女性临难竟能如是之从容。
　　……
　　苟活者在淡红的血色中，会依稀看见微茫的希望；真的猛士，将更奋然而前行。
　　呜呼，我说不出话，但以此记念刘和珍君！

今天重读鲁迅这篇文章，就会想到我们今天做任何事情，做任何选择，说任何话，不仅是为我们眼前的利益，不仅要考虑我们目前的处境，不仅要计划我们自己的将来。我们不该忘却，一百年来，为了推翻专制政体而牺牲的人们。想想他们当初是为了什么而奋斗牺牲，多少人为了今天献出了他们的生命，包括刘和珍君。

"三一八"以后，段祺瑞先是通缉李大钊等五人，罪名是共党率暴徒，闯袭国务院，不久，又列出50人的通缉名单，鲁迅排在21位。鲁迅先避到日本山本医院，后又避到德国医院和法国医院。

不过，"三一八"惨案发生22天以后，段祺瑞就被国民军推翻了。所以，枪杀学生的"三一八"惨案，在历史上马上毫无争议，有了定论。

可惜刘和珍君牺牲时仅22岁，是北京女子师范大学英文系学生。

《记念刘和珍君》，是鲁迅一生最感人的散文之一。鲁迅先生写的最好的文章，常常直议国政要事，却又直接与他个人有关。《我之节烈观》，驳斥礼教救国，和他个人的婚姻有关；《记念刘和珍君》，叙写"三一八"惨案，许广平当天差点也去游行。以后我们还会读《为了忘却的记念》，柔石被捕前几天曾来过鲁迅家，身上还有鲁迅的出版合同……

37

孺子牛的三项基本原则

鲁迅1925年、1926年的《华盖集》《华盖集续编》以及稍后的《而已集》当中的很多文章都是在打笔仗,而且主要是和现代评论派的陈西滢等人笔战。主要的敌人还有北京女子师范大学的杨荫榆校长,以及北洋军阀的教育总长章士钊。鲁迅喜欢借用别人嘲讽他的话,某籍某系、读书养气、青年导师之类,反反复复地引用,以缠住对方不放。在我们——几十年后的现代文学研究者兼"鲁粉"——读来,总觉得这类文章太多、太密集,有点儿重复。不禁想到当年很多人的疑问,鲁迅花在笔战上的精力时间是否值得?是否有点儿浪费了他的天才?

1926年的1月30日,《晨报副刊》用全部篇幅刊登了徐志摩、陈西滢两个人的文章,一篇叫《关于下面一束通信告读者们》,另外一篇叫《闲话的闲话之闲话引出来的几封信》。这像是一个"攻周专号"。其实鲁迅对陈西滢的闲话,已经不知道讥笑过多少次了,《朝花夕拾》里也有。文坛笔战,报刊可能暗喜。但挑起事端毕竟不道义，而且双方笔战的一些细枝末节，不会意气用事。所以，2月3日《晨报副刊》就以《结束闲话、结束废话！》为题，刊登了李四光和徐志摩的通信。李四光当时担任国立京师图书馆的副馆长，鲁迅有一次顺带嘲笑李四光，说他有500元的高薪，跟梁启超一起把经费都用完了。李四光觉得有点儿冤枉，于是就在给徐志摩的信中发牢骚："鲁迅先生我绝对的没有遇见。但是我想他一定有他的天才，也许有他特别的兴趣。任我不懂文学的人妄评一句，东方文学家的风味，他似乎格外的充足，所以他拿起笔来，总要写到露骨到底，才尽他的兴会，弄到人家无故受累，他也管不着。"

徐志摩的回信，则说"大学的教授们""负有指导青年重责的前辈"，是不该这样"混斗"的。所以，"带住！让我们对着混斗的双方猛喝一声。带住！"[1]

徐志摩看上去是调停，其实当时还是站在陈西滢那边。于是就引出了鲁迅另一篇有名的文章：《我还不能"带住"》。鲁迅的笔非常厉害："他们的什么'闲话……闲话'问题，本与我没有什么鸟相干，'带住'也好，放开也好，拉拢也好，自然大可以随便玩把戏。……现在我还没有怎样开口呢，怎么忽然又要'带住'了？"[2]

读这几段吵架文字，可以回顾、重温当时的文坛气氛。一来是感慨，都是天才，鲁迅、李四光、徐志摩一时竟如此意气用事，文人相轻，所论也都不是什么原则问题。二来是羡慕，在中国现代文学的一个黄金时期，文人之间可以无所顾忌地批评吵架，不必担心

---

[1] 徐志摩：《结束闲话、结束废话！》，《徐志摩全集·散文卷》，杭州：浙江人民出版社，2015年版，第428—430页。
[2] 《我还不能"带住"》，原载1926年2月7日北京《京报副刊》，收入《华盖集续编》。见《鲁迅全集》第三卷，北京：人民文学出版社，2005年版，第258页。

政治背景、人事潜规则或者党派利益。后来到了 30 年代,情况就不一样了,且"骂"且珍惜吧!可惜他们当时不知道。还有第三,当然还要分析这些看似意气用事的文人相争,背后有没有更复杂的文化政治原因?

在《我还不能"带住"》里边,鲁迅说:"我自己也知道,在中国,我的笔要算较为尖刻的,说话有时也不留情面。但我又知道人们怎样地用了公理正义的美名,正人君子的徽号,温良敦厚的假脸,流言公论的武器,吞吐曲折的文字,行私利己,使无刀无笔的弱者不得喘息。"[1]

回头看鲁迅在 20 年代中期的一系列笔战,大致有三个原因。

一个是因为具体的社会人事纠纷。鲁迅在北京女子师范大学学潮当中,支持包括许广平、刘和珍在内的学生们,反对校长杨荫榆,以及她背后的教育总长章士钊。这件事当时影响很大,鲁迅很多时候都在讲此事。

二是跟陈西滢及其所属的现代评论派的笔墨之战。陈西滢玩笔头,讲闲话幽默,刺激了鲁迅。背后没有明言的原因是陈西滢转述了顾颉刚的怀疑,说鲁迅的小说史(《中国小说史略》)涉嫌抄袭日本人盐谷温。这是说不清楚的一种侮辱。鲁迅一直想发泄。到了"三一八"事件之后,陈西滢还责怪民意领袖没有阻止学生请愿,认为民意领袖也应该对悲剧负责。这种言论令鲁迅更加愤怒。鲁迅把他多层次的愤怒——人事的、学术的、国家的——都归结到对"公理正义""正人君子""流言公论"等胡适派、英美派自由主义

---

[1] 鲁迅:《我还不能"带住"》,《鲁迅全集》第三卷,北京:人民文学出版社,2005 年版,第 260 页。

知识分子的不满上。鲁迅觉得他是在替"无刀无笔的弱者"说话。鲁迅生性多疑,这既是长处,也是弱点。当然,除了20年代对欧美留学派文人的偏见外,鲁迅从早年的《文化偏至论》《破恶声论》开始已经表露出他对西方主流价值观的不信任。他更追求"个人"与"精神"的解放,而不仅是"群体"与"物质"的改良。

我近来重读他一系列讥讽现代评论派的文章。假如我有某种穿越能力,可以回到1926年,还能够有机会见到鲁迅先生,我会跟他说什么?

我想,我大概也会劝大先生,不用花那么多精力、时间去骂陈西滢。他不是您的对手,他就只是女作家凌淑华的老公,后来长期供职联合国教科文组织。陈西滢对中国现代文学和文化后来的发展影响不大,破坏力也远不如大先生您即将要认识、要打交道的另外一些人。

您晚年和那些人的论战,那才有远见,那才重要!您知道吗?被您顺带嘲笑的李四光,后来是位大地质学家。徐志摩不久就坐飞机摔死了。被您痛骂的那位杨荫榆校长,她是中国比较早留洋回国任职教育界的女性,她的侄女杨绛后来嫁了一个才子钱锺书。不知道您要是读了《围城》,会怎么评论。可是杨荫榆校长,后来去了江南,最后被侵华的日本人枪杀。您一直反对的教育总长章士钊,后来成了他湖南老乡毛泽东的统战对象。章士钊的养女章含之,成为了外交部长乔冠华的妻子,是毛泽东的英文老师。顺便说一下,毛主席后来对您的评价,您还没听说吧?

当然,不管怎么样,都得感谢陈西滢、杨荫榆、章士钊等人,至少他们刺激鲁迅写了这么多文章。假如鲁迅当时埋头写《杨贵妃》——他跟郁达夫说他要写杨贵妃的长篇——总比反复骂陈西滢更让后人期待吧。

当然,穿越是不可能的,人总在特定时间、特定历史的制约下,做他不得不做的事情。

若是因为鲁迅在北伐前替"无刀无笔的弱者"说话,所以就觉得他是左派革命党,那也是误解。在《〈阿Q正传〉的成因》里边,鲁迅表达了他的"自知之明":

> 我常常说,我的文章不是涌出来的,是挤出来的……譬如一匹疲牛罢,明知不堪大用的了,但废物何妨利用呢,所以张家要我耕一弓地,可以的;李家要我挨一转磨,也可以的;赵家要我在他店前站一刻,在我背上帖出广告道:敝店备有肥牛,出售上等消毒滋养牛乳。我虽然深知道自己是怎么瘦,又是公的,并没有乳,然而想到他们为张罗生意起见,情有可原,只要出售的不是毒药,也就不说什么了。[1]

鲁迅以牛自喻不是第一次了,他最有名的诗句是:"横眉冷对千夫指,俯首甘为孺子牛。"虽然也有冷门的专家考证说,"孺子牛"指的就是周海婴,鲁迅要做儿子的牛。但一般的理解,这是指做人民大众的牛。原来,至少在1926年,鲁迅就认为自己是一匹可为张家、李家、赵家服务的疲牛。大概到北大授课后,他编写

---

[1] 《〈阿Q正传〉的成因》最初发表于1926年12月18日,上海《北新》周刊第十八期,收入《华盖集续编》。见《鲁迅全集》第三卷,北京:人民文学出版社,2005年版,第394—400页。

《中国小说史略》，算是为张家耕一弓地；在《新青年》上听从将令发表《狂人日记》《药》，而且还在《药》的结尾添上一个花圈，成为"五四"新文学的主将，这大概是为李家挨了一转磨；后来到"左联"成立大会上发言，这大概就是应和了老公牛为乳牛站台、做广告的预言。当然若是他日后知道有"三鹿奶粉"，那又是另外一回事了。

其实鲁迅讲自己是疲牛，当时还被人嘲讽，好像是梁实秋的《鲁迅与牛》，说牛又可以为张家，又可以为李家，这是讽刺鲁迅既在教育部做官，又可能为某党效力等等。

鲁迅这头疲牛是有自己的原则的，他这段自白是非常重要的：

> 但倘若用得我太苦，是不行的，我还要自己觅草吃，要喘气的工夫；要专指我为某家的牛，将我关在他的牛牢内，也不行的，我有时也许还要给别家挨几转磨。如果连肉都要出卖，那自然更不行，理由自明，无须细说。倘遇到上述的三不行，我就跑，或者索性躺在荒山里。[1]

可见，鲁迅做孺子牛有三项基本原则：

第一，不能用我用得太苦。不怕苦、不怕死，是不行的；

第二，不能专属某一家，要我把一切都献给这一家，关进牛牢，是不行的；

第三，当然卖肉，也是不行的。

---

[1] 鲁迅：《〈阿Q正传〉的成因》，《鲁迅全集》第三卷，北京：人民文学出版社，2005年版，第395页。

这里第一条比较明显，大家尽力而为即可。最困难的是第二条，在东西方都讲究"任人为忠"的时代，要想做些事情，但又不专属某家某人，要想坚守人格独立，是非常困难的。第三条的意思，当然也是坚守职业道德，我是干活的，卖艺不卖身；学艺术的，不能只做宣传。

所有有志于追寻鲁迅的后人们，有志于"俯首甘为孺子牛"的青年们，有志于为中国的今天和未来献身的人们，记住大先生的"三不行"原则。

38

革命与文学

1926年8月26日,鲁迅离开北京,到厦门大学任文科学长,是林语堂的推荐。表面原因是为了逃避北洋军阀的迫害,实际上至少部分原因是为了许广平。他们到广州以后开始秘密同居,到上海以后才公开彼此关系。

《华盖集续编的续编》,收了鲁迅先生的三封《厦门通信》,分别写给许广平和李小峰,后者是北新书局的老板。三封信或者是承认对大自然的风光无感,或者是抱怨校内人事斗争的繁琐复杂。总之一句话,"不过太静了,倒是什么也不想写"。[1]

这么看来,在北京的种种文坛争斗,的确是刺激鲁迅写作的外在动力。

因为一些说不清楚的人事纠纷,没过几个月,鲁迅又到了广州中山大学,也是高薪,也是担任文学系主任兼教务主任。当时许广

---

[1] 鲁迅:《厦门通信》,《鲁迅全集》第三卷,北京:人民文学出版社,2005年版,第389页。

平在广州,所以他们一起租了房子。不过为了掩人耳目,他一共租了三间房子,其中有一间是给他老朋友许寿裳的。

鲁迅和许广平的关系,其实一直承受着很大的压力,拖了很久的时间才公开。他们一度住在一起,许广平名义上还是学生助手,住在楼上。事情最后是以最通俗的方式解决的,到了上海以后许广平怀孕了。鲁迅没办法,就去禀报在北平的母亲。母亲倒是同意,但鲁迅和朱安最后也没有离婚。

鲁迅在北京时,和胡适一派"研究系"吵得不愉快,所以他在1926年11月写给许广平的信中曾经设想,到广州以后,"第二是同创造社连络,造一条战线,更向旧社会进攻,我再勉力做一点文章"。[1] 这是从文艺斗争大局出发的一个设想。可是政治理想,有时没有个人感觉可靠。鲁迅其实很不喜欢创造社的同仁,说他们都有一张"创造脸",除了郁达夫。而且他去广州时,郭沫若已随北伐军出征,年纪轻轻就担任了北伐军政治部副主任,差点被火箭式提拔为蒋介石身边的文胆。创造社也从倡导纯艺术的前期发展到激进革命的后期,一两年以后,鲁迅同时被"研究系"和后期的创造社左右围攻。

重读鲁迅,我们会反复讨论鲁迅一生所面对的至少五种矛盾——生活中,他是在传统中反传统;面对社会,他相信进化论,看到的却是世事轮回;小说里,总有个人与群体的对立;散文中,处处充满着绝望与希望;还有一个,是艺术观念与启蒙使命之间的矛盾,即文学与革命之间的矛盾。

---

[1] 鲁迅:《两地书》,《鲁迅全集》第十一卷,北京:人民文学出版社,2005年版,第195页。

鲁迅在广州黄埔军校专门做过一个题为《革命时代的文学》的演讲,分析革命与文学的关系,对之后几十年中国文学的发展,做出极有远见,却又充满矛盾的分析和预言。

> 文学文学,是最不中用的,没有力量的人讲的;有实力的人并不开口,就杀人,被压迫的人讲几句话,写几个字,就要被杀;即使幸而不被杀,但天天呐喊,叫苦,鸣不平,而有实力的人仍然压迫,虐待,杀戮,没方法对付他们,这文学于人们又有什么益处呢?[1]

这番话,说在特定的时空背景下,即"三一八"北京惨案之后,"四一二"上海"清党"之前。台下听众,大都是北伐军军官,可能后来会参加对苏区的五次围剿、台儿庄大战、徐埠会战等等。当然,台下的学员是崇拜鲁迅的,听他演讲,但鲁迅却说我们文学没有用,没有你们枪杆子有用。

> 鹰的捕雀,不声不响的是鹰,吱吱叫喊的是雀;猫的捕鼠,不声不响的是猫,吱吱叫喊的是老鼠;结果,还是只会开口的被不开口的吃掉。

这说的有理,但只是一半的道理,只是一时的现象。鲁迅对着

---

[1]《革命时代的文学》的记录稿最初发表于1927年6月12日广州黄埔军官学校出版的《黄埔生活》周刊第四期,后收入《而已集》。见《鲁迅全集》第三卷,北京:人民文学出版社,2005年版,第436—442页。以下鲁迅引文,除非特别标注,均同此出处。

一班军官这样讲,军人很受用。但换个语境,鲁迅当然清楚《战争与和平》比俄军将领更重要。当然,争论是枪杆子有用还是笔杆子有意义,这在理论上没有意义。鲁迅讲的更加实际,"但在这革命地方的文学家,恐怕总喜欢说文学和革命是大有关系的,例如可以用这来宣传,鼓吹,煽动,促进革命和完成革命"。

这种"革命地方的文学家"对文学与革命关系的期待,后来在1942年的延安,获得了重生,在中国成为了生命力持久的主旋律。"宣传,鼓吹,煽动,促进和完成革命",这不正是革命文艺工作者的使命和工作重心吗?但鲁迅提出了异议:

> 不过我想,这样的文章是无力的,因为好的文艺作品,向来多是不受别人命令,不顾利害,自然而然地从心中流露的东西;如果先挂起一个题目,做起文章来,那又何异于八股,在文学中并无价值,更说不到能否感动人了。

这就是远见,几乎把后来几十年中国革命文学的基本问题都预告了。文学是可以为政治服务的,但要发自内心,不顾利害,不能只听命令,只讲功利,只遵从他人的旋律。从早期的《摩罗诗力说》,到晚年介入"两个口号之争",鲁迅一直忠于"精神界战士"的使命,同时也一直坚持自己"不顾利害"的纯文学信念。

鲁迅之所以为鲁迅,是因为他能写出一流的文学作品,而且他对文学与政治的关系理解透彻,表达清楚,目光远大。他对革命充满热忱,他对文学也有信仰。鲁迅接着说:"为革命起见,要有'革命人','革命文学'倒无须急急,革命人做出东西来,才是革命文学。"

关于大革命对文学的影响，鲁迅有一个"三阶段论"：

> （一）大革命之前，所有的文学，大抵是对于种种社会状态，觉得不平，觉得痛苦，就叫苦，鸣不平……有些民族因为叫苦无用，连苦也不叫了，他们便成为沉默的民族，渐渐更加衰颓下去，埃及，阿拉伯，波斯，印度就都没有什么声音了！……

> （二）到了大革命的时代，文学没有了，没有声音了，因为大家受革命潮流的鼓荡，大家由呼喊而转入行动，大家忙着革命，没有闲空谈文学了。还有一层，是那时民生凋敝，一心寻面包吃尚且来不及，那里有心思谈文学呢？……大革命时代忙得很，同时又穷得很，这一部分人和那一部分人斗争，非先行变换现代社会底状态不可，没有时间也没有心思做文章；所以大革命时代的文学便只好暂归沉寂了。

鲁迅三段预言中最精彩的部分就是第三段：

> 等到大革命成功后，社会底状态缓和了，大家底生活有余裕了，这时候就又产生文学。这时候底文学有二：一种文学是赞扬革命，称颂革命。

我想起50年代的"三红一创"——《红岩》《红日》《红旗谱》《创业史》，还有《青春之歌》等等作品。"十七年文学"的主流就是赞扬革命,称颂革命。

另有一种文学是吊旧社会的灭亡——挽歌——也是革命后会有的文学。有些的人以为这是"反革命的文学",我想,倒也无须加以这么大的罪名。革命虽然进行,但社会上旧人物还很多,决不能一时变成新人物,他们的脑中满藏着旧思想旧东西;环境渐变,影响到他们自身的一切,于是回想旧时的舒服,便对于旧社会眷念不已,恋恋不舍,因而讲出很古的话,陈旧的话,形成这样的文学。这种文学都是悲哀的调子,表示他心里不舒服,一方面看见新的建设胜利了,一方面看见旧的制度灭亡了,所以唱起挽歌来。但是怀旧,唱挽歌,就表示已经革命了,如果没有革命,旧人物正得势,是不会唱挽歌的。

鲁迅一是肯定革命必行,二是正视革命残酷,三是幻想革命以后会宽容。今天读起来,真是又天真又深刻。天真在于鲁迅居然相信大革命以后还会允许人们唱挽歌,留恋旧社会,表达他们的恋恋不舍和心里的不舒服。鲁迅经历过以前的革命,但没见过后面的革命。

但鲁迅又是深刻的。古代经典的作品,像《红楼梦》、张载的散文,书写的都是社会动荡之后的怀旧和恋恋不舍。甚至莫言的《红高粱》,也是在怀念昔日父辈的英雄气和匪气。白先勇的《台北人》,就被人们称为"挽歌"。近年逐渐走红的张爱玲小说,也是对旧社会、晚清的一种既批判又留恋的怀旧型作品。

张爱玲、白先勇等人的作品,显然不是称颂革命的。但它们之所以能够流行,深入人心,经久不衰,某种意义上,正是因为鲁迅所说的"怀旧,唱挽歌,就代表已经革命了,如果没有革命,旧人物正得势,是不会唱挽歌的"。

原来,怀旧、唱挽歌也是革命的成果,与革命文学并不必然矛盾。

> 一首诗吓不走孙传芳,一炮就把孙传芳轰走了。自然也有人以为文学于革命是有伟力的,但我个人总觉得怀疑,文学总是一种余裕的产物,可以表示一民族的文化,倒是真的。

一炮可能可以改变一个政权,可是文学"表示一民族的文化"。所以,革命与文学,都很重要。

39

鲁迅与香港

到广州前后,鲁迅有不少文章提到香港。鲁迅在1927年的2月18日和19日连续两个晚上在香港青年会讲演。18日的演讲题叫《无声的中国》,后来被收入鲁迅的第四本杂文集《三闲集》中,也是人民文学出版社2005年版《鲁迅全集》第四卷的第一篇。另外一篇是19日的演讲《老调子已经唱完》,鲁迅生前没有将其收入集子,后来许广平把演讲稿收入了《集外集拾遗》。关于这两次演讲,鲁迅自己在《略谈香港》一文中轻描淡写,"本年一月间我曾去过一回香港,因为跌伤的脚还未全好,不能到街上去闲走,演说一了,匆匆便归,印象淡薄得很,也早已忘却了香港了"。[1]

《略谈香港》是1927年8月13日在《语丝》上发表的。这里鲁迅说1月是记错了,应该是2月。但在香港的新文学史上,鲁迅

---

[1]《略谈香港》,最初发表于1927年8月13日《语丝》周刊,收入《而已集》。见《鲁迅全集》第三卷,北京:人民文学出版社,2005年版,第446—453页。以下鲁迅引文,除非特别标注,均同此出处。

这么淡淡一提的两个演讲，却是重要事件。因为在北京、上海，是1917年开始提倡白话文的，1923年在全国的学校推广白话文。这一时期，香港依然采用英文和文言文教学；日常生活，当然使用粤语。鲁迅的演讲，当时有很多年轻的听众，后来人们就把它看作香港新文学的发端。侣伦等一些最早的香港新文学作家，当时就是鲁迅演讲的听众（侣伦后来的《穷巷》被认为是香港早期最重要的新文学作品）。其实他们当时听不太懂鲁迅的绍兴官话，现场全靠许广平用粤语翻译。30年代不少香港作家，向上海施蛰存主编的《现代》杂志投稿。

抗战开始以后，大部分内地的重要作家先后到了香港，茅盾、郭沫若、张天翼、萧红等等都是如此。香港因为战争的关系一度成为中国的临时文化中心，甚至1949年以后的文艺斗争，最早也是在言论比较自由的香港操练演习的。郭沫若最早的批判沈从文的文章就是在香港《大众文艺丛刊》上发表的。不过这些都是鲁迅不知道的。

鲁迅在《略谈香港》里，讲到在船上遇到一个船员，他认识鲁迅，然后就警告鲁迅说，万一碰到人家要谋杀、捕拿，该怎么应付等等。鲁迅说，"我虽然觉得可笑，但我从真心里十分感谢他的好心"。鲁迅前后一共去过香港三次，都是路过，都被人家查了行李。鲁迅对于港英当局，沿用清代官府名称，压迫华人，培养很多奴性华人的现象，一直非常敏感。在民族矛盾、阶级矛盾之间，鲁迅一直是比较注重阶级矛盾。但是到了香港后，鲁迅对异族统治这个问题，变得非常关心。他举了两个例子，一个是"在香港时时遇见一位某君，是受了高等教育的人。他自述曾因受屈，向英官申辩，英官无话可说了,但他还是输。那最末是得到严厉的训斥,道:'总之是你错的:因为我说你错!'"

几十年以后我来香港,也有机会上过交通法庭。戴着假发的法官,对不会英语的老百姓的态度,好像和鲁迅的描写差别不大。香港的阿Q们也没有参加革命的机会,他们就在金庸的《鹿鼎记》里边,幻想成为一个很幸运的阿Q。

另一个故事更反讽。鲁迅说,当时带书到香港很困难,"因为一不小心,会被指为'危险文件'的。这'危险'的界说,我不知其详。总之一有嫌疑,便麻烦了"。在另一篇文章《谈"激烈"》里,鲁迅记载了"一个广州执信学校的学生,路过(!)香港,'在尖沙嘴码头,被一五七号华差截搜行李,在其木杠(谨案:箱也)之内,搜获激烈文字书籍七本。'"[1]

鲁迅后来在《再谈香港》里边,更详细地记述他自己被人家抄书、抄行李的经历。原来,对书籍的管理,内地比香港更宽松。某些书,内地可看,香港不可以,免得破坏了香港的安定团结。更有意思的是,鲁迅在《略谈香港》的文章里抄录了一段港督金文泰的演说词。那时有不少前清遗老,在内地待不下去了,不舒服了,就跑去香港。鲁迅开始以为金文泰也是一个守旧的文人。一查,竟是一个洋人,一个英国人(Sir Cecil Clementi, 1875—1947)起了一个中文名字。而且他的演讲,还是用粤语讲的。对此鲁迅深感兴趣,就把金文泰的演讲词作为自己文章的附录,全文抄了下来。

这是一个茶会,宗旨是"提高中文专业"水平。金总督讲了三

---

[1] 鲁迅:《谈"激烈"》,《鲁迅全集》第三卷,北京:人民文学出版社,2005年版,第497页。

个理由,第一,"香港大学学生,华人子弟,亦系至多,如果在呢间大学,徒然侧重外国科学文字,对于中国历代相传嘅大道宏经,反转当作等闲,视为无足轻重嘅学业,岂唔系一件大憾事吗"?第二,"系中国人应该整理国故呀,中国事物文章,原本有极可宝贵嘅价值,……近年中国学者,对于(整理国故)嘅声调已经越唱越高,香港地方,同中国大陆相离,仅仅隔一衣带水……所以为中国发扬国光计,呢一科更不能不办"。第三,"就系令中国道德学问,普及世界呀……"。

大概意思就是中国人要学外国的科学,但不应丢弃自己的文化传统。要整理国故,港大的中文学系很重要,这一科不能不办。

现在的香港大学教育资助委员会(UGC),应该好好听听金总督百年前的声音。香港的大学管理层,前些年为追求世界排名,主要请海外专家来评审。不管是研究《左传》或者毛公鼎,学校都只认可英文科研。对国家地区的认可,是最低一级。在北大或者台大出的书,抵不过用英文在杂志上发表的文章。

今天在中国主张"国学复兴"的人们,大概也很欣赏金总督的观点。"中国道德文章,全世界要推广",此话由洋人说出来,就像春晚上有外国留学生说相声一样,特别提振国威。平心而论,金文泰如此认真地学粤语,也是一番苦心。

当然鲁迅当时十分反感,他觉得"五四"反礼教,洋人反而崇拜中国传统,是居心叵测。而且金总督还鼓吹"整理国故"——这不是胡适的主张吗?这是遥相呼应?胡适一派留英、留美,对中国传统文化一直比较温和,与西方汉学界的价值观比较吻合。鲁迅和创造社等留日作家,则比较激进地反传统。

> 现在,浙江,陕西,都在打仗,那里的人民哭着呢还是笑着呢,我们不知道。香港似乎很太平,住在这里的中国人,舒服呢还是不舒服呢,别人也不知道。

鲁迅在《无声的中国》中的叙述,非常有策略。他没有提他和胡适一派的分歧,反而刻意地表彰"胡适之先生所提倡的'文学革命'"。因为鲁迅的重点是针对香港"手口异国",针对文言和粤语的非常割裂的语言环境,重点讲的是为什么要用白话文。当时,白话文在中国的其他地方已经得到推广,但是在香港,一直到1927年(甚至一直到今天为止),"手口异国"的现象还是存在,人们无法做到"我手写我口",自然就难以发声,所以引申出无声的中国、无声的香港,推论出来,就是需要进行文学革命。

《老调子已经唱完》更多地强调文学、文化上的反传统,鲁迅怀疑中国是不是有所谓的"特别国情"。他说的"特别国情",第一,就是没记性,"所以昨天听过的话,今天忘记了,明天再听到,还是觉得很新鲜";第二,"是个人的老调子还未唱完,国家却已经灭亡了好几次了。……一般以自己为中心的人们,却决不肯以民众为主体"。所以鲁迅特别警告,不要相信洋人对中国老调子的称赞,"所以他们愈赞美,我们中国将来的苦痛要愈深的!"[1]

近年有年轻的留洋学者议论鲁迅有"东方主义"嫌疑——以西方价值观批评中国传统。在香港的两天,鲁迅先生对民族问题其实非常敏感。简单地说,鲁迅觉得香港不应成为文化孤岛,要和中国

---

[1] 鲁迅:《老调子已经唱完》,《鲁迅全集》第七卷,北京:人民文学出版社,2005年版,第326页。

内地走在同一个发展方向上——反传统、要自由、求发展。

  我三十多年前初到香港，的确感觉这是一个没有经过"五四"洗礼的华人社会。这里沿用清代的官名，政务司、"阻差办公"；翻译也不规范，窝打老道、渣打银行；新界的乡俗到现在还是传丁不传女，半山的洋人最喜欢明清家具，等等。

  没有经过激烈的反传统、没有规范的国语运动，香港的弊病很明显。但随着国人对"五四"以后中国文化意义上的革命有越来越多的反省，发现大概香港是中国传统文化保留得比较好的地区。

  鲁迅只是匆匆忙忙来了香港几次。我听出版社的负责人说，香港通俗文学风行，统计数字显示，在香港印行次数最多的作家，不是金庸，不是张爱玲，不是倪匡、亦舒等人，而是鲁迅。

40

鲁迅的学术演讲:《魏晋风度及文章与药及酒之关系》

一般作家出名以前,是先写文章后发表;出了名以后,是先讲课讲演,然后将讲稿整理成文章发表。鲁迅最后十年的文章,基本上是两类:一类是演讲,由录音整理成文章;另外一类是打笔仗,是和人家争论的文章。前一类文章,"我手写我口",由演讲整理而来的文章,常常是鲁迅晚年文章的精华。

《魏晋风度及文章与药及酒之关系》(以下简称《魏晋风度》),是1927年7月23日和26日,鲁迅在国民党政府广州市教育局主办的一个广州夏期学术演讲会上的演讲。记录稿最初是在广州《民国日报》上分六天连载的。后来改定稿在《北新》半月刊上发表。这个讲演,时间很吊诡,是在国民党"四一二""清党"之后不久。这个阶段鲁迅对时局非常失望。朱正的《鲁迅传》,关于这一时期的题目就叫《被血吓得目瞪口呆》。当时的鲁迅已经决定离开广州,只是还没有成行。

这一年的4月,鲁迅编定了《野草》;5月,为《朝花夕拾》

写了《小引》。当时有谣言说鲁迅去了汉口。当时在汉口的汪精卫和在南京上海的蒋介石还是对立的,这个谣言把鲁迅置于一个危险的境地。当时郭沫若写文章声讨蒋介石,还参与了南昌起义(虽然迟到几天),之后流亡日本。后来的研究者们奇怪,这样的时局,鲁迅怎么还有心思做学术讲座,讲公元3世纪的文人们怎么喝酒、怎么吃药。很多人想不明白。

鲁迅自己有个解释,他在7月写给朋友章廷谦的信中说,"现在我已答应了这里市教育局的夏期学术讲演,须八月才能动身了。此举无非游戏,因为这是鼻辈所不乐闻的。以几点钟之讲话而出风头,使鼻辈又睡不着几夜,这是我的大获利生意"。

难道鲁迅这个讲座就是为了气气顾颉刚?我有点儿怀疑。林语堂有个说法,他在一篇英文文章里面说,这个讲座的邀请是国民党当局的一个政治试探,所以鲁迅讲一些古人的事情,也是一种巧妙的应对。

后来,1928年鲁迅写给陈子英的一封信中说,"弟在广州之谈魏晋事,盖实有慨而言。'志大才疏',哀北海之终不免也"。北海就是指孔融,他和何晏、王弼、嵇康等人,都是被曹操、司马懿杀掉的魏晋名士。所以,鲁迅在1927年国事大乱之际,到政府办的演讲会讲《魏晋风度及文章与药及酒之关系》,多少也是借古讽今。

我读《魏晋风度》这篇长文,第一个感受,就是学问做得越通透,表述不妨越简单明白。

周作人曾经用"简单"和"涩"两个标准来要求美文。鲁迅的这篇学术演讲无疑达到了这个境界。简单的是文字表述,复杂的是学问思想,两者竟不矛盾。黄仁宇的《万历十五年》、朱光潜的

《西方美学史》，也是又简单又复杂的学术研究，令人佩服。

讲魏晋，当然要从曹操起。鲁迅很明确地说，历史上的曹操，不是小说里的曹操，"其实，曹操是一个很有本事的人，至少是一个英雄"。[1] 这倒是和后来毛泽东的看法一致。50年代，郭沫若特地写了戏剧《蔡文姬》，呼应毛泽东要为曹操翻案的心思。

但为什么历史上曹操的名声不好？鲁迅的解释非常简单清楚——因为朝代短：

> 年代长了，做史的是本朝人，当然恭维本朝的人物，年代短了，做史的是别朝的人，便很自由地贬斥其异朝的人物。

三言两语，就把复杂的历史规律和书写历史的规则，讲得连小学生都可以明白。国民党政府的夏期班里边都是些什么样的听众？鲁迅对他们讲学术，先得浅。

看来君王想要长期执政，不仅是为了掌权的时间久一些，说不定还是为了保护自己的名声。既然皇上这么看重历史地位，那早点派人写历史不就好了吗？像埃及的法老，一即位就挖洞建墓，执政越久，其墓越深，装饰越多。图坦卡蒙只活了26岁，所以墓的规模比较小，不过只有他的墓没有被破坏。中国的君王，要靠后一个朝代写历史，这是靠不住的。但也反过来说明中国的文化传统里，历史有其独特的地位。皇帝天不怕地不怕，却怕历史在事后清算他。

在进入正式内容之前，鲁迅按学术规范，先说明材料的来源，

---

[1] 鲁迅：《魏晋风度及文章与药及酒之关系》，《鲁迅全集》第三卷，北京：人民文学出版社，2005年版，第523—539页。以下鲁迅引文，除非特别标注，均同此出处。

并且说明他跟刘师培的讲义错开了重点，"我今天所讲，倘若刘先生的书里已详的，我就略一点；反之，刘先生所略的，我就较详一点"。

对着国民党政府夏期班的听众，鲁迅先从政治统治需求的角度解释为什么曹操的文风清峻、简约严明，而且通脱，原因是他"废除固执"。鲁迅称赞曹操的用人原则："不忠不孝不要紧，只要有才便可以。"这有点像——不大恰当的比方——不管黑猫白猫，抓到老鼠就是好猫。如果确实，曹操真乃一代枭雄。时至今日，上司提拔下属，到底是看下属是否忠诚，还是看下属有没有才能？"任人唯贤"，还是"任人唯亲"（甚至"任人唯忠"）？这不仅是检验政治清明与否的重要标准，甚至也是不同政治制度的重要区别。

事实上，曹操没有说真话。曹操的儿子曹丕，"于通脱之外，更加上华丽"。鲁迅认为，"用近代的文学眼光看来，曹丕的一个时代可说是'文学的自觉时代'，或如近代所说是为艺术而艺术（Art for Art's Sake）的一派"。鲁迅还引用了一个英文词。

一般的文学史学者也认为，曹丕的《典论》首次区分了"文"与"章"，"文"就是公文，document，article；"章"才是literature。"文"是写什么，"章"是怎么写。这是中国较早的独立的文学观念。曹丕的文风在清峻通脱之外，又加上了华丽、壮大，这便是魏晋文风的标志。他的弟弟更有才，但曹植不像曹丕那么崇尚文学。鲁迅认为曹植没有说真心话，因为曹植文才很好，所以贬低文学，故作谦虚——这就好像之前鲁迅在黄埔军校演讲时，对着一批武夫、军官拼命讲文学无用。

曹操曹丕以外，还有下面的七个人：孔融，陈琳，王粲，徐幹,阮瑀,应埸,刘桢,都很能做文章,后来称为"建安七子"。……华丽即曹丕所主张,慷慨就因当天下大乱之际,亲戚朋友死于乱者特多,于是为文就不免带着悲凉,激昂和"慷慨"了。

"建安七子"中最有名的是孔融,他专门喜欢给曹操捣乱。他名气很大,写文章讽刺曹操父子,"比方操破袁氏兄弟,曹丕把袁熙的妻甄氏拿来,归了自己,孔融就写信给曹操,说当初武王伐纣,将妲己给了周公了。操问他的出典,他说,以今例古,大概那时也是这样的。"

这是很精彩也很刻薄的讽刺。等于你现在跟人说:某朝某代最有钱的人,不管个人人品怎么样,都可以做皇帝。对方问:这是哪里的出典?你说:你看看特朗普。

"曹操见他屡屡反对自己,后来借故把他杀了。他杀孔融的罪状大概是不孝。"刚说曹操的用人原则是不忠不孝没关系,可是一旦反对自己就不行了。曹操,终究还是曹操。

单看文章,鲁迅的讲述非常平静,看不出他是否偏帮曹操或孔融。接下来,他花了很多的篇幅讲何晏。讲这位名士的很多特别的地方,比方说他脸很白,好像搽了粉,喜欢空谈,研究《老子》《易经》,还有他是吃"五石散"的祖师。鲁迅这篇文章的题目,是由四个关键词,加上两个"与""及"串起来的。前面讲了"魏晋风度"和"文章",接着是第三个关键词"药"。

这个药的名称是五石散,"大概是五样药:石钟乳,石硫黄,白石英,紫石英,赤石脂;另外怕还配点别样的药"。有毒,但

"人吃了能转弱为强"。"那时五石散的流毒就同清末的鸦片的流毒差不多,看吃药与否以分阔气与否的"。

听来有点像会上瘾的毒品。拙著《许子东细读张爱玲》(乍一听像"吸毒张爱玲")曾讨论《金锁记》中鸦片有几种功能。第一种是常规的治病。第二种是麻醉,自我上瘾。第三种就是摆阔。吃得起鸦片,说明你是富贵阶级。五石散在晋朝,也是富人的标志,文人的标志。吃了药以后,药性显现的过程,叫散发。散发的时候不能休息,必须走路。

> 比方我们看六朝人的诗,有云:"至城东行散",就是此意。后来做诗的人不知其故,以为"行散"即步行之意,所以不服药也以"行散"二字入诗,这是很笑话的。
>
> 走了之后,全身发烧,发烧之后又发冷。……但吃药后的发冷刚刚要相反:衣少,冷食,以冷水浇身。……
>
> 吃了散之后,衣服要脱掉,用冷水浇身……一班名人都吃药,穿的衣都宽大,于是不吃药的也跟着名人,把衣服宽大起来了!
>
> 还有,吃药之后,因皮肤易于磨破,穿鞋也不方便,故不穿鞋袜而穿屐。……
>
> 更因皮肤易破,不能穿新的而宜于穿旧的,衣服便不能常洗。因不洗,便多虱。

鲁迅研究魏晋的时尚风气——穿宽衣、拖鞋、穿旧衣、不修边幅等等,得出的结论是这些其实都是生理需要,因为文人名士吃药吸毒。鲁迅研究古人，从形而下到形而上，从身体到精神。鲁迅小说里的很多象征，都做到了细节写实。学医与从文，方法相通。

当然这些名士后来大都被司马懿杀了，因为他们是属于曹操一系的人，罪名是不孝。吃五石散的风气，据说一直流传到唐以后，后来就失传了。

魏末又有"竹林七贤"。嵇康也服药，阮籍只喝酒，所以他们后来的命运就不一样。"竹林七贤"在鲁迅笔下，都是不守礼教、不修边幅的形象。公元3世纪，正是罗马的中后期，说刘伶不穿衣服见客："天地是我的房屋，房屋就是我的衣服，你们为什么钻进我的裤子中来？"

据说阮籍写文章，是上下古今什么都否定，他名声大，怕闯祸，就多饮酒，少说话。喝了酒以后，讲话讲错了，可以得到别人的原谅。"有一次司马懿求和阮籍结亲，而阮籍一醉就是两个月，没有提出的机会"，可见文人与政界高层的关系是比较密切的。鲁迅觉得阮籍、嵇康的文章都好。嵇康更反传统，连孔子理论也挑战。比方孔子说"学而时习之，不亦说乎？"嵇康却说，"人是并不好学的，假如一个人可以不做事而又有饭吃，就随便闲游不喜欢读书了，所以现在人之好学，是由于习惯和不得已"。等到嵇康写文章"非汤武而薄周孔"时，司马懿就把他杀了，罪名也是不孝。当然了，司马懿自己是篡位的，"不忠"这个罪名拿不出手。有人劝司马懿要杀阮籍，但是阮籍喝酒多，实事论的少，所以就没事了。

鲁迅讲到这里，魏晋风度、文章、药、酒四个关键词终于连了起来，之后便引出鲁迅的史观："魏晋时代，崇奉礼教的看来似乎很不错，而实在是毁坏礼教，不信礼教的。表面上毁坏礼教者，实则倒是承认礼教,太相信礼教"。

　　鲁迅认为曹操、司马懿以不孝的名义杀人,但他们自己又何尝是孝子呢?他们的做法,就是世人利用礼教害人的做法,"于是老实人以为如此利用,亵黩了礼教,不平之极,无计可施,激而变成不谈礼教,不信礼教,甚至于反对礼教。——但其实不过是态度,至于他们的本心,恐怕倒是相信礼教,当作宝贝,比曹操司马懿们要迂执得多"。

　　证据之一,就是鲁迅说阮籍不让自己的儿子像他这样放浪形骸。这是鲁迅这篇文章的要点——鲁迅认为阮籍、嵇康这些人貌似放浪形骸,不守礼教,反对礼教,其实却是真正忠于礼教的。他们只是看不惯礼教被人利用,所以故作反叛状,更简单地说,这些人看似叛逆,实则忠诚;看似放荡,实则道德。

　　　　但又于此可见魏晋的破坏礼教者,实在是相信礼教到固执之极的。

　　那么"五四"反礼教的人呢?鲁迅身在传统中反传统,"五四"是否也是"相信礼教到固执之极"?

　　林毓生认为,鲁迅等人想以思想文化救国,其实正是儒家文化的传统精华。鲁迅的学术演讲《魏晋风度及文章与药及酒之关系》,是不是有意无意间也有夫子自道的成分?也就是说,对中华传统文化,鲁迅看似有意破坏、反叛,其实是忠贞到"固执之极"?

　　问号。先不要下结论。

41

《小杂感》中的革命理论

在《而已集》当中，紧随着《魏晋风度及文章与药及酒之关系》长篇演讲稿的，是一篇极短的《小杂感》。全文由二十一段互不相关的句子拼贴而成，文体自由。按今天的说法，就是金句集锦，是鲁迅特有的文体。

  蜜蜂的刺，一用即丧失了它自己的生命；犬儒的刺，一用则苟延了他自己的生命。
  他们就是如此不同。[1]

从字面上看，这好像是在赞颂勇于牺牲的蜜蜂战士，批评苟延生命的犬儒。但鲁迅在1928年3月14日致章廷谦的信中，说犬儒

---

[1]《小杂感》，原载于1927年12月17日《语丝》周刊第四卷第一期，收入《而已集》。见《鲁迅全集》第三卷，北京：人民文学出版社，2005年版，第554—557页。以下鲁迅引文，除非特别标注，均同此出处。

等于 Cynic，他那"刺"便是"冷嘲"。所以这里谈到的"犬儒"并不必然是对其进行批评的意思，因为保全生命并不可耻。"犬儒"也可以标示一种韧性的持久的战斗。这一点可以参考李洱的小说《应物兄》。

约翰穆勒说：专制使人们变成冷嘲。
而他竟不知道共和使人们变成沉默。

鲁迅在《忽然想到》（五）中也曾引用过这段话。鲁迅杂文虽然有时琐碎，但引文重复很少见。

要上战场，莫如做军医；要革命，莫如走后方；要杀人，莫如做刽子手。既英雄，又稳当。

像白求恩做军医一样，也有危险；在革命的后方，也可能被自己人害；杀人做刽子手，刽子手也有革新换代，这一点从沈从文的小说《新与旧》就可见出。

与名流学者谈，对于他之所讲，当装作偶有不懂之处。太不懂被看轻，太懂了被厌恶。偶有不懂之处，彼此最为合宜。

读研时我已记下了这段教导，后来做老师，觉得这教导依然管用，刻薄但是真实。不仅师生之间、朋友之间，甚至男女之间，有时，都是这样。既不能显得太不懂，又不能显得太懂。

> 世间大抵只知道指挥刀所以指挥武士，而不想到也可以指挥文人。

仅靠指挥刀指挥，层次就低了。指挥文人，抽象地讲要靠社论、文件，具体地讲要靠级别、待遇、项目、基金等等。

> 阔的聪明人种种譬如昨日死。
> 不阔的傻子种种实在昨日死。

"从前种种，譬如昨日死；从后种种，譬如今日生。"是曾国藩引述《了凡四训》中的话。1927年8月，汪精卫的武汉国民政府和蒋介石的北伐军总部，合作反共，史称"宁汉合流"。广州《民国日报》社论说：从前种种，譬如昨日死；从后种种，譬如今日生。意思是汪蒋不要计较之前的分歧，而要着眼以后的携手。鲁迅这话既是讽刺汪蒋合流，也是感慨穷人、弱者，总归是最吃亏的一方。

> 曾经阔气的要复古，正在阔气的要保持现状，未曾阔气的要革新。
> 大抵如是。大抵！

这一段三段式，放在任何时空中几乎都是"大抵如是"的。鲁迅又补了一句，"他们之所谓复古，是回到他们所记得的若干年前，并非虞夏商周"。正因为鲁迅相信进化论，所以他反反复复议论世事的循环轮回。从循环轮回的角度看,他对革命的前景不很乐观。

  女人的天性中有母性,有女儿性;无妻性。
  妻性是逼成的,只是母性和女儿性的混合。

  鲁迅《小杂感》的叙述跳跃得实在太快了,一下子就又穿越到了女性主义的问题。我前两年在北大书店做过一个讲座,题为"张爱玲小说中的母性、女儿性和妻性"。这是个很难讲的题目。[1]

  自称盗贼的无须防,得其反倒是好人;自称正人君子的必须防,得其反则是盗贼。

  "正人君子"当时泛指陈西滢、徐志摩、顾颉刚、胡适等人。可是胡适到死都没有说鲁迅不好。到50年代,胡适才看到鲁迅在30年代给朋友写的信,抱怨奴隶总管等等,胡适还颇以鲁迅为同志。

  楼下一个男人病得要死,那间壁的一家唱着留声机;对面是弄孩子。楼上有两人狂笑;还有打牌声。河中的船上有女人哭着她死去的母亲。
  人类的悲欢并不相通,我只觉得他们吵闹。

---

[1] 收入《细读张爱玲》(增订本),《许子东文集》第三卷,上海:上海三联书店,2025年版。

穆时英的小说《上海的狐步舞》，写的就是这样的画面。这是中国最早的意识流小说。穆时英是上海"新感觉派"作家，非常bourgeois（中产阶级）的作家，但他对上海反而持批判的立场。鲁迅说，人类的悲欢并不相通，我只是觉得他们吵闹。其实小说家把这些画面并置在一起，也是一种人性相通的努力。

> 恐怕有一天总要不准穿破布衫，否则便是共产党。

我看到的是，不准穿好的衣服，不准烫头发，不准穿尖头皮鞋，不准穿窄腿裤，否则学生就替你剪了、脱了。

> 革命，反革命，不革命。
> 革命的被杀于反革命的。反革命的被杀于革命的。不革命的或当作革命的而被杀于反革命的，或当作反革命的而被杀于革命的，或并不当作什么而被杀于革命的或反革命的。
> 革命，革革命，革革革命，革革……

这是鲁迅对后来20世纪中国革命的一个总体预言。具体例证太多了，整本书都是。

> 人感到寂寞时，会创作；一感到干净时，即无创作，他已经一无所爱。
> 创作总根于爱。

鲁迅的作品，很少直接讲爱，这次是例外。鲁迅的这段话，其实是替很多现代古代文学中看似颓废、消沉、悲观、甚至绝望的创作进行辩护。鲁迅承认他自己在《野草》当中非常悲观绝望。郁达夫的作品常常被人非议为颓废，而鲁迅在创造社一派中，只和郁达夫成为了好朋友。因为在鲁迅看来，假如真的完全颓废、绝望、心如死灰，那就不会有颓废、绝望、心如死灰的作品了。

人往往憎和尚，憎尼姑，憎回教徒，憎耶教徒，而不憎道士。

懂得此理者，懂得中国大半。

鲁迅认为中国人讨厌和尚、尼姑、回教徒、基督教徒，说明中国骨子里不是一个宗教国家。范文澜的《中国通史简编》中有一个观点，说为什么唐代明明老百姓相信佛教，连皇帝也相信佛教，而且到处建了很多佛教的寺庙，可最后就是没能成为一个佛教国家呢（不像日本，不像东南亚的国家）？是因为中国人愿意烧香拜佛求福求子，但是却不能接受佛家的轮回观念：假如来世变猫，我妈妈会变成狗吗？范文澜认为中国人从骨子里接受不了。所以，相比之下，只有道教，一方面吃药成仙、采阴补阳，另一方面，和儒家学说天然互补，"穷则独善其身，达则兼济天下"。如果修齐治平不行，那还可以"退一步海阔天空"。

我有次询问一位道长，关于鲁迅的这段话。他说大凡宗教都有些形而上，崇尚精神，但道教却处处与身体有关。而中国的传统，是现世的。

当然,我们是尽量尝试理解鲁迅的这句话,尝试读懂中国的一小半。

《小杂感》的最后一段,确实与身体有关:

一见短袖子,立刻想到白臂膊,立刻想到全裸体,立刻想到生殖器,立刻想到性交,立刻想到杂交,立刻想到私生子。
中国人的想象惟在这一层能够如此跃进。

文化积淀。

42

左右夹击:《"醉眼"中的朦胧》

1927年9月27日,鲁迅和许广平登上了太古公司的"山东"号客轮。轮船在香港、汕头停靠了两次,六七天以后,也就是10月3日到达上海。之后,鲁迅在上海度过了他生命中的最后十年。

一开始,是周建人帮忙在宝山路景云里找了住房,这样,鲁迅终于和许广平同居了。在1935年7月16日给萧军的一封信里,鲁迅说:"我们是相识十多年,同居七八年了,但何年何月何日是开始同居的呢,我可已经忘记了,只记得确是已经同居了而已。"

最后十年,鲁迅不做官、不教书,成了靠稿费、版税生活的专业作家。开始几年,他获得蔡元培主持的南京政府聘任,成为特约著述员,由许寿裳推荐,蔡元培拍板。这份工作每个月三百块,职务是虚的,收入是实的。这个时期,鲁迅大部分时间用来笔耕,挣稿费。鲁迅在上海搬了几次家,都是租的里弄公寓。所以在上海鲁迅最后也没有买房子。他在北京有一栋房子,由他母亲和朱安住着。

1929年，周海婴出世了。鲁迅写诗："无情未必真豪杰，怜子如何不丈夫？"他去看了母亲，和许广平的关系也就公开了。

20年代中期，文坛上吵吵闹闹，现在回头看主要也就四个流派：第一个是胡适、陈源、徐志摩等人的现代评论派，后来变成新月派，他们的成员大部分是英美留学回来的，以学者、诗人为主。第二个是创造社，其中的成员郭沫若、郁达夫、成仿吾、田汉、张资平等基本都是留日归来，创造社有前后期之分。1926年创造社改组，从原来提倡"为艺术的艺术"走向"为革命的艺术"。第三个，是鲁迅、周作人、林语堂等人参与的《语丝》杂志。1923年周氏兄弟失和。鲁迅和林语堂最初是朋友，他厦门大学的工作就是林语堂推荐的，但后来两人吵翻了。《语丝》的人比较杂，不大像一个流派，但最主要的是鲁迅。从1923年到1927年，是鲁迅作品产出最旺盛的时期。当然，人数最多的是文学研究会。文学研究会除了提倡"为人生而艺术"以外，很少卷入具体的文坛人事纷争。只有沈雁冰，早年跟创作社"文人相轻"。叶圣陶、郑振铎、王统照、许地山、老舍等人，很少介入文坛论争。

鲁迅，在1925年后的几年里一直和陈西滢的研究系笔战。到广州之前，他还想和郭沫若等创造社同仁合作，成立新的战线。结果，郭沫若参加北伐去了，成立"战线"没有成功。但万万没想到，鲁迅到了上海以后仅仅3个月，就突然遭到了来自后期创造社和太阳社的年轻一代革命作家的猛力批判。最早是1928年1月，创造社的一个新杂志《文化批判》，刊登了冯乃超的论文《艺术与社会生活》：

> 鲁迅这位老生——若许我用文学的表现——是常从幽暗的酒家的楼头，醉眼陶然地眺望窗外的人生。世人称许他的好处，只是圆熟的手法一点，然而，他不常追怀过去的昔日，追悼没落的封建情绪，结局他反映的只是社会变革期中的落伍者的悲哀，在聊赖地跟他弟弟说几句人道主义的美丽的说话，隐遁主义！好在他不效 托尔斯泰变作卑污的说教人。[1]

冯乃超庆幸鲁迅还没有学托尔斯泰。这篇文章也不止批评了鲁迅一个人，文章称叶圣陶为"中华民国的一个最典型的厌世家"；称郁达夫"对于社会的态度与上述二人没有差别"；称张资平只写"小资产阶级的无聊的叹息和虚伪的两性生活。……没落到反动的阵营里去"。冯乃超评论的作家里边他认为只有一个是好的，"我们若要寻一个实有反抗精神的作家，就是郭沫若"[2]。

鲁迅有那么多激愤抗争的散文，包括《野草》里的绝望抗争。现在居然有一派作家，说鲁迅是"隐遁主义""封建情绪""落伍者的悲哀"，可以想象鲁迅是怎样的吃惊。而且这种批判不只是个人感想，后面还紧跟着一个新派阵营，批判得有理论、有策略。《文化批判》第二期发表了李初梨的文章《怎样地建设革命文学》。李初梨后来是中国共产党中联部副部长。

> 我以为一个作家，不管他是第一第二……第百第千阶级的人，他都可以参加无产阶级文学运动；不过我们先要审察他的

---

[1] 转引自朱正：《鲁迅传》，北京：人民文学出版社，2012年版，第237页。
[2] 转引自钱理群：《与鲁迅相遇》，北京：生活·读书·新知三联书店，2003年版，第81页。

动机。看他是"为文学而革命",还是为革命而文学[1]。

20年代初有"为艺术的人生"和"为人生的艺术"之争,20年代末又有"为文学而革命"和"为革命而文学"之辩。李初梨说,"他如果为保持自己的文学地位,或者抱了个为发达中国文学的宏愿而来,那么,不客气,请他开倒车,去讲'趣味文学'。假若他真是'为革命而文学'的一个,他就应该干干净净地把从事他所有的一切布尔乔亚意德沃罗基完全地克服,牢牢地把握着无产阶级的世界观——战斗的唯物论,唯物的辩证法。……所以我们的作品,……是机关枪,迫击炮。"[2]

李初梨的论点,今天听来很熟悉。当时乍一出现,调子有点儿高:"鲁迅究竟是第几阶级的人,他写的又是第几阶级的文学?他所曾诚实地发表过的,又是第几阶级的人民的痛苦?"[3]

鲁迅一时有点儿懵,过了几个月,才打破沉默,写了一篇应战文章《"醉眼"中的朦胧》,发表在《语丝》第四卷第十一期(1928年3月12日):

> 然而各种刊物,无论措辞怎样不同,都有一个共通之点,就是:有些朦胧。这朦胧的发祥地,由我看来,——虽然是冯乃超的所谓"醉眼陶然"——也还在那有人爱,也有人憎的官僚和军阀。和他们已有瓜葛,或想有瓜葛的,笔下便往往笑迷

---

[1] 转引自钱理群:《与鲁迅相遇》,北京:生活·读书·新知三联书店,2003年版,第240—241页。
[2] 转引自朱正:《鲁迅传》,北京:人民文学出版社,2012年版,第238页。
[3] 转引自钱理群:《与鲁迅相遇》,北京:生活·读书·新知三联书店,2003年版,第299页。

迷，向大家表示和气，然而有远见，梦中又害怕铁锤和镰刀，因此也不敢分明恭维现在的主子，于是在这里留着一点朦胧。[1]

这段还是讲和官方／政府当局关系比较好的现代评论派。

和他们瓜葛已断，或则并无瓜葛，走向大众去的，本可以毫无顾忌地说话了，但笔下即使雄纠纠，对大家显英雄，会忘却了他们的指挥刀的傻子是究竟不多的，这里也就留着一点朦胧。

这段话有点儿微妙。讲后期创造社，一方面显示英雄气概，一方面却不敢忘却军阀、官僚的指挥刀？鲁迅不会是说青年革命作家背后也有指挥刀吧，鲁迅当时应该还没有看到这一层。

于是想要朦胧而终于透漏色彩的，想显色彩而终于不免朦胧的，便都在同地同时出现了。

说句实在话，我们读了鲁迅这么多文章，这一段真是有些朦胧。可以看出，在应付研究系、胡适这一派时，鲁迅的回击非常尖刻，非常有力。可是面对这一批年轻革命作家的攻击时，鲁迅的态度，好像有点儿犹豫，有点儿吃不准，回答得也比较朦胧。他不像以前讽刺陈西滢等"正人君子"时那么刻薄、自信、有气势。这可

---

[1] 鲁迅：《"醉眼"中的朦胧》，《鲁迅全集》第四卷，北京：人民文学出版社，2005年版，第61—66页。以下鲁迅引文，除非特别标注，均同此出处。

能是因为老作家碰到了新问题,也可能是因为这个攻击来自他一贯相信的青年人,而且还携带着新派的左翼理论。所以,鲁迅在回答时很讲究策略,他把攻击他的左右两派相提并论。我们今天看李初梨的阶级分类批评,一点儿也不朦胧,而是太过简单。这是后来重复了几十年的问题——你写什么,先看看你是什么阶级的。你到底是"为革命而文学",还是为"文学而革命"?什么是目标,什么是工具?李初梨当时已经是这个逻辑了。但是等到论辩文章展开以后,鲁迅也开始理清了他的逻辑,"其实朦胧也不关怎样紧要。……革命者决不怕批判自己,……我并不希望做文章的人去直接行动,我知道做文章的人是大概只能做文章的。"

鲁迅这是在回答"你到底属于第几阶级"。

鲁迅批判创造社的迅速转向,说他们"或者因为看准了将来的天下,是劳动者的天下,跑过去了;或者因为倘帮强者,宁帮弱者,跑过去了;或者两样都有,错综地作用着,跑过去了。也可以说,或者因为恐怖,或者因为良心"。

这是 20 年代后期鲁迅分析的创造社转向"革命文学"的两个动机,一是相信将来革命会成功,所以参加;二是出于道义的原因,鸡蛋跟高墙,人总是要帮鸡蛋的。鲁迅说可能两个动机都有,换言之,创造社的转变要么是因为恐怖,要么是因为良心。鲁迅在这里提了一个极其严肃的问题,"倘若难于'保障最后的胜利',你去不去呢?"

鲁迅的这个问号,是在怀疑后期的创造社是否是投机革命。其实也是对所有革命者的一个严肃提问。当然,回到具体的历史语境,像成仿吾、李初梨、冯乃超……这些年轻人,虽然有些幼稚浪漫,或者受当时"立三路线"的影响,但他们的左倾甚至极"左",应该不是投机。那时谁也不能保证红星后来会照耀中国。包括丁玲、卞之琳等人,冒着艰辛危险跑去延安,不是因为有人能保障最后的胜利,只是觉得眼前的社会太黑暗,必须要反抗。再远的事情,他们也想象不到。

同一篇文章里,鲁迅还反击了成仿吾的批评。成仿吾说鲁迅是"闲暇,闲暇,第三个闲暇",后来鲁迅有本书就叫《三闲集》。成仿吾说鲁迅"代表着有闲的资产阶级""或者睡在鼓里的小资产阶级"。回头看,从"左联"到"文革",20世纪中国革命的最大教训就是从阶级论到血统论,鲁迅的不满很有远见。

> 现在创造派的革命文学家和无产阶级作家虽然不得已而玩着"艺术的武器",而有着"武器的艺术"的非革命武学家也玩起这玩意儿来了……这一种最高的艺术——"武器的艺术"现在究竟落在谁的手里了呢?

当然,鲁迅在回答这些问题时,自己也充满了疑惑。总而言之,年轻革命派的这一轮批评,来得非常突然。清醒如鲁迅,也一时有点儿头晕。

其实这些批评,并不是个人行为,而是后期创造社、太阳社从日本回来的社员有组织地发动的批判。他们否定了创造社跟鲁迅联合的建议,认为现在就应该提倡无产阶级文学。李初梨在《文化批判》的第四号,又刊文《请看我们中国的 Don Quixote 的乱舞》,说"鲁迅,对于布鲁乔亚氾是一个最良的代言人,对于普罗列塔利亚是一个最恶的煽动家！"

李初梨在文中，又给鲁迅起了个外号，叫"Don 鲁迅"。潘梓年——后来的《新华日报》第一任社长，中共第一报人——当时也化名撰文说，"鲁迅那篇，不敬得很，态度太不兴了。我们从他先后的论战上看来，不能不说他的气量太窄了。最先（据所知）他和西滢战，继和长虹战，我们一方面觉得正直是在他这面，一方面又觉得辞锋太有点尖酸刻薄。现在又和创造社战，辞锋仍然是尖酸，正直却不一定落在他这面。……但那种口吻，适足表出'老头子'的确不行罢了"。[1]

潘梓年此文，引出鲁迅另外一篇有名的文章《我的态度气量和年纪》。原来和鲁迅笔战，讲政治观点、谈文艺见解、议社会态度、说人生价值等等都无妨，再讽刺争吵也没关系，唯独两件事不能碰（其实也不单是对鲁迅，对一般人亦同）。第一，为什么鲁迅这么恨陈西滢，除了"正人君子""公理""学者"叫人讨厌外，另一原因就是陈西滢听信并传播顾颉刚的说法，称《中国小说史略》抄袭盐谷温。鲁迅自己常常推却学者的帽子，可是骨子里他还是个学者，抄袭这种事情是不能乱讲的。后来梁实秋批鲁迅的翻译是硬译，贬低他的学术能力也是特别伤人自尊的。

第二，鲁迅比大部分"五四"同仁年长，而且又相信进化论，推崇新青年。今天却是从青年人的口里说出他"老头子不行了"，这是何等的侮辱！年轻人不会觉察，可是鲁迅的答辩文章里，"老头子""老""小头子"等等，讲了十几次。

---

[1] 弱水（潘梓年）：《谈现在中国的文学界》，《战线》周刊创刊号，1928年4月1日。

至于我是"老头子",却的确是我的不行。

我的确生过病,这回弱水这一位"小头子"对于这一节没有话说……

因为我一个而抹杀一切"老头子",大约是不算公允的。……

但我以为"老头子"如此,是不足虑的,他总比青年先死。[1]

隔了上百年,我们今天还能感受到鲁迅写这些文章时的那种特别的怨气。

---

[1] 鲁迅:《我的态度气量和年纪》,《鲁迅全集》第四卷,北京:人民文学出版社,2005年版,第112页。

43

鲁迅与梁实秋的争论：关于文学的阶级性

1927年鲁迅从广州回到上海不久，突然遭到后期创造社、太阳社一班留日归来的年轻作家的有组织的批判围攻。这些年轻作家先说他"醉眼陶然""隐遁主义"，后来批评他"为文学而革命"，而不是"为革命而文学"，并怀疑鲁迅的阶级属性。之后更有人说"这老头子不行了"。鲁迅就回击，在一篇文章里重复了十几遍"老头子""小头子"，真地见出了火气。就在此时，《创造月刊》第二卷第一期又刊出一篇文章，署名杜荃，文章题目是《文艺战线上的封建余孽——批评鲁迅的〈我的态度气量和年纪〉》。

鲁迅先生的时代性和阶级性，就此完全决定了。
他是资本主义以前的一个封建余孽。
资本主义对于社会主义是反革命，封建余孽对于社会主义是二重的反革命。
鲁迅是二重的反革命的人物。

以前说鲁迅是新旧过渡期的游移分子,说他是人道主义者,这是完全错了。

他是一位不得志的 Fascist(法西斯谛)!

这是对鲁迅迄今为止最严重的一次政治批判。之前没有过,之后也没有。杜荃是当时流亡日本的郭沫若的笔名。二十年后,郭沫若也写文章批评沈从文是"反动文人",进步学生把郭沫若的文章做成大字报,贴在北大校园里。沈从文因此自杀,好在没有成功,被救回来了。可是在 20 年代末,郭沫若的"二重的反革命""法西斯谛"的帽子,其实还不如"老头子"、抄袭更伤人。因为当时的文坛还没有真正的政治斗争。

鲁迅隔了几个月,才在与梁实秋论战的时候,顺便提了一下郭沫若的《东京通信》,说"封建余孽就是猩猩,却在任何'唯物史观'上都没有说明"。[1]在后来出版的书信集《两地书》中,可见鲁迅对许广平说:"在上海,创造社中人一面宣传我怎样有钱,喝酒,一面又用《东京通信》诬栽我有杀戮青年的主张,这简直是要谋害我的生命,住不得了。"[2]

鲁迅私下可能也非常生气,但是政治帽子在 20 年代末还并不怎么有实际的杀伤力。况且这派青年用了时髦的马克思主义理论,鲁迅也不熟悉,所以这倒促使他读马克思。"我有一件事要感谢创造社的,是他们'挤'我看了几种科学底文艺论,……并且因此

---

[1] 鲁迅:《"硬译"与"文学的阶级性"》,《鲁迅全集》第四卷,北京:人民文学出版社,2005 年版,第 213 页。

[2] 鲁迅:《两地书》,《鲁迅全集》第十一卷,北京:人民文学出版社,2005 年版,第 323 页。

译了一本蒲力汗诺夫的《艺术论》,以救正我——还因我而及于别人——的只信进化论的偏颇。"[1]

很多鲁迅生平研究,认为这是鲁迅思想的一个转折点。本书对此持怀疑态度。我以为鲁迅的思想一生中并无大的转变,对这一问题,以后再讨论。

当时批判鲁迅的年轻作家,除后期创造社作家外,还有太阳社作家。太阳社1928年初刚刚成立,主要作家有蒋光慈、钱杏邨、洪灵菲、杨邨人等,当时他们都是共产党人。钱杏邨在《太阳月刊》1928年3月1日第3期上发表了一篇《死去了的阿Q时代》,代表了当时相当一部分人对鲁迅的看法。

> 他的大部分创作的时代是早已过去了,而且遥远了。他的创作时代背景,时代地位,把他和李伯元,刘铁云并论倒是很相宜的,他的创作的时代决不是五四运动以后的,……他没有超越时代;不但不曾超越时代,而且没有抓住时代;不但没有抓住时代,而且不曾追随时代。

我们"重读鲁迅",已经不止一次看到鲁迅的话,即使放在一百年后,来批判今天的社会现实、网络现状都是非常合适的。可是钱杏邨却早早宣布鲁迅过时了。而钱杏邨的理论方法我们也是熟悉的。"现在的中国农民第一是不像阿Q时代的幼稚,他们大都有了很严密的组织,而且对于政治也有了相当的认识;第二是中国农

---

[1] 鲁迅:《三闲集·序言》,《鲁迅全集》第四卷,北京:人民文学出版社,2005年版,第6页。

民的革命性已经充分的表现了出来……第三是中国的农民智识已不像阿Q时代农民的单弱"。[1]

这不是文学批评的错误,而是对中国社会的误解。当时因为陈独秀的右倾投降主义受到批评,接下来替代陈独秀的瞿秋白、向忠发、李立山,都是走左倾路线的。鲁迅不仅不同意创造社、太阳社对中国社会的分析,而且看不惯革命党一定要讲最后的胜利,就好像人付了多少钱,就要得多少利,跟人寿保险公司一样。鲁迅说:"但不是正因为黑暗,正因为没有出路,所以要革命的么?倘必须前面贴着'光明'和'出路'的包票,这才雄赳赳地去革命,那就不但不是革命者,简直连投机家都不如了。虽是投机,成败之数也不能预卜的。"[2]

像《过客》中的过客,相信文学也好,革命也好,都是非功利的,而不是为了必然得到什么。鲁迅强调的是过程,而不是成果,更不能为了目的不择手段。

不过就在鲁迅和年轻的革命作家论战的1928年和1929年,留美归来的梁实秋,突然在《新月》第二卷第六、七号合刊(1929年9月)上,发表了《论鲁迅先生的硬译》和《文学是有阶级性的吗?》两篇文章,这就使得鲁迅在一个短时期内处于被左右夹攻、两面受敌的境地。这个时期发生的事情,以及特定的时间背景,对鲁迅后十年的选择,甚至对整个中国现代文学的发展,都有深远的影响。

梁实秋,后来是莎士比亚研究专家,他的《雅舍小品》等散

---

[1] 阿英(钱杏邨):《死去了的阿Q时代》,《阿英全集》第二卷,合肥:安徽教育出版社,2003年版,第16页。
[2] 鲁迅:《铲共大观》,《鲁迅全集》第四卷,北京:人民文学出版社,2005年版,第107页。

文自成一派，开创风气。但在1929年《新月》杂志上批评鲁迅"硬译"的时候，他还是一个刚从美国回来不久的26岁青年，受了白璧德人文主义的影响，对"五四"时期郁达夫等人的"五四"浪漫主义很不满意。他的文章要从陈西滢的《论翻译》说起，陈西滢说："死译的病虽然不亚于曲译，可是流弊比较的少，因为死译最多不过令人看不懂，曲译却愈看得懂愈糟。"[1]之作梁实秋批评"死译"，以鲁迅评卢那察尔斯基的"文艺理论"（《艺术论》）为例。鲁迅有这么一段翻译，"这意义，不仅在说，凡观念形态，是从现实社会受了那唯一可能的材料，而这现实社会的实际形态，则支配着即被组织在它里面的思想，或观念者的直观而已，在这观念者不能离去一定的社会的趣味这一层意义上，观念形态也便是现实社会的所产。"

梁实秋可能也是故意挑的，"因为我们人人知道鲁迅先生的小说和杂感的文笔是何等的简练流利……但是他的翻译却离'死译'不远了……读这样的书，就如同看地图一般，要伸着手指来寻找句法的线索位置。……我们"硬着头皮看下去"了，但是无所得。"[2]

如果抛开具体的历史语境，也可以说这是一位年轻学者对文坛大家的直率批评。鲁迅的各种文学创作，小说、散文、杂感，都比他的翻译受到更多的好评。

鲁迅觉得恼火，这又是研究系的，喝了点儿西洋墨水回来，就来质疑他的学术能力。所以，一方面是左翼的政治批判刺激他赶时

---

[1] 梁实秋：《论鲁迅先生的"硬译"》，《新月》第二卷第六、七期合刊。
[2] 同上。

髦硬着头皮翻译了几本马克思主义的文艺理论（大概也不是从德文直译的，而是从日文转译的），另一方面右派的学术攻击又激怒了他，所以鲁迅写了一篇很有名的文章《"硬译"与"文学的阶级性"》。这篇文章的后半部分，鲁迅还是两面作战的，"假如在'人性'的'艺术之宫'（这须从成仿吾先生处租来暂用）里，向南面摆两把虎皮交椅，请梁实秋钱杏邨两位先生并排坐下，一个右执'新月'，一个左执'太阳'，那情形可真是'劳资'媲美了"。[1]

鲁迅使用形象的比喻，一边是"新月"，一边是"太阳"；一边是左派，一边是右派，表明了他当时被左右同时攻击的境况。但整个文章的重点，主要还是批判梁实秋。

> 第一，梁先生自以为"硬着头皮看下去"了，但究竟硬了没有，是否能够，还是一个问题。以硬自居了，而实则其软如棉，正是新月社的一种特色。

这是典型的鲁迅笔法，充满暗示，刻薄嘲讽。你说硬着头皮，鲁迅马上回击你硬不硬？你其实很软。

> 第二，梁先生虽自来代表一切中国人了，但究竟是否全国中的最优秀者，也是一个问题。

但于我最觉得有兴味的，是上节所引的梁先生的文字里，

---

[1]《"硬译"与"文学的阶级性"》最初发表于1930年3月上海《萌芽月刊》第一卷第三期。收入《二心集》。《鲁迅全集》第四卷，北京：人民文学出版社，2005年版，第199—217页。以下鲁迅引文，除非特别标注，均同此出处。

有两处都用着一个"我们",颇有些"多数"和"集团"气味了。

这就把梁实秋的个人批评,上升到文坛的流派之争。

信、达、雅这译事三原则,鲁迅最看重的是信——忠实于原作,所以鲁迅要帮自己深奥的翻译进行辩护,同时又嘲弄了新月派的一些浅薄文字。但比翻译理论讨论更重要的,是鲁迅就文学阶级性问题,和梁实秋展开的论争。这个论争在现代文学史上有着重要影响。

> 梁先生首先以为无产者文学理论的错误,是"在把阶级的束缚加在文学上面",因为一个资本家和一个劳动者,有不同的地方,但还有相同的地方,"他们的人性并没有两样",例如都有喜怒哀乐,都有恋爱(但所"说的是恋爱的本身,不是恋爱的方式"),"文学就是表现这最基本的人性的艺术"。

针对梁实秋的观点,鲁迅的回答很出名:

> 文学不借人,也无以表示"性",一用人,而且还在阶级社会里,即断不能免掉所属的阶级性,无需加以"束缚",实乃出于必然。自然,"喜怒哀乐,人之情也",然而穷人决无开交易所折本的懊恼,煤油大王那会知道北京检煤渣老婆子身受的酸辛,饥区的灾民,大约总不去种兰花,像阔人的老太爷一样,贾府上的焦大,也不爱林妹妹的。

这段话在后来的现代文学及文学理论课堂上被反复宣讲。就个人经验讲，凡事用理论说不清时，最好的办法是"从自己的亲身实践检验真理"，毕竟"煤油大王那会知道北京检煤渣老婆子身受的酸辛"？现在很少有人捡煤渣了，但地产大王如李嘉诚应该知道香港住"劏房"（极狭小的出租房）人们的境况心理，所以他们就设计越来越小的房子来赚这些民众的钱。反过来"劏房"里的人们透过哪怕很小的电视屏幕，也愿意隔空体会豪门恩怨。"贾府上的焦大，也不爱林妹妹的"？ 难说。在深圳的理发店，我们见过搬运男工或洗头妹，人在底层，却盯着电视上的"宫心计"画面半张着嘴，目不转睛。

可见文学写人，必写阶级性。但阶级性可以使人同情反抗，但也可以让人宣泄做梦。能穿越阶级性的，还是人性的相通。能穿越阶级性的，才是经典作品。

二十多年后，中国人又开始批判"文学是人学"，以为只供本阶级欣赏的文学，才是最好的文学。鲁迅在"左联"刊物《萌芽月刊》的第一期上，发表了一篇短文《新月社批评家的任务》，将梁实秋、徐志摩等人都归入胡适派。朱正的《鲁迅传》后来很仔细地对此进行分析：梁实秋当时其实是反对思想统一的，他批判国民党官方文艺政策。梁实秋认为，"思想这件东西，我以为是不能统一的，也是不必统一的。……一个暴君可以用武力和金钱使得有思想的人不能发表他的思想，封书铺，封报馆，检查信件，甚而至于加以'反动'的罪名，枪毙，杀头，夷九族！但是他的思想本身是无法可以扑灭,并且愈遭阻碍将来流传的愈快愈远。"[1]在坚持思想独立,反抗意识形态管制方面,梁实秋和鲁迅其实分歧不大。真的批判鲁迅比较厉害的还是李初梨的阶级论。

鲁迅引梁实秋的观点,"梁先生说作者的阶级,和作品无关。托尔斯泰出身贵族,而同情于贫民,然而并不主张阶级斗争;马克斯并非无产阶级中的人物;……所以估量文学,当看作品本身,不能连累到作者的阶级和身分"。这段梁实秋的论述,其实恰恰可以帮鲁迅辩护。鲁迅不是被李初梨追查阶级属性吗?他不是刚刚被戴上了"二重的'反革命'不得志的法西斯谛"的帽子吗?文学中的阶级性、人性,是永远值得讨论的学术问题。梁实秋与鲁迅的论战,从"硬译"伤了自尊心起,双方又意气用事。但两个人在基本的文学观上,共同基础大于分歧。

但问题是,为什么两面作战的鲁迅,当时轻轻放过了李初梨、郭沫若等人的炮火?他心里也知道这些炮火的杀伤性很大,可是他几个月都没有正面回应左派的攻击,但是却严厉地反击了梁实秋的"书生谬见"。

这中间到底发生了什么事情,使得鲁迅在20年代末30年代初,做出了一个非常关键的转变呢?

---

[1] 梁实秋:《论思想统一》,《新月》月刊第二卷第三号。

44

鲁迅的世界观转变？

鲁迅在1930年参加"左联"成立大会，并且做了讲话。一生最后的五六年，他一方面成为"左联"名义上的旗帜、领袖，另一方面又和"左联"实际负责的周扬、夏衍等人，出现颇严重的矛盾。所以鲁迅晚年心情不好。一般认为，20年代后期的革命文学论争，促使他读了马克思主义的书，鲁迅的世界观发生了转变。"正是这期间鲁迅的思想反映着一般被蹂躏被侮辱被欺骗的人们的彷徨和愤激，他从进化论最终的走到了阶级论，从进取的争求解放的个性主义进到了战斗的改造世界的集体主义"[1]。

我这次"重读鲁迅"，有一个重要的收获，就是对鲁迅思想转变的定论产生了怀疑。我认为，鲁迅的世界观和文艺观，并没有发生根本性的变化。鲁迅的世界观从来都是阶级论的，从来都是关心阶级矛盾多过民族矛盾的，从来都是关注社会不平等、人与人之间

---

[1] 瞿秋白：《〈鲁迅杂感选集〉序言》，《多余的话》，北京：北京联合出版公司，2021年版，第192页。

的剥削压迫控制服从的,也从来都是同情弱者的,特别同情穷人和青年。所有这一切,在他一生中都没有大的变化。

而鲁迅的文艺观,从来都认为文学虽然可以,甚至必然为政治、为革命所用,但是文学和政治、和革命是两回事。文学可以为革命服务,但这不代表文学就是革命。文学在革命之外,还有很多其他的功能、作用和价值。而且文学本身,应该是非功利的。革命,可以依靠文学,但如同鲁迅在黄埔军校演讲时所言,革命大部分的力量不是依靠文学。

要理解鲁迅一生中世界观有没有发生根本性的改变,1925年《阿Q正传》俄文译本的《序言》是一个很重要的参考材料。

众所周知,阿Q是写国民性的,鲁迅也自问:"我是否真能够写出一个现代的我们国人的魂灵来。"[1]《阿Q正传》承担了画出国人魂灵的重任,在其俄文译本的序文中,鲁迅首先提到,国人灵魂的背景,是社会等级。

> 在我自己,总仿佛觉得我们人人之间各有一道高墙,将各个分离,使大家的心无从相印。这就是我们古代的聪明人,即所谓圣贤,将人们分为十等,说是高下各不相同。其名目现在虽然不用了,但那鬼魂却依然存在,并且,变本加厉,连一个人的身体也有了等差,使手对于足也不免视为下等的异类。造化生人,已经非常巧妙,使一个人不会感到别人的肉体上的痛苦了,我们的圣人和圣人之徒却又补了造化之缺,并且使人们

---

[1] 鲁迅:《俄文译本〈阿Q正传〉序及著者自序传略》,《鲁迅全集》第七卷,北京:人民文学出版社,2005年版,第83页。

不再会感到别人的精神上的痛苦。[1]

这一段文字非常重要,鲁迅讲了好几个意思。

中国古代把人分成很多等级,现在,这些等级名义上没有了,实际上鬼魂还在。

鲁迅说,生理意义上的人,感觉不到别人的痛苦。当然,我们看到别人切到手指,也会很不舒服,但不是直接感受到手痛,而是精神上的感应。我们中国文化有很多级别,人上人、人下人,所以,人们对别人(尤其不是一个等级的人)的精神上的痛苦的感应,就麻木了。

鲁迅在阿Q身上看到的阶级压迫,与后来的阶级斗争理论有重大差别。后来的左翼理论,把社会矛盾和人伦关系的各种冲突,都简化为阶级对立——穷人对富人,农民对地主,民众对官府,人民群众对剥削阶级。如果放不进这个二元对立的框架,比如小资产阶级,那就放在旁边。

鲁迅所写的未庄的压迫关系,是每个人都可能既压迫欺负他人,又被他人欺负控制,是"羊兽一体"。鲁迅写的知识分子比晚清复杂,有狂人、病愈的狂人、孔乙己、《祝福》中内疚的"我"以及"穿长衫的人"等多种类型。鲁迅写官府比过去的作品要含蓄,直接的官员形象很少,出面的都是帮凶爪牙。但是鲁迅小说最大的突破,还是写民众,鲁迅对民众的解剖,对奴隶和奴才问题的持久思考,从他写《狂人日记》到他30年代中期厌恶"奴隶总管",

---

[1] 鲁迅:《俄文译本〈阿Q正传〉序及著者自序传略》,《鲁迅全集》第七卷,北京:人民文学出版社,2005年版,第83页。

基本没有大的变化。

鲁迅反复强调"国民性"的欺软怕硬。阿Q，被赵老太爷欺负，被闲人甚至王胡欺负，他甚至打不过小D。但阿Q也会欺吴妈，去捏小尼姑的脸。在阿Q的想象当中，他不想睡假洋鬼子的老婆，可以指使小D帮他搬大床，"不搬好我就打他"。在鲁迅笔下，阿Q不只是无产阶级，还是极普通的中国人。一旦阿Q革命成功掌权了，会出现什么样的情况？鲁迅不仅仅分析穷富对立，官民矛盾，他更看到普通国民在阶级关系上的多重性，这是鲁迅的阶级论与一般的阶级斗争理论的区别之一。

第二个区别更重要。一般的阶级斗争论，强调的是斗争。当然，仇恨也是鲁迅的出发点，《三闲集》里有篇《文艺与革命》，明言"斗争呢，我倒以为是对的。人被压迫了，为什么不斗争？"[1]在另外一篇文章《铲共大观》里，鲁迅也说："不是正因为黑暗，正因为没有出路，所以要革命的么？"[2]

但鲁迅强调的是仇恨后面，人与人之间的隔膜不通。在俄文本的序言中，鲁迅特别注意国民灵魂的沉默，及互相之间的不相通，他们甚至连自己的手都看不起自己的脚。人不能感受他人肉体和精神的苦闷。所以在这个层面上，吴妈不会理解阿Q的苦闷，阿Q也绝不懂得尼姑的心情，百姓去看游街杀头，会兴高采烈，或者表情麻木。反过来，民众要斗争地主时，双方也都不会把对方当作人看。"犯人"，"犯人"，用的是反犬偏旁。

人和人之间的这种隔膜、不相通，到底是源于中国人的奴性，

---

[1] 鲁迅：《文艺与革命》，《鲁迅全集》第四卷，北京：人民文学出版社，2005年版，第84页。
[2] 鲁迅：《铲共大观》，《鲁迅全集》第四卷，北京：人民文学出版社，2005年版，第107页。

还是人性普遍的弱点？鲁迅回答了一半，另一半让我们再思考。欧洲中世纪火烧异教徒，或者是砍头的场面，不是也有很多群众看得津津有味，甚至情绪激昂吗？鲁迅小说关注的也许不只是中国的国民性，而是人类历史上专制社会共同的群众土壤。

相比所谓阶级观念的转变，鲁迅文艺观的一贯坚持反而更加明显。《〈呐喊〉自序》早说过，鲁迅是为了"听将令"，所以才在结尾加上光明的"尾巴"。其实，这样写小说的艺术性是受损害的。鲁迅早就知道文学为启蒙服务是要付些代价的。《文艺与革命》当中的一段话，形象生动地说明了文艺与政治的关系。鲁迅说：

> 我以为一切文艺固是宣传，而一切宣传却并非全是文艺，这正如一切花皆有色（我将白也算作色），而凡颜色未必都是花一样。革命之所以于口号，标语，布告，电报，教科书……之外，要用文艺者，就因为它是文艺。[1]

花与颜色，鲁迅说得太清楚了。以后再有人，搞不清文艺与政治的关系时，想想鲁迅的花与颜色就清楚了。鲁迅这段话的关键是，文学和革命是两回事，文学可以为革命所用，但它还有其他的用，有其他的价值。而且，文学还有"无用"的"用"。

政治家所以利用文学，但归根结底要想清楚，到底是要颜色，还是要花？

回想起李初梨批评鲁迅，说他不是"为革命而文学"，而是

---

[1] 鲁迅：《文艺与革命》，《鲁迅全集》第四卷，北京：人民文学出版社，2005年版，第85页。

"为文学而革命"。如果说鲁迅是为了忠实于艺术才来启蒙救世的,那就太夸大鲁迅的艺术信仰了。而且夏志清他们还专门批评鲁迅对艺术不够虔诚,说他批判人性,却优待穷人跟青年。鲁迅其实知道他"亲革命"的世界观,有时损害他的艺术。在《三闲集》的《通信(并Y来信)》里,他说:"我总以为下等人胜于上等人,青年胜于老头子,所以从前并未将我的笔尖的血,洒到他们身上去。我也知道一有利害关系的时候,他们往往也就和上等人老头子差不多了,然而这是在这样的社会组织之下,势所必至的事。对于他们,攻击的人又正多,我何必再来助人下石呢,所以我所揭发的黑暗是只有一方面的,本意实在并不在欺蒙阅读的青年。"[1]

鲁迅最好的小说是一视同仁的,比如《阿Q正传》,不会为了社会进步,偏帮青年和穷人。因为鲁迅知道,这样的偏帮某种程度上会损害艺术。

如果说1930年鲁迅的思想有所转变,那大概是因为之前比较帮青年,忠诚于进化论;后来更帮穷人,看重无产阶级。但是想想《一件小事》,其实鲁迅早早地就偏帮穷人了。而30年代他写《为了忘却的记念》,照样对青年的牺牲特别痛心。

所以,在鲁迅身上,有些东西一直没有变化:对青年和穷人的同情,对官府的蔑视,对知识分子的"苛求",对奴隶与奴才关系的持久关注,对中国传统礼教及国民性的深刻批判。五百年后,人们会怎么回顾鲁迅在中国历史文化上的意义呢?他应该还会被视为中国文化传统转折和复兴的一个关键人物,只是他的复兴更多以批

---

[1] 鲁迅:《通信》,《鲁迅全集》第四卷,北京:人民文学出版社,2005年版,第98页。

判破坏的方式进行。在讨论魏晋文人放浪形骸反礼教的学术演讲中，鲁迅独具慧眼，说"魏晋的破坏礼教者，实在是相信礼教到固执之极的"[1]。我们是否也可以说，鲁迅看似是中国礼教的破坏者，但其实在某种意义上，他也是"相信礼教到固执之极"者？

---

[1] 鲁迅:《魏晋风度及文章与药及酒之关系》,《鲁迅全集》第三卷，北京：人民文学出版社，2005年版，第537页。

45

鲁迅与中国左翼作家联盟

1928年和1929年，后期创造社和太阳社的年轻作家们对鲁迅轮番批判，后来又有新月派的梁实秋批评鲁迅"硬译"并同他论争文学的阶级性等问题。就在鲁迅被左右两面夹攻时，文坛形势突然又出现了戏剧性的变化。据中共中央宣传部文化工作委员会成员吴黎平后来回忆，"大概是在1929年11月间，李立三同志到芝罘路秘密机关来找我，把中央的这些意思告诉我：一是文化工作者需要团结一致，共同对敌，自己内部不应该争吵不休；二是我们有的同志攻击鲁迅是不对的，要尊重鲁迅，团结在鲁迅的旗帜下；三是要团结左翼文艺界、文艺界的同志，准备成立革命的群众组织。李立三同志要我和鲁迅先生联系，征求他的意见。"[1]瞿秋白之后，党的总书记名义上是向忠发，实际负责人是中宣部长李立三（史称"立三路线"）。后期创造社和太阳社的年轻作家们大都是共产党员，

---

[1] 转引自朱正：《鲁迅传》，北京：人民文学出版社，2013年版，第250页。

所以他们马上停止了对鲁迅的批判。大概是冯乃超、夏衍、钱杏邨等人，主动向鲁迅赔礼道歉，并请求鲁迅参加1930年马上要成立的中国左翼作家联盟，做他们的领袖。另一边，梁实秋和新月派还在拼命批判鲁迅的翻译和文艺观。他们是又反国民党，又批"左联"，没有什么文坛斗争的统战策略。在被两面夹攻的情况下，有一派人突然要和解，鲁迅当然是欢迎的。从自尊心的角度讲，这也是人之常情。

后来，鲁迅参加了"左联"的成立大会，也讲了话，提醒革命作家要有韧性，要正视社会、革命的艰苦，要扩大战线等等。

这就是为什么，鲁迅此时的文章，对钱杏邨轻轻带过，对梁实秋严厉追问。

鲁迅在1930年参与了中国左翼作家联盟的活动以后，他的文风有所变化：第一，他开始使用诸如阶级斗争和无产阶级革命文学等字眼；第二，继续尖刻地批判新月派；第三，继续不断讽刺后期创造社和太阳社的年轻革命家。

《"硬译"与"文学的阶级性"》在"左联"内部受到极高评价。鲁迅在这一时期认识了两个他所信任的共产党人，瞿秋白和冯雪峰。冯雪峰当时是"左联"的负责人之一。鲁迅和梁实秋之争，部分是因为派别和政治立场。就人性、文艺观而论，深究下去，两人区别不是很大。两人之间更严重的分歧倒是如何看待大众和文艺的关系问题。

"大众"这个词，当然古代就有，但现代的用法是随着日语汉字进入中国的。进来时是个中性概念，与"精英"相对时，"大众"一词还带有点儿贬义。二三十年代大众文艺开始被介绍给国民的时候,其实有三种不同的看法。第一种,是鲁迅那样的"铁屋中的呐喊",少数精英有责任唤醒沉睡的大众,谓之"启蒙";第二种,是瞿秋白关于文艺大众化的观点,他批评知识分子用欧化语言唤醒大众,他认为无产阶级是最高明的,知识分子应该向大众学习。1942年以后,这成为意识形态的主流方向;第三种,是梁实秋的观点,他认为好的作品永远是少数人的专利,大多数人和最高级的文学永远无缘。即便有一天很多人读《红楼梦》,但是能够理解《红楼梦》精髓的恐怕还是少数。

之后,鲁迅接连撰文谈阶级斗争。如《中国无产阶级革命文学和前驱的血》,对柔石等青年作家的牺牲表达了愤怒和哀悼。"我们现在以十分的哀悼和铭记,纪念我们的战死者,也就是要牢记中国无产阶级革命文学的历史的第一页,是同志的鲜血所记录,永远在显示敌人的卑劣的凶暴和启示我们的不断的斗争"。[1] 又如《黑暗中国的文艺界的现状》,说"现在,在中国,无产阶级的革命的文艺运动,其实就是惟一的文艺运动。……现在来抵制左翼文艺的,只有诬蔑,压迫,囚禁和杀戮;来和左翼作家对立的,也只有流氓,侦探,走狗,刽子手了"。[2] 这篇文章的副标题是"为美国《新群众》作"。当时鲁迅将这篇文章交给史沫特莱,想译成英文,和"外部势力"联系,但最后没能在美国发表。鲁迅和现代文学的左翼思潮,的确与当时西方资本主义的经济危机及全球左倾思潮有关。

---

[1] 《中国无产阶级革命文学和前驱的血》,1931年4月25日《前哨》(纪念战死者专号),收入《二心集》。见《鲁迅全集》第四卷,北京:人民文学出版社,2005年版,第290页。
[2] 《黑暗中国的文艺界的现状》一文没有在国内刊物上发表过,后收入《二心集》。见《鲁迅全集》第四卷,北京:人民文学出版社,2005年版,第292页。

鲁迅在给李恺良的一封信[1]中说:"我对于唯物史观是门外汉,不能说什么。"30年代的鲁迅,理论上虽然热情迷惘,但是政治上却相当冷静透彻。当时中共领导人李立三曾和鲁迅会面,据夏衍事后的回忆:"左联成立不久,李立山在5月9日准备发表一个文件,就是后来在6月11日发表的那个党史上有名的《新的革命高潮与一省和几省的首先胜利》。在提此口号之前,李要求见鲁迅,希望鲁迅发一个宣言支持他……当时是立三路线高峰,他扬言'会师武汉,饮马长江',搞城市暴动"。[2]这次会面李立三由潘汉年陪同,鲁迅由冯雪峰陪同,后来冯雪峰在《关于李立三与鲁迅谈话的经过》一文中讲述了更多详情,"李立三约鲁迅见面,时间是1930年5月7日晚间,地点是在当时上海西藏路的爵禄饭店。……李立三约鲁迅谈话的目的,据我了解,是希望鲁迅公开发表一篇宣言,表示拥护当时立三路线的各项政治主张。……鲁迅没有同意,他认为中国革命是不能不长期的,艰巨的,必须'韧战'、持久战。他表示他不赞成赤膊打仗,说在当时那样的时候还应多采用'壕沟战'、'散兵战'、'袭击战'等战术。"鲁迅说"要我像巴比塞那样发表一个宣言,那是容易的;但那样一来,我就很难在中国活动,只得到外国去住起来做'寓公',个人倒是舒服的,但对中国革命有什么益处!我留在中国,还能打一两枪,继续战斗"(不是原话,是冯雪峰的记忆)。[3]

---

[1]《文学的阶级性(并恺良来信)》原载1928年8月20日《语丝》第四卷第三十四期,原题《通信·其二》,收入《三闲集》时改题(可见当时文学的阶级性是个热门话题)。见《鲁迅全集》第四卷,北京:人民文学出版社,2005年版,第126页。
[2] 转引自朱正《鲁迅传》,北京:人民文学出版社,2013年版,第271页。
[3] 同上。

我们要清楚，30年代初的鲁迅，通过"左联"，他的言行开始直接间接地和地下党组织发生关联。我们也要记住，当时的地下党组织，执行的是一条错误的极"左"的政治路线。我们还要理解，如果李立三的路线不是错误的政治路线，夏衍和冯雪峰后来也不会如此写回忆录。

在行动上谨慎，在文章里探索。当时鲁迅对无产阶级文学还是想象多于实践的。他说："所可惜的，是左翼作家之中，还没有农工出身的作家。"[1]难道一定要工人、农民写，才是无产阶级文学么？鲁迅原意是批评一些激进的、空喊无产阶级文学口号的小资产阶级作家。史沫特莱在《中国的战歌》里边记录过鲁迅的一番讲话，"他说，现在有人请他出来领导一场无产阶级文学运动，一些年轻朋友在敦促他做一名无产阶级作家。然而要佯称他为无产阶级作家，那将是幼稚的。他的根在农村，在农民和读书人的生活之中。而且，他也不相信：不曾体验过工人的生活、希望和痛苦的年轻知识分子，能够在目前情况下创造出无产阶级文学"。[2]

按照这个理论，今天很多中国作家倒是真地亲身见证过工人农民的生活、希望、痛苦，或者本身就是工人农民（这两种情况，古今均少见）。所以，中国当代作家可以"创作出无产阶级的文学"，根正苗红，前景无限……

鲁迅的无产阶级革命文学论态度真诚，但理论生硬。今天有各种左派，"新左""白左""极左""形左实右"等等。联想开去，

---

[1] 鲁迅：《黑暗中国的文艺界的现状》，《鲁迅全集》第四卷，北京：人民文学出版社，2005年版，第295页。
[2] 史沫特莱：《中国的战歌》，北京：作家出版社，1986年版，第89页。

我觉得鲁迅是"硬左","硬译"的"硬"。一是因为他骨头硬，硬气；二是，鲁迅在这方面的理论，也有些生硬之处。

相比之下，鲁迅对新月派的讽刺、攻击，更加驾轻就熟。最有名也最刻薄的一篇批判文章，题为《"丧家的""资本家的乏走狗"》[1]。除了抽象地支持无产阶级文学和继续批判新月派以外，鲁迅也没有真正原谅过前几年批判他的创造社革命派。在收录进《三闲集》的《现今的新文学的概观》中，他点名批评了郭沫若的短篇小说《一只手》。鲁迅讽刺创造社革命党的一个关键词，叫"流氓"。他写了好几篇文章，如《流氓的变迁》从"儒以文乱法，而侠以武犯禁"这个武侠精神出处说起，认为这里的"乱"和"犯"绝不是反叛，不过是闹小乱子而已。鲁迅说，"一部《水浒》，说得很分明：因为不反对天子，所以大军一到，便受招安，替国家打别的强盗——不"'替天行道'的强盗去了。终于是奴才"。[2]鲁迅对奴隶和奴才的问题始终耿耿于怀，一有机会，便要谴责。古来的侠客，西汉以后逐渐变成商人权贵的保安保镖。在鲁迅看来，会不会帮主子去维持秩序镇压其他奴隶，是奴隶会不会变成奴才的一个重要的衡量标准。

在另外一篇也很有名的《上海文艺之一瞥》里，鲁迅用冷静嘲讽的口吻叙述海派才子小说的渊源，并联系到电影中的流氓英雄，"也都是油头滑脑的，和一些住惯了上海，晓得怎样'拆梢'，'揩油'，'吊膀子'的滑头少年一样。看了之后，令人觉得现在倘要

---

[1]《"丧家的""资本家的乏走狗"》最初发表于1930年5月1日《萌芽月刊》第一卷第五期，收入《二心集》。见《鲁迅全集》第四卷，北京：人民文学出版社，2005年版，第251页。
[2]《流氓的变迁》最初发表于1930年1月1日《萌芽月刊》第一卷第一期，收入《三闲集》。见《鲁迅全集》第四卷，北京：人民文学出版社，2005年版，第159页。

做英雄,做好人,也必须是流氓"。[1]鲁迅在北京不自称京派,到了上海又嘲讽海派。有时他是借题发挥,批评某些文人政客多变,"激烈得快的,也平和得快,甚至于也颓废得快","无论古今,凡是没有一定的理论,或主张的变化并无线索可寻,而随时拿了各种各派的理论来作武器的人,都可以称之为流氓","现在的统治者也神经衰弱……在出版界上也布置了比先前更进步的流氓,令人看不出流氓的形式而却用着更厉害的流氓手段:用广告,用诬陷,用恐吓……"[2]

六点省略号,最后一段好像已经不止是在讲创造社了。

---

[1] 《上海文艺之一瞥》,最初发表于1931年7月27日和8月3日上海《文艺新闻》第20期和第21期。据鲁迅日记,演讲日期应为1931年7月20日,收入《二心集》,见《鲁迅全集》第四卷,北京:人民文学出版社,2005年版,第300页。
[2] 鲁迅:《上海文艺之一瞥》,《鲁迅全集》第四卷,北京:人民文学出版社,2005年版,第304—309页。

46

《"民族主义文学"的任务和运命》

《剑桥中国史》第13卷《剑桥中华民国史》(下)的文学部分(哈佛大学李欧梵教授执笔),有一章将1930年代中国文艺思潮变化,总结为六次文艺论争。第一次,是20年代末的"革命文学论争",即后期创造社、太阳社,批判鲁迅、茅盾、叶圣陶等主流作家。第二次,是1930年前后,以梁实秋为首的新月派与鲁迅展开的有关翻译和文学的阶级性的论争。第三次,是关于民族主义文学的论争,是王平陵等接近国民党的文人对阵鲁迅及"左联"作家。第四次,是关于文学大众化问题的论争,由瞿秋白和茅盾在"左联"内部展开。第五次,是关于"第三种人"的论争,施蛰存等《现代》杂志同人与鲁迅和"左联"笔战。第六次,是"两个口号"之争,名义上是"国防文学"与"民族革命战争中的大众文学"这两个口号之间的论争,实际上是"左联"当中的周扬、郭沫若等人,和鲁迅、冯雪峰等人的论争。

鲁迅最后在上海近十年的"战斗岁月",始终伴随着文艺论争。其实鲁迅从"五四"以来，就常常与人打笔仗，但之前是有社会内容的"个人恩怨"，现在是有组织背景的意识形态论争。

前两次论争本书之前已经讨论过，第三次是有关民族主义文学的论争。鲁迅的《"民族主义文学"的任务和运命》，发表在1931年10月23号上海的《文学导报》第一卷等六、七期合刊上，时间恰恰是"九一八"之后。这样国难当头的日子，照理说民族主义应该是最热门、最得民心、最有号召力的话题。为什么鲁迅偏偏在这个时候要写文章花很长的篇幅来批判"民族主义文学"呢？

"民族主义文学"，作为一个文学运动，是1930年6月，由国民党官员潘公展、朱应鹏、傅彦长，还有接近国民党的文人王平陵等人策划的。据施蛰存后来的说法，它并不是由国民党中宣部倡导的，它的后台可能是蓝衣社。

这一派的刊物有《前锋周报》《前锋月刊》，核心就是"以民族意识代替阶级意识"。就是说，在文学创作当中，首先强调的不是穷人富人的斗争，民众和官府的对立，或者新与旧、城与乡的冲突，而是国人与异族的矛盾。这也是国民党政府从1927年到1949年，二十二年执政期间，有意识地策划组织的最大规模的文学运动。

鲁迅的文章，一上来又用了关键词"流氓"和"奴才"，"殖民政策是一定保护，养育流氓的。从帝国主义的眼睛看来，惟有他们是最要紧的奴才，有用的鹰犬……这流氓，是殖民地上的洋大人的宠儿，——不，宠犬，其地位虽在主人之下，但总在别的被统治者之上的"。[1]

文章第一段立刻上纲上线，贴上标签，把主张民族意识的文学说成是帝国主义的奴才，以攻击对方的政治道德基础。

> 虽然所标的口号，种种不同，艺术至上主义呀，国粹主义呀，民族主义呀，为人类的艺术呀，但这仅如巡警手里拿着前膛枪或后膛枪，来福枪，毛瑟枪的不同，那终极的目的却只一个：就是打死反帝国主义即反政府，亦即"反革命"，或仅有些不平的人民。

"反革命"一词打了引号，说明当时国民党以革命自居（参考《小杂感》），把反政府人士称为"反革命"。这里还使用了"人民"这个词，而不再使用"人们""百姓""大众"的概念，这在鲁迅笔下比较少见，说明鲁迅当时的话语系统，发生了微妙的变化。

> 那些宠犬派文学之中，锣鼓敲得最起劲的，是所谓"民族主义文学"。……而且大抵没有流氓的剽悍，不过是飘飘荡荡的流尸。

客观来说，这也是骂人的文章。但马上，鲁迅就拿对方作品的具体句子举例。这是一篇描绘国民党军队讨伐阎锡山、冯玉祥的战

---

[1]《"民族主义文学"的任务和运命》，最初发表于1931年10月23号上海《文学导报》第一卷第六期，收入《二心集》。见《鲁迅全集》第四卷，北京：人民文学出版社，2005年版，第328页。以下鲁迅引文，除非特别标注，均同此出处。

地文学:"每天晚上站在那闪烁的群星之下,手里执着马枪,耳中听着虫鸣,四周飞动着无数的蚊子,那样都使人想到法国'客军'在菲洲沙漠里与阿剌伯人争斗流血的生活。"鲁迅非常敏锐地看出黄震遐《陇海在线》这段战地文字的政治不正确之处:明明是中国军队打中国军队,却要把自己想象成欧洲殖民军在打阿拉伯人。

大一点,则说明了中国军阀为什么做了帝国主义的爪牙,来毒害屠杀中国的人民,那是因为他们自己以为是"法国的客军"的缘故;小一点,就说明中国的"民族主义文学家"根本上只同外国主子休戚相关,为什么倒称"民族主义",来朦混读者,那是因为他们自己觉得有时好像腊丁民族,条顿民族了的缘故。

内战中的军人,把自己想象成欧洲远征军,这算什么民族主义文学?

鲁迅又继续引了一些作品的段落,有一首诗描写成吉思汗的孙子征服欧洲:

> …………
> 恐怖呀,煎着尸体的沸油;
> 可怕呀,遍地的腐骸如何凶丑;
> 死神捉着白姑娘拼命地搂;
> ……
> 十字军战士的脸上充满了哀愁;

千年的棺材泄出它凶秽的恶臭；
……
黄祸来了！黄祸来了！
亚细亚勇士们张大吃人的血口。

鲁迅在其他散文里也提到过，中国人把成吉思汗作为光荣的祖先，实在可笑。因为蒙古人进攻匈牙利在前，征服中国在后。相比中国人，大概匈牙利人俄罗斯人更可以说：我们的成吉思汗，占领你们中国。而这首诗里，说"黄祸"攻击欧洲。鲁迅说，"这一张'亚细亚勇士们张大'的'吃人的血口'，我们的诗人却是对着'斡罗斯'，就是现在无产者专政的第一个国度……拔都死了；在亚细亚的黄人中，现在可以拟为那时的蒙古的只有一个日本。"

原来诗的作者是在替日本打欧洲，这是什么民族主义？莫非日本人"竟将中国的'勇士们'也看成菲洲的阿剌伯人了吗"。鲁迅讽刺这种"扬我国威""扬我亚洲之威"的民族主义文学，其实是在为帝国主义开路。对当时的苏联，鲁迅还是有点好感的，不过晚年他拒绝苏方邀请去那里养病，可能也是听说了一些斯大林的对内政策。

鲁迅不厌其烦，又引了一些提倡民族主义的作家的诗句。有一首邵冠华的，叫《醒起来罢同胞》。

踢开了弱者的心，
踢开了弱者的脑。
看，看，看，

> 看同胞们的血喷出来了，
> 看同胞们的肉割开来了，
> 看同胞们的尸体挂起来了。

鲁迅说，"这些诗里很明显的是作者都知道没有武器，所以只好用'肉体'，……用'尸体'……惟一的路也实在只有一个死了。"

另外一首徐之津的《伟大的死》：

> 天在啸，
> 地在震，
> 人在冲，兽在吼，
> 宇宙间的一切在咆哮，
> 朋友哟，
> 准备着我们的头颅去给敌人砍掉。

鲁迅说，"写写固然无妨，但倘若真要这样，却未免太不懂得'民族主义文学'的精义了，然而，却也尽了'民族主义文学'的任务。"

在鲁迅所参与的30年代的各次文艺论争当中，只有这一次对"民族主义文学"的批判，在当时一片叫好，在文学史上也没有任何异议。

由国民党组织的文学运动，因为没有作家作品的支持，没有评论家用讲得通的道理来支撑，所以不堪一击。不像鲁迅其他几次和左派的论争，和梁实秋等新月派中人，以及和"第三种人"的辩论，这些论争在文学史上都留下了一些争议。其中既有人事的争议，也有观点的争议。

"民族主义文学论争"，很简单，鲁迅"完胜"！这也说明，鲁迅在"九一八"之后，依旧是把阶级矛盾看得比民族矛盾更重要。

我们以后讨论"两个口号"论争时，可以进一步观察这个问题。

47

《为了忘却的记念》

  1931年1月17日,柔石等人在上海东方饭店——现在是上海市工人文化宫——被捕,之后被迅速枪杀。这个事情刺激、影响了晚年的鲁迅,促使他更深地卷入了文坛的政治斗争。

  鲁迅最后一次见到"左联"青年作家柔石,是1931年的1月15日。后来鲁迅在《为了忘却的记念》一文中记成了1月16日,但其实是1月15日。当时有一个明日书店,想出版鲁迅的译著。之前书店方想请鲁迅吃饭、约稿,但没有成功。鲁迅日记1月10日记载:"晚明日书店招饮于都益处,不赴。"

  柔石当时在帮明日书店编期刊。书店方请饭不成,就托柔石去鲁迅家里约稿,并且商量支付版税的方法。鲁迅大概是答应了稿约,把一份与北新书局的合同给了柔石,之后柔石就匆匆走了。

  明日书店是许杰、戴邦定等人在1928年创办的左翼书店,店址在上海大连湾路,后来迁到了四马路,即今天的福州路。许杰是20年代文学研究会的作家,浙江天台人。我的家乡也是浙江天台,许杰先生和我父亲是同乡朋友，不过不是亲戚关系。天台有两门许姓，一门在清溪镇，一门在水南村。许杰先生是清溪人，我家祖辈则在水南。

戴邦定，1924年在上海大学读书。当时，家父也在上海大学读书，但不知那时他们是否认识。戴邦定1925年加入共产党，后来到杭州、台州、黄岩等地教书，从事革命活动。1929年以后他到上海当过中学校长，解放以后在华东师大历史系当教授。

这些经历，我其实是最近才从百度百科查到的。从小听父亲说起戴介民，好像跟东方饭店案件有些牵连。但我一直不知道戴介民就是戴邦定，是和许杰先生一起创办明日书店的人。而柔石被捕的时候，身上之所以带着鲁迅的出版合同，就是因为明日书店的这次邀稿。

现代文学史上记载了国民党屠杀"左联"五位作家的事，这是事实，但又不是事实的全部。

柔石、殷夫、冯铿、胡也频、李伟森，五位参加"左联"的作家，当时是在一场尖锐激烈复杂的政治斗争当中被捕、牺牲的。就在柔石等人被捕的十天之前，1931年1月7日，在共产国际驻中国代表团团长米夫的主持下，中共六届四中全会，在上海静安区武定路修德坊6号秘密召开。六届四中全会的重要性，在于推举王明成为中共领袖。当时在场的六届中委罗章龙后来回忆说，会议首先是国际代表做报告，批判右倾路线，要成立布尔什维克化的中央机构。选举时，米夫提名王明、博古。会场上有很多人不满，嘘声四起，史文彬等26个人抗议选举不合手续，因此会议决裂，部分代表退席。但是王明和博古在六届四中全会上还是被增补为中央委员,王明还进了政治局。1931年的6月,工人领袖向忠发被捕、被枪决,当时中央政治局选举王明成为总书记。但是他同年9月就去了苏联,担任中共代表团团长(在国内,博古和周恩来负责中央的实际工作)。从1931年1月7日武定路的六届四中全会起,王明已经是中共中央实际上的总负责人,直到1935年遵义会议选举张闻天为党的总负责人。

就是在这么一个具有重大历史意义的中共六届四中全会之后,当天退席的罗章龙、史文彬等26个人就联名写信给米夫,抗议会议非法,要求宣布选举结果作废。三天之后,就是1931年1月10日,米夫找了这些党内的反对派,在上海静安寺路附近,又开了一个所谓的"花园会议"。结果会议再次失败,米夫等三位共产国际代表怒气冲冲地离开,说罗章龙、史文彬、何孟雄、林育南、李伟森等26人反对四中全会的领导,就是反革命,就是叛徒、特务。当时中共负责特科的顾顺章以安全理由要求代表们留下,但是反对派的代表们却迅速离去。然后他们组织了中共中央非常委员会,简称"非委";文艺界也有中国革命文艺联盟,简称"革文联",成员有李伟森、柔石、胡也频、殷夫等。这些都是见诸于党史、现代史上的公开材料,大家可以核对。就在"非委""革文联"与米夫决裂的一个星期之后,党内的反对派在三马路——就是今天的广东路——和西藏路口的东方饭店租房举行扩大会议。不料会场早就被英租界工部局的巡捕和当时的国民政府的便衣警探包围了。29个人当场被抓,12个人第二天被捕,这显然是有人告密。

罗章龙后来在《上海东方饭店会议前后》这篇文章里面说,

一个可能性是顾顺章叛变了,说他打了电话给工部局。顾顺章在1931年4月,也就是东方饭店事件三个月以后被捕,然后因他的叛变,造成了中共非常巨大的损失。最后是周恩来指示红队将其全家处死,偏偏顾顺章逃掉了,他逃掉以后又密谋建立新共产党,最后被蒋介石处死。

还有另一个说法,东方饭店的会议是被一个从莫斯科回来的叫唐虞的人告的密,而唐虞是王明的朋友。[1]总之,历史上的东方饭店事件,消除了中共内部的反对派,其中又有几位作家,这样就有了"左联五烈士惨案"。

鲁迅听到柔石被捕的消息后,就想起有他名字的一份合同还在柔石身上,觉得危险,于是躲进一家花园公寓,前后躲了40天。当时外界误以为鲁迅也出事了。事实上,柔石狱中的信也说了,当时警方拼命地追查大先生的地址。鲁迅这个时期冒着危险去找过蔡元培,希望蔡元培可以救人。作家郑振铎、陈望道,去找邵力子转托上海市长张群救人。另一边,沈从文去求胡适帮忙,一心要救胡也频。胡适嘴里说"我无法援助",但实际上也曾写信给蔡元培。所有这些文人、政客的活动其实都发生在1931年的2月,但当时他们不知道柔石等人早在十几天前就在龙华被枪毙了。可叹这些年轻作家死后还被当时王明领导的中央定性为反党叛徒。直到十几年以后,1945年中共六届七中全会在延安召开,他们才被追

---

[1] 参考朱正:《柔石之死》,《鲁迅传》,北京:人民文学出版社,2013年版,第287页。

认为烈士。[1]

鲁迅是在两年后的1933年1月才写下著名的《为了忘却的记念》。他听到柔石等人遇难的消息是在一个深夜,他独自站在一个堆满杂物的院子里,"人们都睡觉了,连我的女人和孩子。我沉重的感到我失掉了很好的朋友,中国失掉了很好的青年,我在悲愤中沉静下去了……"[2]然后这篇文章里就有了"忍看朋辈成新鬼,怒向刀丛觅小诗"这样的名句。

鲁迅的文章从初识柔石讲起,"他的家乡,是台州的宁海,这只要一看他那台州式的硬气就知道,而且颇有点迂"。

"台州式的硬气",有点儿道理。家父后来境遇悲惨,却也还是固执。在"锵锵三人行"里边,也有网友说我 stubborn。

鲁迅说柔石,"他相信人们是好的。我有时谈到人会怎样的骗人,怎样的卖友,怎样的吮血,他就前额亮晶晶的,惊疑地圆睁了近视的眼睛,抗议道,'会这样的么?——不至于此罢?……'"鲁迅还记载,柔石上街,都不敢和女性朋友走在一起。"无论从旧道德,从新道德,只要是损己利人的,他就挑选上,自己背起来。"这段称赞,显示出鲁迅的道德观,其实无论新旧,自有其标准。

---

[1] 家父在60年代中期,因为曾经做过医院院长("学术权威"),也被审查。其中有一个专案组特别来打听明日书店和东方书店的事情,反复问他几十年前,是不是曾经跟戴介民、许杰等人一起吃饭。我那时很小,听家父说起,说他一头雾水,实在想不起来几十年前跟谁一起吃过饭。但是,疲劳审问。父亲说造反派态度很好,就是不让睡觉。父亲有时就想,唉呀,谁跟谁吃饭,随你们说吧。我哥哥有个朋友王龙德,到我家来看我父亲。他说:唉呀伯伯,记不清的事情,千万不能随便做证明。个人事小,事关历史事大。后来才知,为什么造反派对此事会求功心切,不是为了鲁迅或柔石,而是因为牺牲者当中有林育南,林彪的堂兄。当时如果发现什么案情突破,就是立了大功。父亲说的戴介民,原来就是明日书店的戴邦定,这是我这次"重读鲁迅"查资料才发现的。戴邦定1973年含冤去世,后来获得平反。
[2] 《为了忘却的记念》最初发表于1933年4月1日《现代》第二卷第六期,收入《南腔北调集》,见《鲁迅全集》第四卷,北京:人民文学出版社,2005年版,第493—502页。以下鲁迅引文,除非特别标注,均同此出处。

鲁迅感慨，柔石替明日书店约稿那一天，"竟就是我和他相见的末一回，竟就是我们的永诀"，"不是年青的为年老的写记念，而在这三十年中，却使我目睹许多青年的血，层层淤积起来，将我埋得不能呼吸，我只能用这样的笔墨，写几句文章，算是从泥土中挖一个小孔，自己延口残喘，这是怎样的世界啊。夜正长，路也正长，我不如忘却，不说的好罢。但我知道，即使不是我，将来总会有记起他们，再说他们的时候的。"

是的，总会有记起他们、再说他们的时候的。《为了忘却的记念》不应该从教材里抽掉。

48

谁是"第三种人"?

《论"第三种人"》一文,最初发表于1932年上海《现代》第二卷第一期,另一篇《又论"第三种人"》发表在1933年7月1日《文学》第一卷第一号。《现代》和《文学》,都是1930年代上海(甚至于中国)最重要的文学期刊,地位相当于1920年代的《小说月报》。但施蛰存主编的《现代》杂志,一直与"第三种人"这个标签划不清界限。30年代的所谓"现代派",不是指西方的现代主义,也不是指现代文学,而是特指围绕着《现代》杂志的一些文人,主要成员有施蛰存、穆时英、刘呐鸥、叶灵凤、戴望舒、李金发等人,也被称为"新感觉派"。

但是鲁迅批判"第三种人"的文章也发表在了《现代》上。甚至我们注意到,左翼政治色彩很浓的《为了忘却的记念》,同样刊登在1933年4月1日《现代》第二卷第六期上。这说明《现代》杂志在当时相当的中立开放,并不只是一个圈子、同人刊物。

1930年代的六次文艺论争,除了第四次,是瞿秋白、茅盾争论文艺大众化问题以外,其余五次都有鲁迅的参与,而且每次鲁迅都是论争的主角。第一次的"革命文学论争",结局是对手主动求和,其实是鲁迅被统战了。最后一次,我们之后还要讨论,是"两个口号"之争,难分胜负,且影响深远。关于"第三种人"的论争,当时看上去是鲁迅一方占了上风。但事后反思,却发现未必如此。

最早引发这场论争的人是胡秋原,他后来在台湾,是著名的"统派"文人。1930年代的他应该还很年轻,在批判民族主义文学时,和鲁迅在同一战线上。但是敌人一致,不代表武器相同。胡秋原批"民族主义文学"是"法西斯蒂的文学,是最丑陋的警犬"。但接下去他说,"中国自汉以来的儒教一尊主义,欧洲中世之绝对教权主义,结果都造成了文化停滞与黑暗。文学与艺术,至死也是自由的,民主的……将艺术堕落到一种政治的留声机,那是艺术的叛徒。艺术家虽然不是神圣,然而也决不是叭儿狗。以不三不四的理论,来强奸文学,是对于艺术尊严不可恕的冒渎"。

这是《阿狗文艺论》中的文字,刊于《文化评论》(创刊号)(1931年12月15日)。《民族主义文艺运动宣言》认为整个新文艺运动当中缺乏中心意识,胡秋原说:"用一种中心意识独裁文坛,结果只有奴才奉命执笔而已。"这些话,原本是用来批判官方的"民族主义文学"的,但"奴才奉命执笔"好像也可以拿来批判"左联"主张的文学为政治服务。

胡秋原还有一篇叫《勿侵略文艺》,也发在《文化评论》上,"我并非否定民族文艺,同时,我更没有否定普罗文艺。……因为我并不能主张只准某种艺术存在而排斥其他艺术,因为我是一个自由人"。

"自由主义""自由人"的招牌一打,"左联"作家冯雪峰就认为,胡秋原以"自由人"的立场,以反对"民族主义文学"的名义,暗暗地实行反普罗革命文学的任务。[1]

这个时候,作家苏汶(笔名杜衡),在《现代》第一卷的第三期上,撰文加入笔战:"在知识阶级的自由人和不自由的、有党派的阶级斗争着文坛的霸权的时候,最吃苦的,却是这两种人之外的第三种人"。这是"第三种人"这个概念的最早出处,原指知识阶级在自由人与党派文人之外的第三种选择。

但是苏汶使用这个术语,策略上不大成功。"第三种人"这个概念,后来在鲁迅等很多人笔下反复出现,都是泛指那些在两派争论当中左右为难的文人。

两派,一派肯定就是左派,即"左联"。另外一派有时是"民族主义文学",有时是新月派等等,总之是右派。简单的"误解"是,一边是左边,一边是右边,"第三种人"就是居中的那些人。公开表示左右为难的有胡秋原、苏汶、施蛰存、戴望舒等,但其实还有很多作家当时没有公开表态。

后来,到了50年代,现代文学史把作家分成三类,革命作家、进步作家、反动作家。其实,很多进步作家(革命民主主义作家)当时都想做"忠实于自己艺术,不做留声机,不做艺术叛徒"的所谓"第三种人",但是他们很快就发现他们不可能做,或者说不可以做。

---

[1] 见冯雪峰(笔名洛扬)在"左联"刊物《文艺新闻》第五十八号(1932年6月6日)发表的一封信。

鲁迅的《论"第三种人"》，核心论点就是，做"第三种人"是不可能的。

> 然而文艺据说至少有一部分是超出于阶级斗争之外的，为将来的，就是"第三种人"所抱住的真的，永久的文艺。……
> 其实，这"第三种人"的"搁笔"，原因并不在左翼批评的严酷。真实原因的所在，是在做不成这样的"第三种人"……
> 生在有阶级的社会里而要做超阶级的作家，生在战斗的时代而要离开战斗而独立，生在现在而要做给与将来的作品，这样的人，实在也是一个心造的幻影，在现实世界上是没有的。要做这样的人，恰如用自己的手拔着头发，要离开地球一样，他离不开，焦躁着……
> 所以虽是"第三种人"，却还是一定超不出阶级的。[1]

鲁迅在特定语境下的这些观点，倒也和近几十年流行的西方后现代学说有相通之处。现在各种后现代理论，大都强调文学总会受到意识形态场域的操控，语言总会被阶级利益、民族身份、甚至家族DNA或集体无意识制约。

但是，每个阶级都有无数不同的思想，究竟谁是代表、谁是领导、谁是主流？难道一个阶级，只有一个利益、一个代表、一种文学么？摆脱不了阶级背景和是否有意从阶级性出发，是两回事。

---

[1] 鲁迅：《论"第三种人"》，《鲁迅全集》第四卷，北京：人民文学出版社，2005年版，第450—452页。

1930年代，是20世纪全球左倾思潮最占主流的两个历史时期之一——另外一个历史时期就是60年代越战后——鲁迅当时受到好友瞿秋白的影响，但仍然不知道"无产阶级文学"应该怎么写。在这些问题上，我们站在近百年后，依旧没有更高明的理论，所以不应苛求鲁迅。这场有关"第三种人"的论争，真正的后果是"左联"向很多中间立场的作家们发出了呼吁和信号：要么革命，要么反动，没有中间道路可走。

在《论"第三种人"》这篇文章里，鲁迅讲了做"第三种人"的不可能（这是对中间派讲的），但也特别强调左翼需要同路人（这是对"左联"同志说的）。

> 左翼作家并不是从天上掉下来的神兵，或国外杀进来的仇敌，他不但要那同走几步的"同路人"，还要招致那站在路旁看看的看客也一同前进。[1]

在另一篇《又论"第三种人"》当中，鲁迅回答了戴望舒的忧虑。戴望舒说法国文坛也有"第三种人"，像纪德这样的作家，仍然可以忠实于自己的艺术，而中国的革命作家，却愚蠢到指这种人都是资产阶级的帮闲者。

鲁迅不同意戴望舒这个说法，说："'为艺术的艺术'在发生时，是对于一种社会的成规的革命"。[2] 鲁迅认为，中国的"第三

---

[1]　鲁迅：《论"第三种人"》，《鲁迅全集》第四卷，北京：人民文学出版社，2005年版，第451页。
[2]　同上书，第547页。

种人"复杂得很。

> 所谓"第三种人",原意只是说:站在甲乙对立或相斗之外的人。但在实际上,是不能有的。人体有胖和瘦,在理论上,是该能有不胖不瘦的第三种人的,然而事实上却并没有,一加比较,非近于胖,就近于瘦。文艺上的"第三种人"也一样,即使好像不偏不倚罢,其实是总有些偏向的,……左翼理论家是有着加以分析的任务的。[1]

鲁迅以前评论李大钊,说"赤者嫌其太白,白者嫌其太赤"。左派嫌你太右,右派嫌你太左,所以"第三种人"做不了。在风云变幻的文学史上,左右之间的"第三种人"更难做。比如冯雪峰当时是坚定的左派,在 20 年后却是著名的右派。

关于"第三种人",鲁迅和"左联"的理论也有其道理。但从实际效果来看,却主要是批评了施蛰存、胡秋原、苏汶等人,也警告了更多像"巴老曹"那样的进步作家。文坛斗争激烈,非左即右,没有简单地忠实于自己艺术的中庸道路。

被批成"第三种人"的苏汶,当时说了这么一段话,"因为做了忠实的左翼作家之后,他便会觉得与其作而不左,倒还不如左而不作",[2]意思是写作要是不够左,还不如站队左派,不去写作。这话当时并不符合实际,30 年代"左联"的很多作家,如萧军、萧红、

---

[1] 鲁迅:《又论"第三种人"》,《鲁迅全集》第四卷,北京:人民文学出版社,2005 年版,第 549 页。
[2] 苏汶:《"第三种人"的出路》,《现代》1932 年第 1 卷第 6 期。

沙汀、艾芜、张天翼、吴组缃等等,大都勤奋写作。反而到50年代以后,巴金、茅盾、叶圣陶、曹禺等人,都成了作协主席、文化部部长、教育部副部长等,作品才真的少了。从"作而不够左"(比如路翎),到"左而不作",这是后来的事情。

在"第三种人"的论争中,双方态度还是比较平和的。据说,双方论战文章发表之前都会交给对方先看过。鲁迅有一封给周扬的信,特别警告,"辱骂和恐吓决不是战斗"。当时有位左派诗人,取笑对方的姓氏,之后又写了诗句,恐吓说"当心,你的脑袋一下就要变做剖开的西瓜!"鲁迅说,这样的写法不好,"自然,中国历来的文坛上,常见的是诬陷,造谣,恐吓,辱骂,翻一翻大部的历史,就往往可以遇见这样的文章,直到现在,还在应用,而且更加厉害"。[1]鲁迅非常反对这种恐吓、辱骂的倾向。

不过,鲁迅也未见得能够完全避免。施蛰存编《现代》时不到三十岁,就主编着30年代最重要的文学杂志。当时他们对西方现代主义文学介绍得非常快,法国的新潮内容发表后仅仅数月就会在中国的《现代》上刊登出来。有一次施蛰存提倡青年人多读《庄子》《文选》,意思是多读古文才能写好现代文。对此鲁迅很不满,他改了杜牧的诗送给施蛰存:"十年一觉文坛梦,赢得洋场恶少名。"[2]诗写得的确非常尖刻。这算不算辱骂?施先生看到后受了很大刺激。

据后来鲁迅给朋友的信件说,他其实不是反对《庄子》《文

---

[1] 鲁迅:《辱骂和恐吓决不是战斗》,《鲁迅全集》第四卷,北京:人民文学出版社,2005年版,第466页。

[2] 鲁迅:《扑空》,《鲁迅全集》第五卷,北京:人民文学出版社,2005年版,第374页。

选》,"我看施君也未必真研究过《文选》,……试看他的文章,何尝有一些'《庄子》与《文选》'气"。[1]

施蛰存先生写小说很有成就,后来他在华东师范大学做教授,带的学生大都是古典文学方向,这一届是魏碑,下一届是唐诗。2018年去世的上海古籍出版社的原总编辑赵昌平,就是施蛰存晚年的学生。我也在华东师大读过研究生,有时会向施先生请教,施先生就说"现代文学的问题不要来问我",可见他是生气的。

民国的时候,很多人都觉得,不光鲁迅捧过的人红了,鲁迅骂过的人也红了。有些民众就是因为鲁迅的打油诗,才知道有一个人叫施蛰存。

---

[1] 鲁迅:《331105 致姚克》,《鲁迅全集》第十二卷,北京:人民文学出版社,2005年版,第477页。

49

"奴隶"与"奴才"的区别:《漫与》和《偶成》

按照《鲁迅全集》的次序时序,一篇一篇重读鲁迅,至少已有四方面收获。

第一,发现鲁迅讲的很多话,百年后仍然切中要害。这既是社会的不幸——鲁迅说过,如果病好了,药方早就应该丢了——也是中国的大幸,因为有鲁迅思想的陪伴,国人面对各种新的时代变化,亦不会忘却"五四"初心。

第二,对鲁迅"身在传统中反传统"的生活/心理处境,有了更具体的理解。

第三,在学术研究层面,看到"奴隶"和"奴才"这两个关键词贯穿了鲁迅的全部创作,先生一直在思考有关"国民性"的问题。

第四,对鲁迅在艺术信仰与启蒙使命之间的内在矛盾,有了更多的认识。

鲁迅对"奴隶"和"奴才"这两个关键词的持续关注，尤其体现在1925年的《灯下漫笔》里，文章中鲁迅简单将中国历史概括为两个时期："一，想做奴隶而不得的时代；二，暂时做稳了奴隶的时代。"为什么很多时候，国人居然安于做奴隶？第一个原因可能就是中国人做不到摆脱奴隶的身份，人们尚且做不稳奴隶呢。"中国人向来就没有争到过'人'的价格，至多不过是奴隶，到现在还如此，然而下于奴隶的时候，却是数见不鲜的。"第二，鲁迅笔下的奴隶，不是一个阶级，不是一个族群，也不特指某一类人，而是可能包括了几乎所有人（或许除了某一个人，或许包括某一个人）。天有十日，人有十等，这些社会人伦秩序还可以继续向上向下延伸类推，人人都处在可能被欺负但亦可能欺负人的位置上。鲁迅认为长期的异族统治是中国国民"奴性"的成因之一。有北方人看不起南方人，鲁迅于是怀疑是北人做奴隶历史较久的缘故。"北人的卑视南人，已经是一种传统。这也并非因为风俗习惯的不同，我想，那大原因，是在历来的侵入者多从北方来，先征服中国之北部，又携了北人南征，所以南人在北人的眼中，也是被征服者。……为奴隶的资格因此就最浅"。[1] 第三，《灯下漫笔》又以叙事者纸币换银元的亲身经历，展现了人如何变了奴隶还会十分欢喜。奴隶如有超强的心理调节能力，就较容易变成奴才，甚至拥有自己的奴才。

刊登于1933年10月15日《申报月刊》上的文章《漫与》，说明鲁迅对奴隶与奴才的关系有进一步的认识或解释：

---

[1] 《北人与南人》，最初发表于1934年2月4日《申报·自由谈》，收入《花边文学》。见《鲁迅全集》第五卷，北京：人民文学出版社，2005年版，第456页。

一个活人，当然是总想活下去的，就是真正老牌的奴隶，也还在打熬着要活下去。然而自己明知道是奴隶，打熬着，并且不平着，挣扎着，一面"意图"挣脱以至实行挣脱的，即使暂时失败，还是套上了镣铐罢，他却不过是单单的奴隶。如果从奴隶生活中寻出"美"来，赞叹，抚摩，陶醉，那可简直是万劫不复的奴才了，他使自己和别人永远安住于这生活。就因为奴群中有这一点差别，所以使社会有平安和不安的差别，而在文学上，就分明的显现了麻醉的和战斗的的不同。[1]

这段话极其重要，鲁迅在这里解释了奴才与奴隶的关键区别。第一，做奴隶是因为生态，"要活下去……打熬着，并且不平着，挣扎着"。做奴才却是因为心态，"从奴隶生活中寻出'美'来，赞叹，抚摩，陶醉"。第二，奴隶会挣扎反抗，"一面'意图'挣脱以至实行挣脱的"。而奴才安于现状，"使自己和别人永远安住于这生活"。第三，鲁迅在这里没有明说，但是在《阿Q正传》等作品中有明写：奴隶被人欺负，奴才也被人欺负，但奴才还会欺负他人。我们可以再进一步地推理延伸，总被人欺负的是奴隶，会欺负别人的奴隶甚至可能会培养自己的奴才，然后觉得自己也是主子了。鲁迅早在《论照相之类》中便引用过 Th. Lipps 的话，"凡是人主，也容易变成奴隶，因为他一面既承认可做主人，一面就当然承认可做奴隶，所以威力一坠，就死心塌地，俯首帖耳于新主人之

---

[1] 鲁迅：《漫与》，《鲁迅全集》第四卷，北京：人民文学出版社，2005年版，第604页。

前了"。[1]

简而言之，做奴隶是困于生态，打熬着，而变为奴才是因为心态，赞叹着。奴隶会挣扎反抗，而奴才安于现状。奴隶被人欺负，奴才被人欺负也欺负他人。鲁迅把这三种差别，说成是"奴群中的差别"，意思是他们本来同属一个群体（可能这是后期的阶级论思想？）。30年代，鲁迅将奴隶作为正面概念，他编的丛书，就有"奴隶丛书"，还办有"奴隶社"。"奴隶丛书"收录了萧红的《生死场》、萧军的《八月的乡村》……鲁迅晚年与田汉关系不太好，不过《义勇军进行曲》的第一句歌词，其实颇契合鲁迅当时的思想——"起来，不愿做奴隶的人们！"在鲁迅看来，有意无意愿意做奴隶的人，就有可能向奴才方向转化。清宫戏里很多人自称奴才，有的是真心的。从趋利避害的人性本能来说，赞叹处境可能会比打熬舒服，安于现状往往比反抗安全，哪怕临时做一下主子也比一世为奴神气。所以，愿意做奴隶的人不是没有，专制的土壤到处都在。

这个问题，真的细思极恐。假如，奴隶与奴才的区别，真的就在于第一，是清醒地打熬忍耐，还是在自我麻醉中找到快乐安慰；第二，是努力反抗但大概率失败，还是安于现状，少一些风险；第三，是完全被人欺负，还是寻找别的地方（或人）发泄转移自己受到的压迫，甚至快慰于因此得到的补偿。如果趋利避害是基本人性，那么在上述三个区别中，会不会有很多人有意无意地选择选项中的后者——同样吃苦，为什么不苦中作乐？被打以后是愤怒生气

---

[1] 鲁迅：《论照相之类》，《鲁迅全集》第一卷，北京：人民文学出版社，2005年版，第193—194页。

好,还是用"儿子打老子"自我安慰好?同样是失败,造反很大可能还不如现状(见聪明人和傻子和奴才的故事);同样是被欺,要不要发泄和转移?——如果这些假设和推理可以成立,那么国民劣根性就是有人性基础的,专制政体也是有群众基础的——这显然不只是中国国民性的特殊问题,而是一个世界性的文学、人性课题。毕竟人类历史发展至今,由奴隶生态和奴才心理支撑的专制政体,比追求个人自由的民主政体存在的时间更久,占据的地域也更广阔。所以,对奴隶与奴才问题的人性拷问,完全有可能导向悲观主义,导向对"五四"启蒙的失望甚至绝望。这正是鲁迅在《野草》和《坟》里无法向青年人完全表达的黑暗真实。

在某种意义上,阿Q精神既是革命的民间土壤,也是专制的群众基础。

但是,"绝望之于虚妄,正与希望同"。鲁迅在努力什么?大概,从古至今,凡事有"利"亦有"义",如果真地"相信礼教到固执之极",鲁迅便不会认同完全以"利"为"义"。大概,人道主义与"个人的无治主义"有相通之处。大概,不愿做奴隶,不愿忍受屈辱,是需要骨气的。毛泽东最钦佩鲁迅的地方,也是骨气。"鲁迅是中国文化革命的主将,他不但是伟大的文学家,而且是伟大的思想家和伟大的革命家。鲁迅的骨头是最硬的,他没有丝毫的奴颜和媚骨,这是殖民地半殖民地人民最可宝贵的性格。鲁迅是在文化战线上,代表全民族的大多数,向着敌人冲锋陷阵的最正确、最勇敢、最坚决、最忠实、最热忱的空前的民族英雄。鲁迅的方向,就是中华民族新文化的方向。"《新民主主义论》里的这段话,前面后边都是形容词,只有中间一句是真正的评论。

还有一个地方鲁迅特别敏感,也是他批判奴才、同情奴隶的一个分界限,那就是有没有帮主人去打别的强盗?

因为被侮辱者去损害别人,有可能是一种自我心理调节的方式,情绪转移,能量发泄,比如阿Q碰小尼姑。这基本上是个人心理防卫机制的病态延伸,但这也可以是为了显示实力,向主人邀功,是由奴才向人主转化。一向被认为是造反英雄的水浒好汉,在鲁迅看来,因为他们不反天子,所以大军一到,便接受了招安,替国家打别的强盗——不"替天行道"的强盗去了,终于是奴才。帮主人去征服增添新的奴隶,在鲁迅看来,这也是奴才的重要标志。

关于奴隶与奴才的话题,在《漫与》前面鲁迅还写有一篇《偶成》,又有一些新的观察。

鲁迅转抄了1933年9月20号《申报》上的一个地方新闻:土匪绑架,没拿到钱,当众就给肉票实施酷刑,"以布条遍贴背上,另用生漆涂敷,俟其稍干,将布之一端,连皮揭起,则痛彻心肺,哀号呼救,惨不忍闻"。对绑匪的残酷,鲁迅认为"'酷刑'的发明和改良者,倒是虎吏和暴君……奴隶们受惯了'酷刑'的教育,他只知道对人应该用酷刑。但是,对于酷刑的效果的意见,主人和奴隶们是不一样的。主人及其帮闲们,多是智识者,他能推测,知道酷刑施之于敌对,能够给与怎样的痛苦,所以他会精心结撰,进步起来。奴才们却一定是愚人,他不能'推己及人',更不能推想一下,就'感同身受'。只要他有权,会采用成法自然也难说,然而他的主意,是没有智识者所测度的那么惨厉的"。[1]

---

[1] 鲁迅:《偶成》,《鲁迅全集》第四卷,北京:人民文学出版社,2005年版,第599—600页。

鲁迅举的例子，是绥拉菲莫维奇的小说《铁流》。

农民杀掉了一个贵人的小女儿，那母亲哭得很凄惨，他却诧异道，哭什么呢，我们死掉多少小孩子，一点也没哭过。他不是残酷，他一向不知道人命会这么宝贵，他觉得奇怪了。[1]

奴隶们受惯了猪狗的待遇，他只知道人们无异于猪狗。[2]

在经历了20世纪的种种运动以后，再重读鲁迅的这段话，可以联想思考的地方很多。鲁迅到底是说统治阶级善用酷刑效果操控人心，还是说奴隶们从来就没有享受过人的待遇，所以造起反来也不把敌人当人？鲁迅在这里到底是强调革命必然的残酷性，还是感慨手不知脚冷，而脚也不在乎手流血，强调穷人造反以后的残酷性？

而且最后，在用这种残酷手段造反的问题上，奴才与奴隶又有没有分别呢？

---

[1] 鲁迅：《偶成》，《鲁迅全集》第四卷，北京：人民文学出版社，2005年版，第600页。
[2] 同上。

鲁迅在《申报·自由谈》

鲁迅30年代的写作,以杂文为主,大致按时序收在不同的集子里。之前参与"革命文学论争"的文章,主要收入了《三闲集》。《三闲集》收录1927年至1929年的文章34篇,1932年9月由上海北新书局出版。后来的《二心集》,收录的是1930年与1931年的文章,共37篇,1932年由上海合众书店出版。之后又有《南腔北调集》,收入了鲁迅1932年至1933年写的51篇杂文。《伪自由书》,则汇集了鲁迅1933年1月到5月的43篇杂文,1933年10月由上海北新书局以青光书局的名义出版。

我们注意到,鲁迅的作品集本来都是以某某集命名,如《三闲集》《二心集》《南腔北调集》,更早还有《华盖集》,何以突然变成了《伪自由书》?原来这部杂文集当初也叫"集",1933年北新书局出版时封面正书名为《伪自由书》,左旁写着"一名'不三不四'集",出了以后被政府查禁。1936年,联华书局又以《不三不四集》为书名印过一版,在正书名《不三不四集》上印着

"WEI ZJU SHO"。之所以以"伪自由书"命名,其实也是事出有因的,那几十篇文章都曾发表在《申报》的副刊《自由谈》上。

民国时期,最有影响力的报纸,便是上海的《申报》和《新闻报》。《申报》,1872年由英商在上海创办。1912年,史量才任《申报》总经理;1916年起,史量才开始独立经营《申报》,直到1949年停刊。儿时家里人要用报纸包一下什么东西,就会说:拿张"新"报纸包包。我那时候不懂,明明要找旧报纸,为什么要讲拿新报纸?后来才明白原来是我听错了。沪语里面"《申报》纸",读出来就是"xin报纸"。《申报》的副刊《自由谈》有名,除了是因为销量,也是因为稿费。据说民国文人稿费最高的有两位,一是张恨水,《新闻报》严独鹤约的连载小说《啼笑因缘》,是中国现代通俗文学的一部经典;二是鲁迅为《申报·自由谈》写的文章。据说,稿酬是每千字10块大洋,也有说更多的。这不一定准确,有待进一步考证。

鲁迅给《申报·自由谈》撰写专栏文章,说明思想家从来不曾忽视大众传媒。事情的起因,是因为郁达夫,《伪自由书·前记》里,鲁迅详述了自己为什么要为《申报·自由谈》写稿。起初是因为《申报·自由谈》的编辑换成了翻译家黎烈文,黎烈文约郁达夫写稿,郁达夫就拉鲁迅一起。鲁迅回顾了他跟郁达夫的关系,说他一向讨厌创造社的人,就郁达夫例外,因为郁达夫脸上"看不出那么一种创造气",意思大概是郁达夫不那么盛气凌人,或者理论多变吧。但我想,郁达夫约稿只是诱因,鲁迅投稿的关键还是在1933年。

鲁迅觉得他有必要用化名在最大的公众平台——市民报纸当中发声,虽然早期《自由谈》以刊登鸳鸯蝴蝶派作品为主。用今天的说法,《申报·自由谈》就是鲁迅可用的微博平台,鲁迅可用的微信公众号。

  这些短评,有的由于个人的感触,有的则出于时事的刺戟,但意思都极平常,说话也往往很晦涩,我知道《自由谈》并非同人杂志,"自由"更当然不过是一句反话,我决不想在这上面去驰骋的。我之所以投稿,一是为了朋友的交情,一则在给寂寞者以呐喊,也还是由于自己的老脾气。然而我的坏处,是在论时事不留面子,砭锢弊常取类型,而后者尤与时宜不合。[1]

  鲁迅这段自白,对现在用公众平台发声的读书人来说,是一个提前的、有远见的声明和警告。第一,《自由谈》不自由。舞台越大,自由越少,所以写作必须曲里拐弯,笔法隐晦。第二,《自由谈》不是同人杂志,不是专业阵地,故有时无法深入,且文章还可能和各种广告并置为邻。鲁迅说"意思都极平常",不完全是自谦。比起《坟》《热风》《华盖集》,《申报·自由谈》里的文章真的谈不上多深刻,但是,它们受众广,读者多,影响大。第三,专栏的文章尽管也不够深刻,写作也不自由,但在关键的地方,仍能坚持本色,"论时事不留面子,砭锢弊常取类型"。

  在中国的报业史、传媒史上,鲁迅投稿《申报·自由谈》自有它特殊的意义。

---

[1] 鲁迅:《〈伪自由书〉前记》,《鲁迅全集》第五卷,北京:人民文学出版社,2005年版,第4页。

先看第一个特点,《自由谈》不自由。

怎么在平衡木上跳舞,铁笼子里耍剑?鲁迅的讽刺在《自由谈》里发挥到了新的境界。《逃的辩护》讲学生请愿。"自前年冬天以来,学生是怎么闹的,有的要南来,有的要北上,南来北上,都不给开车。待到到得首都,顿首请愿,却不料'为反动派所利用',许多头都恰巧'碰'在刺刀和枪柄上,有的竟'自行失足落水'而死了。"[1]

在《不通两种》一文中,鲁迅引《大晚报》上一篇叫《乡民二度兴波作浪》的报道。"陈友亮见官方军警中,有携手枪之刘金发,竟欲夺刘之手枪,当被子弹出膛,饮弹而毙,警察队亦开空枪一排,乡民始后退。……"鲁迅对这段报道咬文嚼字:"'军警'上面不必加上'官方'二字之类的费话,……最古怪的是子弹竟被写得好像活物,会自己飞出膛来似的。但因此而累得下文的'亦'字不通了。必须将上文改作'当被击毙',才妥。"[2]

文章里的"被子弹出膛",现在叫"让子弹飞"。

鲁迅 1933 年在《现代》杂志上发表了《小品文的危机》,文章收在《南腔北调集》里。鲁迅强调小品文的生存,就是挣扎和战斗:

> 到五四运动的时候,……散文小品的成功,几乎在小说戏曲和诗歌之上。这之中,自然含着挣扎和战斗,但因为常常取法于英国的随笔(Essay),所以也带一点幽默和雍容;写法也

---

[1] 鲁迅:《逃的辩护》,《鲁迅全集》第五卷,北京:人民文学出版社,2005 年版,第 11 页。
[2] 鲁迅:《不通两种》,《鲁迅全集》第五卷,北京:人民文学出版社,2005 年版,第 22 页。

有漂亮和缜密的,这是为了对于旧文学的示威,在表示旧文学之自以为特长者,白话文学也并非做不到。以后的路,本来明明是更分明的挣扎和战斗。

生存的小品文,必须是匕首,是投枪,能和读者一同杀出一条生存的血路的东西;但自然,它也能给人愉快和休息,然而这并不是"小摆设",更不是抚慰和麻痹。[1]

后来中国散文的发展未必都往鲁迅所指的方向。像匕首一样的文风,似乎独此一家,罕见后人。这在延安有过争论,据说此类笔法,只能对敌,不宜对友。反而是幽默的文风,经过梁实秋、林语堂的发扬,现在在华文报纸的专栏上时时可见。当然,冰心、朱自清那种温柔敦厚的家庭亲情散文,更因开明书店教材的催化而蔚然成风。

鲁迅的散文失传了吗?没有。学习鲁迅的作家也许不太成功,但是鲁迅的精神和文风,却渗透在中国当代文化的发展当中。举个例子,朝阳群众,本是正面意义上揭发检举的"群众"概念,但加上了"吃瓜"两字,就带有对麻木看客的批评嘲讽了。这就是鲁迅精神无形的存在。包括现在"被"字的用法,如"被子弹出膛",就可看到鲁迅影响的影子。

鲁迅在《申报·自由谈》里有专文谈《从讽刺到幽默》。按一般的理解,讽刺是有目的,带感情的,有明显的批判对象;幽默

---

[1] 鲁迅:《小品文的危机》,《鲁迅全集》第四卷,北京:人民文学出版社,2005年版,第592—593页。

是非功利的,主要诉诸理性,且没有特定的批判目标。但是鲁迅对30年代文坛的幽默风却有些不同的解释:

> 他所讽刺的是社会,社会不变,这讽刺就跟着存在……
>
> 然而社会讽刺家究竟是危险的,……但倘不死绝,肚子里总还有半口闷气,要借着笑的幌子,哈哈的吐他出来。笑笑既不至于得罪别人,现在的法律上也尚无国民必须哭丧着脸的规定,并非"非法",盖可断言的。
>
> 我想:这便是去年以来,文字上流行了"幽默"的原因,但其中单是"为笑笑而笑笑"的自然也不少。[1]

简而言之,鲁迅认为幽默风流行是因为人们不能讽刺了,所以只好幽默。

还有一篇《从幽默到正经》,"我实在恐怕法律上不久也就要有规定国民必须哭丧着脸的明文了。笑笑,原也不能算'非法'的。但不幸东省沦陷,举国骚然,爱国之士竭力搜索失地的原因,结果发现了其一是在青年的爱玩乐,学跳舞。"[2]

所以如此发展下去,娱乐不可以了,幽默也不可以了,饭桌上连段子都不可以讲了,这是怎样一种前景呢?

---

[1] 鲁迅:《从讽刺到幽默》,《鲁迅全集》第五卷,北京:人民文学出版社,2005年版,第46—47页。
[2] 鲁迅:《从幽默到正经》,《鲁迅全集》第五卷,北京:人民文学出版社,2005年版,第48页。

51

《申报·自由谈》：鲁迅与胡适

鲁迅在《申报·自由谈》上写作的短文里边，有12篇不是鲁迅写的。据说是1933年瞿秋白在上海，根据鲁迅的意思，或者和鲁迅交换了意见以后写的。鲁迅做了一些字句改动，请人誊抄以后同意用自己的笔名"何家干"或者"干"在报上发表。

这个时期瞿秋白已经不在共产党中央的最高领导层，但仍然关心文艺界的工作，和鲁迅建立了很深的友谊。后来他去了江西苏区，长征时本来要随红军主力一起撤退，但不知为什么被留在苏区，后被捕遭枪杀。鲁迅听到消息后十分悲痛，晚年最后阶段亲自操刀瞿秋白文集《海上述林》的出版。

瞿秋白为什么要替鲁迅写《申报·自由谈》的文章？

一个可能是专栏文章约稿时有交稿时间的限制，鲁迅一忙交不了稿；另一个可能是瞿秋白从党领导文艺的角度，高度重视民国最畅销报纸对公众的影响。同时这也是借重鲁迅的名义，发表他对文坛和时事的看法（虽然是用化名）。

30年代"左联"成立以后,中宣部长李立三曾约见过鲁迅,希望鲁迅发布公开声明,支持"立三路线",即革命可通过城市暴动在一省或数省首先取得胜利。最初马克思认为国际共产主义运动要在全世界一起胜利,后来列宁改成可以在一国或数国首先胜利。当时李立三他们认为可以"一省或数省首先胜利"。这是左倾机会主义路线,鲁迅没有同意李立三的建议。

显然鲁迅对瞿秋白的态度很不一样,他不仅把瞿秋白看作是政治人物,而且真的把对方当作自己的朋友。瞿秋白写文章喜欢模仿鲁迅的笔法。研究者朱正指出,虽然努力模仿,但瞿秋白和鲁迅的文章差别还是很明显的,瞿秋白的文章更加政治化,不仅批判国民党,也批判国际上的英美势力,如李顿调查团。瞿秋白甚至还批评孙中山的"三民主义"言论。有篇文章,他直接点名批评胡适,导致了鲁迅与胡适之间的一场论争。

1933年3月6日《申报·自由谈》署名"干"的文章《王道诗话》,实际为瞿秋白执笔。文中说:"胡博士到长沙去演讲一次,何将军就送了五千元程仪。"[1]

何键是湖南的地方军事长官,杨开慧就是被他枪毙的。枪毙杨开慧之前何键说只要她声明跟毛泽东离婚,就可以不杀她,杨开慧不愿意。

> 最近(今年二月二十一日),《字林西报》登载胡博士的谈话说:"任何一个政府都应当有保护自己而镇压那些危害自

---

[1] 瞿秋白:《王道诗话》,《鲁迅全集》第五卷,北京:人民文学出版社,2005年版,第50页。

己的运动的权利，固然，政治犯也和其他罪犯一样，应当得着法律的保障和合法的审判……"[1]

《王道诗话》对此的批评是：

> 中国的帮忙文人，总有这一套秘诀，说什么王道，仁政。
> 诗曰：
> 文化班头博士衔，人权抛却说王权，
> 朝廷自古多屠戮，此理今凭实验传。[2]

20年代，鲁迅一直和陈西滢、梁实秋笔战，谁都知道在现代评论派、新月派后面的就是鲁迅在《新青年》时的战友胡适。但是，直接点名指责胡适的文章，在鲁迅笔下还是十分罕见的。在香港的演讲《无声的中国》里，鲁迅还十分肯定胡适领导的白话文运动的历史意义。这篇《王道诗话》，其实是有非常具体的历史背景的。1933年1月30日，中国民权保障同盟北平分会成立了，胡适是主席。分会成立的第二天，胡适等人就去视察了北平的监狱，去了解政治犯的处境，看看监狱是不是触犯了人权等等。这事得到了军事长官张学良的同意。胡适等人在监狱里还跟犯人用英语交谈。之后胡适他们还提了一些温和的改良环境的建议。不料，2月5日英文报纸《燕京新闻》却刊出了一篇措辞非常激烈的描写监狱里的酷刑的控诉书。因为此事，张学良的助手就去质问胡适，说怎么你们来

---

[1] 瞿秋白：《王道诗话》，《鲁迅全集》第五卷，北京：人民文学出版社，2005年版，第50页。
[2] 同上书，第50—51页。

参观了一下,就把我们的监狱说得这么坏?所以胡适接受访问的时候才会说,"一个政府要存在,自然不能不制裁一切推翻政府或反抗政府的行动"。但这句话在登到报纸上时,被改了,不知是英文翻译的问题,还是记录的问题。这句话被改成刚才瞿秋白用鲁迅名义写的文章中的"任何一个政府都应当有保护自己而镇压那些危害自己的运动的权利。"

这两句话看上去差不多,其实却有很大的差别,一个是"我不能不制裁",另外一个是"我有镇压的权利",看上去文字相差不大实际内容却有重要出入。

因为这篇文章,3月3日民权保障同盟临时全国执行委员会开会,开除了胡适。文献显示,蔡元培、林语堂等人都帮胡适辩护,但鲁迅是站在主张开除的那一边的。

鲁迅自己还写了一篇文章《"光明所到"……》,先引了胡适的说法,然后说:

> 监狱的情形,他(胡适博士——干注)说,是不能满意的,但是,虽然他们很自由的(哦,很自由的——干注)诉说待遇的恶劣侮辱,然而关于严刑拷打,他们却连一点儿暗示也没有。……[1]

鲁迅之后不仅讽刺胡适用英语跟犯人交谈,还讽刺胡适在别处的一个题辞——"公开检举,是打倒黑暗政治的唯一武器,光明所

---

[1] 鲁迅:《"光明所到"……》,《鲁迅全集》第五卷,北京:人民文学出版社,2005年版,第69页。

到,黑暗自消。"[1]鲁迅说胡适的访问监狱,算是一个"光明",胡适"光明一去,黑暗又来"了。

这个事件看上去是因为监狱访问的一篇报道,有些文字上的误解。其实,这背后是民国时期两位最重要的知识分子,在革命与改良两条道路上的不同选择。当时的鲁迅,颇受瞿秋白的影响。但《鲁迅传》的作者朱正,后来查了胡适的日记,说何键给胡适的路费不是5000元,是400元。瞿秋白怎么会弄错这个细节?有关系吗?

对胡适更严重的指控是在另一篇《申报·自由谈》的文章是,文章题目是《出卖灵魂的秘诀》,也是瞿秋白写的,也是针对胡适。

> 据博士说:"日本军阀在中国暴行所造成之仇恨,到今日已颇难消除","而日本决不能用暴力征服中国"(见报载胡适之的最近谈话,下同)。这是值得忧虑的:难道真的没有方法征服中国么?不,法子是有的"九世之仇,百年之友,均在觉悟不觉悟之关系头上,"——"日本只有一个方法可以征服中国,即悬崖勒马,彻底停止侵略中国,反过来征服中国民族的心。"[2]

接下来是瞿秋白的批判。

---

[1] 鲁迅:《"光明所到"……》,《鲁迅全集》第五卷,北京:人民文学出版社,2005年版,第70页。
[2] 瞿秋白:《出卖灵魂的秘诀》,《鲁迅全集》第五卷,北京:人民文学出版社,2005年版,第82页。

> 这据说是"征服中国的唯一方法"。……胡适博士不愧为日本帝国主义的军师。但是,从中国小百姓方面说来,这却是出卖灵魂的唯一秘诀。……如果日本陛下大发慈悲,居然采用胡博士的条陈,那么,所谓"忠孝仁爱信义和平"的中国固有文化,就可以恢复:——因为日本不用暴力而用软功的王道,中国民族就不至于再生仇恨,因为没有仇恨,自然更不抵抗,因为更不抵抗,自然就更和平,更忠孝……中国的肉体固然买到了,中国的灵魂也被征服了。
>
> ……
>
> 因此,胡博士准备出席太平洋会议,再去"忠告"一次他的日本朋友:征服中国并不是没有法子的,请接受我们出卖的灵魂罢……[1]

这是《申报·自由谈》中,以鲁迅常用的笔名发表的批判胡适的文章。

胡适从1938年起,担任过四年国民党政府驻美大使,在美国加拿大一共做了两百多场演讲。他试图说服美国人民,第一,中国抗战牺牲极大,但是绝不投降;第二,美国援助中国,是符合美国人民的利益的。所以,日本报纸当时报道说,胡适不恰当地利用其外交职责,谋划唤起美国民众对日本的仇恨,并将美国拖入对日本的战争。当然,这些都是在瞿秋白、鲁迅去世以后的事,他们不知道。

---

[1] 瞿秋白:《出卖灵魂的秘诀》,《鲁迅全集》第五卷,北京:人民文学出版社,2005年版,第82—83页。

但是，为什么胡适在1933年要说，日本只有一个方法可以征服中国，就是征服中国民族的心呢？是否可以据此判断胡适为日本帝国主义的军师呢？其实笔战的关键是怎样看上下文的语境、怎样断章取义、怎样以笔为枪达到政治目的。重读胡适文章的全篇，其主要论点其实是，日本人绝不可能用暴力征服中国。胡适推论的逻辑是，"从现实看日本虽占了东三省，但中国没有屈服；从未来看，就算日本侵略华北，深入长江流域腹地，中国民族也不会屈服，中国民族排日仇日的心理只有一日升于一日，一天高于一天"。他说就算中国战败，"接受了一种耻辱的城下之盟了，——我们还可以断言：……那也绝不能够减低一丝一毫中国人排日仇日的心理，……因为中国的民族精神在这种血的洗礼之下只有一天一天的增长强大的"。[1] 胡适这篇文章题为《日本人应该醒醒了！》，假定的读者是日本的国民，文章的主旨是日本打中国是打不赢的，想要征服中国民族是不可能的。所谓"征服中国民族的心"，意思就是不能打仗，要人民和人民之间交朋友。

瞿秋白是真的看不明白，误解了胡适的意思？还是说胡适的确措辞不当，导致一次文化斗争的发生？

相比鲁迅自己写的《"光明所到"……》，从头到尾都是隐晦的讽刺；而瞿秋白模仿鲁迅所做的《王道诗篇》和《出卖灵魂的秘诀》，则转为正面批判，火力全开，缺乏控制，虽抓人眼球，却也有些误解。

今天回头看，鲁迅和胡适都很重要，他们之间偶然的过招也值

---

[1] 胡适：《日本人应该醒醒了！》，《胡适全集》第二十一卷，合肥：安徽教育出版社，2003年版，第602—603页。

得记录。

我们说过,中国的事情,病症,是鲁迅看得准;药方,是胡适开得好。

胡适直接评论鲁迅的文章不多。1936年11月18日,鲁迅刚刚去世一个月,女作家苏雪林,给胡适写了封长信,称鲁迅为"刻毒残酷的刀笔吏,阴险无比、人格卑污又无比的小人"。胡适回信说,"凡论一人,总须持平。鲁迅自有他的长处。如他的早年文学作品,如他的小说史研究,皆是上等工作"。

二十年以后,到了50年代,中国内地有文艺运动批判胡适,这时的胡适却在台北读到了鲁迅写给胡风等朋友的信,"总觉得缚了一条铁索,有一个工头在背后用鞭子打我,无论我怎样起劲的做,也是打"。[1]胡适于是在《自由中国》第14卷第八期(1956年4月16日)上发表了一封信说:"你们在台北若找得到《鲁迅书简》,可以看看鲁迅写给胡风的第四封信(1935年9月12日),就可以知道鲁迅若不死,也会砍头的。"[2]

---

[1] 鲁迅:《350912致胡风》,《鲁迅全集》第十三卷,北京:人民文学出版社,2005年版,第543页。
[2] 这方面的研究,可以参考夏济安《黑暗的闸门》第三章《鲁迅与左联的解散》,香港:香港中文大学出版社,2016年版。

52

鲁迅笔下的风花雪月

　　鲁迅和瞿秋白在《申报·自由谈》上化名发表的文章，除收入《伪自由书》以外，还收入1933年下半年出版的《准风月谈》以及1934年出版的《南腔北调集》。《自由谈》没自由，所以叫《伪自由书》。"谈风月"，也是因为"自由谈"，因此编者呼吁："吁请海内文豪，从兹多谈风月"。

　　在《准风月谈·前记》里，鲁迅说同样的"风月"，可以是"月白风清，如此良夜何？"也可以是"月黑杀人夜，风高放火天"。

　　　　"漫谈国事"倒并不要紧，只是要"漫"，发出去的箭石，不要正中了有些人物的鼻梁……[1]

　　要写风花雪月也不容易。鲁迅的办法，就是发表时，要用笔

---

[1] 鲁迅：《〈准风月谈〉前记》，《鲁迅全集》第五卷，北京：人民文学出版社，2005年版，第199页。

名；出书时，尽量恢复被审查删掉的内容。

> 日本的刊物，也有禁忌，但被删之处，是留着空白，或加虚线，使读者能够知道的。中国的检查官却不许留空白，必须接起来，于是读者就看不见检查删削的痕迹，一切含胡和恍忽之点，都归在作者身上了。这一种办法，是比日本大有进步的，我现在提出来，以存中国文网史上极有价值的故实。[1]

《申报·自由谈》和鲁迅晚年的几本杂文集，除了以风花雪月描绘30年代的政治以外，还记录了著作家与民国报刊新闻审查制度的互动共存的"故实"。

《申报·自由谈》都是专栏短文，篇幅固定。既要吸引读者，又要写得隐晦，这真的很像今天的微博、微信公众号。有一篇《最艺术的国家》，也是瞿秋白执笔。第一段模仿鲁迅讽刺梅兰芳。看似是讲男人扮女人是中国的艺术，但是文章里的内容却在讲国家大事——1933年3月24日，国民党政府宪法草案起草委员会拟定了一个关于"国民大会组织"的草案，其中第三条规定，"中华民国之国民，年满二十岁者，有选举代表权，年满三十岁经考试及格者，有被选举代表权"。

国民要想被选为"国民代表"，不仅要达到年龄要求，还要通过考试。瞿秋白的文章要批判这个考试，用的却是风花雪月的笔法："照文法而论，这样的国民大会的选举人，应称为'选举人

---

[1] 鲁迅：《〈准风月谈〉前记》，《鲁迅全集》第五卷，北京：人民文学出版社，2005年版，第200页。

者',而被选举人,应称为'被选之举人'"。[1]

把"选举人"这个现代名词,改为"选""举人","选"是动词,这是在讽刺被选举人要考试,好像在选"举人"。而被选举人,应称为被选之"举人"。既讽刺时政,也暗示民国宪法延续的是科举的传统。"他们得扮成宪政国家的选举的人和被选举人。"[2]孙中山的《建国大纲》里讲军政、训政、宪政三个时期。30年代,国民党虽然提了宪政,但其实是在很晚以后,直到蒋经国主政台湾时期,国民党才废军政、训政,进入宪政时期。

文章从男人扮女人,讲到选举人和选"举人",嘲讽宪政之虚伪,是典型的风花雪月谈政治的笔法。

对当时的国情,《申报·自由谈》常有涉及。文章不讲大的道理,而是用一两个小的现成的新闻例子。比方《天上地下》,就抄了两段报纸新闻:一段是"日内除飞机往匪区轰炸外,无战事,……掷百二十磅弹两三百枚,凡匪足资屏蔽处炸毁几平……(五月十日《申报》南昌专电)";另一段也是当天晚报:"今晨六时,敌机炸蓟县,死民十余,又密云今遭敌轰四次,每次二架,投弹盈百……"(同日《大晚报》北平电)。都是在讲飞机炸地面,鲁迅将两个新闻并置,"上海小学生的买飞机,和北平小学生的挖地洞。……假如炸进去慢,炸进来快,两种飞机遇着了,又怎么办呢?"[3]

这是在讽刺"先安内而后攘外"的国民党政策,但这也是30年代中国的现实背景。

---

[1] 瞿秋白:《最艺术的国家》,《鲁迅全集》第五卷,北京:人民文学出版社,2005年版,第91页。
[2] 同上。
[3] 鲁迅:《天上地下》,《鲁迅全集》第五卷,北京:人民文学出版社,2005年版,第147页。

当然更大的背景是资本主义经济危机和德国法西斯的崛起。在1933年7月,德国国家社会主义工人党刚刚崛起,刚刚要获得政权。鲁迅非常敏感,在《申报·自由谈》上连写两篇文章,一篇是《华德保粹优劣论》,开篇第一句"希特拉先生不许德国境内有别的党"。鲁迅接着说穆索尔斯基谱曲的《跳蚤歌》,原是歌德《浮士德》当中的一首政治讽刺诗,现在在德国被禁止了。鲁迅由此联想,此刻中国人禁什么?北平社会局查禁什么?女人养雄犬。"……查雌女雄犬相处,非仅有碍健康,更易发生无耻秽闻,揆之我国礼义之邦,亦为习俗所不许,谨特通令严禁,除门犬猎犬外,凡妇女带养之雄犬,斩之无赦,以为取缔"。[1]

禁《跳蚤歌》和不许女人养公狗,两者有什么关系?鲁迅说了,"两国的立脚点,是都在'国粹'的,但中华的气魄却较为宏大,因为德国不过大家不能唱那一出歌而已,而中华则不但'雌女'难以蓄犬,连'雄犬'也将砍头。这影响于叭儿狗,是很大的。由保存自己的本能,和应时势之需要,它必将变成'门犬猎犬'模样"。[2]

鲁迅的风花雪月,是将禁歌与禁犬荒诞并置,最后又转向对叭儿狗的惯有嘲笑。鲁迅一有机会就会骂文人走狗。而且,他从来就不喜欢狗。

每每议论国际奇闻,鲁迅都会立刻和中国异事比较。《华德焚书异同论》说:

---

[1] 鲁迅:《华德保粹优劣论》,《鲁迅全集》第五卷,北京:人民文学出版社,2005年版,第220—221页。
[2] 同上书,第221页。

> 德国的希特拉先生们一烧书，中国和日本的论者们都比之于秦始皇。然而秦始皇实在冤枉得很，他的吃亏是在二世而亡，一班帮闲们都替新主子去讲他的坏话了。
>
> 不错秦始皇烧过书，烧书是为了统一思想。但他没有烧掉农书和医书。……也看不见轻贱女人的痕迹。
>
> 希特拉先生们却不同了，他所烧的首先是"非德国思想"的书……其次是关于性的书……[1]

所以鲁迅觉得希特勒还不如秦始皇。

鲁迅又批评了阿拉伯人烧书。亚历山大港的藏书，在公元前已经被罗马人焚烧了，但据说到 7 世纪阿拉伯人也烧了一次。烧书的"理论"是：如果这些书讲的和宗教经典一样，那就是重复了，已经有经典了，其他书就不用留了；如果不同，那就是异端就更不该留了。

鲁迅当时就论"希特拉先生们"，但那时希特勒大部分的恶行还没开始。鲁迅早有预见，一切专制力量好像都仇恨知识。《申报·自由谈》还有篇文章叫《智识过剩》，说 30 年代资本主义经济危机，美国因为棉花贱，所以在铲棉田了，中国却应当铲智识。"五六年前，德国就嚷着大学生太多了，一些政治家和教育家，大声疾呼的劝告青年不要进大学。现在德国是不但劝告，而且实行铲除智识了……中国不是也嚷着文法科的大学生过剩吗？……刷，

---

[1] 鲁迅：《华德焚书异同论》，《鲁迅全集》第五卷，北京：人民文学出版社，2005 年版，第 223 页。

刷,刷,把大多数的智识青年刷回'民间'去。"[1]

当时(1933年5月),国民党政府教育部有一个命令,要各大学限制招收文法科学生人数,给出的理由是中国的文法科大学生人数太多,"吾国数千年来尚文积习,相沿既深,求学者因以是为趋向,而文法等科又设备较简,办学者亦往往避难就易,遂致侧重人文,忽视生产,形成人才过剩与缺乏之矛盾现象"。[2]

看来,重理轻文,在30年代就已经有了。1968年有"七二一指示",主要是理工科大学还要办。最近又有新闻,步入AI时代,名校又要削减文科。

从雌女雄犬到德国党禁,从古人烧书到文科受限,除了这些用风月笔法谈论国家大事的文字,鲁迅在《申报·自由谈》里更精彩的文字,还是对社会众生相的书写。有篇文章名为《"吃白相饭"》,刊于1933年6月29日。

> 要将上海的所谓"白相",改作普通话,只好是"玩耍";至于"吃白相饭",那恐怕还是用文言译作"不务正业,游荡为生",对于外乡人可以比较的明白些。[3]

鲁迅对一些上海男人说自己,或者女人说自己丈夫是"吃白相饭",感到很不可思议。这怎么能拿来做一个职业?

---

[1] 鲁迅:《智识过剩》,《鲁迅全集》第五卷,北京:人民文学出版社,2005年版,第236页。
[2] 同上书,第238页。
[3] 鲁迅:《"吃白相饭"》,《鲁迅全集》第五卷,北京:人民文学出版社,2005年版,第218页。

第一段是欺骗。见贪人就用利诱，见孤愤的就装同情，见倒霉的则装慷慨，但见慷慨的却又会装悲苦，结果是席卷了对手的东西。[1]

四见四装，精辟。

第二段是威压。如果欺骗无效，或者被人看穿了，就脸孔一翻，化为威吓，或者说人无礼，或者诬人不端，或者赖人欠钱，或者并不说什么缘故，而这也谓之"讲道理"，结果还是席卷了对手的东西。[2]

第三段，用了以上两段后无论成功与否，都会溜走。然而，鲁迅写的有意思的地方是，"'吃白相饭'朋友倒自有其可敬的地方，因为他还直直落落的告诉人们说，'吃白相饭的！'"

张爱玲50年代去美国以后，想用英文写小说，其中有一部小说翻译出来中文名字就叫《上海游闲人》。陈冠中将其翻得好听——《上海闲人》。不知道上海闲人跟"吃白相饭"的人有没有关系？这是我的一个联想。

关于"白相人"，鲁迅还有一篇文章讲的更加具体，讲的是比较不那么"精致"的业余"白相人"，就是《"揩油"》。"'揩油'，是说明着奴才的品行全部的。"[3]鲁迅喜欢讲奴才和奴隶的故事。在

---

[1] 鲁迅：《"吃白相饭"》，《鲁迅全集》第五卷，北京：人民文学出版社，2005年版，第218页。
[2] 同上书，第218—219页。
[3] 鲁迅：《"揩油"》，《鲁迅全集》第五卷，北京：人民文学出版社，2005年版，第269页。

《爬和撞》里,他说,"奴隶也是要爬的,有了爬得上的机会,连奴隶也会觉得自己是神仙……大多数人却还只是爬,认定自己的冤家并不在上面,而只在旁边……"[1]

所以,阿 Q 如果革命成功,第一个要杀的是小 D,然后才是赵太爷等人。猴子在向上爬时,不会怪上面猴子的屁股挡路,只会怪旁边猴子是耳目。"他们大都忍耐着一切,两脚两手都着地,一步步的挨上去又挤下来,挤下来又挨上去,没有休止的。然而爬的人太多,爬得上的太少,……也会发生跪着的革命。"[2]

跪着的革命,可圈可点。"于是爬之外,又发明了撞。"[3]

在鲁迅看来,"吃白相饭""揩油"等等奴才手段,都属于"撞"了,"撞"就是不守规则的向上爬了。爬上去的机会越少,愿意撞的人也就越多。

很难对鲁迅后期的"风花雪月"文字归类,大致上看,这些作品一是讽刺国家政事,二是中外国情比较,三是写社会众生相,四是议文化责任感。虽说《申报·自由谈》是面向市民的大众平台,但鲁迅总忘不了与同行对话。《滑稽例解》也是发表在《申报·自由谈》上的,"法人善于机锋,俄人善于讽刺,英美人善于幽默。……中国向来不大有幽默。只是滑稽是有的,但这和幽默还隔着一大段"。[4]鲁迅不希望中国的小品文追求幽默不成,只流于滑稽。在《由聋而哑》一文中,鲁迅说:"医生告诉我们:有许多哑子,是并非喉舌不能说话的,只因为从小就耳朵聋,听不见大人

---

[1] 鲁迅:《爬和撞》,《鲁迅全集》第五卷,北京:人民文学出版社,2005 年版,第 278 页。
[2] 同上。
[3] 同上。
[4] 鲁迅:《滑稽例解》,《鲁迅全集》第五卷,北京:人民文学出版社,2005 年版,第 360 页。

的言语，无可师法，就以为谁也不过张着口呜呜哑哑，他自然也只好呜呜哑哑了。"之后鲁迅又引了勃兰兑斯的著作："我们看不见强烈的独创的创作。……于是精神上的'聋'，那结果，就也招致了'哑'来。"鲁迅觉得30年代的新文学，"文章的形式虽然比较的整齐起来，但战斗的精神却较前有退无进"[1]（李泽厚后来比较80年代和90年代中国学术的发展时，也说过类似的意见：思想家淡出，学问家突显）。

鲁迅议论文坛风气的文章中，最著名的一篇是《"京派"和"海派"》。[2]当时文坛上有京派、海派之争，"京派"泛指住在北方的沈从文、萧乾、曹禺、老舍等作家，"海派"特指新感觉派，如施蛰存、刘呐鸥、苏汶、穆时英等。巴金、鲁迅等，虽然住在上海，但不会被认为是"海派"。如果再将时间往上推到20年代，则文学研究会就近京派，创作社就比较像海派。京派注重文学和学问、人格、道德的关系，海派强调文学和灵感、天才、自我的混合。

鲁迅怎么定义"京派"和"海派"呢？

> 北京是明清的帝都，上海乃各国之租界，帝都多官，租界多商，所以文人之在京者近官，没海者近商，近官者在使官得名，近商者在使商获利，而自己也赖以糊口。要而言之，不过"京派"是官的帮闲，"海派"则是商的帮忙而已。但从官得

---

[1] 鲁迅：《由聋而哑》，《鲁迅全集》第五卷，北京：人民文学出版社，2005年版，第294—295页。
[2] 鲁迅：《"京派"和"海派"》，最初发表于1934年2月3日《申报·自由谈》，收入《花边文学》，《鲁迅全集》第五卷，北京：人民文学出版社，2005年版，第453—454页。

食者其情状隐，对外尚能傲然，从商得食者其情状显，到处难于掩饰，于是忘其所以者，遂据以有清浊之分。而官之鄙商，固亦中国旧习，就更使"海派"在"京派"的眼中跌落了。[1]

鲁迅这篇文章，可以入教材。不仅是因为内容，也是因为其句式、文法、修辞、对仗。

鲁迅杂文有时看似想象跳跃，其实只讲了基本常识。有名的例子是《新秋杂识》。"迎秋，悲秋，哀秋，责秋"，女作家谢冰莹要大家忘掉科学，尽情享受自然的美景，可是鲁迅说："科学我学的很浅，只读过一本生物学教科书。但是，它那些教训：花是植物的生殖机关呀，虫鸣鸟啭，是在求偶呀之类，就完全忘不掉了。"[2]这太煞风景了，这是鲁迅式的"陌生化"。

在《伪自由书》和《准风月谈》之后，鲁迅还编了一本《花边文学》，收录了从1934年1月到11月的杂文61篇。"花边新闻"，一般泛指八卦"流言"（后来另一位作家的书名）。鲁迅却是在嘲笑报纸编辑将他们认为重要的短评围上一圈花边的做法，同时，花边还是银元的意思，鲁迅自嘲自己的这类写作不过是为稻粱谋。

在《花边文学》的《序言》中，鲁迅再次提到了书报审查制度的影响。鲁迅后期的写作，一直在跟审查制度作斗争。

> 我曾经和几个朋友闲谈。一个朋友说：现在的文章，是不

---

[1] 鲁迅：《"京派"和"海派"》，《鲁迅全集》第五卷，北京：人民文学出版社，2005年版，第453页。

[2] 鲁迅：《新秋杂识（三）》，《鲁迅全集》第五卷，北京：人民文学出版社，2005年版，第319—320页。

会有骨气的了,譬如向一种日报上的副刊去投稿罢,副刊编辑先抽去几根骨头,总编辑又抽去几根骨头,检查官又抽去几根骨头,剩下来还有什么呢?我说:我是自己先抽去了几根骨头的,否则,连"剩下来"的也不剩。所以,那时发表出来的文字,有被抽四次的可能……因此除了官准的有骨气的文章之外,读者也只能看看没有骨气的文章。

于是从今年起,我就不大做这样的短文,因为对于同人,是回避他背后的闷棍,对于自己,是不愿做开路的呆子,对于刊物,是希望它尽可能的长生。[1]

鲁迅虽这样自嘲,但他后来的杂文一点儿也没少写,而且被毛泽东称为:"鲁迅的骨头是最硬的。"

---

[1] 鲁迅:《花边文学》,《鲁迅全集》第五卷,北京:人民文学出版社,2005年版,第438—439页。

53

鲁迅评阮玲玉之死:《论"人言可畏"》

今天打开门户网站,总有四大块内容。

第一大块,是国内外大事——领导人出访,战争与谈判,A城有恐袭,B国有地震……

第二大块,是舆情热点——辱母案是否正当防卫?大学副教授杀妻,藏尸办公室……鲁迅之前引用过的绑匪撕票、女人养雄犬等等,也属此类。一般来说,内容越血腥,越牵涉家庭伦理,越显示贫富差距,越牵涉中外矛盾,报道就越轰动。

第三大块,是娱乐消息——女星走光、名角婚变等等。这类风花雪月的消息,曾有几十年上不了正规报纸。而今的网站倒是颇像民国报纸,"庄部""谐部"并存。

还有第四大块,就是各种的专门消息——关于地产、汽车、体育比赛、卫生健康等,还有文艺副刊专栏。

《伪自由书》中的43篇,《准风月谈》中的64篇,还有《花边文学》中的61篇,这些格式齐整的短文,好像也是上述四类消

息的浓缩混合拼贴。在《且介亭杂文》的《序言》里,鲁迅交待了他写专栏的目的:

> 现在是多么切迫的时候,作者的任务,是在对于有害的事物,立刻给以反响或抗争,是感应的神经,这是攻守的手足。潜心于他的鸿篇巨制,为未来的文化设想,固然是很好的,但为现在抗争,却也正是为现在和未来的战斗的作者。因为失掉了现在,也就没有了未来。[1]

鲁迅把专栏作为战场。"Obsession with China"(可译为感时忧国,或为国痴迷),在夏志清的评论中,这是一个带有批评或至少是遗憾意味的术语。鲁迅和郁达夫提过,他想写关于杨贵妃的长篇。但我还是无法想象一个晚年没有那么多杂文的鲁迅。

鲁迅的杂文虽然浓缩了社会众生相,但主题还是以国家大事、社会热点和读书笔记为主,最少见的就是娱乐新闻了。有几次他讲过梅兰芳,借此讽刺国人欣赏男扮女相的审美传统,同时也惋惜梅派艺术越来越雅,越来越适合出口、外销,而渐渐失去了民间的生命力。但总体上,鲁迅谈娱乐、议明星还是比较少见。

据说民国时期的上海,有两个人的葬礼最为轰动,马路上看的人、还有送殡的人最多。一个是因绯闻缠身而自杀的明星阮玲玉;另一个就是被盖上了"民族魂"旗帜的文学家鲁迅。

---

[1] 鲁迅:《〈且介亭杂文〉序言》,《鲁迅全集》第六卷,北京:人民文学出版社,2005年版,第3页。

而且,鲁迅还专门为阮玲玉之死写过文章。这篇文章发表于1935年5月20日,在《太白半月刊》第二卷第五期,以笔名赵令仪署名,后被收进2005年人民文学出版社《鲁迅全集》第六卷,题目是《论"人言可畏"》。

> "人言可畏"是电影明星阮玲玉自杀之后,发见于她的遗书中的话。这哄动一时的事件,经过了一通空论,已经渐渐冷落了,只要《玲玉香消记》一停演,就如去年的艾霞自杀事件一样,完全烟消火灭。她们的死,不过像在无边的人海里添了几粒盐,虽然使扯淡的嘴巴们觉得有些味道,但不久也还是淡,淡,淡。[1]

有人说是流言、绯闻害死了阮玲玉,但也有人出来否认,说阮玲玉的死跟新闻记者毫无关系。

下面就是鲁迅发表的议论。为了今天认真的传媒人,或者形形色色的网络调控工作者,还有很多的八卦狗仔队,我必须摘抄下大先生的这段原文。

> 所以阮玲玉的死,和新闻记者是毫无关系的。
> 这都可以算是真实话。然而——也不尽然。
> 现在的报章之不能像个报章,是真的;评论的不能逞心而谈,失了威力,也是真的,明眼人决不会过分的责备新闻

---

[1] 鲁迅:《论"人言可畏"》,《鲁迅全集》第六卷,北京:人民文学出版社,2005年版,第343—346页。以下鲁迅引文,除非特别标注,均同此出处。

记者。但是，新闻的威力其实是并未全盘坠地的，它对甲无损，对乙却会有伤；对强者它是弱者，但对更弱者它却还是强者，所以有时虽然吞声忍气，有时仍可以耀武扬威。于是阮玲玉之流，就成了发扬余威的好材料了，因为她颇有名，却无力。

"颇有名，却无力"，这六个字可圈可点。

小市民总爱听人们的丑闻，尤其是有些熟识的人的丑闻。上海的街头巷尾的老虎婆，一知道近邻的阿二嫂家有野男人出入，津津乐道，但如果对她讲甘肃的谁在偷汉，新疆的谁在再嫁，她就不要听了。

现在网络就改变了距离感，王宝强老婆有事，中国女生在东京被杀等等，这些事件远在天边，近在眼前。虽传播方式不同了，但道理还是一样的。

阮玲玉正在现身银幕，是一个大家认识的人，因此她更是给报章凑热闹的好材料，至少也可以增加一点销场。……阮玲玉的以为"人言可畏"，是真的，或人的以为她的自杀，和新闻记事有关，也是真的。

鲁迅说报纸不能像个报纸，受了压迫却还能压迫别人，这个逻辑和他一向关注的"被侮辱者损害他人"的道理相通。报纸传媒被审查制度严查监管，还要承担政治风险，只好在娱乐版上捞回市场份额。这就是被王胡、小 D 等人欺负的阿 Q，只能用手去摸小尼姑的头。小尼姑算是未庄的女明星。

《阿 Q 正传》是 20 年代初的小说，《论"人言可畏"》是 1935 年写的杂文。怎么看待社会结构、阶级秩序、人性堕落，大家如何在人伦权力关系网当中挣扎，这关乎鲁迅的世界观，鲁迅对这个世界的基本看法，一生没有根本性的转变。

《论"人言可畏"》的重要性，不仅在于鲁迅在此文中专门讨论了传媒的社会角色，而且在于他对普通民众如何参与配合传媒的欺软怕硬做了深入的分析。

> 读者看了这些，有的想："我虽然没有阮玲玉那么漂亮，却比她正经"；有的想："我虽然不及阮玲玉的有本领，却比她出身高"；连自杀了之后，也还可以给人想："我虽然没有阮玲玉的技艺，却比她有勇气，因为我没有自杀"。化几个铜元就发见了自己的优胜，那当然是很上算的。但靠演艺为生的人，一遇到公众发生了上述的前两种的感想，她就够走到末路了。

为了避免笼统地泛论传媒的罪责，鲁迅指出，所谓报道纪实，其实都可以在工部局找到资料，问题是传媒如何添油加酱。这些报道写男人还是比较老实的，但写女人，"不是'徐娘半老，风韵犹存'，就是'豆蔻年华，玲珑可爱'"。女孩离家就是"小姑独宿，不惯无郎"，村妇再嫁就是"奇淫不减武则天"。

然而，先前已经说过，现在的报章的失了力量，却也是真的，不过我以为还没有到达如记者先生所自谦，竟至一钱不值，毫无责任的时候。因为它对于更弱者如阮玲玉一流人，也还有左右她命运的若干力量的，这也就是说，它还能为恶，自然也还能为善。

这是讲传媒，但又何尝不是在讲读书人，讲商人，讲公务员，甚至讲很多家长，讲一切每天被人欺负、但又有可能面对更弱者的人。你"还能为恶，自然也还能为善"。鲁迅此言，大家听了吗？
　　关于女明星阮玲玉，其实鲁迅文中没有几句议论，对她的相貌、衣着一字不提。但最后鲁迅说，他不想为她自杀辩护。

　　至于阮玲玉的自杀，我并不想为她辩护。我是不赞成自杀，自己也不豫备自杀的。但我的不豫备自杀，不是不屑，却因为不能。……然而我想，自杀其实是不很容易……倘有谁以为容易么，那么，你倒试试看！

写这篇文章的时候，鲁迅的生命只剩下了最后的 17 个月。

54

"两个口号"之争的背后

"两个口号"之争,是鲁迅最后一次卷进文艺论争。这一次论争,对文坛派别及人事上的影响,比之前几次论争更为复杂深远。对晚年鲁迅先生的心情、身体讲,也是消耗最大的一次论争。如果说鲁迅在"五四"以后的近二十年,一直是在笔战当中锤炼自己的文风,锻造自己的思想,而这最后一次,却是鲁迅最困难、最有苦难言的一次笔战。原因是这次笔战,离文艺、离思想关系比较远,离政治、离人事关系比较近。而后者其实不是鲁迅所擅长的。

鲁迅大半生都在与人笔战,看似"其乐无穷",但其实都是稿纸上的论争、桌面上的较量,如果转为桌底下的战斗,鲁迅就不一定那么胜券在握了。他在《花边文学·序言》里说起过,"花边文学"这个概念,原来是用来贬低他的一个说法,"是和我在同一营垒里的青年战友,换掉姓名挂在暗箭上射给我的"。[1]这个所谓"同

---

[1] 鲁迅:《〈花边文学〉序言》,《鲁迅全集》第五卷,北京:人民文学出版社,2005年版,第437页。

一营垒里的青年战友",指的就是"左联"成员廖沫沙。廖沫沙在60年代,任北京市委统战部部长,被卷入著名的"三家村事件"。但是年轻时,廖沫沙缺乏统战意识,文章内容让鲁迅很生气。虽然都是一些文字上的误解,但是至少对鲁迅不够尊重。还有一个化名绍伯的人,在《大晚报副刊》上调侃鲁迅"器量狭小",等等。鲁迅认为绍伯就是田汉。田汉后来被鲁迅称为"四条汉子"之一(还有周扬、夏衍、阳翰笙),"倘有同一营垒中人,化了装从背后给我一刀,则我的对于他的憎恶和鄙视,是在明显的敌人之上的"。[1] 鲁迅在1934年12月18日给朋友杨霁云的信中说,"例如绍伯之流,我至今还不明白他是什么意思。为了防后方,我就得横站,不能正对敌人,而且瞻前顾后,格外费力。身体不好,倒是年龄关系,和他们不相干,不过我有时确也愤慨,觉得枉费许多气力,用在正经事上,成绩可以好得多"。[2] 到了1935年4月23日,在给萧军、萧红写信时,鲁迅的愤怒进一步放大:"敌人不足惧,最令人寒心而且灰心的,是友军中的从背后来的暗箭;受伤之后,同一营垒中的快意的笑脸。因此,倘受了伤,就得躲入深林,自己舐干,扎好,给谁也不知道。"[3]

受了伤,要自己舐干伤口,鲁迅仅仅是因为廖沫沙、绍伯这些年轻人的批评,还是另有"给谁都不知道"的难言苦衷?

30年代的笔战,和《坟》或者《热风》时期不一样。之前鲁

---

[1] 鲁迅:《答〈戏〉周刊编者信》,《鲁迅全集》第六卷,北京:人民文学出版社,2005年版,第152页。
[2] 鲁迅:《341218 杨霁云》,《鲁迅全集》第十三卷,北京:人民文学出版社,2005年版,第301页。
[3] 鲁迅:《350423 致萧军、萧红》,《鲁迅全集》第十三卷,北京:人民文学出版社,2005年版,第445页。

迅没有那么明确的所谓"同一营垒"的意识。作家就是孤身一人,这在《野草》中描绘过,作家的伤口,也可以自己舔舔;文学家的痛苦、愤怒,是独自一个人的,如同处于荒野大漠中,不必考虑那么多阵营、战友,所以也不需要躲起来舔伤,而且"给谁都不知道"。

"营垒""战友""阵线""敌我","防后方""横站"等等,这些都是军事用语或者说政治权术。鲁迅骨子里,只是个文人,所以让他横站,他就特别痛苦。1935年9月12日鲁迅写给胡风一封信,把他自己在"左联"的处境写得非常分明:

> 怎样起劲的做,也是打,而我回头去问自己的错处时,他却拱手客气的说,我做得好极了,他和我感情好极了,今天天气哈哈哈……。真常常令我手足无措,我不敢对别人说关于我们的话,对于外国人,我避而不谈,不得已时,就撒谎。你看这是怎样的苦境?[1]

后来很多学者,一直要研究鲁迅信里所谓的"工头"到底指谁?是不是周扬或夏衍。当时胡风、冯雪峰和鲁迅关系比较密切。这些人事派别的斗争,后来一直延续到延安,比如"鲁艺"和"文抗"的分歧。和名称相反,"鲁艺"(鲁迅艺术学院)其实是周扬一派主持的;而"文抗"(文艺家抗敌协会)由丁玲、萧军负责。1949年后,胡风成为反革命集团的成员,丁玲、冯雪峰稍后成为右

---

[1] 鲁迅:《350912致胡风》,《鲁迅全集》第十三卷,北京:人民文学出版社,2005年版,第543页。

派。七八十年代,胡风、冯雪峰都平反了。周扬和夏衍痛定思痛,真诚忏悔。我曾亲眼目睹,夏衍在纪念郁达夫逝世四十周年的大会上,以长篇讲话表达对"左联"当时错误的后悔之情。那个时候丁玲他们反而坚持"左联"的立场。

我们不仅关心这些文艺派别的斗争,更关心鲁迅当时的心态。

鲁迅一直敏感于奴隶的受压迫和奴才的麻木。现在居然有"工头"在他身后抽鞭子,他却什么都不能说,还要向外国人撒谎。鲁迅的原话是,"你看这是怎样的苦境?"

鲁迅当时并不知道,就在他抱怨在"左联""营垒里横站"的"苦境"时,1935年下半年,共产国际第七次代表大会在莫斯科决定,中国左翼作家联盟应该解散。这是当时参加会议的王明、康生的意见。

王明委托萧三写了封信,通过鲁迅转给周扬等人。周扬他们虽然是地下党,可是那时因为电台被破坏,和陕北的中央断了联系。鲁迅在1936年1月19号,收到萧三的莫斯科来信。鲁迅看信以后觉得很突然,无法接受。但收到转信以后,周扬、夏衍他们还是决定要执行王明代表中央的指示。

这场争论的双方,有一个根本性的不同。周扬他们都是干部,必须服从组织命令。对战士来说,军令如山倒,服从命令是天职。可是对鲁迅来说,他是作家,自己的思想没想通,便执行不了这个命令。沈雁冰后来也有很详细的回忆,说夏衍他们决定要解散"左联",要成立新的文化界抗日统战组织。新的组织门槛比较低,只要是抗日的就可以参加。要成立文化界抗日组织,还是要征求鲁迅的意见的,因为鲁迅是"左联"名义上的领袖,是旗帜,在外界看来"左联"就是鲁迅的。但是夏衍说鲁迅不肯见他们。

这是茅盾的回忆,很有意思。"左联"的实际负责人是周扬他们,鲁迅却不肯见他们。茅盾晚年写的《我走过的道路》,是宝贵的史料,但由于作者个人视角的限制,可能有的回忆得多,有的回忆得少,只能做参考。

茅盾当时想几方面都不得罪,所以当夏衍让郑振铎陪着来找茅盾的时候,茅盾就向鲁迅转达了夏衍、萧三他们的意见,其实也就是上级的意见。茅盾说,他自己也是同意这个意见的。但是鲁迅不赞成。鲁迅说,"左联"是左翼作家的一面旗帜,旗一倒,等于向敌人宣布我们失败。几年前,鲁迅转到左翼"营垒","从进化论到阶级论",这是很不容易的事情。因为鲁迅一直不相信"组织"和"群体",非常强调个人的战斗(可以追溯到他年轻时的《文化偏至论》《破恶声论》),而且他从来都不妥协。现在好不容易进入(或者说领导)左翼阵营,却突然说要解散,鲁迅自然不能接受。不能接受怎么办?茅盾又向夏衍他们去解释鲁迅的态度。茅盾说,鲁迅也有道理,他担心革命文艺战线失了组织和领导。夏衍说,没关系,你不用担心,"左联"散了,"我们这些人,在新组织里面,这就是核心。"

听到茅盾转述的"我们这些人在新组织里就是核心。"鲁迅就笑了。他说:"对他们这般人我早已不信任了。"[1]

实际上的负责同志,和名义上的旗帜人物,在要不要解散"左联"这个问题上,僵持不下。茅盾来来去去跑了好几回,都无功

---

[1] 茅盾:《"左联"的解散和两个口号的论争》,《我走过的道路》(下),北京:人民文学出版社,1997年版,第46—94页。

而返。看上去茅盾始终是一个传话人,不过,这是几十年后他的回忆。而就鲁迅当时的印象,鲁迅怎么说?他自己跟他的朋友说:

> 内幕如何,不得而知。指挥的或云是茅与郑……我真觉得不是巧人,在中国是很难存活的。[1]

"两个口号"的论争,充满了很多误解。

---

[1] 鲁迅:《360423 致曹靖华》,《鲁迅全集》第十四卷,北京:人民文学出版社,2005 年版,第 81 页。

55

重读鲁迅《答徐懋庸并关于抗日统一战线问题》

1935年底到1936年初,受共产国际指令,中国左翼作家联盟要解散,夏衍等负责人通过茅盾再三询问鲁迅的意见。鲁迅不同意,事情陷入了僵局。

周扬等人此时正筹备重组一个新的文艺家统战组织——文艺家协会。鲁迅明确表示不加入。就在这个时候,1936年4月25日,冯雪峰从陕北回到上海。冯雪峰是地下党里除瞿秋白以外,鲁迅最为信任的人。冯雪峰一度离开上海到苏区的瑞金,并参加了红军的两万五千里长征。从陕北重回上海之前,周恩来、毛泽东、张闻天(当时是党的总书记)都给他布置了任务,准备了电台。冯雪峰后来回忆,到了上海以后,他马上到鲁迅家里去,鲁迅正好不在。他在鲁迅家里休息了一会儿,鲁迅就回来了,见面后鲁迅的第一句话是:"这两年我给他们摆布得可以。"冯雪峰说,这句话,以及鲁迅说话时候的表情,他永远都记得。[1]

之后冯雪峰讲述了长征、毛主席提出的抗日民族统一战线等等话题,鲁迅又讲了上海的情况。冯雪峰还记得鲁迅的两句话。第一句是鲁迅说:"我成了破坏国家大计的人了。"另外一句就是"我真想休息休息。"[2]

1936 年是鲁迅生命的最后一年,他年初害了大病,去世时是 10 月份。4 月 25 日是鲁迅去世的半年之前。所谓"破坏大计",就是指鲁迅不加入新的文艺家协会,该协会试图统战各方面的文艺人士,包括鸳鸯蝴蝶派,口号是"国防文学"。顾名思义,新协会一切为了抗日。此时,民族矛盾变成主要矛盾,所有同意抗日的文学家都成为该团结的力量。对鲁迅来说,大概让他想起了几年前被他和"左联"批倒的国民党的"民族主义文学"。国防文学、民族主义文学,都是不讲阶级矛盾,关注民族斗争的。鲁迅和茅盾说:"'国防文学'这个口号,我们可以用,敌人也可以用。"[3] 与国防文学针锋相对的是,胡风在鲁迅家里见到冯雪峰后,提出的一个新口号"民族革命战争的大众文学"。据朱正说,这个口号表面上看是胡风提的,实际上是冯雪峰建议的,而且是他从陕北带来的意思。鲁迅对此也是同意的。

今天客观而论,作为口号,"国防文学"更容易记住,更简单,更有煽动力;"民族革命战争的大众文学",有点长,而且还同时

---

[1] 冯雪峰写的材料:《有关 1936 年周扬等人的行动以及鲁迅提出"民族革命战争的大众文学"口号的经过》,转引自朱正:《鲁迅传》,北京:人民文学出版社,2013 年版,第 373 页。
[2] 见朱正:《鲁迅传》,北京:人民文学出版社,2013 年版,第 373 页。
[3] 同上书,第 374 页。

涉及几个关键词：民族、革命、大众。

但重要的是口号由谁提出来？"国防文学"体现的是共产国际的意思，是抗日的需求，此时共产党要和国民党再次合作，这是大的历史背景，而且西安事变很快就要发生了。提出"国防文学"的是年轻的职业革命者，他们就像军人一样，上级命令就是他们的灵魂行动的准则。"民族革命战争的大众文学"，体现的是"左联"一贯的反抗阶级压迫的宗旨。这个口号强调了眼前的民族战争，兼顾了革命和大众，虽然绕口，但从内容上来讲面面俱到，更重要的是提出这个口号的人比较坚持革命原则。今天看来，坚持这一口号的胡风、冯雪峰，包括晚年的鲁迅，比较 stubborn，比较理想主义。

简单来说，"国防文学"是策略调整，"民族革命战争的大众文学"是原则坚守。用今天的术语，前者是与时俱进，后者是不忘初心。

一个政党集团，一种政治力量，为了更好地实现自己的目标，致使口号发生变化，其实这很正常。可惜，相比之下，一个文人的转弯就没那么快。文人的理想，不是为了利益、局势、形势的变化，更多是出于信念、信仰，甚至根植于生命灵魂的理念。好不容易鲁迅有了一些"阵营""敌我""横站""战线"之类的战斗意识，突然又要搞统战了，还要使用自己前几年刚刚批判过的口号——国防文学，这和"民族主义文学"在字面上非常相似。所以文人，或者说是文人气深重的革命者，一下子适应不了这种变化。毛泽东后来说，鲁迅不仅是伟大的文学家，而且是伟大的思想家和伟大的革命家。但是从"两个口号之争"的情况看，鲁迅确实是伟大的思想家，伟大的革命家，但归根结底他是一位伟大的文学家。

就在"两个口号"之争的两方剑拔弩张之际,鲁迅的身体状况急剧恶化。

在1936年6月5日之后,鲁迅因病停了他的日记。鲁迅日记连续25年没有中断过,可是在这一年的6月份停了25天。就在这时,他收到中国托派的组织人陈其昌的信。托派支持全世界的阶级革命,所以他们欣赏鲁迅反对"国防文学"的做法,批评他们共产党的政策转向。

于是冯雪峰代笔替鲁迅先生作答,将"民族革命战争的大众文学"这个口号与托派划清界限。这个时期,其实鲁迅有不止一篇文章由冯雪峰代笔。胡风有一次对鲁迅说,雪峰模仿周先生的语气倒很像。鲁迅淡淡笑了一笑,说:我看一点都不像。[1]

当然,胡风这个回忆,是否完全准确,也很难说。

但鲁迅晚年最重要的一篇文章,《答徐懋庸并关于抗日统一战线问题》,的确是冯雪峰起草的。这也是鲁迅一生中最特别的一篇论战文章。徐懋庸的名字,也因为这篇文章永远地留在了中国现代文学史和现代中国思想史上。

徐懋庸当时是二十几岁的年轻人,写杂文模仿鲁迅文风。鲁迅还给他的杂文集写过序。徐曾担任过"左联"的书记和宣传部长,是新创办的文艺家协会的理事。1936年8月2日他给鲁迅写了一封信,信里边直接批评:"在目前,我总觉得先生最近半年来的言行,是无意地助长着恶劣的倾向的。"信中直言,"民族革命战争的大众文学",这个口号错误,会危害联合战线。除了批评鲁迅先生的言

---

[1] 见朱正:《鲁迅传》,北京:人民文学出版社,2013年版,第380页。

行,批判鲁迅所支持的口号以外,徐懋庸还很尖锐地责骂鲁迅身边的一些人,比方说胡风是"性情之诈";黄源是"谄佞之相",说巴金"中国的'安那其'的行为,则更卑劣"。

先生可与此辈为伍,而不屑与多数人合作,此理我实不解。

我觉得不看事而只看人,是最近半年来先生的错误的根由。[1]

当然,读了这封信,鲁迅非常生气。这个被他提拔的年轻人,现在居然这样说话,语言嚣张,态度骄横。早在《野草·颓败线的颤动》中,鲁迅就抽象地表达过被自己培养的年轻一代无情抛弃诅咒的愤怒心情。后来这种被晚辈抛弃攻击的感受居然被来自左右两边的夹攻变成现实。而现在,这封信,还不只是来自狂妄的个人,分明还代表了"左联"其他一些领导和组织的观点。所以在鲁迅看来,这是来自于自己"营垒"的迄今为止最严重的一次攻击。

《答徐懋庸并关于抗日统一战线问题》,这篇文章篇幅过万字,鲁迅罕见地把徐的来信放在前面(通常鲁迅写辩论文章都是把人家的文章附在后面)。这封回信,是冯雪峰代拟的初稿。但鲁迅花了四天时间,做了大量的修改和增补。在我看来,即便如此,这还是一篇"非典型"的鲁迅文章,鲁迅以前从来没有发表过这样格式、文风的文章。

---

[1] 转载自《答徐懋庸并关于抗日统一战线问题》,《鲁迅全集》第六卷,北京:人民文学出版社,2005年版,第546—558页。

因为徐懋庸质疑鲁迅支持的口号危害统一战线。鲁迅在文中加了重点号,直接声明自己的立场。

> 首先是我对于抗日的统一战线的态度。……中国目前的革命的政党向全国人民所提出的抗日统一战线的政策,我是看见的,我是拥护的,我无条件地加入这战线,那理由就因为我不但是一个作家,而且是一个中国人,所以这政策在我是认为非常正确的……
>
> 其次,我对于文艺界统一战线的态度。我赞成一切文学家,任何派别的文学家在抗日的口号之下统一起来的主张。[1]

第一,这篇文章的内容是政治宣言,保证了政治正确。第二,这篇文章的文风是政治表态。重读鲁迅将近六十篇,这是第一次,也是最后一次看到鲁迅先生的表态文章。第三,这篇文章里的批判方式,不再是常用的讽刺、讥笑、拐弯抹角骂人等等,而是直接、正面、从政治人格上的指责。

> 希望巴金,黄源,胡风诸先生不要学徐懋庸的样。……在国难当头的现在,白天里讲些冠冕堂皇的话,暗夜里进行一些离间,挑拨,分裂的勾当的,不就正是这些人么?
>
> 那种表面上扮着"革命"的面孔,而轻易诬陷别人为"内奸",为"反革命",为"托派",以至为"汉奸"者,大半

---

[1] 鲁迅:《答徐懋庸并关于抗日统一战线问题》,《鲁迅全集》第六卷,北京:人民文学出版社,2005年版,第546—558页。以下鲁迅引文,除非特别标注,均同此出处。

不是正路人；因为他们巧妙地格杀革命的民族的力量，不顾革命的大众的利益，而只借革命以营私，老实说，我甚至怀疑过他们是否系敌人所派遣。

徐懋庸，后来去了延安，1949 年以后担任武汉大学的党委书记，他并没有因为被鲁迅责骂，政治上就抬不起头来，被怀疑成内奸、汉奸、敌人派遣等等。但是鲁迅这样的文风真是以前没有见过。

徐懋庸说不能提出这样的口号，是胡说！……说不能对一般或各派作家提这样的口号，也是胡说！但这不是抗日统一战线的标准，徐懋庸说我"说这应该作为统一战线的总口号"，更是胡说！

撇开内容不谈，这三个"胡说"句式，三个感叹号，大概是冯雪峰的文风。鲁迅在重病之中尽力修改，仍然力不从心。这是我的猜测。

当然了，第四，更重要的一点，这篇文章里有些地方非常讲策略，甚至有些地方不完全符合事实，但是写法很策略，顾及了政治正确，顾及了统一战线，这个在鲁迅笔下也是很少见的。比方说"民族革命战争的大众文学"，"我先得说，前者这口号不是胡风提的，胡风做过一篇文章是事实，但那是我请他做的。"其实，口号确实是冯雪峰让胡风提的，鲁迅站出来承担责任，是保护胡风和冯雪峰。

关于这口号，鲁迅说："是几个人大家经过一番商议的，茅盾先生就是参加商议的一个。"后来有史料考证,茅盾其实没有参与,可以参考茅盾的回忆录。

还有,"郭沫若先生远在日本,被侦探监视着,连去信商问也不方便"。

这又是统战笔法,鲁迅平时哪会有事找郭沫若商量?文章有三个地方提到郭沫若,一个地方引用了郭沫若的一些话,还有一个地方说,"例如我和茅盾,郭沫若两位,或相识,或未尝一面,或未冲突,或曾用笔墨相讥,但大战斗却都为着同一的目标,决不日夜记着个人的恩怨"。

不过,现在也无法考证了,这段话到底是出于鲁迅的本意,还是冯雪峰的统战策略?

文章很多段落还是表达了作者对"民族革命战争的大众文学"的理论坚持,这应该是鲁迅大半年、大半生的一贯理念。鲁迅从来都觉得阶级矛盾比民族矛盾更严重,而且他认为中国的国民性,这种很多级别的压迫关系,本来就与中国人被异族统治有关。也就是说,鲁迅认为革命战争与民族战争是密不可分的,而文章里对"国防文学"也有宽容的理解。整篇文章,公平地说,写得很有气势,逻辑分明;某些局部也非常有文采,比方说很有名的一段:"驶来了一辆汽车,从中跳出四条汉子:田汉,周起应,还有另两个,一律洋服,态度轩昂。"

这好像是典型的鲁迅文风。

这篇文章发表之后,鲁迅就只有最后三个月的生命了。

56

重读鲁迅的文章《死》

鲁迅去世一个多月前,他在1936年9月5日写了一篇文章,题为《死》。文章发表在1936年9月20日的《中流》半月刊第一卷第二期上。钱理群北大演讲录之二《与鲁迅相遇》,内容一共九讲,第一讲就是从鲁迅生命的最后一章讲起,着重引用了《死》这篇散文。

《论语》说:"人之将死,其言也善。"鲁迅的散文,从来都是真心话,充满善意,虽然他自己说文章没有完全说出他的真话。这一篇《死》,也是"人之将死"。人们当然想知道,面对不可知的、令人恐惧的未来世界,鲁迅先生在想什么?他想说什么?

文章开始,讲的是一位他喜欢的德国版画家珂勒惠支。罗曼·罗兰曾经说,珂勒惠支的作品是现代德国最伟大的诗歌,照出了穷人与平民的困苦和悲痛。

鲁迅曾把珂勒惠支的作品《牺牲》,发表在"左联"期刊《北斗》上,以表示对柔石等作家的无言的纪念。[1] 珂勒惠支说她后来的创作是抛不开"死"这个观念的。这句话引起鲁迅的同感。

> 回忆十余年前,对于死却还没有感到这么深切。大约我们的生死久已被人们随意处置,认为无足重轻,所以自己也看得随随便便,不像欧洲人那样的认真了。有些外国人说,中国人最怕死。这其实是不确的,——但自然,每不免模模胡胡的死掉则有之。[2]

1936年初,鲁迅病重,当时以为会不行了。之后鲁迅在3月和6月经历了两次大病和抢救,所以到9月写这篇《死》的时候,有种好像死过一次的感觉。虽然大先生已经只有一个多月的宝贵生命,可是讲起那个完全不可知的未来,鲁迅先生的语气却非常轻松,他谈论中国人的生死观,好像这是一个和作家本人没有关系的哲学文化命题。

任何世界上的民族,自古以来都要想象来世。所有一神教,犹太教、天主教、新教、东正教、伊斯兰教等等,都要回答"人死了以后会怎么样"这么一个终极问题。中国人也不例外。但国人临终之时,却并不要神父、牧师在床边才能安心,而是最好要全家都在,尤其是儿孙都在床边,这样才能安心闭眼。可见中国人虽也

---

[1] 见朱正:《鲁迅传》,北京:人民文学出版社,2013年版,第296页。
[2] 《死》写于1936年9月5日,最初发表在1936年9月20日《中流》半月刊第一卷第二期,后收入《且介亭杂文末编》,见《鲁迅全集》第六卷,北京:人民文学出版社,2005年版,第631—635页。以下鲁迅引文,除非特别标注,均同此出处。

信仰生命死后延续，但不是靠灵魂或者上帝，而是靠人们自己的血脉、种族、子孙、后代。在这样的文化背景下，身为中国现代最重要的思想家、文学家，鲁迅怎么看待死亡？鲁迅又是如何想象人死了以后的另外一个世界的？

在这个问题上，鲁迅关注的仍然不是全人类，主要还是中国人，而且是不同阶级的中国人。

> 谁都知道，我们中国人是相信有鬼（近时或谓之"灵魂"）的，既有鬼，则死掉之后，虽然已不是人，却还不失为鬼，总还不算是一无所有。不过设想中的做鬼的久暂，却因其人的生前的贫富而不同。

这就是鲁迅，人已到了最后时日，谈论生死问题，仍然不无幽默地展开他的中国社会各阶级分析。先讲穷人，弱势群体、劳工阶级，"穷人们是大抵以为死后就去轮回的，根源出于佛教。佛教所说的轮回，当然手续繁重，并不这么简单，但穷人往往无学，所以不明白。这就是使死罪犯人绑赴法场时，大叫'二十年后又是一条好汉'，面无惧色的原因"。就是刚才说的，轮回到另外一个好地方去了。

人类最大的奥秘就在于几千年来，从来没有人从那个世界回来，告诉我们那是怎么回事。人越接近终点，越想知道终点，想知道它是一个什么样的新起点？

鲁迅继续替穷人着想，"况且相传鬼的衣服，是和临终时一样的"，因为人类有这样的想法，古墓才变成宝库，因为人们都想把最好的东西带到另外一个世界去。"穷人无好衣裳,做了鬼也决不怎么体面,实在远不如立刻投胎,化为赤条条的婴儿的上算。我们曾见谁家生了小孩,胎里就穿着叫花子或是游泳家的衣服的吗?从来没有。这就好,从新来过。"轮回就是重新开始,是新的人生起跑线。"也许有人要问,既然相信轮回,那就说不定来生会堕入更穷苦的景况,或者简直是畜生道,更加可怕了。但我看他们是并不这样想的,他们确信自己并未造出该入畜生道的罪孽,他们从来没有能堕畜生道的地位,权势和金钱。"

借着讲鬼轮回,鲁迅又在骂那些有地位权势和金钱的人了。但也不全是骂,鲁迅接下来就替他们分析了:

然而有着地位,权势和金钱的人,却又并不觉得该堕畜生道;他们倒一面化为居士,准备成佛,一面自然也主张读经复古,兼做圣贤。他们像活着时候的超出人理一样,自以为死后也超出了轮回的。

穷人盼轮回,富人想特权,但鲁迅最关心的是那些不十分穷又不能算富的小市民、小资产阶级,他们怎么想象、安排死后的事情呢?

至于小有金钱的人,则虽然也不觉得该受轮回,但此外也别无雄才大略,只豫备安心做鬼。所以年纪一到五十上下,就给自己寻葬地,合寿材,又烧纸锭,先在冥中存储,生下子孙,每年可吃羹饭。这实在比做人还享福。假使我现在已经是鬼,在阳间又有好子孙,那么,又何必零星卖稿,或向北新书局去算账呢,只要很闲适的躺在楠木或阴沉木的棺材里,逢年逢节,就自有一桌盛馔和一堆国币摆在眼前了,岂不快哉!

现在还会有人烧纸的房子、汽车,甚至还有纸的三陪小姐……中产阶级,做鬼的生活水平也在与时俱进。

鲁迅已经走到生命的终点,重病在身,从死神手边挣脱回来几个月,却还是一贯的幽默,而且不无讽刺地分析中国社会各阶级的来世梦想。

就大体而言,除极富贵者和冥律无关外,大抵穷人利于立即投胎,小康者利于长久做鬼。小康者的甘心做鬼,是因为鬼的生活(这两字大有语病,但我想不出适当的名词来),就是他还未过厌的人的生活的连续。

"大有语病"的"鬼的生活"绝不只是鲁迅这篇文章的幽默笔法,很多研究者都从"鬼"的方向分析鲁迅作品,比如日本学者伊藤虎丸,身为基督徒的他一直困惑于鲁迅的世界里为什么会有一种超越性的视角,而且"与基督教的向上超越不同,鲁迅向下——即向'鬼'的方向超越。"[1]这个观点,后来被汪晖引用,"'鬼'就具有了一种从最低处展开的超越性的视角,一种与鲁迅的'生命主

---

[1] 伊藤虎丸:《鲁迅的生命与鬼——鲁迅之生命论与终末论》,《文学评论》2000年第1期,第140页。

义'密切相关的'终末论'的表现"[1]。所以"鬼的生活"尽管按常理不通，却也有可诠释的深度。

仔细想想，中国人很少想象和描绘天堂，想来想去就是做鬼的生活质量不能低于目前的小康水平。这真是一种现实、世俗、脚踏实地、精神胜利，又充满人情味的终极人生关怀。

想象了轮回和做鬼的来世以后，鲁迅回到了他自己的理念上：

> 有一批人是随随便便，就是临终也恐怕不大想到的，我向来正是这随便党里的一个。三十年前学医的时候，曾经研究过灵魂的有无，结果是不知道；又研究过死亡是否苦痛，结果是不一律，后来也不再深究，忘记了。

从科学的角度看，鲁迅无法想象人死了以后究竟还有什么。

> 每当病后休养，躺在藤躺椅上，每不免想到体力恢复后应该动手的事情：做什么文章，翻译或印行什么书籍。想定之后，就结束道：就是这样罢——但要赶快做。这"要赶快做"的想头，是为先前所没有的，就因为在不知不觉中，记得了自己的年龄。却从来没有直接的想到"死"。
>
> 直到今年的大病，这才分明的引起关于死的豫想来。

本人在编辑文集，赶写《重读鲁迅》时，心里隐隐有共鸣有

---

[1] 汪晖：《反抗绝望》修订本，北京：生活·读书·新知三联书店，2023年版，第 xlvii 页。

感应的,也是鲁迅的这段话。鲁迅虽然激烈却很传统,但诚如林毓生教授所言,鲁迅骨子里仍是儒家精神:"未知生,焉知死","子不语怪力乱神"。对鲁迅来说,生命的驱动力就是"要赶快做",直到1936年初大病。

除了日本医生以外,另请的一位美国医生也断言,鲁迅的肺病已经无法医治。

> 我并不怎么介意于他的宣告,但也受了些影响,日夜躺着,无力谈话,无力看书。

这并不是事实。钱理群专门罗列过鲁迅最后一年做的事情,写的文章,包括冯雪峰起草的《答徐懋庸并关于抗日统一战线问题》等文章,对于后面那么多复杂的人事纠纷,鲁迅其实操碎了心。但鲁迅说,"连报纸也拿不动,又未曾炼到'心如古井',就只好想,而从此竟有时要想到'死'了。不过所想的也并非'二十年后又是一条好汉',或者怎样久住在楠木棺材里之类,而是临终之前的琐事。在这时候,我才确信,我是到底相信人死无鬼的。我只想到过写遗嘱……"

鲁迅在遗嘱里说了什么?遗嘱又有什么背后的意思?鲁迅对自己的一生有着怎样的坚持、反悔和总结呢?

附录

1

《摩罗诗力说》中的文艺观

我之所以希望"重读鲁迅",第一,因为关于中国乃至世界的很多事情,今天当然可以用各种思想理论来解释,但好像还是鲁迅讲得比较中肯,值得我们深思。第二,我从青少年时期开始读鲁迅,几十年来每次重读,都在不断回顾自己的思想和人生变化。我在网上见过一句话:"人到中年,突然读懂了鲁迅,十分痛心,无端有了共鸣。"第三,关于鲁迅,人们已经说了很多,有很复杂的学问,很深刻的研究,但又似乎还有些话没有说,不方便说,或者不想说,说不清楚……

我们会依照 2005 年人民文学出版社出版的《鲁迅全集》的次序重读鲁迅。《鲁迅全集》最早的版本,是 1938 年鲁迅先生纪念委员会编辑、上海复社出版的,共 20 卷。1949 年后,北京人民文学出版社出版了注释本《鲁迅全集》,全书共十卷,1956 年至 1958 年刊行。1981 年人民文学出版社又出版了 16 卷的《鲁迅全集》。之后还有一些出版社出版了注释的《鲁迅全集》,但至少在一段时期内，人民文学出版社的《鲁迅全集》的注释是独家特许的。当然几十年间，《鲁迅全集》的编辑与注释也一直在"与时俱进"。我现在书架上的版本是2005年修订后的18卷本，但也有1981年版。

《坟》是《鲁迅全集》中的第一本集子，共收散文（论文）23篇，写于1907年至1925年。1927年3月，《坟》的初版由北京未名社出版，1929年3月第二次印刷时曾经作者校订，1930年改由上海北新书局出版。无论是1938年初版的《鲁迅全集》，还是2005年新版的《鲁迅全集》，第一卷之所以不是从《狂人日记》开始（那是真正意义上的成名作：在《狂人日记》之前，并没有鲁迅这个名字），主要是因为《坟》收录了周树人写于1907年至1908年间的几篇文言旧作。《坟》的后半部，又收录了鲁迅中期创作（甚至是鲁迅一生创作）中几篇最重要的代表作，如《春末闲谈》《灯下漫笔》等。"将这些体裁上截然不同的东西，集合了做成一本书样子的缘由，说起来是很没有什么冠冕堂皇的。首先就因为偶尔看见了几篇将近二十年前所做的所谓文章。这是我做的么？我想。看下去，似乎也确是我做的。那是寄给《河南》的稿子。"[1]《河南》是清末留日学生创办的杂志，1907年创刊，1909年被禁。当时鲁迅27岁，弃医从文，刚从绍兴接受了母亲的"礼物"（与朱安的婚姻）后，又回到东京的独身生活，居所狭窄，身心郁闷，但他心志高远，对各种东西方思想都有接触。周氏兄弟与陶成章等光复会革命党人过从甚密，并一起听章太炎的课，他们广泛涉猎欧洲日本文学后想编一本文学杂志《新生》。刊在《河南》上的几篇文

---

[1] 见《〈坟〉题记》，最初发表在1926年11月20日北京《语丝》周刊106期，收入《坟》。见《鲁迅全集》第一卷，北京：人民文学出版社，2005年版，第3页。

章论题分别是历史、科学、文化和文学。其中第一篇《人之历史》原载《河南》月刊第一号,1907年12月出版,引述了黑格尔关于生物进化的观点。黑格尔的"生物普通形态学"后来不怎么被现代科学接受,但冥冥之中,鲁迅最关心的"主奴关系"却和黑格尔的"主奴辨证法"不无关联。在《河南》月刊二、三号连载的《摩罗诗力说》是我们稍后要读的鲁迅的第一篇文学批评文章,对理解鲁迅的文学观有重要意义。此文很长,"因为那编辑先生有一种怪脾气,文章要长,愈长,稿费便愈多",[1] 在收入《坟》时,鲁迅将另外两篇其实发表时间较晚的文章《科学史教篇》(1908年6月《河南》月刊第5号)和《文化偏至论》(1908年8月《河南》月刊第7号)排在了《摩罗诗力说》之前。不知1927年鲁迅编订《坟》时,这样做是什么用意,但从客观效果上看《摩罗诗力说》便成了这一文言写作阶段的小结。这几篇旧文,包括《破恶声论》,后来很受鲁迅研究者的重视。[2] "掊物质而张灵明,任个人而排众数。"[3] 鲁迅在20世纪初,早在他参与"五四"新文化运动之前,就批评过欧洲主流文明的两个弊端,一是少数/个人为"众数"/主流所抹杀;二是太强调物质的意义,"诸凡事物,无不质化,灵明日以亏蚀,旨趣流于平庸,人惟客观之物质世界是趋,而主观之内面精神,乃舍置不为一省。重其外,放其内,取其质,遗其神,林林众生,物

---

[1] 鲁迅:《〈坟〉题记》,《鲁迅全集》第一卷,北京:人民文学出版社,2005年版,第3页。
[2] 见汪晖:《声之善恶:——鲁迅〈破恶声论〉〈呐喊·自序〉讲稿》,北京:生活·读书·新知三联书店,2013年版。2023年6月20日下午,"北大文研论坛"第176期在北京大学二院静园208会议室举行,主题为"彷徨之始——《破恶声论》的内部矛盾"。活动由美国加州大学洛杉矶分校东亚语言与文化系荣休教授胡志德(Theodore Huters)主讲,由北京大学人文社会科学研究院、北京大学现代中国人文研究所、北京大学中文系联合主办。
[3] 鲁迅:《文化偏至论》发表于1908年8月《河南》月刊第7号,收入《坟》。见《鲁迅全集》第一卷,北京:人民文学出版社,2005年版,第47页。

欲来蔽,社会憔悴,进步以停,于是一切诈伪罪恶,蔑弗乘之而萌,使性灵之光,愈益就于黯淡:十九世纪文明一面之通弊,盖如此矣"。[1]简言之,即唯物主义使社会少了灵明和精神,强调多数众治(民主)会压抑个人的独异。当时的鲁迅受尼采、施蒂纳哲学的影响,这种对"多数"和"物质"的警惕可以解释他后来对胡适、陈西滢等英美民主派知识分子的戒心。也是在《文化偏至论》中,鲁迅提出了后来影响他一生创作的"立人"的思想,"然欧美之强,莫不以是炫天下者,则根柢在人……是故将生存两间,角逐列国是务,其首在立人,人立而后凡事举;若其道术,乃必尊个性而张精神",[2]换言之,国强的根柢在于立人,人立而后凡事举。鲁迅当时接触的西方思想相当复杂,一方面他需要理性主义的思想资源,来解救中国传统的危机,另一方面他又接触了一些对启蒙主义持怀疑幻灭态度的理论,因此对西方一些主流价值观念("众治""大群"等)又有所保留。而且鲁迅接受的西方思想,相当程度上经过了当时日本学术环境的过滤。另外还有篇文章《破恶声论》也发表在《河南》杂志上,以很大的篇幅纵论中外古今(鲁迅一向关心国家大事),其中的名言"伪士当去,迷信可存",现在有很多不同的解读。最浅显的理解,是唾弃虚伪,保留信仰。另有一段,"盖惟声发自心,朕归于我,而人始自有己;人各有己,而群之大觉近矣"。[3]在《文化偏至论》里同样的意思表达为"国人之自觉至,

---

[1] 鲁迅:《文化偏至论》,《鲁迅全集》第一卷,北京:人民文学出版社,2005年版,第54页。
[2] 同上书,第58页。
[3] 鲁迅:《破恶声论》,《鲁迅全集》第八卷,北京:人民文学出版社,2005年版,第26页

个性张,沙聚之邦,由是转为人国"。[1]《鲁迅传》的作者朱正认为这"人各有己"是极重要的事。每个人有自己,国家才会觉醒。

本篇我们要重点读《摩罗诗力说》,不仅因为这是鲁迅早期论文中的代表作,而且因为这是鲁迅第一篇专门讨论文学的文章。李欧梵认为:"鲁迅在《摩罗诗力说》中给我们一个崭新的文学系谱(genealogy),用来代替传统的文学史观。"[2]鲁迅也许如毛泽东所言,是伟大的思想家、革命家,但他首先是伟大的文学家。鲁迅在《摩罗诗力说》中论述欧洲文学,至少有三个层次。第一个层次在第一章和第二章,鲁迅认为文学具有记录、维系、延续民族文化精神的功能,"盖人文之留遗后世者,最有力莫如心声"。如果文化衰弱,"递文事式微,则种人之命运亦尽"。[3]鲁迅举了印度、俄罗斯、希伯莱、意大利等正反例子,又由印度、波兰之"奴性"联系到中国的处境,"故曰国民精神之发扬,与世界识见之广博有所属"。在欧洲文学中,鲁迅认为,浪漫派诗人最值得注意。"别求新声于异邦……至力足以振人,且语之较有深趣者,实莫如摩罗诗派。"摩罗是梵文 Mara 的音译。鲁迅关注浪漫派诗人,特别注意"凡立意在反抗,指归在动作,而为世所不甚愉悦者"。这里鲁迅的标准有三:一是立意在反抗(文学要有革命初心),二是指归在动作(要有行动或者说实际效果),三是作家是孤独的,不太受世界主流文学的欢迎。对符合这三项标准的欧洲诗人们,鲁迅在该文的第

---

[1] 鲁迅:《文化偏至论》,见《鲁迅全集》第一卷,北京:人民文学出版社,2005年版,第57页。
[2] 李欧梵:《我的二十世纪》,香港:香港中文大学出版社,2023年版,第399页。
[3] 鲁迅:《摩罗诗力说》,《鲁迅全集》第一卷,北京:人民文学出版社,2005年版,第65页。以下鲁迅引文,除非特别标注,均同此出处。

四章至第九章有详细论述,但很明显鲁迅文学观的第一个层次是文学关系国民精神和民族命运。

　　鲁迅这种以文艺维系民族精神的使命感,受到当时日本文人所翻译的欧洲思想家著作的直接影响。近年有学者考证,《摩罗诗力说》的第一章和第二章,使用了三种日文资料作为"材源":一是土井晚翠(1871—1952)所译《英雄论》(1898),"原著为英国思想家托马斯·卡莱尔(Thomas Carlyle,1795—1881)的《论英雄和英雄崇拜》,推崇'诗人''文人'等六种英雄,标举为世人的精神向导。此书在明治日本极受欢迎,为各类文学批评家——尤其是理想主义一脉——提供了理论资源"。二是坪内逍遥、坪内锐雄所著《文学研究法》(1903)。"坪内逍遥作为明治文坛泰斗。……坪内锐雄为其侄儿……《文学研究法》主要编译自托马斯·诺尔森(Thomas Knowlson)《如何学习英国文学》(1901)一书。"三是十时弥的文章《从社会学上所见诗之原理》(1903)。十时弥是东京帝国大学出身的社会学者。[1]《摩罗诗力说》在使用几种日文资料作为"材源"时,不只用中文(文言)介绍域外的文学观念和术语,有时甚至连行文和引文也直接"引进"。比如土井译卡莱尔,强调文艺乃国民之声:"得其明晰之声且生出洋洋乎歌其心意者,国民之一大事也。试观意大利,可怜意大利支离灭裂,不能于条约订盟中作为一邦而出现。然而可敬之意大利实一统也,意大利生其但丁,意大利得以言语。全俄国之沙皇,拥有铳枪、哥萨克兵、大炮等,政治上能够统辖地球之一大部,行大业。然而彼不能

---

[1] 参考崔文东:《青年鲁迅·文学理论·文学批评——〈摩罗诗力说〉材源考论》,《文学评论》2023年第5期,第89—97页。

言语,内中有巨大之某物,却是瘖哑之大也。彼未有万人万世可以聆听的天才之声,彼不可不学语,彼从来都是巨大无声之怪物也。其大炮与哥萨克锈蚀无存时,那但丁之声尚可闻。有但丁之国民统一,无声之俄人未统一。"(原文为日文,此为崔文东的译文)撇开英国人对俄罗斯文化的具体偏见不论,土井译卡莱尔的意思是有文艺则民族精神强,反之则民族精神弱。鲁迅把这段话转化成自己的文章:"英人加勒尔曰,得昭明之声,洋洋乎歌心意而生者,为国民之首义。意太利分崩矣,然实一统也,彼生但丁,彼有意语。大俄罗斯之札尔,有兵刃炮火,政治之上,能辖大区,行大业。然奈何无声?中或有大物,而其为大也暗。……迨兵刃炮火,无不腐蚀,而但丁之声依然。有但丁者统一,而无声兆之俄人,终支离而已。"可见鲁迅当年是通过日文翻译直接相信了欧洲的文艺维系民族精神的学说。后来很多研究者相信《摩罗诗力说》的主题,就是鲁迅一生创作的主题。鲁迅去世时棺木上盖的就是一幅字:"民族魂"。除鲁迅外,没有任何一个中国人有这种荣誉。

但是我们注意到:《摩罗诗力说》的第三章,表现的是鲁迅文学观的另一个层面:

> 由纯文学上言之,则以一切美术之本质,皆在使观听之人,为之兴感怡悦。文章为美术之一,质当亦然,与个人暨邦国之存,无所系属,实利离尽,究理弗存。故其为效,益智不如史乘,诚人不如格言,致富不如工商,弋功名不如卒业之券。

这是人们在阅读《摩罗诗力说》时不应该忽视的一段话，也是鲁迅极重要的一段"纯文学"界说。当然，鲁迅这个观点是有依据、有"材源"的。坪内锐雄著《文学研究法》第二章第六节《文学与人生》讨论过"诗歌与小说对于人生有如何之效用？若细而论之，会有相当多样之效用，不过其最重要之效用为何？不仅是文学，一切美术本来之性质，对于观之者或听之者而言，并非总与所谓实利实益——即个人同国家生存上直接必要之利益相关。……要言之，脱离实利又脱离究理，令人感兴或悦乐，此即美术本来之性质。"（崔文东译）略略比较，我们会发现鲁迅所言"与个人暨邦国之存，无所系属，实利离尽，究理弗存"，比起坪内锐雄的"并非总与所谓实利实益——即个人同国家生存上直接必要之利益相关"，语气更重，论断更清晰。道登将文艺功能比作在大海中游泳——看似无所得，其实是无用之用。这段比喻《摩罗诗力说》几乎照抄了坪内锐雄的译文。[1]

鲁迅在后人心目中，是呐喊的战士和新文化运动的主将，为什么他早期的文章却主张淡化文学的效用？鲁迅相信"文章之于人生，其为用决不次于衣食，宫室，宗教，道德。……约翰穆黎曰，近世文明，无不以科学为术，合理为神，功利为鹄。大势如是，而文章之用益神，所以者何？以能涵养吾人之神思耳。涵养人之神

---

[1] 坪内锐雄《文学与人生》：道登曾于《文学之解释》中说："世间文学美术上之杰作中，有些往往看似对观之者、读之者几乎毫无神益，然而吾人开心观看或阅读此等之作，恰与游泳者开心地跃入森茫大海、在来来往往的波间尽情嬉笑之乐趣相同，于游泳完毕时，感觉神经甚爽，体力增强，那大海只是亘古不变地鞳鞳鸣响，白波只是无意味地起伏，虽未曾给予一格言、一教训，游泳者却因此而增强体力增进健康，实则所得甚大。"鲁迅《摩罗诗力说》："英人道罩有言曰，美术文章之桀出于世者，观诵而后，似无裨于人间者，往往有之。然吾人乐于观诵，如游巨浸，前临渺茫，浮游波际，游泳既已，神质悉移。而彼之大海，实仅波起涛飞，绝无情愫，未始以一教训一格言相授。顾游者之元气体力，则为之陡增也。"

思,即文章之职与用也"。

鲁迅这段从英国政治家约翰·莫莱（John Morley, 1838—1923）[1]观点引申出来的"文学基本原理",强调文学的功能职责是涵养人之神思,不应太讲究实际功用,因为文学著论益智不如历史,教育不如格言,致富不如工商,功名不如学位证书奖状。似乎鲁迅早期的文学观,并不特别强调文章的载道使命、救国责任、社会功用和政治效用。具体到晚清／民初的文学语境,四大谴责小说的主题都是暴露官场腐败,表现民众受欺,而唯"士"独醒。但鲁迅后来的创作却淡化了文学的政治功用,在忧国忧民的同时,着力于改造国民性。《摩罗诗力说》一面强调纯文学"与个人暨邦国之存,无所系属",一面用大量篇幅推荐、赞扬欧洲的浪漫诗人"立意在反抗,指归在动作",这里的复杂犹豫与深刻矛盾,后来贯穿并影响了鲁迅一生的创作。

《摩罗诗力说》前两章论述文学和国民精神、民族兴亡的关系,第三章强调文学无法承载科学、道德、宗教的使命。而将鲁迅文学观的第一层次（文艺可以维系民族精神）与第二层次（纯文学不能直接救世）的矛盾碰撞彼此调和,便是鲁迅文学观念的第三层次:文艺或许救不了世,却可能救人心。之后从第四章到第九章,鲁迅逐一介绍欧洲浪漫派诗人的贡献,从英国的裴伦（拜伦,George Gordon Byron）、修黎（雪莱,Percy Bysshe Shelley）到俄国的普世根（普希金,A. Pushkin）、来尔孟多夫（莱蒙托夫,M. Lermontov）,再到波兰的密克威支（密茨凯维奇,A. Mickiewicz）,最后是匈牙利

---

[1] 人民文学出版社 2005 年版《鲁迅全集》注为约翰穆黎（J. S. Mill, 1806—1873）,英国哲学家、经济学家,著有《逻辑体系》《政治经济原理》《功利主义》等。

的裴彖飞（裴多菲，A. Petöfi）。在这些"摩罗诗人"中，鲁迅当年最推崇拜伦，不仅因为拜伦的诗，还因为拜伦是一个为理想战斗的勇士；不仅因为拜伦爱国，更因为拜伦为希腊解放运动而献身。爱国诚可贵，人类更重要，若为自由故……鲁迅评拜伦之言，后来成为人们对鲁迅的定评："苟奴隶立其前，必衷悲而疾视，衷悲所以哀其不幸，疾视所以怒其不争。"（而我在"重读鲁迅"的过程中，觉得鲁迅不只是"哀其不幸，怒其不争"，而是"哀其被欺，怒其欺人"）。关于雪莱，若干年后，鲁迅唯一的爱情小说中的男主角追求子君时，最重要的武器便是雪莱的诗甚至他的图片。"修黎生三十年而死，其三十年悉奇迹也，而亦即无韵之诗。"鲁迅引拜伦的评语，称雪莱"奋迅如狮子，又善其诗"，是斗士与诗的结合与矛盾体，"以热诚雄辩，警其国民，鼓吹自由，掊击压制。"这又何尝不是青年周树人的自我自许？鲁迅称雪莱"此十九稘上叶精神界之战士"，他对此的定义是相信"正义自由真理以至博爱希望诸说……与旧习对立，更张破坏……旧习既破，何物斯存，则惟改革之新精神而已"。评论雪莱时，鲁迅说出了自己一生的志向。虽然在理论上怀疑文学改造世界的有效性，但在欣赏阅读中，他找到了自己的身份：精神界之战士。

在讨论普希金与拜伦之异同时，鲁迅又提出了后来困扰他一生的题目，"或谓国民性之不同，当为是事之枢纽，西欧思想，绝异于俄"。鲁迅还特别注意到普希金的爱国（沙皇俄国）情怀，"丹麦评骘家勃阑兑思（G. Brandes）于是有微辞，谓惟武力之恃而狼藉人之自由，虽云爱国，顾为兽爱"。鲁迅一方面承认"俄自有普式庚，文界始独立"，但一方面又敏锐地指出，普希金的爱国有问题。爱国并不是诗人最神圣的使命（以纯文学观为根柢的政治远见）。

《摩罗诗力说》对波兰三诗人的重视，应该是受到了勃兰兑斯文学评论的影响。对裴多菲的诗，鲁迅后来有数文专论。第九章鲁迅的总结是："裴伦修黎继起，转战反抗，具如前陈。其力如巨涛，直薄旧社会之柱石。余波流衍，入俄则起国民诗人普式庚，至波兰则作报复诗人密克威支，入匈加利则觉爱国诗人裴彖飞，其他宗徒，不胜具道。"这样浏览欧洲浪漫诗人广泛的革命影响后，鲁迅再将目光放回现实："今索诸中国，为精神界之战士者安在？"北京大学退休教授温儒敏，近年新书即以鲁迅此句做书名，对我们圈内同行都是一个提醒。

但是重读《摩罗诗力说》，我特别注意到青年鲁迅对"纯文学"的看法，对文学功用的看法，以及如何在涵养人的神思的意义上理解"精神界之战士"。除了《中国小说史略》以外，《摩罗诗力说》是鲁迅写得最长的一篇文学评论。国民精神、奴隶性、国民性、"哀其不幸，怒其不争"、精神界战士等等鲁迅后来一生探索的关键词，都已在早年的文言文章《摩罗诗力说》中出现。在《中国小说史略》中，后来的鲁迅还着力辨析古代文学中"娱心"和"劝善"两个重要概念，有点接近"言志"与"载道"的不同传统。而在"娱心"与"劝善"之间，鲁迅似乎更看重前者。

2

《中国小说史略》中的"娱心"与"劝善"[1]

《中国小说史略》是鲁迅在北京大学授课时的讲义,后经修订增补,于1923年、1924年由北京大学新潮社以《中国小说史略》为题分上下册出版。

"小说史略"《第十二篇宋之话本》,说"在市井间,则别有艺文兴起。即以俚语著书,叙述故事,谓之'平话',即今所谓'白话小说'者是也"[2]。

鲁迅继续说,"然用白话作书者,实不始于宋。清光绪中,敦煌千佛洞之藏经始显露,大抵运入英法,中国亦拾其余藏京师图书馆;书为宋初所藏,多佛经,而内有俗文体之故事数种,盖唐末五代人钞,如《唐太宗入冥记》《孝子董永传》《秋胡小说》则在伦敦博物馆,《伍员入吴故事》则在中国某氏,惜未能目睹,无以知

---

[1]《中国小说史略》在北京大学新潮社上下册版本的基础上,1925年由北京北新书局出版合订本,1931年有修订本初版,1935年印制第十版时又有改订。
[2] 鲁迅:《中国小说史略》,《鲁迅全集》第九卷,北京:人民文学出版社,2005年版,第115页。以下鲁迅引文,除非特别标注,均同此出处。

其与后来小说之关系。以意度之,则俗文之兴,当由二端,一为娱心,一为劝善,而尤以劝善为大宗……"

鲁迅不仅回顾了白话小说之起源,更重要的是强调了"娱心"和"劝善"这两个概念。此处所谓"娱心",当不同于现代文学追求娱乐的"礼拜六派",事实上大部分鸳鸯蝴蝶派作品皆以"劝善"为框架;情色爱欲故事的最后定有"有诗为证,美色从来藏杀机……"等劝诫格言。"娱心""劝善"大致呼应的是中国文学史论述中的"言志"与"载道",且"尤以劝善为大宗",意思是"文以载道"是主流。在《中国小说史略》、《第十七篇明之神魔小说》(中)中,鲁迅概括了陈士斌《西游真诠》、张书绅《西游正旨》与刘一明《西游原旨》等《西游记》评说,"或云劝学,或云谈禅,或云讲道,皆阐明理法,文辞甚繁。然作者(指吴承恩)虽儒生,此书则实出于游戏,亦非语道"。显然鲁迅更欣赏吴承恩《西游记》的"实出于游戏,亦非语道",强调小说的"娱心"而非"劝善";欣赏小说的"言志"而非"载道"。

鲁迅的"小说史",尤其前半部,材源考据多,价值褒贬少。关于《三国》《水浒》,大都是回顾成书过程,辨查不同版本,考证罗贯中、施耐庵的生平,罕有直接评论。反而是在《金瓶梅》一章,鲁迅说:"作者之于世情,盖诚及洞达,凡所形容,或条畅,或曲折,或刻露而尽相,或幽伏而含讥,或一时并写两面,使之相形,变幻之情,随在显见,同时说部,无以上之。"显然,鲁迅这一大段对《金瓶梅》的赞赏不是赞其"载道""劝善",而是欣赏其艺术技巧、文学成就。"无以上之",这用词很重。在研究"明之拟宋市人小说及后来选本"时,鲁迅有更清晰的价值观表述:

"宋市人小说虽亦间参训喻,然主意则在述市井间事,用以娱心;及明人拟作末流,乃诰诫连篇,喧而夺主,且多艳称荣遇,回护士人,故形式仅存而精神与宋迥异矣。"意思是"娱心"才是文艺应有的正宗,诰诫连篇的劝善载道,是"喧而夺主"(文艺的"独立性""主体性"呼之欲出)。所以后来鲁迅批评《阅微草堂笔记》的不足,"盖不安于仅为小说,更欲有益人心,即与晋宋志怪精神,自然违隔;且末流加厉,易堕为报应因果之谈也。"鲁迅清清楚楚地指出"更欲有益人心"是不安小说的本分。这就解释了同一时期他在《药》的结尾加上花圈,并自知这样"更欲有益人心"的光明尾巴,使他的作品与艺术有了距离。

评《野叟曝言》时,鲁迅说,"意既夸诞,文复无味,殊不足以称艺文","艺文"成了鲁迅笔下极重要的评论标准。他赞《儒林外史》,"虽非巨幅,而时见珍异,因亦娱心,使人刮目矣"。他批《彭公案》,不仅主题无新意,而且"字句拙劣,几不成文"。显然,在鲁迅的中国小说研究中"娱心""艺文"都是正面赞辞,"劝善""训喻""载道"都是小说家不守本分。如果说鲁迅文艺观的基础有"本分"这个概念,那首先是"娱心",而不是"劝善"。

也就是鲁迅这种"本分"的文艺观,与他同样热诚的"精神界之战士"的使命感,构成了影响他一生的基本矛盾与动力。

3

周氏兄弟失和的原因

周氏兄弟的关系,是鲁迅研究当中一个不能回避的难题和悬案。

鲁迅博物馆前馆长孙郁先生,写过一本专著《鲁迅与周作人》。孙先生认为在鲁迅的私人生活当中,有两件事情对他一生影响巨大,第一是和朱安的不幸的婚姻;第二是周氏兄弟的失和。

前者,在我们"重读鲁迅"中是一条重要的线索。本书一开始就强调了鲁迅作为精神界战士的身体因素,作为文化超人的形而下处境。后者是令世人困惑疑虑好奇了将近一个世纪的悬案,鲁迅研究界,对此其实一直有不同的处理方法。

钱理群有两本北大演讲录,第一本《话说周氏兄弟》,山东画报出版社1999年出版,主要讨论周氏兄弟的思想差异对中国现代文学、文化的深远影响。第二本《与鲁迅相遇》,生活·读书·新知三联书店2003年出版,重点分析鲁迅的思想发展、心路历程。但两本书几乎都没有专门讨论周氏兄弟失和的细节、背景。

孙郁的专著，还有朱正的《鲁迅传》，倒是都有专章或专节讨论周氏兄弟失和。对 1923 年 7 月兄弟断交事件的叙述，主要是引用当事人的简短回忆，以及他们的不回忆，还有几位亲近朋友的说法。看得出孙郁和朱正的书，都避免做过多的猜想。看了他们的描述，知道事情严重，但原因不详。

近年也有一些比较偏重史料的鲁迅传记，比如陈光中的《走读鲁迅》，对周氏兄弟断交的细节有了更多的描绘、猜测，作者还专门去八道湾勘察地形并拍照。网络上更有些流言、小报似的匿名文章，使得普通读者，不知道是越来越接近真相，还是越来越掉进了谜团。总之，我们的"重读鲁迅"无法避开这个话题。

孙郁的《鲁迅与周作人》，先比较了两个人的外貌、长相，而且不仅有照片，还引用了鲁迅好友许寿裳的描述："鲁迅的身材并不见高，额角开展，颧骨微高，双目澄清如水精，其光炯炯而带着幽郁，一望而知为悲悯善感的人。两臂矫健，时时屏气曲举，自己用手抚摩着；脚步轻快而有力，一望而知为神经质的人。……他的观察很锐敏而周到，仿佛快镜似的使外物不能遁形。因之，他的机智也特别丰富，文章上固然随处可见，谈吐上尤其层出不穷。这种谈锋，真可谓一针见血，使听者感到痛快，有一种涩而甘，辣而腴的味道。"[1]

鲁迅原来，不仅文章老辣，谈锋也非常犀利。这里当然不只是客观的"写真"，还加入了许寿裳的情谊。在萧南选编的《在家和

---

[1] 许寿裳：《亡友鲁迅印象记》，武汉：长江文艺出版社，2019 年版，第 17 页。

尚——周作人》，也有两段对周作人外貌的描写。有俞芳的回忆："他戴着近视眼镜，衣着讲究，言语不多，但又好像有点'架子'似的"。还有梁实秋的看法："我没有想到，他是这样清癯的一个人，戴着高度近视眼镜，头顶上的毛发稀稀的，除了上唇一小撮髭须之外好像还有半脸的胡子茬儿，脸色是苍白的，说起话来有气无力的，而且是绍兴官话。"

听说周作人当年讲课很闷，基本读稿，大概和"说起话来有气无力"有关。孙郁这样概括两人的文风形象："鲁迅给人的印象，抑郁、沉静、肃杀；周作人则沉稳、平和、散淡。"[1]

当然，重要的不是长相不同，而是他们在中国20世纪文学、文化发展当中的地位不同。鲁迅是"五四"新文学的主将，主要贡献是创作，首先是小说，然后是散文；周作人也是"五四"新文学的主将，但他的贡献主要是理论，其次是散文。

从《狂人日记》开始，鲁迅代表了新文学创作的实绩。同一时期周作人的《人的文学》则更多是理论上的贡献，在新文学史上的重要性不下于胡适的《文学改良刍议》。教育部指定的教材《中国现代文学三十年》，充分肯定了周作人是"五四"时期最有影响力的理论先导者和批评家："周作人最突出的贡献，是以'人的文学'来概括新文学的内容。周作人要求新文学必须以人道主义为本，观察、研究、分析社会'人生诸问题'，而在周作人这里，新文学所本的人道主义具体指个人主义的'人间本位主义'"。

周作人文论的一大特点，就是强调人性的灵肉两面不可偏废，

---

[1] 孙郁：《鲁迅与周作人》，沈阳：辽宁人民出版社，2007年版，第5页。

不应该"存天理灭人欲",也不能"纵人欲、灭天理"。周作人还是"平民文学"的提倡者。另外,周作人反对"为什么而什么",反对文艺变成工具、变成说教。

如果说鲁迅的书名《呐喊》,可以用来概括"五四"新文学战斗、入世、启蒙、救亡的主线,那么周作人的书名《自己的园地》,就可以用来形容"五四"新文学当中,坚持作家精神独立的另一条主线。在"五四"新文学当中,这两条主线是纠缠在一起的,互相矛盾,但又互相融合。两兄弟大概当时也没意识到,他们文学主张的异中之同、同中之异,在后来的一个世纪中,始终引领着文坛思潮的变化。

文坛的"两条路线之争"竟然来自同一家庭的两兄弟。

他们当年怎么合作,怎么并肩战斗,后来又怎么突然决裂,老死不相往来,各自为文,这实在是一个令人着迷的悬案。

郁达夫在《中国新文学大系·散文二集导言》中,有一段对周氏兄弟的形容:"鲁迅的文体简练得像一把匕首,能以寸铁杀人,一刀见血。……与此相反,周作人的文体,又来得舒徐自在,信笔所至,初看似乎散漫支离,过于繁琐!但仔细一读,却觉得他的漫谈,句句含有分量,一篇之中,少一句就不对,一句之中,易一字也不可……近几年来,一变而为枯涩苍老,炉火纯青,归入古雅遒劲的一途了。两人文章里的幽默味,也各有不同的色彩:鲁迅的辛辣干脆,全近讽刺,周作人的是湛然和蔼,出诸反语。"

这是郁达夫笔下罕见的条理清晰的评论文章。郁达夫进一步讲到两人思想上的异同:"他们的笃信科学,赞成进化论,热爱人类,有志改革社会,是弟兄一致的;然所主张的手段,却又各不相同。

鲁迅是一味急进，宁为玉碎的，周作人则酷爱和平，想以人类爱来推进社会，用不流血的革命来实现他的理想。周作人头脑比鲁迅冷静，行为比鲁迅夷犹，遭了三一八的打击以后，他知道空喊革命，多负牺牲，是无益的，所以就走进了十字街头的塔，在那里放散红绿的灯光，悠闲地，但也不息地负起了他的使命；他以为思想上的改革，基本的工作当然还是要做的，红的绿的灯光的放送，便是给路人的指示；可是到了夜半清闲，行人稀少的当儿，自己赏玩赏玩这灯光的色彩，玄想玄想那天上的星辰，装聋作哑，喝一口苦茶以润润喉舌，倒也是于世无损，于己有益的玩意儿。"

这说的是周作人，其实也是郁达夫退出"左联"、隐居杭州、躲避斗争、醉心山水之后的夫子之道。放在历史的长河当中看，郁达夫最后死在日本宪兵的枪下。而周作人的"苦茶"，很快也喝不成了，十字街头马上成了战场。

郁达夫又说（说得太好，忍不住多抄几句）：

> 鲁迅的性喜疑人——这是他自己说的话——所看到的都是社会或人性的黑暗面，故而语多刻薄，发出来的尽是诛心之论：这与其说他的天性使然，还不如说是环境造成的来得恰对。

按郁达夫的说法，鲁迅刻薄多疑、看人性黑暗，这不是鲁迅的天性，而是环境造成的。可是很多人和鲁迅在同一环境、同一时代，为什么就只有一个鲁迅？当然不全是天性使然，鲁迅的父亲、祖父，也没有给他遗传刻薄、愤世的DNA。比鲁迅小四岁的弟弟，就完全是另一种性格。怎么来理解这种现象——这也是我在读丹纳或勃兰兑斯时，一直没有解决的一个困惑。

回到郁达夫的评论。"因为他（鲁迅）受青年受学者受社会的暗箭，实在受得太多了，伤弓之鸟惊曲木，岂不是当然的事情么？在鲁迅的刻薄的表皮上，人只见到他的一张冷冰冰的青脸，可是皮下一层，在那里潮涌发酵的，却正是一腔沸血，一股激情。"

郁达夫的《中国新文学大系·散文二集导言》写于30年代中期，这个时候周氏兄弟已经失和、断交十几年了。看起来，兄弟失和并没有影响到他们各自在文坛、在历史上的地位。

但实际上有没有影响呢？如果周氏兄弟一直在文化战线上并肩合作，就像他们早期一样，鲁迅后来会不会担任"左联"名义上的领袖，而且到后来委屈不满？周作人会不会坚持不离开北平，最后成为日本人的文化工具呢？

历史真地很难假设。

不管怎么样，关于周氏兄弟吵架的事情，郁达夫倒也的确说过他的很大胆的猜想。

鲁迅大周作人四岁，两位作家的童年回忆，都没有说儿时有什么特别不合，反而有很多温馨的童趣故事。《风筝》中描写过哥哥对弟弟放风筝的摧残，但可能是一种虚构。假如这故事有事实的影子，更多的还是忏悔和情谊。

1902年鲁迅到日本留学，四年以后，1906年周作人也去了日本，当然是因为哥哥的关系。周作人到日本时，鲁迅已经从仙台退学，弃医从文，两个人一起住在东京。如果说早期鲁迅是个愤青，周作人在日本倒是生活愉快，他连续六年都没有回国，后来写回忆文章，对日本到处都是留恋。

周作人到日本的那一年，鲁迅正好回绍兴结婚，第四天就逃走了，之后据说再也没有跟朱安同过房。同一时期，周作人爱上了帮他们兄弟俩做饭的一个出身贫苦的日本女子羽太信子。三年以后，1909年，周作人和羽太信子结婚。[1]

这个时期他们兄弟的文学事业，其实是比较失败的。《域外小说集》当时卖得很少，弟弟一结婚，经济上就有了压力。"正好许寿裳在1909年4月回国担任浙江两级师范学堂的教务长，鲁迅就托他帮自己求一职业，许即向学堂新任监督沈钧儒推荐，于是鲁迅即于这年八月回国来了"。[2]

本来鲁迅还打算在日本再做一段时间研究，他回国是为了弟弟，为了家庭，他显然是一个非常顾家的大哥。这里的"家"不仅仅是他和朱安两个人的，还包括他母亲、包括周作人、包括周建人以及弟媳、他们的子女。"大先生"就是那个时候开始叫的。

大先生这一时间段和羽太信子的关系缺乏特别记载。有记录的就是鲁迅回国教书以及到教育部做官以后，常常给周作人寄信寄钱，有时候也寄给羽太信子的家人，他们兄弟间，两三天就有书

---

[1] 羽太信子（1888—1962），日本东京人，父亲石之助，染房工匠，入赘于羽太家。原有兄妹五人，她是家中长女，后二妹羽太千代和五弟羽太福均夭逝，只剩下了三弟重久和四妹芳子。因家境贫寒，她很小就被送到东京一酒馆当"酌妇"。1908年4月，鲁迅、周作人、许寿裳、钱均甫、朱谋宣迁居到东京本乡西片町十番地吕字7号，因五人合租，故称"伍舍"。这房子是日本作家夏目漱石旧居，南向两间、西向两间，都是一大一小，拐角处为门房，另有下房几间，因面积小，雇了一个"下女"打扫，这人就是羽太信子。周氏兄弟在"伍舍"住了半年多，可能房租太贵，1909年1、2月间就搬走了。1909年3月18日，周作人跟羽太信子正式在日本登记结婚。参考陈漱渝：《今夜"大雷雨"——周氏兄弟失和事件再议》，《我观现代文坛：陈漱渝近作选》，天津：天津人民出版社，2024年版。

[2] 朱正：《鲁迅传》，北京：人民文学出版社，2013年版，第96页。

信来往。周作人回国到北大教书是在 1917 年，兄弟同住补树书屋，一起艰苦奋斗。直到 1919 年 7 月，鲁迅花了几千块银元买了八道湾 11 号三进的四合院。这是鲁迅一生拥有过的最阔气的房子，其中大部分房款来自他在教育部做佥事的储蓄（佥事月薪好像有 300 块），还有一部分来自绍兴老家房子的售房款。余下部分是借来的钱。因为绍兴老宅家里谁都有份，所以周作人，讲起来也是八道湾四合院的业主之一。

"五四"初期，周氏兄弟住在一起，事业也在一起。有些文章的署名是鲁迅，但可能是周作人写的。北大马裕藻教授，请周作人去讲中国小说，周作人推荐了他哥哥。教案后来便成了鲁迅最重要的学术著作《中国小说史略》。在公众领域，哥哥写《狂人日记》，弟弟写《人的文学》；在私人生活方面，鲁迅把母亲、朱安、周作人、周建人以及两位弟弟的日本老婆、小孩都接到了八道湾。周建人的夫人是羽太信子的妹妹，叫羽太芳子。这真是亲上加亲，其乐融融。

1923 年 7 月 14 号，鲁迅日记记载："是夜始改在自室吃饭，自具一肴，此可记也。"

原来他们一个大家庭，一起在后面一个大的房间吃饭。不知道那天下午发生了什么事情，晚上开始，鲁迅就一个人在自己房间里吃饭。是只有他一个人，还是和朱安以及母亲一起，不太清楚。从上下文看好像就是他一个人。

五天以后，1923 年 7 月 19 日上午，周作人把一封绝交信交给了鲁迅，信是这样写的：

鲁迅先生：

我昨天才知道，——但过去的事不必再说了。我不是基督徒，却幸而尚能担受得起，也不想责谁，——大家都是可怜的人间。我以前的蔷薇的梦原来都是虚幻，现在所见的或者才是真的人生。我想订正我的思想，重新入新的生活。以后请不要再到后边院子里来，没有别的话。愿你安心，自重。

七月十八日，作人。

这封信的内容，我注意到几点：

第一，"鲁迅先生"，周作人对哥哥的称呼突然用了这么正式的笔名，有点儿特别。

第二，事情可能是五天前发生的，也可能是很久以前，但五天前有了变化。

第三，这件事情对周作人有巨大的打击，以至于要用宗教的境界来承受，而且打碎了他过去的梦，改变了他的思想跟人生道路。

第四，"请不要再到后边院子里来"，在八道湾，鲁迅为了照顾家人，让他们住在后面较好的房中，鲁迅的小家反而住在前面。"请不要再到后边院子里来"，就是说我和我的家人都不想再看到你了。言下之意是你犯了错，我们不追究了，也不想再见你了。

在猜测到底发生了什么事情之前，我们先来看看当时的事态发展。

当天鲁迅日记记载："上午启孟自持信来，后邀欲问之，不至。"

信是弟弟自己拿过来的。鲁迅看信以后叫佣人请弟弟过来，弟弟没有来，哥哥也没有再去找。朱正在《鲁迅传》里说，"周作人的信里说了，他是'昨天才知道'的。也就是说在昨天之前他并不知道鲁迅有什么不自重的、他无法容忍的事情。在鲁迅这方面呢，就在收到这绝交书的时候也不明白是怎么回事，想要问个清楚。假如他真做了什么不自重的事情，他还好意思邀作人来问吗？"[1]

朱正有点儿倾向于鲁迅的立场，推论只对了一半。但是不是还有另外一种可能：鲁迅可能知道信中讲的是什么事情，但是他恐怕其中有误会、有误解，或者是需要做一些解释、澄清；甚至是某种道歉，可是对方居然连解释、问询、道歉的机会都不给。

这说明要么不是误会、误解，要么这个误会、误解是解不开的。所以鲁迅之后再没有试图叫弟弟来问了。

7月19日以后，鲁迅再没有找弟弟，他决定马上搬出八道湾。

许钦文的妹妹许羡苏帮忙找了北京砖塔胡同61号，一处比较小的房子，是许羡苏的同学俞芬带着两个小妹妹的住处。其中有几间空房，让鲁迅暂住，因为鲁迅急着搬出来。鲁迅问朱安：你是不是还住在八道湾？或者是回绍兴老家？言下之意，周作人只是不要见到鲁迅，但并没有驱赶朱安或者别人。朱安表示，她不愿意一个人住在八道湾，她还是要和鲁迅住在一起，和母亲住在一起。所以不到两个礼拜，鲁迅7月19日做出决定，8月2日他们就一起搬到了砖塔胡同。

鲁迅虽然结婚了，但是大部分时间他都是独居，或者和母亲、弟弟等家人住在一起。住在砖塔胡同那一段时间，他母亲常常回八

---

[1] 朱正：《鲁迅传》，北京：人民文学出版社，2013年版，第150页。

道湾,所以那是鲁迅第一次真正和朱安独处。《娜拉走后怎样》等文章,"不但女人常做男人的傀儡,……男人也常做女人的傀儡"等等一系列郁闷的文章,都是鲁迅在砖塔胡同写的。

当然砖塔胡同非久留之地,鲁迅马上开始到处找房子。八道湾大院的房款绝大部分是他的钱,为什么现在突然就归弟弟了?到 10 月底,经过两个多月,他们找到阜成门内西三条的房子,"我家后院有两棵树……",就是现在的鲁迅博物馆房子,以八百块成交。装修以后,到 1924 年 5 月,鲁迅一家搬进新居。

搬进新居以后,鲁迅回八道湾取书,却和周作人夫妇暴发了一场有详细记载的面对面的肢体冲突。1924 年 6 月 11 日,鲁迅日记记载:"下午往八道湾宅取书及什器,比进西厢,启孟及其妻突出骂詈殴打,又以电话招重久及张凤举、徐耀辰来,其妻向之述我罪状,多秽语,凡捏造未圆处,则启孟救正之,然终取书、器而出。"

想象一下整个场面,鲁迅回去拿书,周作人夫妇出来打骂,还打电话给周建人,还有两位他们大概认为是知情的北大教授,向他们诉说鲁迅的罪状,羽太信子说不完整时周作人再补充。那个时候周氏兄弟断交已经大半年了,可能这是这一时期两兄弟的第一次见面,这给我们理解兄弟失和的谜团,多了一些不同的观察素材。

仅就 7 月 19 日周作人交信,鲁迅随即搬走的情况看,好像兄弟间对这件"事",有点儿默契。貌似鲁迅这边有什么错?周作人无法承受,但也不追究,鲁迅默默离开。他这一离开,默默离开,好像默认了什么事情。你买的大宅,你支撑的大家庭,你创建的家业,为什么说走就走了呢?为什么什么都不说呢?——这当然是按常理的推断。

可是，在大半年后的取书冲突当中，鲁迅明言周作人夫妇骂人，而且是羽太信子在那里诉说"罪状"，"罪状"当然不是事实。最低限度，即便在讲同一个事情，这也是完全不同的表述。如果说上一次鲁迅搬离八道湾大宅是一记闷棍，那这一次取书就是一通发泄，说明鲁迅并没有认错，至少没有承认周作人夫妻所诉说的那些"罪状"，加引号的"罪状"。

这场取书闹剧，许寿裳后来有详细的记载："说起他的藏书室，我还记得作人和信子抗拒的一幕。这所小屋既成以后，他就独自个回到八道湾大宅取书籍去了。据说作人和信子大起恐慌，信子急忙打电话，唤救兵，欲假借外力以抗拒；作人则用一本书远远地掷入，鲁迅置之不理，专心检书。一忽儿外宾来了，正欲开口说话；鲁迅从容辞却，说这是家里的事，无烦外宾费心。到者也无话可说，只好退了。这是在取回书籍的翌日，鲁迅说给我听的。我问他：'你的书全部都已取出了吗？'他答道：'未必。'我问他我所赠的《越缦堂日记》拿出了吗？他答道：'不，被没收了。'"

鲁迅去世以后，许寿裳是第一个接触鲁迅日记的人。他看到鲁迅在日记里边，从来没细讲这件事情。周作人，他后来做了汪伪文化官员，也曾因此坐牢，空下来写了很多关于鲁迅的回忆录。他的回忆有些很有价值，可是却独独对"失和"这件事情一直避而不谈。而且还特别标明，他 1923 年 7 月 17 日这一天的日记，也就是他知道那件事情的当天，里边所写的大概十个左右的字用剪刀剪去了。

各位读者不妨用猜密码的方式填补一下这十个左右的方块字，到底写了什么？这可比《金瓶梅》的真删节本、《废都》的假删节本，都更有考证、想象的空间。

周作人说别人怎么评，我一概不管，只纠正许寿裳的说法，这两位教授不是外宾，意思是他们是知情人。最后周作人同意许寿裳的一句话：鲁迅本人在他生前没有一个字发表，这是鲁迅的伟大处。

对这桩悬案鲁迅再也没提起过，周作人也到死都保持沉默。究竟1923年7月14日或者之前发生了什么？一百年来有各种各样的猜测。概括起来，一是经济，二是窥浴（或听窗），三是旧情……三种解释猜测分别来自许广平、周海婴和周丰一（周作人之子）。

经济说，就是怪羽太信子乱花钱。周建人也有过这样的抱怨。许广平的《鲁迅回忆录·所谓兄弟》一节，认为兄弟失和的根子在经济。

据陈漱渝《今夜"大雷雨"——周氏兄弟失和事件再议》[1]，"那时周氏兄弟月薪约600元左右（鲁迅300元，周作人240元），由周作人之妻羽太信子当家，而信子是一个由'奴隶'（下女）演变为'奴隶主'（当家太太）的人物，日常生活挥霍无度。鲁迅对许广平感叹说：'我用黄包车运来，怎敌得过用汽车带走的呢？'信子有癔病（歇斯底里），一装死，周作人就成了软骨头，宁可牺牲与大哥友好来换取家庭安静"。

经济因素虽然有伤鲁迅和弟媳之间的感情，但却未必是引发兄弟失和的导火线。鲁迅博物馆原副馆长，曾参与《鲁迅全集》注释工作的陈漱渝，详细比对周氏兄弟日记，证明1923年7月19日之

---

[1] 陈漱渝：《我观现代文坛：陈漱渝近作选》，天津：天津人民出版社，2024年版。

前一段时间，两人往来频繁，一切正常。经济矛盾如果有，也不会是突发的，应该是长期的积累，某一天因为乱花钱就突然绝交，不太合理。

1923年11月，即周氏兄弟失和不久，周作人写了一篇《读报的经验》，这篇文章后来收入《谈虎集卷》下。此文反对报纸为迎合社会心理而多载风化新闻。他说："据我想来，除了个人的食息以外，两性的关系是天下最私的事，一切当由自己负责，与第三者了无交涉。即使如何变态，如不构成犯罪，社会上别无顾问之必要。"

看来有比较大的可能，周作人所谓"我昨天才知道"的那件事，也是属"两性的关系是天下最私的事"。前面讲过郁达夫有个说法，取书打闹时，在场还有两位北大教授徐耀辰和张凤举，"据凤举他们判断，以为他们弟兄间的不睦，完全是两人的误解，周作人氏的那位日本夫人，甚至说鲁迅对她有失敬之处"[1]。可是到底怎么失敬？研究者陈光中专门到八道湾旧宅现场考证，周作人夫妻住在后院，门口有很多花草，根本无法靠近"听窗"，而且陈光中查证了浴室的位置，浴室外面正是工人、女佣、小孩常常进出的通道。比较值得参考的是鲁迅儿子周海婴的说法。

"父亲与周作人在东京求学的那个年代，日本的习俗，一般家庭沐浴，男子女子进进出出，相互都不回避，即是说，我们中国传统道德观念中的所谓'男女大防'，在日本并不那么在乎。……据上所述，再联系当时周氏兄弟同住一院，相互出入对方的住处原是

---

[1] 郁达夫：《回忆鲁迅》，《故都的秋》，北京：团结出版社，2022年版，第246页。

寻常事,在这种情况之下,偶尔撞见还值得大惊小怪吗?退一步说,若父亲存心要窥视,也毋需踏在花草杂陈的'窗台外'吧?"[1]

想起郁达夫在《沉沦》里边,描写主人公偷窥房东女儿洗澡,女儿撒娇般地告状,她父亲却在旁边哈哈大笑。大概是同一个道理。

但如果"沐浴说"成立,又怎么会在留日归来的周氏兄弟之间造成此生不见、此生不谈的决裂呢?

说实在话,我其实并不真正关心这件事情的原因,我更感兴趣的是两个人竟一生不谈这件事情。这么严重的一件事情,大家都不谈,既是一种默契,也是一种互相尊敬。

最离谱的一种说法来自周作人的长子周丰一。1989年2月20日,他在致鲍耀明的一封信中,对周作人给鲁迅递交绝交信进行了解读:

(一)所谓"我昨天才知道"。"住在北京八道湾内宅日式房间(只是一间,另外一间是砖地)的我们的舅舅羽太重久,亲眼看见'哥哥'与弟妹在榻榻米上拥抱在一起之事,相当惊讶。因为第二天把那件事这样说出来,就是指发生的'我昨天才知道'这件事。其实兄弟二人留日之时,出生在穷人家的长女信子正于兄弟二人租房的时候,作为雇佣女工来工作。虽然与哥哥有了关系,但作为在老家婚后来日的哥哥,不能再婚,因此把信子推介给弟弟并让他们结婚。弟弟一直都被隐瞒着,因此不知道这件事。"

(二)"过去的事"这句话是指留学时代哥哥与信子这位已经

---

[1] 周海婴:《兄弟失和与八道湾房契》,《我与鲁迅七十年》,上海:文化出版社,2006年版,第67页。

成为弟弟妻子的女人之间的关系。[1]

　　陈漱渝认为"周丰一的说法存在明显的漏洞。周丰一出生在1912年,父亲与大伯失和时他只有11岁,当年应该不会对此事有什么直接印象和正确判断,他提供的证人是舅舅羽太重久。但周氏兄弟失和于1923年,当年重久却远在日本,怎能成为大伯与弟妹在榻榻米上滚床单的目击者？羽太重久和鲁迅关系一直友好,十分敬重鲁迅的人品。这有鲁迅博物馆保存的羽太重久致鲁迅函为证。如果他真目睹了八道湾'乱伦'的那一幕,绝对不可能对鲁迅留下如此良好的印象。至于说大伯与弟媳原是情人,从1909年至1923年的14年中又未曾反目,何至于一夜之间就转化而为仇敌？"[2]

　　我也不相信周作人儿子的说法。周树人当时婚后单身,认识下女,后来竟成为"家人"——即使作为小说情节,也难以想象。心理道德伦理意义上冲击力太大,应该是不可能的。

---

[1]　参见陈漱渝:《今夜"大雷雨"——周氏兄弟失和事件再议》,《我观现代文坛:陈漱渝近作选》,天津:天津人民出版社,2024年版。
[2]　同上。

4 《医学者所见的鲁迅先生》

最后几年,给鲁迅看病的主要是日本医生须藤五百三。

鲁迅是 1936 年 10 月 19 日去世的,须藤医生有一篇文章叫《医学者所见的鲁迅先生》,发表在上海的杂志《作家》第二卷第二期(追悼号)上,时间是 1936 年 11 月 15 日,就是鲁迅先生去世不到一个月的时候。但是,在这之前,须藤所写的日文文章发表于 1936 年 10 月 23 日的《上海晚报》。[1]

据日本学者北冈正子考证,这篇文章的日文稿最初是发表于昭和十一年,就是 1936 年的 10 月 20 日、21 日、22 日,分上、中、下三部分。日本现在还保存着当年的《上海晚报》。如果属实,须藤先生的文章发表在鲁迅先生去世的第二天,写得这么快,很可能是事先已经写好的。

---

[1] 据北冈正子考证,须藤所写的日文文章的内容与《医学者所见的鲁迅先生》稍有不同。本文中须藤引文,均转引自北冈正子著,靳丛林等译:《关于〈上海日报〉所载须藤五百之〈医生所见的鲁迅先生〉》,上海鲁迅研究,2003(00)。

须藤五百三的父亲是杂货商，几位堂兄都曾在上海经商。1893年，须藤考入日本第三高等医学院，四年以后毕业。他曾经加入日本陆军，驻扎朝鲜。1918年须藤退役，当时是中校军衔，之后就到上海开办医院，那家医院有一两百人，规模不小。须藤好像是通过内山完造认识的鲁迅。鲁迅在这之前，看过很多的日本医生，有十几二十位，但看得最久的就是最后的须藤医生。须藤的医院，距离鲁迅的住处只有2.4公里，往返比较方便。

在《医学者所见的鲁迅先生》这篇文章里，须藤医生说他和鲁迅相识有五年了。1936年3月2日，鲁迅先生气喘严重，他担任鲁迅先生的主治医生。另外有人统计，鲁迅最后的三年里，请须藤医生看病，一共150次以上。虽然只是晚年的医生，但须藤医生对鲁迅一生的健康状况有比我们更多的认识。

须藤医生说，鲁迅"自七八岁起牙就不好，因龋齿之故，夜难成寐，给两亲添难，又间或被叱责不以为苦。"

鲁迅小时候，绍兴没有牙医，只有拔牙的庸医。如果牙痛，就只能求神问卜烧香之类。所以，鲁迅的蛀牙恶化，牙根腐坏。到了二十二三岁的时候，他大部分的牙齿已经缺损，27岁就装了假牙。牙病导致鲁迅胃扩张、肠迟缓，还影响了其他消化器官。日本医生说，鲁迅到死，他的食量只有常人的一半。

鲁迅说他一生从来不知道饥饿和美味为何物。这倒有点儿可信。我们重读鲁迅那么多文章，很少见到先生讲美食的快乐。在鲁迅笔下"筵席是要推翻的"，被吃的竟然是人，"醉虾"是用来形容"唤醒了没的救的青年"的，等等。

"于是，这消化机能的衰退引起营养不良，结果造成筋肉薄弱。自己知道之时，净体重从未超过 40 公斤。"须藤医生说，由于先生天生体质特异，不管是起草文稿还是读书研究，常常都是在夜间进行，这已成为他的生活习惯。鲁迅因体质筋骨虚弱，神经又过度疲劳，这二者形成恶性循环，造成结核性体质。须藤先生说，鲁迅从小孩子时期就承受种种痛苦，最痛苦的就是牙痛，鲁迅说只有紧张思考一些问题，才能稍稍减轻牙痛。

须藤先生甚至认为，仙台弃医从文也是牙痛的结果。青年鲁迅常常发烧，据说他常常口含体温表，但又觉得对自己的体温太敏感不好。他对自己的处境、身体知道得太多，这使他成了对痛苦格外敏感的"醉虾"。

还有一些关于鲁迅身体方面的事情，只有医生才有可能告诉我们。"先生病中即使皮下注射、静脉注射也毫无不快的表情，多么苦的药也听不到他的抱怨。"鲁迅觉得一个人就算永远拥有生命，也有做不完的事情，所以有限的生命，就应该多做点事情。这个牵涉到鲁迅的人生观，他和医生会谈起。照 X 光之类，鲁迅说，反而使人不安，鲁迅很少问自己的肺部、肠胃的状况。

讲到生病死亡等，鲁迅的态度一直超然。"呼吸困难时，问他感觉哪里最痛苦，先生说只是有点胸闷，完全一副普通人的样子。"

关于自己的病痛讲得这么轻描淡写，那么，先生到底在想什么？须藤说，"今后国民向怎样的方向发展，是先生研究的大题目。先生和我常常议论中华民国是否适合科学研究""先生……每每感叹胃肠健康的人饱食终日贪图安逸，反而使脑机能减退。"

鲁迅的健康状况，从1936年1月开始恶化。

1月3日鲁迅的日记说，"肩及胁均大痛"。第二天他去了须藤的医院。3月2日下午，鲁迅突然气喘，须藤医生过来打针。对此，鲁迅日记里，连续几天都有记载，3月8日日记说"须藤先生来诊，云已渐愈"。可是从了5月18日开始，日记里几乎每天都记载他夜里发烧。

按《鲁迅传》作者朱正的说法，须藤的医道也不见得高明，只是因为鲁迅与他往来久了产生了友谊和信任。之前周建人曾经告知鲁迅说，须藤是日本退役军人乌龙会的副会长。鲁迅大概说没关系。5月，史沫特莱要给他介绍熟识的肺病专家，鲁迅开始不同意。直到31日，病情很严重了，冯雪峰看不过去就找到茅盾，由茅盾做翻译，打电话给史沫特莱，请来了一位邓恩医生。鲁迅后来在散文《死》里面讲到了须藤和这位美国医生："今年的大病……原先是仍如每次的生病一样，一任着日本的S医师的诊治的。他虽不是肺病专家，然而年纪大，经验多，从习医的时期说，是我的前辈，又极熟识，肯说话。……大约实在是日子太久，病象太险了的缘故罢，几个朋友暗自协商定局，请了美国的D医师来诊察了。他是在上海的唯一的欧洲的肺病专家，经过打诊、听诊之后，虽然誉我为最能抵抗疾病的典型的中国人，然而也宣告了我的就要灭亡；并且说，倘是欧洲人，则在五年前已经死掉。……D医师的诊断却实在是极准确的，后来我照了一张用X光透视的胸像，所见的景象，竟大抵和他的诊断相同。"

在这么悲惨的情况下，"宣告了我的就要灭亡"，鲁迅还能够在文章里坚持幽默的笔调。

同一次的诊断,周建人后来有篇文章《鲁迅的病疑被须藤医生所耽误》,说鲁迅病重时也曾经看过肺病专门医生,就是指这位美国医生。据 D 医生说,病已严重,但还可医治。第一步,需把肋膜里的积水抽去,如果延迟,必不治。问须藤医生,回答说,肋膜里并无积水。但过了一个月以后,须藤又说确有积水,才开始抽水。[1]

在 5 月底之前,鲁迅的病到底是怎么医治、怎么诊断的?

鲁迅自己在 5 月 15 日致曹靖华的信里边说,"日前无力,今日看医生,云是胃病,大约服药七八天,就要好起来了"[2]。5 月份,医生说他是胃病,要吃药七八天。

5 月 23 日,鲁迅又写信给赵家璧,"发热已近十日,不能外出;今日医生开始调查热型,那么,可见连什么病也还未断定。何时能好,此刻更无从说起了。"[3]

5 月份的时候,发烧的原因都搞不清楚。这段时间正是鲁迅在为"两个口号"之争操碎心的时候。

北大教授严家炎先生,在 2003 年《中华读书报》上,刊文《鲁迅的死与须藤先生无关吗?》。文中说,须藤先生在鲁迅死后,应治丧委员会的要求,写了一份医疗报告。但这份医疗报告有可疑的地方。简单说,须藤医生说他是 1936 年 3 月开始抽肋膜积水,但按照多方面资料显示,包括鲁迅的自述、周建人的文章、鲁迅的书信等等,都显示,实际是在美国医生诊断和 X 光片之后,即 1936

---

[1] 周建人:《鲁迅的病疑被须藤医生所耽误》,《人民日报》1949 年 10 月 19 日。转引自朱正《鲁迅传》,第 26 章,香港:香港三联书店,2008 年版,第 372 页。
[2] 鲁迅:《360515 致曹靖华》,《鲁迅全集》第十四卷,北京:人民文学出版社,2005 年版,第 99 页。
[3] 鲁迅:《360523 致赵家璧》,《鲁迅全集》第十四卷,北京:人民文学出版社,2005 年版,第 101 页。

年6月才开始抽积水。严家炎教授仔细翻查鲁迅的日记和书信，发现8月27日鲁迅给曹靖华写信说已抽去三次，那推算时间，上两次应该是6月23日和6月15日。但是在3月份，鲁迅的日记中完全没有抽水的记录。鲁迅每次看须藤医生都有日记记载，而且看病以后还有很多其他的活动，见作家、谈天、谈话等等，完全不像是抽了肋膜积水的情况。

难怪后来有人要对须藤医生的诚信产生怀疑。医不好病，也许有客观原因，但是改动医疗报告，推卸责任，这就有点儿有违医德了。我们不禁想起散文《父亲的病》里的细节。

1984年2月22日，上海鲁迅博物馆请了23位医学专家研究馆藏的鲁迅X光胸片，读片以后的结论是："根据病史摘录及1936年6月15日后前位X线胸片，一致诊断为：（1）慢性支气管炎，严重肺气肿，肺大症。（2）二肺上中部慢性肺结核病。（3）右侧结核性渗出性胸膜炎。根据逝世前二十六个小时的病情记录，大家一致认为鲁迅先生死于上述疾病基础上发生的左侧自发性气胸。"

这个结论，从医学上来讲，证明了须藤先生存在误诊。如果鲁迅是死于肺结核，那就是自然死亡；如果是自发性气胸，那其实是可以抢救的。10月18日凌晨，鲁迅自发性气胸发作，如果当时立即抽气、减压，他有可能转危为安。

世界上有那么多的如果，却就是没有这一个如果。

如果鲁迅被抢救回来了，如果鲁迅一直活到了1949年以后……

鲁迅逝世后，停灵上海万国殡仪馆，连续三天，瞻仰遗容的人流不断。

23 日下午，鲁迅被安葬在上海万国公墓。自发送葬的有七八千人，灵柩上覆盖着白底黑字的旗子，上面沈钧儒书："民族魂"。

1937 年，在万国公墓，鲁迅墓前新建了一座高 71 厘米的梯形水泥墓碑，上面有陶瓷雕像，并书"鲁迅先生之墓"，这六个字是周海婴写的。抗战期间，这个公墓无人看管，墓碑轻微损坏，曾由内山完造出资修复。

1939 年，鲁迅墓遭严重损坏；1946 年，为了纪念先生逝世十周年，许广平设计了新的墓碑，周恩来和许广平在墓前各种了一颗柏树；墓碑后来几次修建，刻上了周建人写的"鲁迅先生之墓"；1952 年，在上海虹口公园建了新墓；1956 年鲁迅逝世二十周年，国务院决定迁墓，由毛泽东为新墓题字："鲁迅先生之墓"，原墓地依然保留。但是 1966 年，原墓地被拆毁、填平，改作工业废品堆积场地。

最早写"鲁迅先生之墓"的时候，周海婴七岁，那当然是许广平打了底稿，儿子反复练习后写成的。

鲁迅在《死》一文里面有遗嘱七条，其中第五条说：

"孩子长大，倘无才能，可寻点小事情过活，万不可去做空头文学家或美术家。"[1]

周海婴果然没有做空头文学家或美术家，他一生就是做鲁迅的儿子。

---

[1]《死》写于 1936 年 9 月 5 日，最初发表在 1936 年 9 月 20 日《中流》半月刊第一卷第二期，后收入《且介亭杂文末编》，见《鲁迅全集》第六卷，北京：人民文学出版社，2005 年版，第 631—635 页。

5

鲁迅的遗嘱与遗产

鲁迅没有正式的遗嘱。在散文《死》里,大部分篇幅是以幽默的笔调,戏说"鬼的生活",分析穷人、富人、中产阶级对另一个世界的不同想象,也谈到自己的病况,最后也有一些写给亲属的话,一共有七条。

一,不得因为丧事,收受任何人的一文钱。——但老朋友的,不在此例。

二,赶快收敛,埋掉,拉倒。

三,不要做任何关于纪念的事情。

四,忘记我,管自己生活。——倘不,那就真是胡涂虫。

五,孩子长大,倘无才能,可寻点小事情过活,万不可去做空头文学家或美术家。

六,别人应许给你的事物,不可当真。

七,损着别人的牙眼,却反对报复,主张宽容的人,万勿和他接近。[1]

这些文字,像是给家里人的嘱咐,又像是鲁迅一生坚持的人生哲学——怀疑和战斗。内里是对他人,甚至是对人性的怀疑,还有对社会黑暗永远的战斗。

还记得在发热时,又曾想到欧洲人临死时,往往有一种仪式,是请别人宽恕,自己也宽恕了别人。我的怨敌可谓多矣,倘有新式的人问起我来,怎么回答呢?我想了一想,决定的是:让他们怨恨去,我也一个都不宽恕。

"人之将死,其言也善。"这是一个由文字构成的临终仪式,说明鲁迅至死都坚持他的献身使命,启蒙战斗。

按钱理群的归纳,鲁迅的敌人一共有四类:一是国家掌权者、统治者,从北洋军阀到国民党当局;二是"亲英美"的知识分子集团,从20年代的现代评论派成员,到后来新月派的梁实秋、胡适以及林语堂等等;三是上海滩上各种无聊文人;四,1936年他主要的怨敌是以周扬为代表的上海"左联"的领导人。在我看来,第三类其实并不重要。或者,第三类就是在影射第四类创造社、太阳社那些虚伪做作的革命文人,他们是有联系的。[2]"我的怨敌可谓多矣",其实主要是三类。

---

[1] 《死》写于1936年9月5日,最初发表在1936年9月20日《中流》半月刊第一卷第二期,后收入《且介亭杂文末编》,见《鲁迅全集》第六卷,北京:人民文学出版社,2005年版,第631—635页。
[2] 钱理群:《与鲁迅相遇》,北京:生活·读书·新知三联书店,2003年版,第44—45页。

鲁迅到死都没有放弃和他们作战，所以他至死都不愿意宽恕他的敌人。这个姿态是一贯的。20年代中期，鲁迅写文章也强调，他写文章不仅是为了他的朋友，更主要还是为了让他的敌人不高兴。

至死坚持战斗姿态，说明鲁迅临终之时也没有后悔自己的这一生。

鲁迅的一生把很多时间都放在了斗争上，不管这样度过的一生，在别人眼里有多少遗憾或者可以质疑的地方，鲁迅自己都好像是无怨无悔的，他没有一个晚年或者临终的转变、彻底反省等等。他一往无前，义无反顾，这是他对自己人生价值的坚持。

鲁迅这种不信任何宗教、直面惨淡人生的姿态，其实是一种广义的宗教信仰，对20世纪以及以后中国人的精神命运产生了巨大的影响。其实，在中国自己的文化脉络中，鲁迅有意无意地更接近于"格物致知""修齐治平"的儒家传统，而很少有"退一步，海阔天空"的道家策略，或者"色即是空，空即是色"的佛学境界。

鲁迅在《野草》中描写过耶稣受难，还被世人唾骂的景象。这篇文章，颇有"夫子自道"的意味。但鲁迅钦佩的是耶稣的献身精神，感触的是圣人不被民众理解的处境。他最后的遗嘱显示，鲁迅并不接受基督教的基本教义，也不相信面对社会黑暗时的所谓宽恕之道。所以，作为中国的"民族魂"，鲁迅和印度甘地的不抵抗主义形成了鲜明的对照。

据说，须藤医生有次跟鲁迅闲聊，说日本武士有个传统，担心自己的生命安全，因此每年修改一次遗嘱，问鲁迅有没有类似的做法。鲁迅说，我要说的都在我的文章里。

某种意义上，我们重读鲁迅，都是在读鲁迅的遗嘱。后人不孝,不知怎样才能继承鲁迅的遗产。

鲁迅的遗产,首先当然就是他在《呐喊》《彷徨》里的十几篇小说和一部分20年代中期写的散文。这些作品,不仅是中国现代文学最高成就的代表,也是世界文学中的一流作品。在鲁迅充满矛盾的各种言论、各种文章当中,他的这些作品代表了鲁迅最深刻、最有价值的精神成果。

鲁迅的遗产还是一种贯穿始终的精神,是一种不放弃抗争社会不公正的坚持;他始终批判这种不公正的根源,就是国民性,或者说人性当中的奴性。

鲁迅的身体是病弱的,精神上却是一个超人,他十分孤独,极其特别。可是,最让我们费解的是,偏偏这么病弱、特殊、孤独的一个人,生前死后却有着最多的精神上的共鸣者和追随者。虽然实际上谁也无法真正地追随他,但他却有着最多让中国知识分子感到精神共鸣的地方。

虽然明知和他不同,但我们为什么会和鲁迅产生共鸣?我在"重读鲁迅"一开始便说过,少年时受他的影响几乎是偶然的、被迫的,因为那时只有两个人的书可以读——鲁迅和毛泽东。我很庆幸可以"素读"这两个人的书。我一直没有研究鲁迅的胆量,这次不知道怎么回事,会冒险一试。本书的错误、疏漏肯定很多,希望以后可以补正。

但是,就在这浅陋的、匆匆的重读里,我已多次惊讶于刚才的问题——鲁迅的精神世界那么独特,却容纳体现了20世纪中国知识分子最普遍的精神矛盾?

鲁迅的精神矛盾太复杂了，即便再简而言之，也必须分开作好几个层面。

第一，贯彻鲁迅一生的深刻矛盾，是他"身在传统之中反传统"的行为本身。对儒家传统是传承还是反叛？这是晚清小说与"五四"新文学的界限。鲁迅小说最初的标志正是对"礼教吃人"的控诉，对鼓吹顺从、服务专制、残害女性身心的传统礼教，鲁迅的主要作品都持坚决的批判态度。但与此同时，他委屈求全，接受母亲安排的婚姻，孝敬母亲，遵守道德传统，不惜牺牲自己的生活和另一个人的青春。这不仅是鲁迅个人的悲剧，也促使我们思考，鲁迅所谓"魏晋的破坏礼教者，实在是相信礼教到固执之极"的说法是否也有鲁迅"夫子自道"的成分。鲁迅对中国传统礼教的态度充满矛盾：他反叛的是顺从、专制、思想一统以及压迫女性等道德观念；他传承的是"天行健，君子以自强不息""路漫漫其修远兮，吾将上下而求索"的文化精神。

第二，"小而言之，是为国家；大而言之，是为学术。"这只是藤野先生对鲁迅的期望，但鲁迅并不以为次序有错，反而一直尊重藤野先生的教导，说明在为学术与为国家的问题上，鲁迅也一直有矛盾。最典型的例子就是《呐喊·自序》中承认在《药》的结尾放上花环，是为了听从"五四"运动主将的将令，但确实使得作品离艺术的距离远了。一方面是真诚献身启蒙，努力唤醒大众，一方面则是坚持文学标准，服从艺术信仰。这其实是令鲁迅一生感到困惑的矛盾，从《摩罗诗力说》开始，他一方面意识到"文章……与个人暨邦国之存，无所系属，实利离尽，究理弗存。故其为效，益智不如史乘，诚人不如格言，致富不如工商，弋功名不如卒业之券",一方面又推崇拜伦等诗人,并以"精神界战士"为己任。直到 30 年代,鲁迅都是一方面担任左翼文坛领袖,时时想着用杂文战斗,一方面却又无法放弃文人的固执信念和基本原则。李初梨提出的问题很尖锐,只是鲁迅和他看法不同。"为文学而革命"还是"为革命而文学"?鲁迅是思想家、革命家,但归根结底鲁迅是一个文学家。

第三,贯彻鲁迅一生的困惑是他对主奴关系的持久关注。奴隶和奴才,是鲁迅很多作品的关键词。鲁迅既同情又愤怒所谓的"国民劣根性"。他同情奴隶们的痛苦打熬、造反失败和一味被欺,又愤怒奴才们的苦中作乐、安于现状与被人欺亦欺人。更重要的是,我们讨论过,如果趋利避害是人性的基本特点,那么奴隶生态导致的奴才心态,即使不是必然,也有很大的合理性和可能性。所以,改造国民性很难很难。面对强权,人们需要精神胜利法之类的心理调节机制。同样吃苦,从打熬到作乐,从造反失败到安于现状,从被欺到欺人,阿 Q 精神有时就是专制政体的群众基础。这种从国情到人性的推理,使鲁迅产生了无法言说的悲观主义,这种悲观主义又和他的"精神界战士"的使命感形成了深刻的矛盾——改造国民性可能吗?

鲁迅提的问题,也是我们今天的问题。

鲁迅一生的工作,也是我们今天的使命。

一百年了,所有人都在关心中国的变化,唯有鲁迅看到了中国的不变。